AF304117

Annie Eisenhardt wurde in Südhessen 1996 geboren und arbeitet seit mehreren Jahren als Chirurgin. Sie liebt Romantik, Bücher und romantische Bücher. Hin und wieder muss sie ihrer Leidenschaft nachgeben und eins schreiben.

Chicago DOCTORS
Herzstolpern

ANNIE
EISENHARDT

Erstausgabe Juli 2023

Copyright © 2023 dp Verlag, ein Imprint der
dp DIGITAL PUBLISHERS GmbH
Made in Stuttgart with ♥
Alle Rechte vorbehalten

Chicago Doctors - Herzstolpern

Taschenbuch-ISBN 978-3-98778-472-9
E-Book-ISBN 978-3-98778-455-2

Covergestaltung: Buchgewand
Umschlaggestaltung: ARTC.ore Design
Unter Verwendung von Abbildungen von
depositphotos.com: © NeonShot, © peshkova
stock.adobe.com: © Krakenimages.com, © ArtBackground.
Lektorat: Manuela Tengler
Satz: dp DIGITAL PUBLISHERS GmbH
Druck und Bindung: Books on Demand GmbH, Norderstedt

Das Werk darf – auch teilweise – nur mit
Genehmigung des Verlages wiedergegeben werden.

Sämtliche Personen und Ereignisse dieses Werks sind frei erfun-
den. Etwaige Ähnlichkeiten mit real existierenden Personen, ob le-
bend oder tot, wären rein zufällig.

*Für das Herz auf der Zunge, den Knoten im Kopf und die
Entscheidung aus dem Bauch heraus.*

Triggerwarnung

Dieses Buch kann Spuren von schweren Krankheiten, Verletzungen und Tod enthalten, inklusive Eiter und Blut. Außerdem wäre da noch ein ungesunder Alkoholkonsum, Mobbing am Arbeitsplatz und toxische Beziehungen. Das alles sind Themen, die potenziell triggern können.
Wenn du dich mit solchen Themen nicht wohlfühlst, solltest du das Buch besser nicht lesen. Bitte achte auf dich und deine Gefühle.

Kapitel 1: Ein Date

Neues Leben, neues Ich und in meinem Fall eine neue Frisur. Meine Haare reichten nun kaum mehr bis zum Kinn. Eine Tatsache, die mir vor einem Jahr noch Albträume bereitet hätte. Ich hasste Veränderungen, zumindest tat das mein altes Ich. Mein neues Ich hingegen hatte jetzt einen Bob und ein Nasenpiercing. Denn mein neues Ich war lässig, cool und selbstbewusst. Mit den Fingern fuhr ich durch die Haare und fächerte die einzelnen Strähnen auf. So weich waren sie sicher noch nie in meinem Leben gewesen.

„Und, gefällt es dir?", fragte mein neuer Friseur namens Tom. Er musterte mich augenzwinkernd im Spiegel. Vermutlich sah man mir die Entgeisterung an. Tom hielt den Föhn noch in einer Hand und in der anderen die Schere, mit der er wieder gefährlich nahe an meinen Kopf kam. „Oder noch ein Stück kürzer?" Er lachte laut.

Panik wallte in mir auf. Noch weniger Haare würde meine Seele nicht verkraften, ich war mir jetzt schon völlig fremd. Die Idee mit dem Piercing vor einigen Wochen kam mir bereits verrückt vor, aber diese Frisur war ... war einfach zu kurz. Ich hatte meine Haare bisher immer lang getragen, immer! Mühsam zwang ich mich zu einem Lächeln und sagte: „Ja, ganz wunderbar.

Die Länge passt so, denke ich." Gab es überhaupt Menschen auf der Welt, die ihrem Friseur jemals die Wahrheit sagten? Ich strich mir nochmals durch die Locken und musste schlucken, da die Bewegung nicht länger als eine Sekunde gedauert hatte. Meine Haare hatten mir vorher bis unter die Brust gereicht. Neues Leben, neues Ich. Da war der Neubeginn, den ich mir so gewünscht hatte. Nicht, weil er notwendig war, sondern weil ich ihn wollte. Es war an der Zeit, mich zu verändern. Mein altes Ich hatte jahrelang über Büchern gegrübelt und die Welt dort draußen an sich vorbeiziehen lassen. Mein neues Ich war bereit, sich endlich dem Leben zu stellen, und zwar als knallharte Chirurgin. Ich konnte es immer noch kaum glauben, ich war Ärztin. *Endlich.*

Diesmal ging mir das Lächeln leichter über die Lippen. „Danke, Tom. Ich glaube, es gefällt mir." Noch so ein Satz, den man zu Friseuren sagte, ohne ihn tatsächlich zu meinen.

„Kein Problem. Wenn es dir nicht gefällt, kommst du einfach vorbei und wir überlegen uns etwas anderes. Es gibt immer noch Extensions." Er zwinkerte.

Anscheinend war mein Pokerface so miserabel wie dieser Haarschnitt. Ich zahlte und gab Tom ein saftiges Trinkgeld, weil ich seinen mitleidigen Blick nicht länger ertragen konnte. Dann trat ich auf die Straße.

Die Sonne versank bereits hinter den hochaufragenden Wolkenkratzern der Stadt. Chicago, meine alte Heimat. Goldenes Licht spiegelte sich in den glatt polierten Fassaden aus Glas und Beton wider und brachte die Welt um mich herum zum Funkeln.

Ich legte den Kopf in den Nacken und sog die letzten Sonnenstrahlen in mich auf. Meine Haut kribbelte leicht und nahm ich einen tiefen Atemzug der merklich kühler werdenden Luft. Die Stadt roch nach Leben und Herbst. Columbus war nichts im Vergleich dazu, ein Glück war ich zurückgekehrt.

Am Pier des Chicago River tummelten sich Menschen, bevölkerten die vielen kleinen Bars, die sich entlang des Ufers erstreckten. Ein älterer Mann stand am Pier, in seinen Händen ein Saxofon, in das er voller Pathos hineinblies. Zu seinen Füßen lag eine Musikbox, aus der die ausgelassenen Töne eines Jazzstücks quollen. Die meisten Menschen hatten ihm den Rücken zugedreht, dennoch waren ihre Gespräche gedämpfter und auf ihren Gesichtern sah ich ein zufriedenes Strahlen. Weiter hinten hatte sogar ein Paar angefangen, sich im Takt der Musik zu wiegen. Die Stimmung war ausgelassen, lebhaft, aber dennoch hatte sie diesen Filter darüber, den nur ein Spätsommerabend am Pier mit sich bringen konnte. Ich musste lächeln, das hier war meine Heimat. Chicago, eine Stadt, die mir binnen weniger Tage die alte Lebensfreude zurückgebracht hatte. Es ging gar nicht anders.

Die Jahre, die ich für mein Studium in Columbus verbracht hatte, waren anstrengend gewesen. Doch ich hatte es geschafft. Mit Bestnoten und Empfehlungsschreiben war es mir gelungen, einen der begehrtesten Ausbildungsplätze überhaupt zu erlangen. Ich war nun eine Assistenzärztin in der Chirurgischen Klinik des Chicago Med. Ab jetzt würde alles anders werden.

Keine staubigen Bücher und Leichen aus der Anatomiehalle mehr. Nein, ich durfte echte Menschen behandeln. Ich würde eine richtige Ärztin in einer der besten Kliniken des Landes sein.

Mein Nacken juckte leicht und ich unterdrückte den Drang, die feinen Haarreste weiter zu verreiben. Normalerweise würde ich jetzt nach Hause gehen und duschen, aber Tom hatte sich so viel Mühe mit meiner Föhnfrisur gegeben, dass ich es schlichtweg nicht übers Herz brachte, sie zu zerstören. Außerdem war da noch dieses Date, das mich in einer halben Stunde erwartete.

Mein Herz machte einen kleinen freudigen Satz nach vorn, während ich entlang des River Walk spazierte und die Musik langsam hinter mir ließ. Nach Erhalt meines Doktortitels hatte ich meine selbstauferlegte Sperre bezüglich Männer beendet. Es war an der Zeit, dass ich mir wieder etwas Spaß gönnte. Max schien genau der Richtige dafür zu sein. Ein bisschen Spaß, ein wenig Ablenkung zum Jobbeginn, keine große Sache. So hatte ich es mir zumindest selbst verkauft, als ich die Dating-App heruntergeladen hatte. Für mehr würde ich in den kommenden Monaten keine Zeit haben.

Mein Magen rumorte und ich strich unwillkürlich darüber. Ob es von der Aufregung kam oder vor Hunger, ließ sich nicht sagen, beides würde sich hoffentlich bald legen. Mein Handy vibrierte. Ich zog es aus der Jackentasche und blickte auf das Display.

Max: Bist du schon da? Stehe vor der Tür ...

Hastig beschleunigte ich meine Schritte und verließ den River Walk Richtung Clark Street. Die Straßen leerten sich nun zunehmend und nahmen wieder das Flair der Großstadt an, vorbei war es mit dem bunten Getümmel zur Jazzmusik. Ein paar Blöcke weiter entdeckte ich ihn.

Da stand Max. Mit dem Rücken lässig an die Hausfassade gelehnt, den Blick auf sein Handy gerichtet. Er trug eine dunkelblaue Bomberjacke, darunter ein weißes Hemd, passend zur grauen Stoffhose und den dunkelbraunen Lederschuhen. Seine hellblonden Haare hatte er nach hinten gegelt, ganz der Jurist. Ich schmunzelte leicht, als ich seine Sonnenbrille sah. Die Sonne war längst hinter der Skyline verschwunden und seine Brille absolut unnötig. Dennoch schaffte es Max damit keineswegs lächerlich zu wirken. Er versprühte diese Mischung aus Schick und Eleganz, ohne dabei schmierig zu sein. Eigentlich hätte ich Kisten auspacken müssen, aber der Gedanke an Montag machte mich jetzt schon völlig wirr im Kopf. In den letzten vierundzwanzig Stunden war das Treffen mit Max noch eine meiner besseren Entscheidungen, wenn man bedachte, dass ich gerade den Großteil meiner Haare im Friseursalon gelassen hatte. Vermutlich hätte ich mir sonst noch aus Panik ein Tattoo stechen lassen. Da gab es dieses *House of Pain*, das ich vorhin gesehen hatte. Dort hatten sie teilweise richtig schöne Ex ...

Nein. Ich würde mir jetzt kein Tattoo stechen lassen. Das wäre absolut unvernünftig, besonders ohne Motividee. Am Ende wäre es die obligatorische EKG-Linie geworden und dabei wusste jeder Arzt, dass Chirurgen keine Ahnung von EKGs hatten.

Meine Schultern spannten sich unwillkürlich an. Ich kannte mich gut mit EKGs aus, obwohl ich Chirurgin war. *Alles wird gut, Anna. Du wirst jetzt Zeit mit Max verbringen und einfach nicht an Montag denken.*

Max tippte weiterhin auf seinem Handy herum, aber in meiner Tasche vibrierte nichts. Er wirkte völlig gelassen, wie er da so an der Wand lehnte. Eigentlich sollte ich auf ihn zugehen. Stattdessen genoss ich es, ihn für einen Moment einfach in Ruhe zu betrachten. Allein diese Nase. Kein Mensch hatte so eine gerade Nase im Profil, kein einziger Hubbel. Ich seufzte eifersüchtig.

Max blickte auf und seine Lippen verformten sich zu einem Lächeln. „Du bist ja schon da", begrüßte er mich und umarmte mich, bevor ich etwas erwidern konnte. Er roch nach Aftershave und einem Hauch Zitrone.

Ich schloss die Augen und sog seinen Duft in mich auf. Er löste sich schneller von mir, als mir lieb war.

„Hi." Dann, um noch irgendetwas Sinnvolles anzufügen: „Du bist zu früh", sagte ich mit einem gespielt vorwurfsvollen Blick. Max grinste und steckte seine Sonnenbrille in ein ledernes Etui, das er aus seiner Brusttasche holte. Seine strahlend blauen Augen funkelten belustigt. Ich hatte es mir nicht eingebildet: Sie waren tatsächlich so blau wie der Lake Michigan, wenn man am frühen Morgen aufs Wasser hinauspaddelte.

„Du bist aber auch nicht gerade spät dran", erwiderte er.

„Ich wollte die Location auschecken. Falls du beim zweiten Date plötzlich langweilig bist, will ich zumindest gut gegessen haben."

„Nun, dafür ist es jetzt zu spät. Aber du kannst mir vertrauen, die Pasta ist gut." Er beugte sich vor und flüsterte in mein Ohr. „Und langweilig bin ich auch nicht." Ich musste schmunzeln. Hätte Max gewusst, dass meine Mutter Italienerin war und niemand auf der Welt so gute Pasta machen konnte wie sie, hätte er es sich vielleicht noch einmal überlegt.

„Wollen wir reingehen?", fragte ich.

Max nickte, ergriff meine Hand und führte mich ins Foyer des Restaurants. Es fühlte sich seltsam vertraut an ihn zu berühren, irgendwie richtig und doch ... Wir kannten uns kaum. Bisher hatten wir nur ein paar Mal miteinander telefoniert und uns auf einen Kaffee getroffen und dennoch fühlte ich mich sofort bei ihm wohl.

Ein Kellner führte uns zu unserem Tisch und Max ließ meine Hand los, um für mich den Stuhl zurückzuschieben. Eigentlich mochte ich diese Art der Sonderbehandlung nicht, aber bei Max wirkte sie ganz natürlich. Als wären seine Manieren selbstverständlich und hätten nichts mit dem Plan zu tun, mich aufzureißen. Wobei das auch eher meinem Ziel entsprach. Das Hemd unter seiner Jacke war zwar blickdicht, dennoch konnte ich seinen schlanken, definierten Oberkörper darunter durchaus erahnen. Ich betete darum, dass ich heute einen Blick darauf erhaschen würde. Das wäre die beste Ablenkung vor Montag ... Ach verdammt.

„Wie war der Umzug?"

„Gut, denke ich. Also, Caroline hat viel geflucht und Tim hauptsächlich die Kisten getragen, aber ich hatte ja nicht sonderlich viel."

„Caroline war deine Mitbewohnerin, oder?"

„Ja, und frühere Nachbarin und zukünftige Kollegin. Allerdings macht sie Onko und nicht Chirurgie. Tim ist ihr Freund. Er musste beruflich wegziehen, weswegen ich sein Zimmer haben kann."

„Glück gehabt, wenn du gleich bei einer Freundin wohnen kannst."

„Sag das nicht Caroline."

Max lachte auf und reichte mir eine der Karten, die uns die Kellnerin gebracht hatte. Mein Magen zog sich freudig zusammen, während ich die Speisekarte las. Mein Gott, hatte ich Hunger.

„Und wie war dein Tag?", fragte ich beiläufig. Max arbeitete in einem dieser Wolkenkratzer, die ich meist kaum unterscheiden konnte. Seinem Vater gehörte eine große Kanzlei, ‚Williams and Partners‘ oder so ähnlich. Ich hatte noch nie davon gehört, was aber nichts heißen musste. Mein Vater war Ingenieur und meine Mutter hatte mit vier Kindern mehr als genug zu tun. Ich war in einem der Außenbezirke Chicagos aufgewachsen und das Leben der Schlipsträger im Central Loop war für mich eine völlig fremde Welt.

„Ganz gut." Max schwieg für einen Moment. Ein Hauch der Unzufriedenheit huschte über sein Gesicht, dann klappte er die Speisekarte zu. „Wann geht es bei dir los?"

Ich unterdrückte den Drang, mir durch meine kurzen Haare zu streichen. „Montag."

Max musterte mich mit durchdringendem Blick, eine seiner blonden Augenbrauen hatte er schräg angehoben. Ich hielt ihm stand, wir beide spürten das Ungesagte in meinen Worten. Gedanken drehten sich in meinem Kopf, losgetreten von seiner unschuldigen Frage.

Montag. Ich würde von Professor Vadasz, einer der besten Chirurginnen des Landes, lernen. Ein Traum wurde für mich wahr – und trotzdem war da diese Angst. Jene Angst, die einen überkam, wenn man ein neues Buch aufschlug und nicht wusste, ob die kommende Geschichte einem Freude bereiten würde oder einen in die tiefsten Abgründe stürzen ließ. Ich war mit dem Ziel hierhergekommen, von Professor Vadasz zu lernen, die Beste zu werden. Doch dafür würde ich mich in ein Haifischbecken stürzen müssen. In eine Klinik, in der jeder Fehler, jedes Zeichen von Schwäche das sofortige Ende meiner Karriere bedeuten konnte.

Wieder spannten sich meine Schultern an und spürte den leichten Druck auf meinen Kopf. Dieser Druck wurde in den letzten Tagen immer schlimmer, je näher der Montag kam.

Max räusperte sich und ich zuckte zusammen.

„Sollen wir besser nicht darüber reden?", fragte er sanft.

Dankbar nickte ich. „Bitte lenk mich einfach ab." Meine Stimme war zu einem Quietschen geworden.

Er lachte leise und griff nach meiner Hand. Sofort legte sich das Zittern in mir ein wenig und ich atmete erleichtert auf. Dieses Date war eine gute Entscheidung. Max beugte sich vor und ich hielt unwillkürlich den Atem an, als er eine Haarsträhne hinter mein Ohr strich. „Schicke Frisur übrigens, kurz steht dir", flüsterte er.

„Du hast es bemerkt", sagte ich tonlos. Ein Hauch seines Aftershaves wehte mir entgegen.

Er nickte. „Natürlich. Allerdings sind die vielen kleinen Haare in deinem Ausschnitt auch ein guter Hinweis."

Er lehnte sich zurück und ich starrte ihn entgeistert an. Dann wanderte mein Blick zu meinem Dekolleté. Oh nein. Entsetzt sprang ich auf und rannte zur Toilette. Tatsächlich hob sich mein schwarzer Pullover nur noch unmerklich von meiner Haut darunter ab. Er war über und über mit dunklen Härchen bedeckt. Verdammt. Ich versuchte, so viele wie möglich zu beseitigen, ohne mich einmal unter den Wasserhahn zu legen. Frustriert kehrte ich zu unserem Tisch zurück. Die geistreiche Erwiderung bezüglich seines Blicks in meinen Ausschnitt blieb mir im Hals stecken, als mir Max unaufgefordert ein Glas Wein entgegenhielt. Dankbar nahm ich einen großen Schluck und ließ mich neben ihn sinken.

„Sorry, ich wollte dich nicht aus dem Konzept bringen. Aber ich musste es dir irgendwie sagen."

„Schon gut", sagte ich und nahm einen weiteren Schluck.

„Sieht, wie gesagt, gut aus."

Überrascht hob ich den Kopf und fand mich zugleich in Max' Augen wieder. Sie wirkten so klar, so ehrlich, dass ich ihm glauben musste. „Danke."

„Es ist nur die Wahrheit." Max winkte lässig ab.

Erneut griff ich nach dem Glas Wein vor mir und nahm einen großen Schluck. Ich hasste es, tollpatschig zu sein. Das passte nicht zu meinem neuen Image.

Max lachte und in seiner rechten Wange bildete sich ein kleines Grübchen. „Bin ich so schlimm?"

„Du hast ja keine Ahnung." Ich leerte mein Weinglas und stellte es klirrend auf dem Tisch ab.

Mit Fortschreiten des Abends wurde es immer lauter im Lokal, sodass wir notgedrungen näher zusammenrückten, um einander zu verstehen. Irgendwann lag Max' Arm über meiner Stuhllehne und ich streifte hin und wieder sein Knie mit der Hand. Mir war heiß und das hatte nicht das Geringste mit der stickigen Luft im Restaurant zu tun. Als schließlich ein betrunkener Gast unseren Tisch rammte und mein „Ganz-sicher-das-letzte-Glas" Wein umwarf, entschieden wir uns zu gehen. Wir wussten beide, was nun kommen würde, und so langsam wurde ich ungeduldig. Ich wollte endlich herausfinden, ob seine Lippen zu mehr taugten als nur zum Reden.

Kaum hatten wir gezahlt, zerrte ich ihn auch schon vom Stuhl. Max griff noch hastig nach seiner Jacke, da hatte ich ihn raus auf die Straße gezogen. „Endlich atmen." Ich seufzte zufrieden, während frische Luft durch meine Lungen strömte und ich mich mit ausgestreckten Armen im Kreis drehte.

Max erwiderte nichts. Stattdessen griff er nach meiner Hand und verschränkte seine Finger mit meinen. Ich blickte darauf und genoss die Wärme, die von ihm auf mich überströmte. Er hatte seine Lippen zu einem schelmischen Grinsen verzogen, doch sie waren noch zu weit entfernt, um sich jetzt gleich auf sie zu stürzen.

„Komm", sagte er. „Lass uns ein wenig spazieren gehen. Ein bisschen ausnüchtern."

Max führte mich entlang des gleichen Wegs, über den ich hergekommen war. Wo vorhin noch der Saxofonist gewesen war, fanden sich nun blanke Pflastersteine und einsame Fußgänger. Niemand beachtete uns, als wir entlang des Piers gingen. Neben uns plätscherte das Wasser des Chicago River in einem glitzrigen Schwarz vor sich hin. Während hier vorhin das blühende Leben geherrscht hatte, war jetzt nur noch die Erinnerung daran zurückgeblieben. Die hochaufragenden Gebäude am Rande des Piers tauchten die Stadt in bunte Lichter, die bis zu den Sternen reichten. Dennoch wirkten sie heute Nacht viel stiller als sonst. Als hätte man einen Schleier über den Fluss, die Straßen und Wolkenkratzer geworfen, der alle Geräusche dämpfte. Ich blieb stehen und betrachtete fasziniert den Tanz der Lichter auf der Wasseroberfläche. Max legte seine Arme um meine Taille. Er hatte genau die richtige Größe, um seinen Kopf auf meinem abzustützen. Ich genoss die Berührung und seine Wärme, die mich langsam einlullte.

„In welchem von denen arbeitest du?"

„Mhm?"

Ich hob meine Hand und deutete auf die leuchtenden Türme gegenüber von uns. „Der hier?"

Max brummte etwas Unverständliches und griff nach meinem Handgelenk. Er führte es ein Stück weiter nach rechts und verharrte.

„Der hier. Der Bluecordtower."

„Wie ist die Aussicht von dort oben?"

„Anders. Aber nicht halb so schön wie jetzt."

Ich unterdrückte ein sarkastisches Hüsteln. Das war selbst mir eine Spur zu klebrig.

„Mhm." Ich ließ den Arm sinken und starrte stattdessen in den Himmel. Das mochte ich so an Chicago. Es gab eine Unmenge an Wolkenkratzern und doch verbargen sie die Sicht auf den Himmel nicht. Nicht so wie in New York, wo man kaum den Wechsel der Tageszeiten mitbekam. Der Nachthimmel hier war mit Sternen übersät, die um die Wette funkelten und glitzerten.

„Das ist jetzt wirklich unrealistisch, schau dir den Himmel an. Diese Sterne sind einfach übertrieben. So viel Kitsch kann es nicht geben“, flüsterte ich.

„Ich kann es noch toppen, wenn du willst.“

Ich spürte, wie sich seine Brust in meinem Rücken langsam hob und senkte, seine Stimme war tiefer geworden.

„Wie willst du das schaffen?“

„Ich könnte dir versprechen, dir die Sterne vom Himmel zu holen“, erwiderte Max leise.

Ich überlegte, ein Kotzgeräusch zu mimen, aber ich konnte mich nicht dazu durchringen. Denn irgendetwas geschah in diesem Moment mit mir. Mein Herz begann schneller zu schlagen, ich konnte es nicht verhindern. Max und ich, das sollte eigentlich nichts Ernstes werden. Es waren nicht seine Worte, sondern die Gefühle, die seine Umarmung in mir hervorrief. Sie rührten etwas, was ich so nicht erwartet hatte. Vielleicht lag es aber auch an dem Wein, der durch meine Adern floss.

„Da hättest du aber einiges zu tun“, sagte ich stattdessen und griff mit meinen Händen nach seinen. Seine Nähe fühlte sich richtig an.

„Stimmt“, sagte Max schlicht.

„Wie kommt es eigentlich, dass alle zu den Sternen aufblicken und von ihren Träumen reden, aber niemand die Hand ausstreckt, um nach ihnen zu greifen?", fragte ich in die Stille hinein.

Max schwieg eine ganze Weile, als überlegte er tatsächlich und als wäre meine Frage nicht nur ein Ablenkungsmanöver, um mich enger an ihn zu schmiegen.

„Es wäre ungemütlich und äußerst anstrengend."

„Ja. Aber träumst du nicht davon, etwas da oben zu verändern? Ob du einen Stern nimmst oder hinzufügst, ist doch einerlei. Hauptsache, du hinterlässt einen Abdruck da oben", sagte ich.

„Das denke ich nicht. Wenn du den Menschen ihre Sterne nimmst, stiehlst du ihnen ihre Träume."

„Und Träume sind etwas so Wunderbares", fügte ich hinzu. Max hob seinen Kopf von meinem an und drehte mich in seinen Armen.

„Was sind deine Träume, Anna?" Ehrliche Neugierde lag in seiner Frage und ich begriff, das hier war etwas Besonderes. Es war persönlich. Wie auch immer wir da hineingeraten waren, ich würde mich an diesen Moment mein Leben lang erinnern. Nicht unbedingt wegen Max, sondern der Wahrheit in meiner Antwort. Von dem Traum zu erzählen, der mich schon seit Jahren immer wieder verfolgte.

„In letzter Zeit träume ich vom Meer. Ich segle darauf durch die Stürme der Gezeiten. Durch Ebbe und Flut. Ich beherrsche es." Für einen Moment war es still, er sah mich nur an. Es war, als blickte er mir direkt in die Seele.

„Macht also", sagte er.

Ich wusste nicht, ob er recht hatte. Aber wahrscheinlich war es genau das, was ich schon immer gewollt hatte. Erfolg, eine Karriere in der Chirurgie. War das wirklich alles? Ich verdrängte den Gedanken. Die Tatsache, dass die Chirurgie alles sein sollte, was ich wollte.

„Wovon träumst du denn?" Ich wollte dieses unangenehme Gefühl loswerden, dass ich zu viel von mir offenbart hatte.

Er schwieg einen Moment, bevor er antwortete: „Von einer besseren Welt. Von Gerechtigkeit."

Neugierig musterte ich ihn. „Das Ziel ist aber sehr hochgesteckt."

Er lächelte. „Deswegen nennen wir es ja auch Träume. Sie sind wie die Sterne zu weit weg, um nach ihnen zu greifen."

„Ja, aber versuchen können wir es." Und in diesen Moment hatte ich keine Angst mehr vor dem kommenden Montag. Ich war bereits dabei, nach den Sternen zu greifen. All die Jahre des Büffelns hatten mich auf diesen Moment vorbereitet. Meine Karriere im Chicago Med.

Wir standen noch eine sehr lange Zeit gemeinsam so da. Es war der perfekte Moment. Ich war dankbar, dass er meine Träume nicht infrage stellte. Dass er mich so akzeptierte.

Da strich eine Hand langsam über die nackte Haut unter meinem Pullover, glitt entlang meiner Taille und hinterließ ein Kribbeln auf meinem Körper. Hitze wallte in mir auf und zu dem Ziehen in meiner Brust gesellte sich ein Gefühl der Lust. Max ging mir eindeutig unter die Haut.

„Erzähl mir etwas über dich, was ich noch nicht weiß. Etwas Persönliches", flüsterte Max in mein Ohr. Seine Stimme war tiefer geworden, irgendwie rauchig. Er löste seine Hand nicht von mir, sondern streichelte weiter sanft über meine Hüften. Ich unterdrückte ein Stöhnen und schloss die Augen.

„Mein richtiger Name ist Adriana Lucretia Rosso."

Max prustete los und ohne nachzudenken reagierte ich. Sofort umklammerte ich ihn so fest, dass er kaum zu Atem kam. Sein Lachen verwandelte sich in ein Husten.

„Ich lasse dich hier ersticken, wenn du nicht aufhörst zu lachen." Das brachte ihn noch mehr zum Lachen und mit einer Leichtigkeit, die nicht hätte sein sollen, löste er sich aus meiner Umklammerung.

„Und genau deswegen erzähle ich das niemandem!", rief ich.

Ohne Max' Körper an mir war es kalt hier draußen. Allmählich beruhigte sich Max und versuchte einigermaßen ernst dreinzublicken.

„Meine Mutter war wohl etwas benebelt von der Narkose bei der Namensgebung. Das behauptet zumindest mein Vater; meine Mutter ist immer noch begeistert von diesem Namen. Sie ist auch die Einzige, die mich so nennt", berichtete ich und schaute dabei etwas verlegen zu Boden.

„Ich finde den Namen gar nicht so schlimm", sagte Max und tätschelte mir sanft die Schulter. „Wirklich nicht. Du hättest es schlimmer treffen können. Beispielsweise, wenn jeder um diesen Namen wüsste."

Spielerisch boxte ich ihn gegen die Schulter. Doch Max fing meine Hand ab und zog mich wieder in seine Arme.

Dann starrte er mich mit funkelnden Augen an. Eine blonde Strähne fiel ihm wirr ins Gesicht. Ich griff danach und schob sie zu den anderen säuberlich angeordneten Haaren zurück. Meine Hand streifte seine Wange und ich spürte die raue Haut unter meinen Fingern. Max' Augen verdunkelten sich und er zog mich nah an seine Brust. Seine Hände fühlten sich heiß durch den Stoff meines Pullovers an.

Mir blieb keine Zeit, weitere Fragen zu stellen, denn seine Lippen waren meinem Mund plötzlich ungewöhnlich nahe. Sie waren recht schmal, hatten aber einen einladenden Schwung. Wir würden uns jetzt küssen. Das war der Moment. Endlich.

Ein lautes Krachen und Hupen hallten von der Straße zu uns herüber. Erschrocken fuhren wir herum. Wie in Zeitlupe flog der Fahrradfahrer über die Motorhaube, prallte von ihr ab und landete auf der Straße, daneben die Überreste seines Fahrrads. Ich rannte los.

Kapitel II: Der Unfall

Als ich zwölf war, fuhr mein Vater mit mir zu einem Oldtimertreffen, um Ersatzteile für Helga zu kaufen. Helga war unser alter Opel Kadett, an dem er herumschraubte, seit ich denken konnte. Auf dem Weg zu dem Treffen gab es einen Autounfall. Eine Massenkarambolage, wie man heute sagen würde. Mindestens zehn Autos kollidierten miteinander. Wir waren die ersten Helfer vor Ort. Mein Vater verständigte den Rettungsdienst und stellte mich an den Straßenrand mit einer viel zu großen orangenen Warnweste. Überall herrschte Chaos. Er und einige andere eilten zu den verschiedenen Verkehrsopfern und versuchten, sie aus den Autos zu befreien. Ich stand nur da und sah zu. Dieses Gefühl, nutzlos zu sein, machte mir mehr Angst als die blutenden Menschen vor meinen Augen.

Ein Mann tauchte auf, er war Arzt. Binnen weniger Minuten ordnete er das Chaos – wie ein Dirigent, der aus krächzenden Instrumenten wunderbare Musik machte. Mich beachtete er nicht, aber ich beobachtete ihn die ganze Zeit. Im Gegensatz zu mir und all den anderen wusste er, was zu tun war. Von da an schwor ich mir, dass ich mich nie wieder hilflos fühlen wollte.

Der Fahrradfahrer lag seltsam verkrümmt auf dem Straßenboden und stöhnte. Entsetzt keuchte ich auf, spürte eine altbekannte Angst vor der Hilflosigkeit in mir aufwallen. Dann sah ich das Blut. Es tropfte auf den steinernen Asphalt. Dieser Anblick versetzte mich schlagartig in einen Zustand völliger Nüchternheit. Da war Blut, wo keins sein sollte. Damit kannte ich mich aus. Ich war Chirurgin, mit so etwas konnte ich umgehen. Ich kniete mich neben ihm nieder und sofort wurde meine Hose von einer warmen Flüssigkeit durchtränkt. Zu dem Geruch nach Eisen gesellte sich nun auch der Geruch von Urin. Sein Gesicht war schmerzverzerrt, die Augen hatte er fest zusammengekniffen, während ihm dunkle Rinnsale über die Stirn liefen. Der junge Mann wimmerte leise und das war gut. Es bedeutete, dass er lebte.

Der Autofahrer stolperte auf uns zu. Er hatte sich von dem Schock erholt, der ihn hinter dem Lenkrad gehalten hatte.

„Alles in Ordnung?", fragte er.

Ich verkniff mir ein ironisches Lachen, denn nichts war in Ordnung, rein gar nichts. Ein Blick über die Schulter verriet mir, dass der Mann einigermaßen unverletzt geblieben war. Er hatte schließlich die gigantische Motorhaube seines SUVs als Schutz gehabt.

Der junge Mann vor mir hatte nicht einmal einen Fahrradhelm getragen. Sein Fahrrad lag mehrere Meter von uns entfernt, ein Haufen Schrott.

„Max, ruf einen Krankenwagen!" Mein Befehl klang knapp und herrisch, aber für mehr hatte ich keine Zeit. Ich sah zu dem Autofahrer hoch: „Holen Sie Ihren Erste-Hilfe-Kasten oder die Box. Irgendetwas haben Sie ja sicher im Auto." Der Mann nickte und eilte davon.

„Wir rufen einen Krankenwagen, okay?“ Ich strich dem jungen Mann durch die Haare, tastete weiter entlang seines Hinterkopfes und spürte, wie meine Finger warm und klebrig wurden.

Scheiße. „Mein Name ist Anna Rosso, ich bin Ärztin. Ich werde dich jetzt untersuchen, okay?“

Der junge Mann nickte stöhnend und wandte den Kopf ab. Doch seine Atmung war flach und schnell. Vorsichtig tastete ich nach seinem Puls, tachykard, viel zu hoch.

„Bitte, sieh mich einmal an!“

Bitte, bitte lass es keine Hirnblutung sein, sondern nur eine oberflächliche Kopfplatzwunde. Wieso hatte er keinen Helm getragen? Dieser Idiot.

Der Mann bewegte sich nicht. „Wie heißt du?“, fragte ich. Nichts. Ich rüttelte an seiner Schulter und endlich reagierte er. Er wandte den Kopf und sah mich fast entrüstet an. Die Pupillen waren gleich groß, als ich sie mit meinem Handy beleuchtete und – er stöhnte wieder und krümmte sich zusammen, fasste sich an den Bauch.

„Das ist alles, was ich gefunden habe!“

Der Autofahrer hielt mir ein noch in Folie eingepacktes Erste-Hilfe-Täschchen hin. „Danke“, sagte ich knapp und riss die Folie von der Tasche. Eine goldene Rettungsdecke, einige Mullbinden und Pflaster. Handschuhe. Desinfektionsmittel, sonst nichts. *Okay, wow.* Da war nichts, was mir auch nur im Entferntesten helfen konnte.

„Die Polizei und der Krankenwagen sind unterwegs“, meldete Max, der plötzlich neben dem Autofahrer auftauchte.

„Könnt ihr die Unfallstelle sichern? Max, kannst du dich um ihn kümmern? Ich rufe dich, wenn ich dich brauche."

Max nickte stumm und griff nach dem Arm des Autofahrers. Seinen panischen Blick konnte ich jetzt nicht gebrauchen, nicht wenn ich mich konzentrieren musste.

„Ich werde dich jetzt untersuchen, nicht erschrecken", erklärte ich dem jungen Mann. Dieser reagierte nur mit einem leisen Stöhnen. Ich griff nach dem Kapuzenpullover, der erstaunlicherweise nichts abbekommen hatte, und zog ihn nach oben. „Fuck!" Diesmal konnte ich mir den Fluch doch nicht verkneifen.

„Was ist?", fragte Max.

„Nichts, alles gut!", rief ich über die Schulter zurück. Dabei war gar nichts gut. Der Bauch war über und über mit roten Flecken und Schrammen bedeckt. Von der linken Flanke bis zum Rand seiner Jeans war fast die gesamte Haut abgeschmirgelt und blutete leicht. Doch die Haut war nicht das Problem. Das Problem lag darunter, da wo ich nicht hinblicken konnte. Ich strich vorsichtig über die Bauchdecke und der junge Mann schrie gequält auf. Die kurze Berührung reichte, um mir einen Eindruck zu verschaffen. Er war hart. „Zieh die Beine leicht an, okay? Dann wird es mit den Schmerzen besser. So, genau", leitete ich ihn an. Ich wollte die Beine bewegen, doch er schrie auf. Mein Blick wanderte weiter nach unten. Durch den Stoff seiner Jeans am linken Schienbein ragte mit ziemlicher Sicherheit ein Stück Knochen.

Zumindest der Rest seines Körpers schien unverletzt. Okay, viel war da nicht mehr übrig, was noch kaputt gehen konnte. Zumindest der Bruch war nicht lebensbedrohlich, die inneren Blutungen im Bauch allerdings schon.

Das war alles schön und gut zu wissen, half mir aber gerade nur sekundär. Schweiß trat mir auf die Stirn.

Akutes Abdomen. Schädelhirntrauma. Er brauchte eine Operation. Etwas, das ich auf offener Straße nicht leisten konnte. Wenn er instabil wurde, wäre ich handlungsunfähig. Keine Medikamente, kein OP. Da war es wieder – dieses Gefühl der Machtlosigkeit. Ich hatte mir geschworen, es nie wieder zu spüren. Und doch war es da, schnürte mir den Atem ab. Es raubte mir die Kontrolle über die Situation. Was sollte ich tun? Ich blinzelte.

Blut! Es war mein Anker, der mich zurückbrachte, bevor ich panisch werden konnte. Rasch verband ich die Platzwunde am Kopf und wickelte den Mann in die goldene Decke. Dennoch fühlte ich mich nutzlos. Der junge Mann würde sterben, wenn der Notarzt nicht bald kam. Mein Atem beschleunigte sich wieder. Wieso dauerte das so lange? Das war nicht gut, ganz und gar nicht. Mit jeder Minute, die verstrich, war die Wahrscheinlichkeit höher, dass er innerlich verblutete.

Sirenen. Endlich raste ein Krankenwagen auf uns zu. Ich atmete erleichtert auf. „Der Krankenwagen ist da. Sie geben dir etwas gegen die Schmerzen und dann kommst du ins Krankenhaus, okay?"

Der junge Mann nickte kaum merklich, er hatte die Augen immer noch zusammengekniffen.

Zwei Paramedics und ein Notarzt eilten auf uns zu. Sofort knieten sie sich neben mich und begannen den

Mann zu untersuchen, legten ihm einige Zugänge in die Venen.

Ich stand auf. Meine Knie waren weich wie die Pannacotta, die ich vorhin noch verschlungen hatte, und ich zitterte am ganzen Körper. Der Notarzt stand vor mir. Seine orangene Uniform leuchtete im Licht der Straßenlaternen so grell, sodass ich die Augen zusammenkneifen musste. Er hielt mir eine Hand entgegen und stützte mich, als ich ins Straucheln geriet. Seine Hand war warm und jetzt erst bemerkte ich, wie nass und klamm ich war, durchtränkt von Urin und Blut.

„Alles in Ordnung?", fragte der Notarzt. Wieso war er hier? Normalerweise blieben die Ärzte in der Klinik oder machte er eine Sonderausbildung?

Er starrte mich durch eine drahtige Brille besorgt an und ich nickte stumm. Zufrieden wollte er sich schon von mir abwenden, da krächzte ich. Eigentlich wollte ich ihm sagen, was ich bereits herausgefunden hatte, aber mein Körper wehrte sich dagegen. Es schien, als wäre all das Adrenalin von eben wie fortgewischt und nur noch eine leere Hülse aus Fleisch übrig. Ich hatte es geschafft und doch fühlte ich mich ... leer. Schweiß trat mir auf die Stirn und das Zittern meiner Hände breitete sich auf meinen ganzen Körper aus.

„Was ist passiert? Alles in Ordnung?"

Der Notarzt wirkte plötzlich besorgter als zuvor. Er hielt mich offensichtlich für eins der Unfallopfer, sonst würde er mich nicht so eindringlich mustern. Dabei war das nicht mein Blut, sondern das Blut des Mannes vor mir. *Blut.* Ich blickte meine Hände an und gewann meine Fassung zurück.

„Wir haben den Unfall nur aus der Entfernung gesehen. Der Autofahrer hat ihn volle Kanne von der Seite erwischt, er ist vornüber von seinem Fahrrad gestürzt und über die Motorhaube gerollt, hat sich dabei sogar überschlagen. Atmung wirkt soweit frei. Er hat keinen Helm getragen und eine Kopfplatzwunde, Pupillen aber seitengleich. GCS zehn würde ich sagen. Das Problem ist der Bauch. Der Patient hat sicher innere Blutungen, sein Bauch ist bretthart und die Blase hat sich vollständig entleert." Ich beendete meinen Vortrag und begann sofort unkontrolliert zu zittern. War das eine Panikattacke? Ich hatte noch nie eine gehabt, doch so musste es sich anfühlen, oder? Angst verursachte eine Adrenalinausschüttung und jetzt hatte mein Körper eindeutig zu viel davon. *Fight or Flight.* Mein Zittern wurde stärker und Tränen bildeten sich in meinen Augenwinkeln. Ich war am Ende. Noch ein bisschen mehr und ich würde heulen wie ein Schlosshund. So war ich nun mal, bei Stress gingen meine Emotionen mit mir durch. Graue Augen blickten mich durch eine Brille aufmerksam an. Sie wirkten so ruhig im Gegensatz zu dem Sturm, der in mir tobte, bewahrten mich davor, völlig zusammenzubrechen. Die Augen und das Blut.

„Vom Fach?", fragte der Notarzt.

„Morgen fange ich im Chicago Med an." Meine Stimme war zu einem Quieken verkommen und meine Beine drohten unter mir wegzubrechen. Unwillkürlich griff er nach meinem Arm, damit ich nicht stürzte.

Ein Grinsen breitete sich in seinem Gesicht aus. „Na, dann ist das ja der perfekte Einstieg. Ich bin Sebastian Holden. Keine Sorge, ich lass dich nicht fallen." *Was war das denn für ein Machospruch?*

Ruckartig zog ich meinen Arm zurück. „Anna Rosso und ich kann stehen, danke", erwiderte ich bissig.

„Kein Grund, die Nerven zu verlieren, Anna. Du hast alles richtig gemacht. Am besten setzt du dich kurz hin, okay?"

Er legte mir eine Hand auf die Schulter und drückte sanft zu. Unwillkürlich verlangsamte sich mein Atem und Ruhe legte sich über mich. Sofort bereute ich meine unfreundlichen Worte ihm gegenüber. Er hatte es nur gut gemeint, weil er meine Angst gesehen hatte. Und genau diese Sache störte mich.

Er hatte meine Angst gesehen.

„Holden, kommst du jetzt mal helfen?", rief eine der Paramedics.

„Ihr habt doch schon alles gemacht. Was soll ich da noch groß tun? Load and Go, Leute. Wir fahren schnellstmöglich in die Klinik, informiert den Schockraum. Für den Rest ist Zeit im Wagen."

„Wir sehen uns, Anna. Danke für deine Hilfe." Er zwinkerte mir zu und wandte sich ab.

Binnen weniger Minuten hatten sie den Mann fortgetragen. Ich stand nur da, unfähig, mich zu bewegen, die Arme um mich geschlungen.

Max redete in der Ferne mit einem uniformierten Polizeibeamten. Er wirkte so sauber, während ich mit Dreck und Blut verschmiert war. Seine Hände waren rein und ich stank nach Urin.

Als hätte Max meinen Blick gespürt, wandte er sich zu mir um. Er sagte noch etwas zu dem Polizisten und kam danach auf mich zu. „Ist alles in Ordnung?"

„Ja, mir ist nur kalt."

Er sah mich eindringlich an. Etwas Mitleidiges lag in seinem Blick, das mir nicht so recht gefiel.

„Keine Sorge, du hast es fast geschafft. Die Polizei will nur noch deine Kontaktinformationen und dir ein paar Fragen stellen.“

„Wo ist der Autofahrer?“

„Den haben sie in einem anderen Krankenwagen mitgenommen. Hast du es nicht mitbekommen?“

„Nein.“ Ich hatte ihn mir gar nicht genauer angesehen. „Ist er verletzt?“, fragte ich erschrocken.

„Ich denke nicht, sie wollen ihn nur sicherheitshalber durchchecken.“ Max legte mir eine Hand auf die Hüfte, zog sie aber zurück, als er die Feuchtigkeit bemerkte. Er rümpfte angewidert die Nase. „Komm, bringen wir es hinter uns. Du solltest dich baldmöglichst umziehen.“

Ich nickte und folgte ihm. Doch mein Aussehen war tatsächlich nicht meine größte Sorge. Ich hatte Panik bekommen. Es war eine Notfallsituation und ich war Ärztin. Das durfte nicht passieren.

Kapitel III: Der erste Tag

Dafür, dass das Chicago Medical Center ein so hohes Ansehen genoss, sah die Klinik erschreckend hässlich aus. Das Krankenhaus war einer dieser Altbauten aus den Siebzigerjahren, nur leider ohne den Charme. Graubraune alte Holzvertäfelungen verkleideten die Wände, an denen Urkunden und Bilder von ehemaligen Professoren hingen. Der Boden bestand aus einem grauen Linoleumgemisch, das garantiert nicht mehr so produziert wurde.

Aber man durfte die Klinik nicht nach dem Äußeren beurteilen. Mein Blick strich über die gerahmten Urkunden an den Wänden. Darmkrebszentrum. Pankreaszentrum. Adipositaschirurgie. Die Top-Mediziner der USA nebeneinander gerahmt über die Wände der Klinik verteilt.

Fünf Jahre des Lernens hatten mich auf diesen Moment vorbereitet. Mit zittriger Hand wischte ich mir den Schweißfilm über meinen Augenbrauen fort und holte einmal tief Luft. Ich stand vor der Tür des Chefarztsekretariats. Nur noch ein paar Schritte und mein neues Leben begann, mein Leben als Chirurgin. Es war so weit.

Diesmal war meine Hand ruhig, als ich sie anhob, um gegen das alte Holz zu klopfen. Das hier war genau das, was ich mir wünschte, wofür ich so lange gekämpft hatte.

Dann schwang die Tür auf. Ein weißer Kittel wehte mir entgegen, doch es war nicht der von Professor Vadasz oder deren Sekretärin. Der Mann bremste abrupt, als er mich sah. Groß und breit füllte er fast den ganzen Türrahmen aus. Seine Haare waren kurz geschoren und von einer undefinierbaren Farbe. Rotblond? Ich kannte ihn.

„Nein", entfuhr es mir unwillkürlich, als ich entgeistert in dieselben grauen Augen starrte, die mich das letzte Mal bei einer Panikattacke am Chicago River beobachtet hatten. Die spitze Nase des Mannes kräuselte sich leicht, dann verzog er seinen Mund zu einem schiefen Grinsen.

Das konnte doch nicht wahr sein. Von allen Ärzten in ganz Chicago musste es ausgerechnet ein Mitarbeiter des Chicago Med sein, meiner Klinik. Mein Blick wanderte zu dem Namensschild, das an seinen Kittel geheftet war. *Dr. S. Holden. Oberarzt der Chirurgie.*

Wieder starrte ich in das Gesicht des Mannes. Sebastian Holden hatte eine Augenbraue gehoben, als wartete er auf irgendeine Reaktion von mir. Aber ich reagierte kaum. Mir hatte es die Sprache verschlagen.

Ein Klingeln ließ uns beide gleichermaßen zusammenfahren. Doktor Holden griff in seine Kitteltasche, holte ein kleines schwarzes altes Telefon heraus und hielt es an sein Ohr. Doch statt auszuweichen, blieb er an Ort und Stelle stehen, versperrte mir immer noch den Zutritt. Unverhohlen musterte er mich, während eine Stimme auf der anderen Seite des vermutlich aus dem letzten Jahrhundert stammenden Telefons hektisch auf ihn einredete. Ich hatte mich selten so unwohl gefühlt wie in diesem Moment. Es lag an seinem Gesichtsausdruck, die Neugier darin und das leise Lächeln. Er hatte etwas über mich erfahren, dass eigentlich niemand wissen sollte.

Plötzlich veränderte sich sein Gesicht und seine Augenbrauen zogen sich verärgert zusammen. „Was ist passiert?", fragte er mit einer Schärfe in der Stimme, die mich erneut zusammenzucken ließ. „Fuck. Ja, ich komme."

Ohne mich eines weiteren Blickes zu würdigen, schob er sich an mir vorbei, das Telefon weiterhin an sein Ohr gepresst. Binnen Sekunden war er mit wehendem Kittel am Ende des Ganges verschwunden.

„Doktor Rosso, oder?" Eine mittelalte Frau mit streng zurückgekämmtem, schlohweißem Haar sah mich erwartungsvoll an. Hastig trat ich in den Raum. Mit ihren roten, zusammengekniffenen Lippen und dem durchdringenden Blick wirkte sie wie eine Lehrerin, die gerade einen Störenfried ermahnte. Schließlich öffnete sich ihr Mund zu einem Lächeln, das jedoch nicht ihre Augen erreichte. Ich wollte es gerade erwidern, da war es auch schon aus ihrem Gesicht verschwunden und ihre Mundwinkel fielen herab.

„Sie können draußen Platz nehmen, es kommt gleich jemand für Sie."

Ich bekam gar nicht die Gelegenheit zu reagieren, da trat ein Mann mit schwarzen, wuscheligen Haaren durch die Tür. Er war deutlich größer als ich und seine Hornbrille die Nase hinabgerutscht. Lässig lehnte er sich gegen den Türrahmen und verschränkte die Arme vor der Brust. „Hi, Mrs. Welsch. Haben Sie mich vermisst?“

Mrs. Welsch' Kichern jagte mir einen kalten Schauer über den Rücken. Das war dann wohl der Lieblingsschüler.

„Markus, schön Sie zu sehen“, begrüßte die Sekretärin den Mann mit einem so warmen Tonfall, der die Eiszeit von eben jäh beendete. Dieser stieß sich von dem Türrahmen ab und kam auf uns zu. Er zwinkerte mir freundlich und ich verspürte ein unangenehmes Kratzen in meinem Hals.

„Doktor Fisher, das ist Doktor Rosso.“ Sie winkte mich zu sich heran und drückte mir einen Stapel Papiere in die Hand. „Doktor Fisher wird Ihnen eine kleine Klinikführung geben und mit Ihnen Ihren Laufzettel abarbeiten. Danach melden Sie sich noch einmal bei mir.“

„Danke“, sagte ich unschlüssig, an wen ich mich wenden sollte. Mrs. Welsch hatte ihren Blick wieder dem Bildschirm auf ihrem Schreibtisch zugewendet. Als sie bemerkte, dass ich mich nicht von der Stelle rührte, runzelte sie entnervt die Stirn. „Worauf warten Sie noch?“

Ich öffnete den Mund, um etwas zu erwidern, damit ich mich nicht mehr ganz so wie ein stummer Fisch fühlte, aber der Mann kam mir zuvor.

„Wir sind gleich wieder da, Mrs. Welsch. Treiben Sie es nicht zu wild“, sagte er augenzwinkernd zu der Sekretärin, deren harten Züge sich sofort glätteten. Er griff nach meiner Hand und zerrte mich aus dem Sekretariat.

Draußen angekommen schloss er hastig die Tür hinter uns und atmete erleichtert auf, bevor er sich mir zuwandte.

„Nummer eins: Versuch, so wenig Zeit wie möglich in der Nähe des Drachens zu verbringen." Er hob zwei Finger in die Höhe. „Nummer zwei: Widersprich ihr nie, hörst du. Niemals!" Dann ließ er seine Hand sinken und streckte sie mir entgegen. „Ich bin übrigens Markus."

Ich ergriff die ausgestreckte Hand und schüttelte sie. „Anna Rosso. Und mit Drachen meinst du …"

„Psst." Er grinste verschwörerisch und zog mich an der Hand, die er immer noch nicht losgelassen hat, fort von dem Sekretariat. „Merk es dir einfach, so fährst du hier besser. Es gibt Dinge und Autoritäten, die man hier nicht infrage stellen darf. Sonst bist du schneller weg vom Fenster, als dir lieb ist. Und mit Fenster meine ich OP-Saal. Mrs. Welsch ist eine davon."

„Und wer sind die anderen?" Markus' Beine waren mindestens doppelt so lang wie meine. Eine Tatsache, die mir schmerzlich bewusst wurde, als ich bereits nach kurzer Zeit ins Keuchen kam, um mit ihm Schritt zu halten.

„Ich sehe schon, du weißt, wie der Hase läuft."

„Du offensichtlich auch. Seit wann bist du da?"

„Vier Wochen. Wir sind die einzigen Frischlinge. Batchmore meinte, ich darf früher anfangen, daher bin ich vor dir angekommen."

„Ah", erwiderte ich. Mein Mund fühlte sich plötzlich sehr trocken an. Das Chicago Med war bekannt für sein exklusives Mentorenprogramm und die damit einhergehenden wenigen Plätze. Eigentlich sollte ich die einzige Anfängerin sein. Aber wenn Markus auch hier war, wurden wir unweigerlich zu Konkurrenten.

Ich war geradezu erleichtert, als wir nach einer zweistündigen Tour durch die Klinik wieder bei Mrs. Welsch ankamen. An ihrer Seite stand Professor Vadasz und ein weiterer Mann im weißen Kittel. Sein Bild kannte ich bereits von der Website, Doktor Richard Batchmore.

Professor Vadasz lächelte freundlich und begrüßte uns. „Schön. Sie sind da. Hat Doktor Fisher Ihnen gut geholfen, sich zurechtzufinden?"

„Ja, auf jeden Fall."

Professor Vadasz nickte zufrieden. „Also. Das hier ist Doktor Batchmore. Er ist unser leitender Oberarzt. Doktor Batchmore, Doktor Rosso hat an der Ohio State University studiert und hat sich mit einem beeindruckenden Zeugnis hier bei uns beworben."

Doktor Batchmore musterte mich aufmerksam. Er war nicht besonders groß, eher schmächtig mit schmalem Gesicht. Irgendwie erinnerte er mich an eine Ratte, die schon ein Jahr zu lange lebte. Unter seinem Blick fühlte ich mich plötzlich insuffizient und unpassend. Ich widerstand dem Drang, mir das Piercing aus der Nase zu reißen und streckte stattdessen den Rücken durch. Er sagte nichts.

Professor Vadasz fuhr fort. „Doktor Batchmore wird Ihr fester Ansprechpartner neben unseren Mentoren sein. Er macht die OP-Pläne und kümmert sich um Ihre Weiterbildung hier."

„Es freut mich, Sie kennenzulernen, Frau Rosso. Leider hatte ich keine Zeit, bei Ihrem Vorstellungsgespräch auch anwesend zu sein, wie es normalerweise der Fall ist."

Batchmores Stimme wirkte ebenso kühl und reserviert wie sein Händedruck. Ich lächelte ihn vorsichtig an, er erwiderte es nicht.

„Doktor Holden ist für Sie, Frau Rosso, als Mentor zuständig. Leider ist er gerade bei einem Notfall, sodass Doktor Ridson kurz einspringen wird." Dabei winkte Batchmore einem jungen Mann mit schütteren roten Haaren zu, den ich nicht bemerkt hatte.

Tief in meinem Inneren stürzte gerade ein Stein zu Boden und rollte quer durch meinen Kopf, um eine Trümmerlandschaft aus Verzweiflung zu hinterlassen. Sebastian Holden war mein Mentor. Wie hätte es auch anders sein können. Ich wollte schreien, anstatt dieses steife falsche Lächeln auf meinem Gesicht aufrecht zu erhalten.

„Ansonsten freue ich mich, Sie bei uns begrüßen zu können. Ich muss allerdings weiter. Wir sehen uns morgen in der Frühbesprechung. Viel Erfolg bei Ihrem ersten Arbeitstag." Mit diesen Worten waren er und Professor Vadasz zur Tür hinaus. Mrs. Welsch folgte ihnen hastig, während ich fassungslos zurückblieb. Mein neuer Mentor war niemand geringerer als der Mann, der mich bei einer Panikattacke gesehen hatte. So viel zu dem Thema kompetent wirken.

„Schnitt." Ein Skalpell wurde durch die Haut gezogen. Kleine Blutströpfchen bildeten sich an dem entstandenen Defekt. Ich drückte eine Kompresse darauf, die sich sofort rot färbte. Der Mann neben mir nickte zufrieden. Sein Blick hatte sich konzentriert auf die Wunde vor mir gerichtet, während er mit geschickten Fingern immer mehr in die Tiefe präparierte. Sebastian Holden, mein neuer Mentor.

So hatte ich mir meinen zweiten Tag nicht vorgestellt. Statt eines Gespräches mit meinem Oberarzt und Mentor war ich zusammen mit einer weiteren Assistentin über die Station zur Visite gehetzt. Danach war ich noch vor der Besprechung in den OP gerufen worden. Jetzt stand ich hier mit meinem Mentor, der mich vermutlich für inkompetent hielt, im OP und hielt Haken bei einem Leistenbruch.

„Kannst du nähen?“ Der Arzt blickte mich fragend an. Ich nickte stumm. Er hielt der Schwester seine ausgestreckte Hand hin. „Einmal subkutan fortlaufend für Doktor Rosso.“ Dann zog er die Geräte aus der Bauchdecke heraus. Mit einem lauten ‚Plopp‘ entwich die Luft aus der Bauchhöhle und der eben noch so geblähte Bauch fiel in sich zusammen. Ein wunderbares Sinnbild für meine Hoffnungen und Wünsche, dachte ich frustriert.

Nach der Operation folgte ich Holden unaufgefordert in das kleine Dokumentationszimmer. Kaum waren wir drinnen, zog ich mir den Mundschutz vom Gesicht und stemmte die Hände in die Hüften.

„Alles in Ordnung?“, fragte er überrascht.

„Ich dachte, es wäre gut, wenn wir einander noch einmal vorstellen ... also richtig.“

Die Augen des Oberarztes funkelten schelmisch. „Okay?“

Ich streckte ihm meine Hand entgegen und er ergriff sie grinsend. „Ich bin Anna Rosso, dein neuer Menti."

„Sebastian Holden, dein Mentor."

Wir schüttelten einander die Hände. Sofort bemerkte ich den festen Griff und hielt inne. Seine Berührung fühlte sich seltsam angenehm an, sicher. Und plötzlich spürte ich eine Verbindung, die etwas in mir zum Glühen brachte, von dessen Existenz ich bis eben nichts geahnt hatte. Auch Sebastian wirkte überrascht, dann spiegelte sich meine Verwirrung auf seinem Gesicht wider. Hastig löste ich meine Hand und wischte den Schweiß an meiner Hose ab. Sebastian trat einen Schritt zurück und ließ sich auf einen der Stühle in dem kleinen Raum sinken. Er verschränkte die Arme miteinander, irgendwie abwehrend. Seine Unterarme verrieten mir eine gewisse Anspannung, denn die Venen traten darauf deutlich hervor. Ich liebte diesen Anblick. Im Medizinstudium hatte ich gute Venen zu schätzen gelernt und Sebastian hatte wunderbare Venen. Da spürte ich es. Es war ein Hüpfer in meiner Brust, nur ganz klein, aber genug, um mir Angst zu machen. Doktor Holden war mein Mentor, mein Oberarzt. Ich sollte ihn nicht attraktiv finden. Hastig straffte ich die Schultern und wandte mich ihm zu. *Zurück zum ursprünglichen Plan.*

„Ich will nur eins klarstellen. Dieser Fahrradunfall ...", ich geriet ins Stocken und schloss entnervt die Augen. „So bin ich eigentlich nicht. Normalerweise habe ich solche Situationen besser in Griff. Ich hatte ein paar Gläser Wein zu viel und deswegen sind meine Emotionen ein wenig mit mir durchgegangen."

„Okay", sagte Holden schlicht.

Da war er wieder. Der Oberarzt, nicht der Mann, der meinen Herzschlag gerade beschleunigt hatte.

„Okay?", fragte ich.

Er zuckte mit den Schultern. „Ja, ich an deiner Stelle wäre zwar durchgedreht, wenn ich ohne entsprechendes Equipment Erste Hilfe leisten müsste. Aber wenn du meinst, es lag nur am Alkohol ..."

Meine Wangen brannten und ich ballte unwillkürlich die Hände zu Fäusten. „Nein, natürlich nicht. Ich will damit nur sagen, dass ich eigentlich ganz gut mit Notfällen bin, sonst wäre ich keine Chirurgin geworden. Diese Situation war eine ... eine Ausnahme."

„Schon gut, Anna. Wie ich damals gesagt habe, du hast deine Sache gut gemacht. Ich habe nie etwas anderes gedacht."

Wieso sah er mich dann aus ernsten Augen an? So, als ob er wüsste, dass meine Panik nicht die einer Betrunkenen gewesen war. Als würde er jetzt schon all meine Schwächen kennen, bevor ich überhaupt die Möglichkeit hatte, meine Stärken unter Beweis zu stellen.

Ich mochte dieses Gefühl nicht. Es war nicht so, dass ich mich für fehlerlos hielt, aber zumindest für den Anfang meiner Karriere wollte ich keine Schwächen zeigen. Sonst würde ich untergehen, dafür war die Chirurgie zu hart. Unwillkürlich verdunkelte sich sein Blick und eine Gänsehaut jagte mir über den Rücken.

„Vielleicht sollten wir ein paar grundsätzliche Dinge besprechen", sagte Holden plötzlich. „Ich bin dein Mentor und werde dementsprechend einen großen Teil meiner Zeit damit verbringen, dich auszubilden. Daher ist es wichtig, dass wir einander vertrauen. Wenn du unsicher bist, musst du mir das sagen. Wenn du Fragen hast, frag mich oder die anderen Kollegen. Wir sind zwar im Chicago Med, aber für den Anfang erwartet niemand von dir, dass du perfekt bist, okay? Meinst du, du bekommst das hin?"

Langsam nickte ich. Alle erwarteten Perfektion, das hier war das Chicago Med.

Holden zog die Augenbrauen zweifelnd nach oben und schon wieder bekam ich das Gefühl, dass er ganz genau wusste, was ich dachte. Konnte dieser Typ Gedanken lesen?

„Gut." Schweigen breitete sich zwischen uns aus. In der Ferne war das Piepsen von den Monitoren aus den OP-Sälen zu hören. Ich musterte das Dokumentationszimmer und das Diktiergerät auf dem Schreibtisch meines Oberarztes.

„Na, dann gehe ich mal wieder zurück auf Station." Ich musste schleunigst fort von hier. Von ihm. So war das ganz und gar nicht geplant gewesen.

Holden nickte. „Mach das. Ach, und Anna ..."

Ich hielt kurz inne und drehte mich zu ihm um.

„Der Fahrradfahrer hat überlebt. Ich dachte, das würdest du gerne wissen."

Kapitel IV: Das erste Mal

Es war kurz vor sieben Uhr am Morgen und dennoch klingelte bereits das Telefon in meiner Kitteltasche.

„Rosso, Chicago Medical Center?"

„Hey, Anna", sagte Doreen, eine meiner neuen Kolleginnen. „Ich ..." Ein schleimiges Husten erklang. Sofort hielt ich den Hörer auf Abstand von mir. „Ich bin krank. Ich fürchte, du musst heute ohne mich klarkommen, sorry." Dann erklang erneut ein Übelkeit erregendes Husten und Doreen legte auf. Ich saß regungslos da und starrte auf das Telefon in meiner Hand. Konnte es noch schlimmer werden?

Doreen hatte mich die letzten Tage eingearbeitet, weil es mein Mentor irgendwie geschafft hatte, unaufhörlich im OP zu sein – ohne mich. Als Assistenzärztin im fünften Jahr war sie erfahren genug, um meine Ahnungslosigkeit abzufangen. Doktor Holden alias Sebastian, wie ich ihn eigentlich nennen sollte, war zwar zur Visite erschienen, hatte sich sonst aber nie auf Station blicken lassen. Ich war allein. In meiner zweiten Woche. Allein mit dreißig Patienten.

„Scheiße", fluchte ich laut und ließ den Kopf auf die Tischplatte sinken. „Scheiße. Scheiße. Scheiße." Ich wusste jetzt schon nicht, wie ich den Tag überleben sollte. Geschweige denn meine Patienten.

Frustriert starrte ich auf den Bildschirm vor mir. Lauter Buchstaben leuchteten in unsinnigen Wörtern, deren Bedeutung ich eigentlich kannte. Meine Hände waren kalt und schwitzig. Plötzlich lag in ihnen eine Verantwortung, die ich nicht so schnell erwartet hatte.

Kurzerhand wählte ich eine der Nummern aus meinem Notizbuch.

„Holden?" Die Stimme meines Oberarztes klang tiefer als sonst, er wirkte noch etwas verschlafen. Natürlich, er hatte die ganze Nacht über Dienst gehabt, vermutlich hatte ich ihn geweckt.

„Hi, hier ist die Anna. Ehm … Doreen hat sich heute krankgemeldet."

„Oh", sagte mein Oberarzt.

Es war mehr ein Gähnen als eine wirkliche Antwort. Ich wartete darauf, dass er noch mehr sagte, stattdessen gähnte er erneut. Es dauerte eine schiere Ewigkeit, in der wir uns anschwiegen, bis Holden wieder das Wort ergriff.

„Sorry, ich habe die Nacht durchoperiert und stehe heute den ganzen Tag mit Professor Vadasz im OP. Das heißt, wenn du Fragen hast, musst du mit Batchmore direkt sprechen. Der ist zumindest nicht im OP eingeteilt. Er kommt in zwanzig Minuten zur Visite hoch und bespricht mit dir die Patienten. Das ist gerade das Einzige, was ich dir anbieten kann."

„Danke", sagte ich, auch wenn ich keinerlei Dankbarkeit verspürte. Visite mit dem leitenden Oberarzt war nichts, dass man ohne ordentliche Vorbereitung angehen sollte. Mein Blick wanderte zur Uhr auf dem Bildschirm. Zwanzig Minuten, das würde nie im Leben für alle Patienten reichen.

„Anna?"

„Mhm?" Mir war meine Frustration wohl anzuhören, denn Holden fügte mit deutlich weicherer Stimme an: „Sorry, Anna. Ich komme hoch, sobald ich kann."

Ich nickte. Dann wurde mir bewusst, dass Holden mich nicht sehen konnte, also bedankte ich mich und beendete das Telefonat.

„Fuck." Mein Blick fiel auf die Patientenliste vor mir und Panik wallte in mir auf. Doch ich schluckte sie zusammen mit all meinen Zweifeln hinunter. Dafür war keine Zeit. Holden hatte recht. Ich würde es schaffen, ich musste es schaffen. Zum Glück war ich schon vor dem offiziellen Schichtbeginn gekommen und hatte angefangen, alles vorzubereiten. Hoch lebe das Strebertum.

Schritte erklangen und die dünne Gestalt von Oberarzt Batchmore tauchte in meinem Sichtfeld auf.

„Können wir zur Visite?"

Hastig stand ich auf und stieß dabei fast den Visitenwagen neben mir um. Ich umklammerte den Stapel an Patientenkurven und Zetteln und eilte dem Oberarzt hinterher. Die ersten zehn Zimmer verliefen problemlos. Ich konnte Batchmores Fragen mehr oder weniger adäquat beantworten und obwohl er hin und wieder unzufrieden die Stirn runzelte, kam kein Wort des Tadels über seine Lippen. Bis wir an das letzte Zimmer kamen.

„Mrs. Leng, siebenundachtzigjährige Patientin. Wurde gestern stationär aufgenommen mit Verdacht auf Ileus." Irritiert blickte ich auf meine Notizen. Ein Darmverschluss, der einfach so aufgenommen wurde?

„Hat sie einen oder hat sie keinen?“, fragte der Oberarzt mich scharf.

„Hier steht Verdacht auf Ileus; also nehme ich an, sie hat einen?“

Mein Oberarzt stöhnte merklich auf. „Aber Sie wissen es nicht?“

„Ähm, ich habe sie klinisch noch nicht gesehen. Sie kam erst gestern Abend.“

„Das ist schlecht. Wissen Sie denn überhaupt etwas über die Patientin?“

Hastig blätterte ich meinen Zettelstapel durch. „Es hat ein CT gegeben, aber ich hatte noch nicht die Möglichkeit, den Befund zu sichten.“ Normalerweise checkten Doreen und ich das immer mit Holden gemeinsam während der Visite. So war zumindest die letzte Woche der Ablauf gewesen. Außerdem war es Aufgabe des Nachtdienstes, das CT zu sichten und gegebenenfalls eine Operation zu indizieren.

„Aha. Wie waren denn die Laborwerte?“

Ich blickte auf meine Notizen. Da stand nur ein Wort, nicht mal ein ganzes: norm. Scheiße. Hastig begann ich auf den Computer des Visitenwagens zu tippen. „Die waren unauffällig. Moment, ich rufe sie auf.“

„Sie wissen sie also nicht?“ Unterschwellige Wut schwang in der Stimme des Oberarztes mit. Sein sonst so farbloses Gesicht wurde langsam röter.

„Doch. Ich kann Ihnen nur nicht die genauen Zahlen sagen.“

„Das sollten Sie aber können. Sie sollten alle meine Fragen beantworten können.“

Hitze fuhr in mein Gesicht. Ich hatte keine Zeit gehabt, mir alle einzelnen Laborwerte herauszuschreiben. Die Laborwerte waren unauffällig, das musste doch reichen. „Wenn Sie sich einen Moment gedulden, dann sag ich sie Ihnen."

Doktor Batchmore musterte mich kritisch, als überlegte er, ob er mich direkt feuern oder bis nach dem Frühstück damit warten sollte. „Ich habe eine bessere Idee. Sie informieren sich jetzt ordentlich über Ihre Patientin. Und ich spreche ein ernstes Wort mit Doktor Holden. Mit Ihnen wird das nämlich nichts. Nicht, dass ich das nicht erwartet hätte." Mit diesen Worten machte er auf dem Absatz kehrt und verließ die Station. Seine braunen Lederschuhe klackerten unnatürlich laut auf dem Boden.

Wie versteinert blieb ich zurück. Hatte er mir gerade ernsthaft gesagt, dass ich ein hoffnungsloser Fall war, weil ich eine Zahl nicht auswendig kannte? Tränen der Wut schossen in meine Augen und das gab mir den Rest. Ich weinte immer, wenn ich mich aufregte. Die Alternative wäre Schreien gewesen oder die Wand einzutreten. Trotzdem legten die meisten Menschen das als Schwäche aus, aber ich war nicht schwach. Ich war einfach nur wütend.

Eine der Schwestern, Ann, strich mir tröstend über den Arm. Sie hatte alles mitangehört. „Mach dir nichts draus. Manchmal hat er so Phasen, wo er ..."

Den Rest hörte ich nicht mehr, denn die Tür der Personaltoilette schlug hinter mir zu. Es fühlte sich so an, als hätte man mir ins Gesicht geschlagen. Ich stützte mich auf das Waschbecken und starrte in den Spiegel.

Meine Stirn sah rot und fleckig aus. Meine Augen waren feucht und geschwollen. Gerade mal zwei Wochen da und ich galt jetzt schon als hoffnungsloser Fall. Wie zur Hölle hatte das passieren können? Tränen rannen meine Wangen hinab. In meiner Vorstellung war ich mir klug und wissend vorgekommen, so wie bereits im Studium. Die Beste. Und trotzdem watete ich wie ein Blinder durch den Sumpf. Hilflos und orientierungslos. Wie konnte die ganze Sache nur so schief gehen? Mein Berufseinstieg verwandelte sich in meinen schlimmsten Albtraum.

Ich wischte mir mit der Hand über die Augen. Natürlich hatte ich keine Zeit gehabt, meine Wimpern am Morgen zu schminken und zum ersten Mal war ich dankbar dafür. Niemand sollte sehen, dass ich geweint hatte. Dass sich mein Rotz gerade in meinem Septumpiercing sammelte. Wieso hatte mir niemand gesagt, dass diese Dinger verdammt eklig waren, wenn die Nase lief? Egal.

Kurz überlegte ich Max anzurufen, verwarf den Gedanken aber sofort wieder. Unser Kontakt war seit dem katastrophalen Ende des letzten Dates nur sporadisch gewesen. Er war auf Dienstreise und ich durchlebte meinen persönlichen Albtraum. Einmal mit ihm zu reden, zur Ablenkung würde sicher guttun. Aber ... In der Chirurgie zeigte man keine Schwächen. Man war selbstbewusst und stark. Also nahm ich statt meines Handys eines der Tücher neben dem Waschbecken und befeuchtete es, betupfte meine Stirn damit. Irgendwie musste ich diese Röte loswerden und dann weitermachen.

Die nächsten Tage verbrachte ich mit Lernen und noch mehr lernen. Ich war kein hoffnungsloser Fall, und das würde ich Batchmore beweisen.

Es war draußen noch dunkel, als ich am Freitagmorgen über die hell erleuchteten Gänge der Station lief. Der lauwarme Herbst hatte sich schon fast verflüchtigt und in der Luft hingen bereits eisige Fäden des Winters. Noch war keiner der anderen Ärzte anwesend, ich war wie immer die Erste.

Kaum hatte ich alle Patienten durchgearbeitet, trieb mich ein kurzer Blick auf die Uhr zur Hektik an. Schon hörte ich den vertrauten Klang vom Quietschen der Turnschuhe auf dem Boden. Holden eilte mit langen Schritten über den Gang der Station. Gemeinsam hasteten wir zu den Patientenzimmern. Er musterte mich abwartend, während ich vom Laufen noch nach Atem und Worten rang.

„Mrs. Ruth, fünfundsiebzigjährige demente Patientin, wurde gestern Abend vom Pflegeheim hierher überwiesen mit einer gedeckt perforierten Sigmadivertikulitis. Die Anamnese war mehr als schwierig, sodass wir die restlichen Vorbefunde im Laufe des Vormittags einholen werden. Sie steht für heute bereits auf dem Plan. Pip/Taz hängt schon.“

Holden nickte und trat in das Zimmer ein, dicht auf seinen Fersen ich, Schwester Ann und ein Student, der wie aus dem Nichts aufgetaucht war. Mrs. Ruth lag starr in ihrem Bett. „Guten Morgen Mrs. Ruth, heute geht es zur OP. Haben Sie noch Fragen?“

Stille. Mrs. Ruth reagierte nicht. Sie atmete schnell und flach, schien aber die vielen Gestalten, die sich in ihr Zimmer begeben hatten, kaum wahrzunehmen. Ich trat an das Bett und drehte mich zu Ann. „Wie waren Puls und Temperatur heute Morgen? War sie in der Nacht auch schon so?"

Schwester Ann zuckte ratlos mit den Schultern und begann, in der Akte nachzusehen. „Heute Nacht schien sie ganz ruhig zu schlafen und der Puls lag heute Morgen bei hundert, kein Fieber. Blutdruck bei hundert zu sechzig." Sie blickte fragend und ein wenig eingeschüchtert zu Holden.

Dieser drehte sich jetzt langsam zu mir um. Ich spürte seinen Unmut, bevor ich in seine vor Zorn funkelnden Augen blicken konnte. Dunkle Gewitterwolken hatten sich darin ausgebreitet und drohten uns alle in ein Unwetter zu stürzen. Ohne die Zimmernachbarin von Mrs. Ruth eines Blickes zu würdigen, ging er aus dem Raum.

Er nahm mir das Klemmbrett aus der Hand und sagte mit tonloser Stimme: „Ruf auf der Intensiv an. Sie hat eine Sepsis und ich bin mir nicht sicher, ob wir es noch in den OP schaffen. Wie sieht es aus mit Reanimation? Will sie noch eine Maximaltherapie mit Intensivstation und allem? Ich mache den Rest selbst."

Ich wurde puterrot. Wie hatte der Nachtdienst eine so instabile Patientin hierher verlegen können? Man hätte sie gleich operieren müssen. Es war wertvolle Zeit, die wir hier verloren. Zu viel Zeit.

Eine Dreiviertelstunde später stand ich im OP und begann, die Patientin mit sterilen Tüchern abzudecken. In Windeseile hatte ich gefühlt hundert Anrufe getätigt, um alle erforderlichen Informationen einzuholen.

Der Nachtdienst hatte sie gestern Abend aufgenommen. Zu diesem Zeitpunkt war die Untersuchung noch nicht so aussagekräftig gewesen, sodass man eine operative Versorgung erst am nächsten Morgen geplant hatte.

Im Grunde war alles so wie besprochen abgelaufen und dennoch fühlte ich mich schuldig. Warum konnte ich nicht genau sagen. Auch nicht, wie sinnvoll die Operation war. Mein Herz schlug vermutlich genauso schnell wie das von Mrs. Ruth, als Holden den ersten Schnitt setzte. Kaum hatten wir die Bauchhöhle eröffnet, schlug uns ein bestialischer Geruch entgegen. Der Darm war praktisch nicht mehr vorhanden, nur noch totes, entzündetes Gewebe inmitten einer Schicht aus Eiter und Stuhl.

Das gesamte Team drehte den Kopf weg, als sich die Dunstschwaden im Raum ausbreiteten. Ein leises Würgegeräusch war aus einer Ecke zu hören und kurz darauf das Klicken der geschlossenen Tür. Das war dann wohl unser Student.

Emma, die uns die Instrumente reichte, seufzte. „Also kommt schon Leute, wir haben doch schon viel schlimmere Fälle gesehen."

„Ja, aber nicht gerochen", antwortete mein Oberarzt trocken, während Emma ihm mit einem verschlagenen Zwinkern ein großes Töpfchen zum Spülen reichte. Das war das erste Mal, dass Holden etwas ansatzweise Lustiges von sich gab. Doch die Bedeutung seines Ausspruches war eindeutig. Mrs. Ruth kämpfte um ihr Überleben. So wie es aussah oder eher roch, standen ihre Chancen jedoch schlecht.

Mir wurde flau im Magen. Ob wegen des Geruchs oder des Bewusstseins, dass Mrs. Ruth vielleicht meine erste – ich konnte das Wort nicht einmal denken – sein würde, konnte ich nicht sagen. Ich versuchte nur noch die Furcht, die in meinem Herzen keimte und meinen Körper zu lähmen drohte, abzuschütteln.

Jemand griff nach meiner Hand: „Anna, schau mich an.“

Ich blickte von dem See aus braun-roter Schlacke auf und direkt in graue Gewitterwolken. Holden sah mich ernst durch seine Brille hindurch an. „Das ist *der* Moment, Anna. Zeig mir, was du kannst.“

Eine eiserne Ruhe legte sich über mich, nahm mich gefangen und brachte mich zurück in das Hier und Jetzt. Ich nickte. Dann begannen wir, die Darmschlingen zu mobilisieren und Mrs. Ruths Leben zu retten.

Als Mrs. Ruth aus dem Saal gefahren wurde, lebte sie noch. Wie lange sie noch leben würde, wusste ich nicht. Die restliche Visite führte ich auf Station allein durch, wobei ich diesmal alle Akten und Kurven der Patienten doppelt durchging. Dennoch hatte ich das Gefühl, diesen Tag wie in Trance zu erleben. Jedes Mal, wenn mein Telefon klingelte, zuckte ich heftig zusammen und atmete erleichtert auf, wenn ich sah, dass es nicht die Intensivstation war.

Beim Mittagessen setzte sich Holden neben mich. Erst schwieg er, dann sagte er langsam: „Du hast das heute gut gemacht, Anna.“

Ich blickte überrascht von meinem Sandwich auf. *Wieso fühlt es sich aber nicht so an?* Holden lächelte verschmitzt und machte sich über seine Spaghetti her. Dabei stellte er sich so ungeschickt an, dass direkt ein paar Tröpfchen auf seinem Kittel landeten.

„Pass auf!" Ich reichte ihm eine der vielen Servietten, die ich auf meinem Tablett geparkt hatte.

„Danke. Wer kommt überhaupt auf die Idee, Spaghetti mit Tomatensoße in einer Kantine zu verkaufen, in der fast alle Mitarbeiter weiß tragen? Kannst du mir das erklären?"

„Vielleicht denken sie, dass wir alle mit Besteck umgehen können", schlug ich vor, während ich einen der größeren Flecken an seiner Schulter abwischte. Wie hatte er das geschafft?

Bei meiner Berührung spannten sich die Muskeln unter dem Kittel unwillkürlich an und er begann zu husten. Peinlich berührt ließ ich von ihm ab. Vielleicht sollte ich meinen Oberarzt nicht in aller Öffentlichkeit begrabschen. Aber diese Vertrautheit zwischen uns war von Anfang an da gewesen, ich konnte sie nicht wegzaubern. Auch wenn ich es mir wünschte. Es lag daran, dass Sebastian meine Angst kannte, als würden wir ein Geheimnis teilen. Ein Geheimnis, für das er mich nicht verurteilte. Als würde er mich verstehen. Aber da war auch noch etwas anderes. Funken!

„Tschuldigung. Ich habe mich verschluckt. Ich wollte sagen ...", er hustete noch einmal, „Ich kann nur mit einer Sorte von Besteck umgehen, nur das findet sich normalerweise nicht in der Kantine."

„Vielleicht können sie dir ein Skalpell anstatt eines Messers geben."

Er grinste und seine geröteten Wangen verliehen ihm etwas Spitzbübisches, als er sagte: „Vielleicht würden sie das sogar machen."

Gegen meinen Willen verzogen sich meine Lippen zu einem Lächeln. Ich war ihm dankbar, dass er sich zu mir gesetzt hatte und die dunklen Gedanken aus meinem Kopf vertrieb. Es fühlte sich befreiend an, mit ihm hier zu sitzen und herumzublödeln.

Mein Telefon klingelte. Es war so weit.

Als ich auf dem Display die Nummer der Intensiv erkannte, sprang ich auf. Mein Oberarzt zuckte zusammen, dann klingelte auch sein Telefon. Wir rannten beide.

Als wir ankamen, wurde Mrs. Ruth bereits reanimiert. Ich wollte in das Zimmer eilen, da legte sich eine Hand auf meine Schulter und hielt mich fest. Ich wandte mich um und erkannte Holden. Fragend blickte ich ihn an. Er ließ meine Schulter los und begann, in der Akte auf dem Tisch zu wühlen. Als er fündig wurde, drückte er mir die Akte aufgeschlagen in die Hand.

In meinen Händen hielt ich Mrs. Ruths Patientenverfügung. Hier stand schwarz auf weiß, dass Mrs. Ruth jetzt sterben durfte. Meine Hände zitterten, als ich die Akte schloss. Holden nickte mir aufmunternd zu und seine Lippen bewegten sich, doch ich hörte ihn nicht mehr. In meinem Kopf hatte ein Rauschen eingesetzt, durch das nicht einmal das Piepsen der blinkenden Geräte vor mir dringen konnte. Eigentlich hätte das Personal der Intensivstation gar nicht mit der Reanimation beginnen dürfen. Rational gesehen war es besser so, doch das Leben war nun mal nicht nur logisch. Holden drückte mich in Richtung des Zimmers. Diesmal war sein Blick sanft und seltsamerweise drangen seine Worte zu mir durch. „Du musst ihnen sagen, dass sie aufhören können.“

Mein Magen krampfte sich zusammen und Übelkeit stieg in mir auf. Er sah in diesem Augenblick unglaublich alt aus, obwohl er nur ein paar Jahre älter als ich war. Eine Kraft durchströmte meinen Körper, ausgehend von seiner Hand auf meiner Schulter und gleichzeitig fühlte ich mich bei dem Blick in seine Augen eine Spur leichter. Ja, das hier war meine Aufgabe. Zögernd löste ich mich von ihm und drehte mich zu der geöffneten Zimmertür. Die Akte von Mrs. Ruth fest in der Hand, trat ich in das Zimmer ein. „Ihr dürft aufhören, ich habe ihre Patientenverfügung. Sie wünscht keine Reanimation.“

Stunden später saß ich in der Umkleide. Draußen war es längst dunkel, endlich Feierabend. Eigentlich durfte ich gehen und versuchen, das Geschehene aus meinem Kopf zu verbannen. Meine erste Tote. Es hatte nicht einmal drei Wochen gedauert und schon war ein Patient unter meinen Händen weggestorben. Es war zwar nicht meine Schuld, aber Mrs. Ruth war trotzdem tot.

Mühsam richtete ich mich von der Bank in der Umkleide auf. Neben dem Waschbecken stand ein kleiner Korb, gefüllt mit allerlei Naschzeug, das sich im Laufe der Jahre hier angesammelt hatte. Spontan griff ich nach einem der Schokohasen, packte ihn aus und biss den Kopf ab. Der warme, süßliche Geschmack der Schokolade füllte meinen Mund und streichelte das

Verdorrte in mir, das sich vermutlich Seele nannte. Ich durfte mir auf gar keinen Fall angewöhnen, Frust mit Essen zu bekämpfen, aber in diesem Moment der Schwäche half dieser Hase besser als jede Umarmung. Langsam begann ich mich aus meinem Kittel zu schälen und schlüpfte in meine Jeans. Da vibrierte plötzlich mein Handy. Max. Stöhnend hielt ich mein Handy ans Ohr.

„Hey, Anna. Hier ist Max."

Kapitel V: Ablenkung

„Du machst das jetzt nicht wirklich, oder?"

Carolines Stimme tönte aus dem Handy, das ich auf meinem Bett platziert hatte, während ich in meinem Kleiderschrank wühlte. „Du weißt schon, dass du ein bisschen verrückt bist? Ich meine, du kennst den Typ ja kaum und dann willst du gleich mit dem ins Bett?" Carolines Stimme überschlug sich fast vor Aufregung.

Am gestrigen Abend war meine Mitbewohnerin bereits zu ihrem Freund Tim nach New York geflogen, sodass ich keine Chance gehabt hatte, ihr von den Ereignissen der letzten Wochen insbesondere des gestrigen Tages zu erzählen. Nur eine kleine Portion Käsemakkaroni hatte noch im Kühlschrank gestanden, für die ich Gott auf Knien hätte danken können.

Nachdem ich geduscht und gegessen hatte, war ich schließlich mit einer großen Portion Eis und meinem Handy auf die Couch gewandert. Stundenlang hatte ich das Telefon angestarrt und Erdbeereis in mich hineingelöffelt. Irgendwann hatte ich es in die Hand genommen, entsperrt und auf Max' Nummer gestarrt.

Erst wollte ich es nicht, in meinem Kopf war kein Platz für Max. Also hatte ich das Handy auf die Couch neben mich gepfeffert. Doch dann kam mir Mrs. Ruth in den Sinn. Mrs. Ruth und die letzten Wochen, die sich anfühlten wie Jahre.

Es war eher Frustration gewesen, dass ich Max letztlich zugesagt hatte. Frustration auf der Arbeit, eine tote Patientin und ein bevorstehendes einsames Wochenende.

„Halloo? Erde an Anna!"

„Niemand hat etwas von Sex gesagt", erwiderte ich zerknirscht. Mir war durchaus bewusst, dass Caroline recht hatte. Ich wusste es und Max wusste es, obwohl es niemand von uns angesprochen hatte. So funktionierten doch Dating-Apps. Meine katholische Oma würde sich vermutlich im Grab umdrehen.

„Natürlich wirst du bei ihm übernachten."

Caroline sprach gnadenlos das aus, was wir beide dachten. Manchmal war sie eine Spur zu ehrlich.

„Und wenn? Vielleicht will ich auch einmal ein großes Liebesabenteuer erleben. Außerdem habe ich eine Patientin verloren und ein bisschen Ablenkung verdient." Meine Stimme klang anscheinend eine Spur zu hysterisch, denn Carolines Antwort fiel sanfter als erwartet aus.

„Das tut mir leid, Anna, wirklich. Dann lass dich mal gehörig ablenken. Aber versprich mir bitte etwas." Plötzlich wirkte sie völlig ruhig und gefasst, als hätte sie sich lange Gedanken über die folgenden Worte gemacht. „Pass auf dein Herz auf. Du verliebst dich immer viel zu schnell. Nach deiner langen Männerpause weißt du nicht mehr, wie man seine Gefühle im Zaum hält. Denn egal wie sympathisch Max wirkt, du kennst ihn kaum."

Ich kniff den Mund fest zusammen. „Wir hatten zwei gute Dates und davor habe ich mehrfach mit ihm telefoniert."

„Du weißt, wie ich es meine, Anna."

Ich ließ mich mit dem Rücken auf das Bett fallen und seufzte. „Ich brauche Ablenkung und Max ist perfekt dafür. Hab dich lieb, aber bitte, mach dir keine Sorgen. Mein Herz schlägt für die Chirurgie und nur dafür." Dann drückte ich auf das rote Symbol für den Hörer und beendete das Gespräch. Ich würde jetzt einen wunderschönen Tag mit Max verbringen und den gestrigen Tag aus meinem Leben sperren. Es war eines meiner wenigen freien Wochenenden und vermutlich sogar das Letzte mit schönem Wetter für dieses Jahr. Bald kam der Winter, die Tage würden kürzer werden und ich kein Sonnenlicht mehr zu sehen bekommen. Sex war ein bewährtes Gegenmittel für Winterdepressionen und ich plante, möglichst viel davon zu haben.

„Du hast in deiner Jugend wohl mehr Zeit hinter Büchern als sonst wo verbracht?" Ich kicherte.

Max legte ‚Sagen und Mythen des klassischen Altertums' zur Seite und drehte sich zu mir um. Nur ein paar Sonnenstrahlen schienen durch die Fenster und ließen den in der Luft hängenden Staub glitzern. Der Gang der Bibliothek, in der wir uns befanden, war so weit abgelegen, dass nur zwei einsame Streifen Licht zu uns vordringen konnten. Einer davon erhellte Max' Gesicht und warf eine leuchtende Maske über seine Augen. Ich konnte seinen Gesichtsausdruck kaum erkennen, als er ein paar Schritte auf mich zukam.

„Wie meinst du das?"

„Wie meine ich was?", erwiderte ich schnippisch.

„Na ja, du hast eben gesagt, dass ich ein Bücherwurm gewesen sei und daher wohl nichts von meiner Jugend mitbekommen habe. So meinst du das doch, oder?"

Er runzelte die Stirn, was ihm einen finsteren Gesichtsausdruck verlieh, glaubte ich zumindest, sehen konnte ich ja nichts. Er wirkte nicht sehr erfreut über meinen Kommentar. Dabei war der ganze Tag bis jetzt mehr als perfekt gewesen. Wir waren zusammen in ein Café gegangen und hatten uns über alles Mögliche unterhalten, nur nicht über die Arbeit. Schon den ganzen Tag lag eine Spannung zwischen uns, die auch jetzt in der Stadtbibliothek immer wieder Funken zwischen uns aufwarf. Unser letztes Date war chaotisch geendet und doch hatten wir beinahe einander geküsst. Seitdem wartete ich. Ich wartete auf diesen vermaledeiten Kuss. Aber anstatt den ersten Schritt zu machen, beleidigte ich ihn. Warum konnte ich nicht einmal nachdenken, bevor ich etwas sagte? Ich wich zurück. Natürlich stand ich zur geschlossenen Seite des Ganges. „Ich meine mich zu erinnern, dass du mir vorhin die ganze Zeit erzählt hast, wie sehr du diesen Ort liebst, welche Bücher du alle gelesen und wie viel Zeit du hier verbracht hast. Jetzt kommen wir in den hintersten, verbotensten Gang dieser gigantischen Bibliothek und du kennst trotzdem gefühlt jedes Buch in den Regalen. Das klingt mir sehr nach einem Leben hinter Seiten vollgeschriebenen Papiers und nicht nach dem großen Abenteuer der Außenwelt." Ich warf die Arme nach oben und zuckte mit den Schultern, um meinen Worten Nachdruck zu verleihen. „Ich wollte dich nicht beleidigen, Max. Ich liebe Bücher und lese viel, aber trotzdem kann ich damit nicht mithalten. Ich habe auch andere

Dinge gemacht wie … keine Ahnung. Ich habe Basketball gespielt und in der Werkstatt von meinem Vater geholfen und so. Aber bei dir, da klingt das irgendwie wie dein einziger Lebensinhalt." Max trat erneut einen Schritt vor. Sein Gesicht lag nun vollends im Schatten und er wirkte irgendwie größer. Bedrohlicher. Stille umgab uns. Vielleicht war ich zu weit gegangen? „Max?", fragte ich vorsichtig.

Er schwieg. Nur noch wenige Schritte lagen zwischen uns. Adrenalin strömte durch meine Adern und mein Puls beschleunigte sich. „Max?", fragte ich noch einmal. Es dauerte eine schiere Ewigkeit, da verzog sich Max' schmaler Mund zu einem Lächeln. Max lächelte. Er lachte über mich. Dieser Idiot! Hitze stieg mir in den Kopf und Dampf schoss aus meinen Ohren. Doch Max lachte weiter. Und der Klang seines Lachens ließ mich innehalten. Es wirkte ehrlich und meine Wut verschwand so schnell wie Max' Bedrohlichkeit eben. Ich stimmte in sein Lachen ein und unser Gekicher hallte viel zu laut, die hohen Bücherregale der Bibliothek entlang. Während wir lachten, näherte sich Max mir ein weiteres Stück. Er sah mich unentwegt an, dabei war sein Blick so intensiv, dass ich unwillkürlich erstarrte. Es fühlte sich seltsam an. Als wäre ich in einen Sog geraten, dem ich mich nicht entziehen konnte. Als würde Max in mein tiefstes Inneres blicken und mich kontrollieren. Gänsehaut kroch über meinen Rücken und ich hielt den Atem an. Jetzt erst wurde mir bewusst, wie nahe wir einander waren. Max beugte sich ein kleines Stückchen nach vorn. Als sich unsere Gesichter fast berührten, hielt er inne.

Ich atmete aus. Das Geräusch wirkte viel zu laut für die plötzliche Stille um uns. Dann griff Max nach meiner Hand und mein Herz machte einen Hüpfer. Was trieb er nur mit meinen Gefühlen? Von Freude über Wut zu – mit der anderen Hand nahm Max eine Strähne meines braunen Haares und zwirbelte sie zwischen seinen Fingern, wobei seine Augen mich weiterhin in seinen Bann zogen. Sie waren ganz klar und blau, so anders als der graue Gewittersturm, in den ich täglich auf der Arbeit blickte. *Anna, konzentrier dich. Nicht an die Arbeit denken. Denk an Max und seine Lippen!*

Ich lehnte mich ein bisschen vor, doch Max rührte sich nicht. Ein Lächeln umspielte seine Lippen, während er mit den Fingern durch meine Haare fuhr. Er hatte mich jetzt gefälligst zu küssen. Ich hatte mir diesen Kuss verdient, dieses Wochenende fernab vom Tod und einem Oberarzt, der mich hasste.

Ungeduldig riss ich an der Knopfleiste von Max' Hemd und zog ihn die letzten Millimeter an mich ran, küsste ihn.

Kaum hatten sich unsere Münder berührt, packte er mich an den Schultern und drückte mich gegen die Wand. Seine Lippen liebkosten meine und seine Hände strichen über meine Wangen hinunter zu meiner Taille. Es war, als hätte ich einen Sturm losgetreten. Einen Sturm aus Feuer und Eis. Er war das Eis, das mich erstarren ließ, und doch entflammte er ein Feuer in mir, das ich seit Jahren nicht mehr verspürt hatte. Langsam wanderte sein Mund zu meinem Hals und hinterließ dort luftig leichte Küsse, die ein Pochen in meinem Unterleib verursachten. Meine Finger krallten sich in seinen Rücken, dann griff ich nach Max' Kopf und zog ihn wieder zu mir hinauf, um ihn erneut auf den Mund zu küssen. Seine Lippen fühlten sich weich und zart an. Bei Gott, das hier war die richtige Entscheidung gewesen.

Max' Finger glitten weiter nach unten, bis sie am oberen Saum meiner Hose zu liegen kamen. Langsam umspielten sie den rauen Jeansstoff, hinterließen ein Kitzeln auf meiner Haut. Mein Herz pochte so stark, dass ich sicher war, dass er es spüren konnte. Es war wie ein Feuerwerk, das in mir explodierte. Ein Feuerwerk aus Lust, Sehnsucht und auch etwas anderem. Minuten verstrichen, oder waren es Stunden? Ich hatte jegliches Zeitgefühl verloren. Es gab nur noch mich und Max.

Schritte! Jemand ging zwischen den Regalen hindurch. Was würde passieren, wenn man uns sah und uns wegen unsittlichen Verhaltens hinauswarf? Aber ich wollte ihn weiter küssen. Also lehnte ich mich näher an Max, verdrängte die Geräusche, widmete mich ganz seinen Lippen. Zu den Schritten gesellten sich ein weiteres Paar Füße und Stimmen waren zu hören. Sofort ließ ich von Max ab und drehte mich weg. Ich zupfte meinen Pullover zurecht und ging ein paar Schritte weiter, tat, als würde ich nach einem Buch suchen. Dabei würdigte ich ihn keines Blickes mehr. Max stand wie angewurzelt da. Seine Haare waren verwuschelt und seine Haut glühte.

Die Schritte wurden immer lauter und zwei ältere Damen watschelten an unserem Gang vorbei, sie beachteten uns kaum.

„Ich brauch ein paar schöne neue Ideen für meinen Zwiebelkuchen, Grace", erzählte eine der Damen ganz aufgeregt. Dann waren sie auch schon weitergelaufen.

Ich eilte auf Max zu und küsste ihn sanft auf den Mund. „Wollen wir vielleicht raus aus dieser sehr beeindruckenden Bibliothek?“

Er grinste. „Ich könnte dir was von meinem Leben in der Welt da draußen zeigen“, sagte er und legte mir den Arm um die Schulter.

„Also hier drinnen hat es mir schon sehr gut gefallen.“

Max strich über meine Haare und verwuschelte sie noch mehr. „Das sieht man“, flüsterte er und Hitze stieg in mir auf. Gemeinsam verließen wir die Bibliothek.

Mittlerweile war es Abend geworden. Wir hatten den ganzen Nachmittag in der gigantischen Bibliothek verbracht. Es war immer noch sonnig, aber merklich kühler, sodass ich meine Jacke fest um mich wickelte.

„Möchtest du vielleicht etwas Essen gehen? Ich kenne da einen super Vietnamesen.“

Ich nickte geistesabwesend. Ich war mit meinem Kopf noch in dem staubigen Gang und küsste Max. Die Passanten zogen an mir vorbei wie ein Schwarm bunter Fische. Eine Blase hatte meinen Geist umschlossen und hielt ihn in immer den gleichen Gedankenschlingen fest. Küsse. Seine Hände auf meinem Körper. Das Ziehen in meinem Unterleib. Ich blieb abrupt stehen.

„Anna? Was ist los mit dir?“

Max stand vor mir und wedelte mit seiner Hand vor meinem Gesicht herum. Ich starrte auf seinen feinen Mund:

„Was hältst du von einem Lieferservice?“, fragte ich.

Die Besorgnis auf Max’ Gesicht wich einem wissenden Lächeln. Er nahm mein Kinn in seine Hände und

zog mich zu sich heran. Dann flüsterte er mir ins Ohr:
„Komm mit!"

Kapitel VI: Venen

Mir war bewusst gewesen, dass Max Anwalt war und in einer großen Kanzlei arbeitete. Neu für mich war allerdings, dass er reich war. Es überraschte mich nicht einmal sonderlich. Max hatte manche Andeutungen gemacht, aber irgendwie war diese Information trotzdem an mir vorbeigegangen.

Wir standen vor einer großen, alten Mauer mit einem wunderschönen schmiedeeisernen Tor mitten im Lake View District. Am hinteren Ende der Zufahrt konnte ich einen Teil einer vermutlich gigantischen Villa erkennen. „Hier wohnst du also?"

Max ging rückwärts Richtung Torschloss und deutete zwinkernd auf die Villa. „Enttäuscht?"

„Du weißt schon, dass du ein laufendes Klischee bist?", rief ich ihm hinterher, bevor ich ihm folgte.

„Ich will meine Sache doch auch gut machen." Lachend schloss Max das Tor auf: „Bitte eintreten, Mademoiselle."

Ich runzelte die Stirn, als ich über die Schwelle der massiven Holztür trat. Glänzendes Parkett, ein farbenfroher, ausladender Strauß frischer Blumen und natürlich ein wunderschöner Treppenaufgang. Die Wände waren weiß getüncht, genau wie das Treppengeländer. Nur die Stufen waren aus dunklem Holz gezimmert, dessen Knarzen man bereits aus der Entfernung hören konnte. Im unteren Teil des Geländers umrankten kleine goldene Rosen die einzelnen Pfosten. Von der Decke hing ein prunkvoller Kronleuchter, der fast die ganze Decke ausfüllte. Dafür waren wir also den ganzen Weg aus dem Stadtzentrum hergefahren: Für eine Villa, die nur so vor Geld strotzte.

„Und?"

Aus meiner Trance gerissen drehte ich mich zu meinem Begleiter um. Max lächelte.

„Das hatte ich jetzt nicht so erwartet", sagte ich langsam.

„Ja, mein Vater ließ absichtlich die Eingangshalle prunkvoll einrichten, damit sich alle eingeschüchtert fühlen. Und dass, obwohl ich hier eigentlich als Einziger wohne. Geldverschwendung, wenn du mich fragst, aber das tut er ja nicht."

Ich zuckte zusammen, ob der Kälte in seiner Stimme. „Ich bin nicht eingeschüchtert", verbesserte ich ihn. „Ich bin eher ... überrascht. Und ich finde es ... wunderschön." Den letzten Satz hatte ich nur noch geflüstert, während mein Blick weiter durch die Eingangshalle glitt. Max kam einen Schritt auf mich zu. Schon wieder war er mir so nahe. Etwas zog sich begeistert in meinem Bauch zusammen.

„Weißt du, was ich wunderschön finde?"

Ich wusste, was er jetzt sagen würde, schließlich hatte ich ihm eine Steilvorlage geliefert. Und trotzdem schluckte ich. Da war es wieder – dieses Ziehen in meinem Unterleib.

„Was?", fragte ich. Meine Kehle fühlte sich plötzlich ganz rau an. Diesmal schien sein Lächeln aus seinem Herzen zu kommen. Jedes Mal, wenn ich Max lächeln sah, wirkte es ein klein wenig anders. Wie bei einem Buch, bei dem man eine neue Seite aufschlug. Wie konnte es sein, dass ich bereits nach so kurzer Zeit so vertraut mit ihm war?

„Ich finde, diese Blumen sind einfach wunderschön arrangiert." Hatte er jetzt nicht gesagt. Die große rosa Blase, in die ich schon seit dem Kuss in der Bibliothek eingetaucht war, platzte. *Puff.* Überall schwebten große rosa Fetzen, die sich farblich perfekt in die Eingangshalle mit dem Blumenstrauß einfügten.

Bevor ich etwas erwidern konnte, griff Max nach mir und zog mich an sich. Er hielt mich fest in seinen Armen und verhinderte so, dass ich nach ihm schlagen konnte. Stattdessen blickte ich zu ihm hinauf und dem Mund, der mir plötzlich wieder so nahe war.

Den Bruchteil einer Sekunde sahen wir einander an. Alles war still. Dann küssten wir uns. Seine Zunge drang zwischen meine Lippen und ohne zu zögern, gab ich ihm nach. Alles war vergessen. Die prunkvolle Eingangshalle, seine Neckereien und meine letzten Zweifel, die Caroline mir in den Kopf gesetzt hatte. Ich befreite meine Arme aus Max' Klammergriff und umfasste sein Gesicht. Zog ihn näher zu mir, noch näher. Max' Hände glitten tiefer an meinem Rücken hinab, wanderten bis zu meinem Hintern, umgriffen ihn. Ein leises Stöhnen entfuhr mir. Verlangen brannte in meiner Brust. Ich wollte ihn. Jetzt.

„Vielleicht sollten wir die Location wechseln?", flüsterte ich in sein Ohr, bevor ich wieder meine Lippen auf seine drückte. Max nickte. Er umfasste meine Schenkel und hob mich hoch. Einfach so. Ich kreuzte die Beine hinter seinem Rücken und er trug mich langsam die

Treppe hinauf. Die Nähe zu seinem Schoß war deutlich spürbar und erregte mich nur noch mehr. Keiner von uns ließ auch nur einen Moment davon ab, den anderen zu küssen.

Ich bemerkte nicht einmal, wohin er mich trug. Nur, dass schließlich eine weiche Matratze unter und ein sehr attraktiver Mann auf mir war. Max' Lippen wanderten meinen Hals entlang und verharrten an meinem Dekolleté. Er richtete sich auf und wollte sein Hemd aufknöpfen, doch ich kam ihm zuvor. Ich begann mit dem obersten Knopf und küsste nach jedem Knopf einen weiteren Teil seiner freigelegten Brust. Unter meinen Lippen konnte ich feine Stoppeln auf der sonst so makellosen Haut spüren. Meine Küsse wanderten weiter nach unten, bis ich zum Bund seiner Hose vorgedrungen war. Max warf das Hemd achtlos auf den Boden neben sich. Als ich mich seinem Gürtel widmen wollte, drückte er mich zurück aufs Bett und küsste mich wieder. So schnell wollte er wohl erst mal nicht zur Sache kommen. Ich ließ es zu. Mein Rücken drückte sich in die weiche Matratze, als Max sich über mich beugte. Seine Finger streichelten meinen Bauch, der durch die hochgerutschte Bluse entblößt war. Max` Hand glitt immer höher und zog den Saum des Stoffes mit sich. Als er den Unterrand meiner Brust erreichte, spürte ich ein leichtes Kitzeln, das ein Verlangen nach seinen weichen Lippen auf meinen Brüsten entfachte. Ich wollte nach seiner Hand greifen, um diese endgültig unter meine Bluse zu schieben, doch Max hielt inne. Er sah mich an, ganz ruhig, und in seinem Gesicht lag eine Ernsthaftigkeit, die keineswegs den Flammen in meiner Brust entsprach.

„Willst du mit mir schlafen?"

Ernsthaft? War das nicht offensichtlich? Max blickte mich erwartungsvoll an. Wenn er unbedingt eine Antwort haben wollte, würde ich sie ihm geben. Ich legte meine Arme um seinen Hals und drehte ihn spielerisch zur Seite. Jetzt saß ich auf ihm. Seine Muskeln spannten sich an. Unter meinem Schoß spürte ich deutlich seine Erektion. Ich zog mir die Bluse über den Kopf, sodass ich nur noch im BH vor ihm saß. Wieder griff Max nach meinen Händen, doch diesmal, um sie zu sich an seine definierte Brust zu ziehen, damit ich flach auf ihm lag. Er öffnete meinen BH und warf ihn danach weit weg hinter mich.

„Du solltest mir schon noch eine Antwort geben", erklärte er, während er genüsslich anfing, meine Brüste zu liebkosen. Dann öffnete er meine Hose und seine Hand glitt unter den Bund hinein in die warme, feuchte Zone meines Schoßes. Gequält stöhnte ich auf.

„Also?"

Ja, ja und nochmals ja! Für eine Antwort blieb keine Zeit, denn ich hatte bereits die Augen geschlossen und meinen Kopf nach hinten geworfen, um mich meinen Gefühlen hinzugeben. Da schlang Max einen Arm um mich und drehte mich mit einem Ruck unter sich. Diesmal glitt sein Körper an mir hinunter und er umfasste meine Hose und zog sie nach unten. Kurz darauf flog auch mein Slip durch den Raum. Ich lag nun vor ihm, völlig nackt. Trotz der Wärme des Schlafzimmers bildete sich auf meinem Körper eine Gänsehaut. Endlich öffnete Max seinen Gürtel und glitt geschmeidig aus seiner Hose. Er trug schwarze, eng anliegende Boxershorts, deren Inhalt sich durch den Stoff deutlich abzeichnete. Max küsste mich und mein Körper brannte vor Verlangen. Ich zerrte an seinen Boxershorts so lange herum, bis auch er seine letzte Hülle fallen ließ. Doch Max wandte sich von mir ab und begann in einer der Schubladen am Nachtisch zu kramen. Als er fündig wurde, riss er die Kondomverpackung auf und streifte es sich über. Ich wollte nach ihm greifen, ihn zu mir ziehen. Doch er nahm meine Hand und drückte diese fest auf die Matratze, dicht über meinen Kopf.

„Ich warte noch auf eine Antwort, Anna. Ein juristisch verifizierbares Einverständnis", flüsterte Max.

Ich spürte ihn bereits zwischen meinen Beinen, wie er sich gegen meinen Eingang drückte. Nur noch ein paar Millimeter und er wäre in mir. Atemlos stieß ich ein „Antrag stattgegeben, Herr Anwalt" aus und stöhnte, als er endlich in mich eindrang.

Es war ein gutes Gefühl, ihn in mir zu haben. Er schien mich völlig auszufüllen. Mit jedem seiner Hüftstöße vibrierte mein ganzer Körper. Max' Hand hielt weiterhin fest die meine. Doch meine andere konnte frei seine Brust ertasten. Ich strich über die starken Brustmuskeln hinauf über seine Schulter an seinem Oberarm entlang. Bläulich traten unter der Haut seine Venen hervor, dick und stark. Sie erinnerten mich an andere Arme mit anderen Venen, ebenso prall und einladend. Sebastian Holden. Ich wusste nicht, wieso, aber sein Gesicht blitzte plötzlich in meinem Bewusstsein auf. Der ernste Blick, die drahtige Brille und die wunderschönen Venen an den Unterarmen. Wie er mir die Hand auf die Schulter gelegt hatte und mich zu

Mrs. Ruth ins Zimmer geschickt hatte. *Nein, das konnte jetzt nicht wahr sein.*

Max küsste mich sanft und strich mit seiner freien Hand über meine Haare. Frustriert schloss ich die Augen. Wieso dachte ich an meinen Oberarzt, wenn ich doch Sex mit jemand anderem hatte?

Entspann dich und genieß es einfach. Lass dich nicht ablenken. Ich sah Max in die Augen. Sie waren dunkler als vorhin und fixierten die meinen intensiv, sodass ich fast Angst bekam, in dem Blau zu ertrinken. Blau, nicht grau! Der nächste Kuss, den er mir gab, brachte mich zurück. Max` Stöße wurden härter, als würde er noch tiefer in mich eindringen. Die Haare auf meinen Körper stellten sich auf. Mir war heiß und das Ziehen in meinem Unterleib verwandelte sich in ein Krampfen. Ich krallte meine Finger in seine Arme. Die Flut in seinen Augen trat langsam auf mich über, während ich in dem nun immer dunkler werdenden Blau versank. Dann stieß er noch ein letztes Mal zu und sein ganzer Körper spannte sich für einen kurzen Moment an, während seinem Mund ein raues Stöhnen entfuhr. Ein kurzer Moment verstrich, in dem sich mein Körper entspannte. Mein Keuchen wurde von einem Kuss auf meinen Mund erstickt. Anschließend rollte er sich von mir herunter und legte sich auf den Bauch neben mich. Seine Finger zwirbelten meine Haare herum.

„Alles gut bei dir?"

Erschöpft lächelte ich ihn an. „Und noch einmal kann ich die Frage mit Ja beantworten."

Er grinste. „Ach ja? Bei dieser hier ging es aber deutlich schneller."

Ich zuckte mit den Schultern. „Ich war eben ein wenig abgelenkt. Dieser Typ, er hat mich die ganze Zeit so komisch angefasst und da konnte ich mich einfach nicht konzentrieren. Ich weiß nicht, ob du ihn kennst, aber er schien ziemlich zielstrebig in seinen Handlungen zu sein."

„Ach ja?", flüsterte Max erneut und streichelte sanft über die immer noch harten Spitzen meiner Brust.

„Ich wäre an seiner Stelle auch so fasziniert, wenn ich einen so wunderschönen Körper vor mir liegen hätte."

Spielerisch schubste ich seine Hand weg: „Meinst du jetzt dich oder mich?"

Er zog mich wieder zu sich heran, küsste mich sanft auf die Oberlippe und auf die Unterlippe. Eine richtige Antwort bekam ich aber nicht mehr, dafür spürte ich seine Hand in meinem Schoß.

In den nächsten Tagen strahlte ich nur so vor Glück. Die Erinnerungen an das vergangene Wochenende nährten meine Seele, während kalte Regentropfen auf die Fensterscheiben der Klinik prasselten und die Stadt in ein diesiges, dunkles Grau hüllten. So langsam gewöhnte ich mich an die Anforderungen in der Klinik, und Aufgaben, die mich in den ersten Tagen noch in helle Panik versetzt hatten, gingen in der Routine des Alltags unter. Nur mein Verhältnis zu Holden gestaltete sich als schwierig. Doch das lag eher an mir als ihm. Ich konnte ihm zwei Tage nicht in die Augen sehen, ohne dass mir seltsam heiß wurde und ich an den Sex mit Max denken musste. Diese Erinnerung war unwiderruflich mit Holden verknüpft. Alles nur wegen dieser verdammten Venen. Als Medizinstudentin hatte ich viele Tage mit Blutentnahmen verbracht. Venen zu punktieren, gehörte zum Standardportfolio im Studium. Daher wusste ich große, pralle Venen zu schätzen und auf eine verquere Art und Weise fand ich sie sexy. Auch diesen Mann mit den kurzen Haaren, der spitzen Nase und der Brille. Dabei war er mein verdammter Oberarzt und Mentor. Das war ganz und gar nicht gut. Also konzentrierte ich mich auf die Arbeit, auf meinen Traumjob. Wir gingen miteinander professionell um, diese Spannung beruhte nur auf der Einbildung meinerseits.

Vielleicht verliefen die letzten Tage zu gut, denn als ich morgens zur Frühbesprechung erschien, ruhten die Blicke mehrerer Ärzte auf mir. Erschrocken starrte ich auf die Uhr im Besprechungszimmer. Ich war weder zu spät, noch fiel mir sonst ein Grund ein, der für diese ungewollte Aufmerksamkeit verantwortlich war. Die Blicke ignorierend verkroch ich mich in den hinteren Teil des Zimmers neben Doreen. Es war ungewöhnlich still, obwohl die Chefin noch gar nicht erschienen war.

„Was ist denn los?", flüsterte ich Doreen zu. Die schmunzelte, sagte aber nichts. Schließlich trat Markus in das Zimmer. Auch er wurde von allen Seiten mit Blicken durchbohrt. Wie bei mir wanderte sein Blick zur Uhr und auf den Chefsessel, doch da saß niemand. Mit einem charmanten Lächeln ging er gemächlich durch den Raum und setzte sich neben mich.

„Kannst du mir sagen, warum die mich alle so anstarren?", fragte er.

Ich zuckte mit den Schultern und verschränkte die Arme vor der Brust. „Die starren uns beide an ..."

Doreen vollendete meinen Satz mit einem trockenen: „Und ihr werdet euch nicht besonders über den Grund freuen."

Markus lehnte sich vor und wollte Doreen mit Fragen durchlöchern. Doch die zeigte ihm ihr Mona-Lisa-Lächeln und richtete ihren Blick nach vorn auf die Leinwand. Eben hatte Professor Vadasz den Raum betreten und der diensthabende Arzt begann zu sprechen.

Nachdem die Nacht übergeben und der OP-Plan durchgesprochen waren, ergriff Oberarzt Batchmore das Wort. „Doktor Reese ist für die restliche Woche krankgeschrieben. Das bedeutet, dass wir die nächsten Nachtdienste für das kommende Wochenende unter uns aufteilen werden. Irgendwelche Freiwilligen?"

Keine Antwort. Keiner der Ärzte riss sich darum, eines seiner wenigen freien Wochenenden zu opfern. Liam Reese war ein Assistenzarzt im fünften Jahr, der bei Markus auf der Station eingeteilt war. Da er mehrere Nächte in Folge Dienst gehabt hatte, würde sein Ausfall unter allen Teilnehmenden aufgeteilt werden müssen. Meine Lippen bewegten sich leise, als ich begann, die Anzahl an Assistenzärzten durchzuzählen. Liam war krank, Crocks hatte erst Dienst gehabt. Doreen und Achmed hatten Kinder, sodass es für sie schwer sein würde, ihre Dienstpläne so schnell umzuarbeiten. Julian war im Urlaub und Blair blickte betont weg.

Leise hörte ich neben mir ein „Oh, scheiße" aus Markus' Richtung kommen und meine Schultern sackten zusammen. Ich ahnte, was nun kommen würde.

„Das wäre doch die ideale Gelegenheit, unsere Neuen an ihren ersten Dienst heranzuführen, nicht wahr?", sagte Oberarzt Batchmore an Professor Vadasz gewandt.

Und die Zustimmung, die Professor Vadasz gab, setzte das Siegel auf mein Todesurteil. Glocken läuteten und ein Mann begann mir mit einer Schippe mein Grab zu schaufeln. Wie zur Hölle sollte ich eine ganze Nacht allein durchstehen?

„Gut. Dann macht Doktor Fisher Donnerstagabend, Doktor Rosso die Freitagnacht und Doktor Bear kann eine Nacht früher starten", fuhr er ungerührt fort. Wobei das genervte Stöhnen, das Blair von sich gab, kaum zu überhören war.

Als wäre das letzte Wort gesprochen, erhob sich die Runde und begab sich auf den Weg Richtung Station und OP. Fassungslos blieb ich zurück. Es war gerade mal meine vierte Woche. Dienste waren für frühestens den dritten Monat vorgesehen. Man sah mir anscheinend meine Angst an, denn der Oberarzt bahnte sich zwischen den kreuz und quer um den Tisch herumstehenden Ärzten und Stühlen einen Weg auf mich zu. Mit seiner schmächtigen Statur schlängelte er sich problemlos zwischen den großen Körpern seiner Kollegen hindurch. Tröstend klopfte er mir auf die Schulter.

„Aber, aber, Doktor Rosso. Ich bin sicher, dass Sie das irgendwie meistern werden. Zumindest besser als die Visite. Und wenn nicht, dann wissen Sie frühzeitig, dass die Chirurgie für jemanden wie Sie nicht das Richtige ist. Also nicht den Kopf hängen lassen. In ein paar Wochen wären Sie sowieso an der Reihe gewesen."

Ich ließ seine Worte über mich ergehen, hörte jedoch kaum hin. Es dauerte eine ganze Weile, bis ihre Bedeutung endgültig zu mir durchgesickert war.

Ich blickte in die kalten, wässrigen Fischaugen meines leitenden Oberarztes und versuchte zu verstehen, was er mir gerade gesagt hatte. Ein durchdringender Geruch nach Moschus ließ mich unmerklich die Nase rümpfen. Hatte er gerade gesagt, dass die Chirurgie nichts für mich war? Ich schwieg. Unfähig, eine Antwort zu formulieren.

„Nun gehen Sie schon, Rosso. Sie müssen auf Station einiges vorbereiten, wenn Sie morgen tagsüber fehlen."

Mit diesen Worten war ich entlassen. Betäubt vom Schock begab ich mich auf direktem Weg auf Station, um Arztbriefe zu diktieren. Den OP würde ich heute wohl nicht zu sehen bekommen. Die gute Laune, die mich die letzten Tage auf Schritt und Tritt begleitet hatte, war nunmehr erloschen, abgelöst von einer allumfassenden Panik. Wie sollte ich nur die morgige Nacht überleben – oder eher meine Patienten?

Kapitel VII: Nächte

Als ich an diesem Tag völlig geplättet von der Arbeit nach Hause kam, wartete Caroline bereits auf mich.

„Hat er sich gemeldet?", schallte ihre Stimme aus der Küche, noch bevor ich die Wohnungstür hinter mir schließen konnte. Ich stöhnte genervt und schälte mich aus dem Mantel. Nach den Neuigkeiten heute Morgen und dem stressigen Tag voller Papierkram und Telefonaten hatte ich absolut keine Lust, über das Thema zu reden. Wenn ich Caroline jetzt antwortete, würde das wieder in eine stundenlange Diskussion ausarten. Eine Diskussion, nach der ich schließlich an mir, Max und überhaupt allem zweifeln würde. Dieses Gespräch hatte ich in den letzten Tagen mehrfach geführt. Um genau zu sein, seit ich am Sonntagabend Caroline von meinem Wochenende berichtet hatte und das Gespräch eine sehr unangenehme Diskussion über Prinzipien und Anstand entfacht hatte.

Ich betrat die Küche und schaute schnuppernd über Carolines Schulter. Natürlich gab es Käsemakkaroni. Zumindest endeten Carolines Kochsessions immer auf dieselbe Art und Weise. Eine große Portion aus geschmolzenem Käse mit irgendetwas Kohlenhydratreichem, von dem wir uns tagelang ernährten. Immerhin kochte sie überhaupt. Von Sebastian wusste ich, dass er in seinen ersten Wochen ausschließlich von Lieferdienstessen gelebt hatte.

Keine Ahnung, wie Caroline es schaffte, nebenher für uns einkaufen zu gehen und zu kochen. Vermutlich lag es daran, dass sie Onkologin war, keine Chirurgin. Aktuell arbeitete sie an ihrer Habilitation und machte kaum Dienste in der Klinik. Ich war meiner Mitbewohnerin vielleicht zweimal im Chicago Med begegnet. Sie mit irgendwelchen Laborproben in den Händen und ich meistens rennend auf dem Weg in den OP oder die Notaufnahme.

„Hat er sich jetzt gemeldet?", wiederholte Caroline ihre Frage und schaute kurz über die Schulter zu mir.

Ich ignorierte sie und schenkte mir ein großes Glas Wein ein. Vielleicht sollte ich meine Probleme nicht mit Alkohol bekämpfen, sonst würde mein Weinkonsum noch ein weiteres Problem auf einer schier endlosen Liste darstellen. Anstatt mein Weinglas wegzustellen, trank ich einen großen Schluck. „Hast du keine anderen Themen?"

„Also nicht", schlussfolgerte Caroline und wandte sich scheinbar resigniert den Makkaroni zu. Doch Carolines Gesicht hatte die Farbe ihrer Haare angenommen. Nur ihre Sommersprossen wirkten wie blasse, farblose Tupfer auf dem roten Gesicht.

Sofort bereute ich meinen Ausbruch. Caroline konnte nichts dafür, dass ein Kollege krank war und ich verfrüht meinen ersten Dienst machen musste. Auch nicht dafür, dass der Mann, der mein Herz schneller schlagen ließ, sich in den Kopf gesetzt hatte, nur alle paar Tage eine kurze Nachricht zu senden. Nicht, dass ich besser gewesen wäre, aber trotzdem traf es mich mehr, als es sollte. Das mit Max war etwas Unverbindliches, eine Ablenkung. Dennoch wollte ich wissen, ob wir einander wiedersehen würden.

„Es tut mir leid", sagte ich leise und Caroline tat meine Entschuldigung mit einem kurzen Kopfnicken ab.

Max war diese Woche in New York. Irgendeine Firmenfusion. Er hatte mir sogar gesagt, dass er keine Zeit für mich haben würde. Außerdem war ich selbst jeden Tag bis spät in den Abend in der Klinik gewesen. Aber es verletzte mich jeden Tag aufs Neue, wenn wieder keine Nachricht auf meinem Handybildschirm blinkte.

Dabei war ich eine emanzipierte Frau, es sollte mir völlig egal sein, ob Max sich meldete. Wir waren nicht mal zusammen und ich nicht in ihn verliebt, es war nur eine Schwärmerei. Ein bisschen Spaß, mehr nicht.

Doch Caroline sah das anders. Wir waren gemeinsam aufgewachsen, sie kam aus meiner Nachbarschaft. Sie wusste, wie ich war. Kein Piercing oder frecher Haarschnitt konnten sie darüber hinwegtäuschen, dass ich nicht halb so tough war, wie ich vorgab. Sie kannte mich zu gut, um mir diese Gleichgültigkeit abzukaufen. Doch ich war jahrelang fort gewesen, ich hatte mich verändert. Ich war nicht mehr nur das Mädchen von nebenan, dass wegen eines aufgeschürften Knies weinte. Heute klebte ich ein Pflaster darauf und rannte zu der anderen Person, mit der ich kollidiert war.

Da ich auf Carolines wiederholtes Nachfragen nicht reagierte, widmete sie sich wieder der Pfanne vor sich und ein warmer Dampf mit dem Geruch nach geschmorten Zwiebeln und geschmolzenem Käse hüllte mich ein.

Das Drama mit Max war nur eines meiner geringsten Probleme. Eines, das im Vergleich zu dem bevorstehenden Dienst wie eine Stechmücke neben einem Hornissennest wirkte. Das Weinglas war fast leer, als ich Caroline schließlich antwortete: „Ein Kollege ist krank geworden, deswegen muss ich schon Freitag meinen ersten Nachtdienst schieben." Caroline werkelte weiter schweigend am Herd, also fuhr ich fort: „Was echt ätzend ist, weil es noch viel zu früh für einen Dienst ist. Ich bin doch kaum eingearbeitet und habe keine Ahnung, wie ich eine Nacht ganz allein durchstehen soll. Ich kann schließlich nicht andauernd meinen Oberarzt anrufen." Meine Stimme ging im Dröhnen der Dunstabzugshaube unter und ich begann, lauter und schneller zu erzählen. „Und natürlich hat Markus den Dienst heute Abend plus vier Wochen Vorsprung. Das heißt, wir werden auch gleich miteinander verglichen. Ich habe da keine Lust drauf. Und ich weiß einfach nicht, wie ich das hinkriegen soll. Was ist, wenn ich jemanden umbringe?" Kleinlaut fügte ich hinzu: „Schon wieder."

Ich wurde erst unterbrochen, als ein großer Teller voll mit geschmolzenem Käse vor mir landete. Kurz darauf setzte sich meine zierliche rothaarige Freundin mit einem eigenen Teller neben mich an den Tisch.

„Du hast doch niemanden umgebracht, Anna! Du konntest für deine Patienten nur nichts mehr tun."

„Es wird aber noch schlimmer. Doktor Batchmore hasst mich." Überrascht schaute Caroline von ihrem Teller auf. Ihre goldumrandeten Brillengläser waren von dem aufsteigenden Dampf beschlagen. Sie nahm sie ab und begann, sie trocken zu wischen. „Wieso sollte er dich hassen?“

„Ich weiß es nicht. Er hat heute etwas Komisches gesagt.“ Ich zögerte kurz. „Von wegen, dass die Chirurgie sowieso nichts für mich sei und ich es vielleicht nach meinem Scheitern einsehen werde.“

Caroline zog scharf die Luft ein. „Hat er nicht?“

„Doch. Ich weiß ja, dass ich bei der Visite unvorbereitet war, aber das heißt ja nicht gleich, dass ich komplett unfähig bin. Er hat mich doch noch nie im OP erlebt.“ Ich schob mir einen großen Bissen in den Mund und verbrannte mir fast die Zunge, als der geschmolzene Käse zerfloss.

Caroline zögerte. „Vielleicht hast du ihn missverstanden.“ Ich nickte, ohne von meinem Teller aufzublicken. „Vielleicht habe ich das“, sagte ich trocken, glaubte aber nicht wirklich daran. Kurzes Schweigen breitete sich zwischen uns aus.

„Selbst, wenn nicht. Batchmore ist ein Idiot, das sagen alle in der Klinik. Ich habe bisher niemanden auch nur ein gutes Wort über ihn verlieren hören und Onkologen gehören zu den netteren Ärzten.“

Ich zwang mich zu einem kleinen Lächeln. „Ich werde ihn wohl oder übel überzeugen müssen.“

Caroline grinste. „Daran habe ich keinerlei Zweifel.“

Würde ich allerdings scheitern, war meine Karriere vorbei, bevor sie überhaupt angefangen hatte.

Donner hallte über die wolkenverhangene Stadt. Hin und wieder wurde der Weg vor meinem Fahrrad von grellen Lichtblitzen erhellt, die das in der Ferne auffragende Gebäude erleuchteten. Dicke Hagelkörner prasselten auf die betonierte Straße und der Wind peitschte. Die braunen Blätter hingen nur noch vereinzelt an den Bäumen und wurden wild in die Luft gehoben, nur um direkt von den Hagelkörnern auf das Straßenpflaster gepresst zu werden.

Selbst wenn ich heute daheim gewesen wäre, hätte ich nicht schlafen können. Vor mir stand ein graues Ungetüm der Finsternis, eine Höhle voller Blut, in die ich mich hineinwagen sollte. Ich war klitschnass, als ich mein Fahrrad an einem Baum abstellte. Mein Haar fiel mir strähnig und kalt in die Stirn, versperrte die ohnehin schon schlechte Sicht. Der Sturm schien nicht mehr von dieser Welt und doch fühlte ich mich hier draußen sicherer als in dem grauen Monstrum vor mir.

Es war Punkt neunzehn Uhr, als ich das Chicago Med betrat und der Sturm, der draußen wütete, verblasste jäh, nachdem die schwere Tür des Hintereingangs zufiel. Drinnen war es ruhig, ganz anders als das zerstörerische Gewitter auf der anderen Seite der Wand.

Ich schlängelte mich an den großen blauen Plastikeimern, in die der Regen tropfte, vorbei und begab mich auf den Weg in die Umkleide. Ein Glück, dass der Neubau der Klinik so gut wie fertiggestellt war. Die Kälte jagte mir eine Gänsehaut über den Körper und ich trug die Angst wie einen harten Knoten im Magen mit mir.

Heute Nacht wog der Kittel, den ich über meine Schultern streifte, schwer. Es war so ruhig. Kaum ein Geräusch der Außenwelt drang durch die dicken Wände. Vielleicht würde mein Dienst auch so ruhig werden. Oder er würde wie das Gewitter über mich hinwegfegen und das pure Chaos zurückbleiben. Die Falten auf meiner Stirn wurden immer tiefer, bis ich genervt den Blick vom Spiegel losriss. Es war an der Zeit. Noch tobte das Chaos nur dort draußen. Es würde nicht lange so bleiben, wenn ich die Tür der Umkleide öffnete. Doch es gab kein Zurück. Ich stieß das Tor zur Hölle auf und begab mich auf den Weg zur Station.

Gegen einundzwanzig Uhr rief Holden an, der wohl noch an OP-Dokumentationen gesessen hatte, und verabschiedete sich. Ich war jetzt völlig allein. Ein kleiner Hoffnungsschimmer regte sich in mir, vielleicht würde durch das Unwetter verschreckt einfach niemand in die Notaufnahme kommen.

Gegen dreiundzwanzig Uhr brach schließlich der Sturm in Form eines kleinen fünfjährigen Jungen über mich hinein.

Mit der Ankunft von Jordan war der erste Notfall gekommen.

„Na Jordan, was ist los?"

„Ich habe Bauchschmerzen."

Ich ging in die Hocke, damit ich mit dem Jungen auf Augenhöhe reden konnte. „Seit wann hast du denn Bauchschmerzen?"

„Seit einer Weile, es wird jetzt immer schlimmer."

Der Junge saß schmerzverzerrt vor mir. Die Beine hatte er fest an seinen Bauch gezogen. Fragend sah ich Jordans Mutter an.

Sie streichelte sanft über die Schultern ihres Sohnes, während sie meinen Blick auffing. Ihre Haare waren etwas zerzaust.

„Er hatte am Mittag Streit mit seinem großen Bruder. Sein Bruder hat heute Geburtstag und wir haben ihm eine Magnettafel geschenkt. Jordan war eifersüchtig und … Ich glaube, er hat einige Magnete verschluckt.“ Sie streichelte ihrem Sohn über die Haare. Seine Stirn war schweißnass. „Zumindest hat das sein Bruder gesagt. Aus ihm bekomme ich nichts mehr heraus. Vor ein bis zwei Stunden haben diese Bauchschmerzen angefangen.“

Wieder wandte ich mich dem Jungen zu. „Darf ich mal deinen Bauch sehen?“ Vorsichtig versuchte ich, die Beine und Hände von dem Bauch des Jungen wegzuschieben, aber dieser wehrte sich.

„Aua. Nein!“, schrie er schluchzend.

Ich seufzte innerlich. Das würde jetzt laut werden.

„Okay. Sie müssen mir mal helfen, dass ich den Bauch anschauen kann. Sie halten ihn bitte einen Moment fest.“

Jordan schrie, als ich seinen Bauch berührte. Er war hart. Die ganze Geschichte wäre kein Problem gewesen, hätte Jordan nur einen Magneten verschluckt. Aber es waren mehrere Magnete und diese versuchten gerade, im Darm einen Weg zueinanderzufinden. Sollte ihnen das gelingen, würde alles, was zwischen ihnen lag, zerquetscht werden. In Jordans Fall war das sein Darm. Dieser hatte sich wahrscheinlich bereits eröffnet und ein Loch zur Bauchhöhle gebildet.

Als ich von Jordan abließ, blickte ich in die fragenden Augen seiner Mutter, die ihren weinenden Sohn in den Armen hielt. „Ich muss kurz telefonieren.“ Ohne ein weiteres Wort verschwand ich aus dem Zimmer.

„Holden?“, meldete die raue Stimme meines Mentors.

„Hi, hier ist Anna. Ich habe einen fünfjährigen Jungen, der mehrere Magnete verschluckt hat und jetzt einen brettharten Bauch hat. Ich nehme an, wir müssen ihn direkt operieren, oder?"

„Mach ein Röntgen, wenn du im Ultraschall nichts siehst, und danach geht er sofort in den OP. Ich will zumindest grob wissen, wo sich die Magnete befinden. Ich bin in einer halben Stunde da."

Mein Oberarzt klang müde und frustriert. Unwillkürlich fragte ich mich, ob er noch wach gewesen war oder bereits im Bett gelegen hatte. Es war Freitag Abend. Vielleicht hatte er ein Date gehabt, das ich nun gecrasht hatte. Ich schüttelte den Kopf. Mich ging das Privatleben meines Oberarztes absolut nichts an. „Okay, danke." Ich legte auf. Damit war Jordans Schicksal besiegelt.

Danach ging alles viel zu schnell. Ich sah ein weiteres Kind mit Bauchschmerzen, ein schwarzes Bein und besprach mit Jordans Mutter die Operation. Ich hatte kaum Zeit, zwischen den einzelnen Patientenzimmern Luft zu holen. Sobald ich im OP war, würde ich keine Zeit mehr für andere Notfälle haben. Mein Telefon klingelte.

„Wie sieht's aus?", hallte die Stimme meines Oberarztes aus dem Telefon, begleitet von einem deutlichen Rauschen. Das Wetter war offensichtlich nicht besser geworden.

„Der Junge mit den Magneten im Bauch fährt gerade in den OP, einen Blinddarm haben wir noch", berichtete ich knapp.

„Okay. Muss der Blinddarm operiert werden? Ich bin in zehn Minuten da. Das Wetter spielt total verrückt, ich kann kaum die Straße vor mir sehen. Dann sind auch noch die Hochbahnen ausgefallen und ich bin zu Fuß losgelaufen, sorry."

Ich blickte auf die Uhr, es war kurz nach eins. „Okay. Ich kümmere mich drum."

„Sehr gut. Es scheint, als hast du alles im Griff."

Ich musste lächeln bei dem unerwarteten Lob. Doch mein Lächeln verblasste, als mir bewusst wurde, dass ich noch sieben Stunden vor mir hatte. Holden gab mir noch ein paar weitere Anweisungen über das Telefon und beendete das Gespräch. Nach dem Telefonat fühlte ich mich besser, auch wenn sich nicht wirklich etwas an meiner Situation geändert hatte. Es lag an Holden. Er beruhigte mich, ohne dass ich genau verstand, wie er das machte. Vielleicht lag es an seiner ruhigen Art oder einfach, weil er mir vertraute. Bisher hatte ich mich immer auf ihn verlassen können.

Auf dem Display leuchtete die Nummer des OPs. Es war so weit. Scheiße, sie waren zu früh.

Ich gab mir fünf Minuten, bevor ich nach oben rennen würde. Fünf Minuten für zwei Patienten. Zumindest um herauszufinden, ob diese tickende Zeitbomben waren. Zeitbomben, die explodieren würden, wenn ich sie nicht vor der Operation sehen würde.

Es war Viertel vor zwei. In der Umkleide stopfte ich mir einen Müsliriegel in den Mund, den ich zur Sicherheit in meiner Kitteltasche mitschleppte. Ich hatte seit Stunden weder gegessen noch getrunken.

Als ich in den Saal trat, wurde Jordan bereits von Schwester Emma abgewaschen. Es war gut, dass Emma da war. Sie war ungefähr so alt wie ich, aber durch die kürzere Ausbildungszeit bereits eine Meisterin ihres Faches. Kurz nach mir betrat auch Holden den OP-Saal. „Alles gut bei dir?", fragte mein Oberarzt sanft.

„Ja. Es ist nur viel los in der Notaufnahme. Wir haben da noch den Blinddarm, den wir ..."

„Halt!", unterbrach er mich. „Wir sind jetzt hier bei Jordan und beschäftigen uns mit dieser Operation. Wenn wir fertig sind, kannst du wieder an die da draußen denken. Immer eins nach dem anderen."

Ich nickte stumm. Mein Köper zitterte bei all dem Adrenalin, das seit Stunden durch ihn hindurchjagte. Eine Falte hatte sich in der Stirn von Holden gebildet, als er mich ernst ansah. „Wir kriegen das schon hin."

Ich nickte und kratzte mich an der Nase, ließ den Ring zwischen meine Finger gleiten. Kein Notfall würde mich mehr kleinkriegen. Wir begannen uns für die OP einzuwaschen.

Meine Hände zitterten kaum mehr, als wir am Tisch standen. Doch selbst das bemerkte Holden. Durch die Gläser seiner Brille musterte er mich besorgt. Das Grau seiner Augen schimmerte matt. Dann spürte ich seine behandschuhten Finger auf meiner Hand. Für die anderen sah es so aus, als wäre diese Berührung nur zufällig. Doch er strich dabei beruhigend über meine Finger. Ich schloss die Augen, holte tief Luft. Atmete ein. Atmete aus.

Nach eineinhalb Stunden und einer ausdauernden Suche in Jordans Darmschlingen war die OP vorbei. Es war halb vier und es lag noch mindestens eine weitere OP vor uns und mein Telefon klingelte unaufhörlich. Während ich den Bauch zunähte, verließ Holden das sterile Feld.

Er begann zu telefonieren, nahm all die Anrufe auf meiner Liste an. Der Blinddarm würde als Nächstes in den OP kommen.

Es tat gut, jemanden zu haben, der hinter mir stand und mit mir das große Paket an Verantwortung schulterte.

Nach der OP schleppte ich mich zurück in die Notaufnahme. Langsam machte sich auch mein Schlafbedürfnis bemerkbar, eigentlich war das hier nur Bereitschaftsdienst.

Vor dem Kaffeeautomaten begegnete ich Holden. Er zog eine Augenbraue nach oben, als er meine blutverschmierte Kleidung bemerkte.

„Was hast du denn gemacht?", fragte er und hielt mir seinen dampfenden Becher Kaffee hin.

Dankbar ergriff ich ihn und trank einen großen Schluck. Ich hatte ganz vergessen, dass ich vorhin noch eine blutende Hand genäht hatte. „Dem Unfallchirurgen geholfen ..."

Holden atmete erleichtert auf. „Puh, ich dachte schon, du kommst, um mir zu sagen, dass wir gleich weiteroperieren. Dafür bin ich eindeutig zu müde. Ich war kaum im Bett, da hast du direkt angerufen." Er drückte auf eine Taste und ein weiterer Becher wurde mit Kaffee gefüllt.

„So früh im Bett, an einem Freitag Abend?" Ich konnte meine Neugier kaum verbergen, aber Holden schien es mir nicht übel zu nehmen.

„Ja, keine Ahnung. Trinken geht ja schlecht im Dienst und wenn ich am Abend ein Buch aufschlage, schlaf ich eigentlich sofort ein. Der Fluch des Arbeitslebens eben.

Ich muss zugeben, ich bin ein richtiger Langweiler geworden. Ich bin glücklich, wenn ich um zehn Uhr mit einer Tasse Tee und einem annähernd spannenden Buch im Bett liegen kann."

Also hatte er kein Date gehabt. Langweilig klang sein Traum allerdings ganz und gar nicht. Ein Seufzen entfuhr mir, als ich an meine warme, weiche Bettdecke dachte. Wie schön wäre es, jetzt in einem Bett zu liegen und zu schlafen.

„Wofür war das?"

„Was?"

„Du hast geseufzt?"

„Ich habe nur ans Bett gedacht." Wieder seufzte ich.

„Was hättest du denn eigentlich heute Abend vorgehabt?"

Ich zögerte. Tatsächlich hatte sich Max bei mir gemeldet. Er war zurück in Chicago und wollte sich treffen. Dank meines spontanen Nachtdienstes war ich nicht in die Verlegenheit gekommen, mir eine Ausrede einfallen zu lassen. Es war nicht so, dass ich unser Treffen nicht wiederholen wollte, aber irgendetwas hielt mich zurück. Mein Blick wanderte zu der Hand, mit der Sebastian seinen Becher umklammerte. Bläuliche Venen traten darauf hervor. Sie spannten sich vom Handrücken hinauf über seinen Unterarm, bis sie unter dem Ärmel an seinem Bizeps verschwanden. *Diese verdammten Venen.* Ich riss den Blick los und landete dabei prompt in seinen gewittergrauen Augen.

Sebastian Holdens Mundwinkel zuckten. „Nicht einschlafen, Anna. Du brauchst offensichtlich noch mehr Koffein. Ich habe noch Energiedrinks in meinem Büro, wenn du willst. Die wirken während der Nachtdienste wahre Wunder. Die und Proteinriegel."

Ich war unendlich dankbar für die Ausrede, die er mir lieferte. Müdigkeit statt dem, was auch immer ich gerade empfand. Angebracht war es sicher nicht. „Du bist doch gar kein Assistent mehr, wieso hast du sie noch?"

„Manche schlechte Angewohnheiten wird man einfach nie los. Meine ist wohl Ernährung."

„Sieht man gar nicht. Du bist doch trainiert und muskulös", murmelte ich in meinen Kaffee hinein.

Als Holden überrascht die Stirn runzelte, wurde mir bewusst, was ich gerade laut ausgesprochen hatte. Der Stromsparmodus in meinem Gehirn war offensichtlich angesprungen. Bevor ich in weitere Fettnäpfchen treten konnte, dankte ich ihm für den Kaffee und eilte in die Umkleide.

Es war fünf Uhr morgens, als der Sturm aufhörte zu toben. Die Wolken lichteten sich und gaben den Blick auf den klaren Sternenhimmel frei. Es war eine stürmische Nacht gewesen. Wie aus Eimern hatte es geschüttet und trotzdem war kein einziger Unfall hereingekommen. Gott hatte doch noch Erbarmen mit mir gehabt. Niemand war gestorben oder in ernsthafter Lebensgefahr. Mein erster Dienst war so gut wie geschafft. Ich fiel in mein Bett, bis mich eine Stunde später mein Telefon wieder aus dem Schlaf riss.

Kapitel VIII: Konkurrenz

Bevor ich mich versah, war es auch schon wieder Montag. Das Wetter war nicht wesentlich besser geworden. Ein feiner Nieselregen begleitete mich auf dem Fahrradweg, sodass ich völlig zerzaust und durchnässt in die Umkleide trat. Ich musste mir unbedingt wasserfeste Fahrradkleidung zulegen. In der Umkleide traf ich nur Doreen an. Ein Zeichen dafür, dass ich spät dran war, zu spät. Doreen bemühte sich zwar darum, gleichzeitig mit mir zu kommen, aber da sie zwei Kinder zu Hause hatte, war es eher eine Ausnahme als die Regel, dass wir zeitgleich ankamen.

„Na? Wie war dein erster Dienst?", fragte Doreen erfreut und trank einen Schluck Schwarztee aus ihrer gewaltigen Thermoskanne. Ihre Stimme klang so tief und rau, als wäre sie langjährige Raucherin und passte so gar nicht zu ihrer schlaksigen Gestalt.

„Na ja. Ich stand gefühlt nur im OP und Holden war quasi die ganze Nacht bei mir. Keine Ahnung, was ich ohne ihn gemacht hätte. Weißt du, wie es bei Markus lief?" Ich versuchte, beiläufig zu klingen, aber sowohl Doreen als auch mir war bewusst, dass ich nur aus einem Grund nach Markus fragte.

„Holden hat also seinen Zauber walten lassen. Na, sag ich doch. Andererseits hat er auch nichts anderes mehr zu tun. Bei Markus, keine Ahnung. Du solltest dich nicht immer so vergleichen."

„Was meinst du also mit Holden?"

„Wusstest du es nicht? Ach ja, das war vor deiner Zeit. Seit der Trennung von seiner Verlobten verbringt er fast Tag und Nacht in der Klinik. Vermutlich ist er deswegen dein Mentor geworden."

„Was hat das mit der Arbeit zu tun?"

„Na ja, es war eine ziemlich unschöne Sache. Sie waren wohl jahrelang zusammen. Ich kenne die Geschichte nicht so genau, aber sie hat ihn mit einem der niedergelassenen Radiologen betrogen oder so. Auf jeden Fall hat er sie aus der Wohnung geschmissen. Sie ist dann eines Tages in die Klinik spaziert und hat ihn vor versammelter Mannschaft angebrüllt und gemeint, dass er sich nicht wundern müsse, dass sie sich jemand anderen gesucht hat, wenn er eh die ganze Zeit nur arbeitet." Doreen zuckte mit den Schultern und widmete sich wieder ihrem Tee. „Ich war leider nicht da, um es live mitzuerleben, aber Blair kennt die Geschichte praktisch auswendig."

Ich wusste nicht, was ich sagen sollte. Es musste furchtbar gewesen sein, wenn die Ex auf die Arbeit kam und einen bloßstellte. „Der Arme", sagte ich langsam. Es war allgemein bekannt, dass der Beruf als Chirurg sehr zeitintensiv war. Das war ein notgedrungenes Übel, auf das man sich einlassen musste, wenn man Chirurg werden wollte. Mir war das von Anfang an bewusst gewesen. Dennoch hatte die Realität meine Erwartungen bei Weitem übertroffen.

„War sie auch Ärztin? Ich meine, seine Freundin?"

Doreen schüttelte den Kopf. „Hat irgendwas studiert, keine Ahnung. Interessant war nur, dass Holden danach fast einen Monat OP-Verbot hatte. Als Strafe für das Drama oder so. Die Vadasz ist völlig ausgetickt. Sie und Batchmore fahren eine Nulltoleranzpolitik bezüglich Privatangelegenheiten auf der Arbeit. Anscheinend haben sie in ihren alten Kliniken schlechte Erfahrungen gemacht und entschieden, dass hier eine durch und durch professionelle Umgebung herrschen soll. Aber nun zu dir: Vergleich dich nicht mehr mit Markus. Das, was du erzählst, klingt doch gar nicht so schlecht. Wenn du nachts nicht operieren musst, heißt das nicht unbedingt, dass dein Dienst gut war.“

Ja, aber Markus' Dienst war trotzdem besser. Ich konnte diesen Gedanken einfach nicht abschütteln. Es gab nur ruhige Dienste und chaotische Dienste. Dazwischen existierte eine große Kluft, über die das Schicksal beständig hin und her sprang. Es war nun mal eine Tatsache, dass Markus sowieso schon beliebt war und als neuer Musterschüler galt. So langsam fühlte ich mich, als bliebe ich bei einem Wettrennen auf der Strecke zurück und jede noch so kleine Verschnaufpause brachte Markus dem Ziel näher. Was das Ziel war, wusste ich allerdings nicht. Es war schlicht unangenehm, neben ihm die zweite Geige zu spielen. Irgendwann würde ich das dann auch auf dem OP-Plan sehen. Tag für Tag würde er seinem Facharzt näherkommen, während ich weiterhin auf der Stelle trabte. Eine Hand klatschte auf meine Stirn. „Aua“, stöhnte ich entrüstet. „Das hat wehgetan.“

„Du runzelst ständig die Stirn. Du musst aufpassen, das gibt Falten." Doreen hatte sich bereits wieder abgewandt und musterte sich vor dem Spiegel. Dabei hatte – ha – sie selbst die Stirn in Falten gelegt. Ich wollte schon ansetzen, ihr irgendetwas zu entgegnen, da packte Doreen ihre Thermoskanne ein und machte sich auf den Weg zur Station. „Komm schon. Du willst doch vorbereitet sein, dachte ich?"

Ich seufzte. Es waren nur noch fünfzehn Minuten, bevor Holden zur Visite kam. Fünfzehn Minuten, um zu verstehen, dass ich meinen Oberarzt schleunigst aus meinen Gedanken verbannen musste. Es war höchste Zeit, Max anzurufen.

Je länger der Tag andauerte, desto mehr begann ich über Markus nachzugrübeln. Beim Mittagessen prahlte er von seinem entspannten Dienst, wie er drei Patienten in andere Abteilungen abgeschoben hatte, um sich pünktlich um elf im Dienstzimmer ins Bett zu legen. Währenddessen hatte ich immer missmutiger meine zu weich gekochten Kartoffeln zu Brei verarbeitet und versucht, mich nicht aufzuregen.

Anschließend wurde Markus von einem meiner Kollegen auch noch auf dessen Hochzeit im Mai eingeladen. Das war der Punkt, an dem ich kurz davorstand, mir einen Kopfschuss zu verpassen. Ich wusste, dass ich mich nicht vergleichen durfte, aber Markus' Beliebtheit, seine Integration ins Team und dass ihm alles so einfach fiel, ging mir gehörig auf den Geist. Ich brauchte eine Lösung. „Hey Markus, warte mal kurz."

Markus blieb stehen und kollidierte prompt mit mir, da ich ihm hinterhergeeilt war. Sanft, aber bestimmt schob er mich von sich und fragte, nachdem er wieder gebührenden Abstand zwischen uns gebracht hatte: „Ja, was ist?"

Ich schwieg, wusste nicht, wie ich es angehen sollte. Wie baute man eine Freundschaft zu jemandem auf, mit dem man in Konkurrenz stand? Wie sollte ich die Kluft zwischen uns überwinden? Sie wurde von Tag zu Tag immer größer. Es musste sein. Wenn wir einander an die Hände nahmen, konnte er mich nicht mehr abhängen.

Markus sah mich erwartungsvoll an, dabei bemerkte ich, dass er hin und wieder einen Blick auf seine Armbanduhr warf. Natürlich trug er eine Uhr, als ob die Hygienerichtlinien für ihn nicht gelten würden. Unmut regte sich in mir. Vielleicht war mein Plan doch nicht so gut, wie ich ursprünglich gedacht hatte. Markus würde mich bestimmt für dumm halten, was ich nicht war. Doch der weiße Kittel, den ich trug, leuchtete schon lange nicht mehr so strahlend weiß wie in meiner Fantasie.

Markus wippte ungeduldig mit dem Fuß. Er wollte Feierabend machen. Wenn ich noch länger zögerte, würde er mich für noch komischer als ohnehin schon halten. Ich holte tief Luft und bezwang das kleine grüne Monster, das sich bei jedem Gedanken an Markus regte. „Bist du schon konform mit dem Sono-Gerät oder verzweifelst du auch manchmal so wie ich?"

Markus stutzte. Er hatte wohl nicht erwartet, dass ich freiwillig eine Schwäche zugab. Normalerweise tat ich das auch nicht. Nicht in einem Haifischbecken, wo sich jeder sofort darauf stürzte. Aber wenn ich wollte, dass meine Kollegen mich sympathisch fanden, konnte es vielleicht nicht schaden. Markus lächelte schief. „Ich kann dir gerne helfen, wenn du möchtest. Ein bisschen Übung wäre gar nicht so schlecht. Morgen nach Dienstschluss?" „Klingt gut, danke schön."

Damit war das Gespräch auch schon wieder beendet. Doch an diesem Abend hüpfte ich euphorisch zu meinem nassen Fahrrad. Morgen hatte ich einen ganzen Abend, an dem ich Markus weichkochen würde und nach ihm auch den Rest des Teams.

Es war dunkel und kalt in dem kleinen Sonografieraum auf Station. Anders als in der Notaufnahme wurde dieser Raum nur für stationäre Patienten verwendet. Neben dem Gerät standen noch eine kleine Liege und ein Schrank mit Pflegeutensilien.

„Okay. Lass es uns so machen. Du schallst mich einmal durch und zeigst mir deine Einstellungen und ich sage dir einfach, was ich und Ridson verwenden. Dann können wir gucken, was besser passt."

Ohne auf mein Einverständnis zu warten, streifte Markus seinen Kittel von den Schultern und zog sich den darunter liegenden Kasak über den Kopf. Er war dünn, also ideale Schallbedingungen. Ich nahm die Flasche Ultraschallgel und presste sie großzügig über Markus Bauch aus. Er stöhnte auf, als ich das kalte Gel mit dem Schallkopf verteilte.

„Sanftheit ist nicht gerade deine Stärke, oder?"

„Bist du eine kleine Mimose?", fragte ich schnippisch zurück. Markus lachte und die Muskeln unter meiner Hand verhärteten sich, verwackelten das Bild. Ich presste den Schallkopf ein wenig fester in den Bauch, damit er stillhielt.

„Vielleicht bin ich auch einfach ein bisschen mehr Dankbarkeit gewöhnt, wenn ich mich ausziehe."

Macho.

„Mit dem Spruch hättest du auch Unfallchirurgie machen können." Markus gluckste. Aber ich hatte recht. Wäre die Klinik eine High-School aus den 90er-Jahren, wären die Unfallchirurgen die gefeierten Footballspieler mit mehr Muskelmasse als Gehirn. Prolls eben. Die Viszeralchirurgen waren zumindest etwas agiler, vielleicht Basketballer? Eingeweide bedurften einer größeren Präzision als simple Knochen. Auf jeden Fall waren sie die Besten. Internisten waren Streber und Radiologen gehörten eindeutig dem Robotikclub an. Hinter dem Schulgebäude würden die Anästhesisten kiffen und in einer Ecke stünden einsam – ohne Freunde, dafür mit schwarzem Eyeliner – die Pathologen. Ich fuhr Markus` Bauch entlang und scannte die einzelnen Organe ab. Seine flache Bauchdecke war ein Segen für jeden Arzt. Jedes einzelne Organ ließ sich perfekt und einfach darstellen.

„Aber hätte ich Unfallchirurgie gemacht, wer wäre dann dein Lieblingskonkurrent?"

Ich hielt inne und blickte auf ihn herab. Er sah mich unter der großen Hornbrille mit schiefem Grinsen an. „Stimmt. Keine Konkurrenz würde die Sache allerdings leichter machen."

Wenn wir schon ehrlich waren, bitte richtig. Ich wischte das verbliebende, bereits warm gewordene Gel mit einem Tuch vom Schallkopf ab, während Markus die einzelnen Bilder durchsah. „Professor Vadasz will immer eine Ausmessung des Gallengangs, egal wie unnötig es erscheint. Das ist ihr unglaublich wichtig, meint Daniel."

„Danke", sagte ich verwundert.

„Ich mag es nicht, dass wir Konkurrenten sind. Ich finde, wir sollten zusammenarbeiten, Anna."

Zustimmend nickte ich. „Das finde ich auch." Dieses Gespräch lief anders als erwartet. „Sie werden uns aber trotzdem immer vergleichen", fuhr ich fort.

„Dann sollen sie es tun. Doch ich werde mich nicht in einen Ring zerren lassen. So bin ich nicht."

Markus streckte mir eine Hand hin und ich schüttelte sie zögerlich. Grinsend beugte er sich an mir vorbei und griff nach einem Stapel Tücher, um sich seinen Bauch trocken zu wischen. Nachdenklich beobachtete ich ihn. Wir waren seit Tag eins in diesem Ring und dieser würde auch nicht so leicht verschwinden, wie er sich das vorstellte. Aber es war gut zu wissen, dass er den Kampf nicht führen wollte. Denn auch ich brauchte all meine Kraft und Konzentration für die Arbeit. „Du hast recht."

„Natürlich habe ich das", sagte Markus. „Darf ich mich trotzdem wieder anziehen? So langsam wird es kalt ohne deine sanften Hände." Er lachte, als er mein entnervtes Seufzen vernahm.

„Komm schon. War doch nur ein Spaß. Wir müssen den ganzen Tag nett und professionell sein. Wenn ich das auch meinen Kollegen gegenüber sein muss, würde ich definitiv in C2-Abusus verfallen."

Da hatte er allerdings recht. Aber noch viel wichtiger war eine ganz andere Erkenntnis. Markus nannte mich eine Kollegin, während ich ihn bislang nur als Konkurrent wahrgenommen hatte. „Ich will gar nicht wissen, wie sehr mein Weinkonsum in den letzten Wochen gestiegen ist", gestand ich.

„Ach, deswegen hast du morgens immer eine so rote Nase." Frustriert knirschte ich mit den Zähnen. „Das ist das Fahrradfahren."

Markus hatte sich zwischenzeitlich angezogen und war von der Liege gesprungen. Er blieb noch kurz in der Tür stehen, als wolle er noch etwas sagen, doch ich kam ihm zuvor.

„Markus?" Ich zögerte kurz. „Danke."

„Kein Problem. Wir Anfänger müssen doch zusammenhalten."

Ich wollte noch etwas erwidern, da war die alte Holztür bereits zugefallen und ich blieb allein mit einem Lächeln im Halbdunkeln sitzend zurück.

Kapitel IX: Chancen

Pünktlich mit Beginn der Adventszeit stand Max vor meiner Wohnungstür und küsste mich. Unsere Berührung bestand so kurz, dass wir beide kaum die Gelegenheit bekamen, sie zu genießen. Zugeben, Max küsste gut. Wie ein warmer Herztag. Jeden unserer Küsse genoss ich, aber trotzdem spürte ich ein stetes Misstrauen. Es sollte eine unverbindliche Geschichte zwischen uns sein. Ablenkung von der Klinik, von Holden, aber eben nicht zu sehr.

Dennoch hatte ich das Gefühl, dass nichts davon funktionierte. Mein Mentor schwirrte weiterhin in meinem Kopf herum, obwohl ich es nicht wollte und diese Treffen mit Max verliefen zu intensiv, als dass nicht zwangsläufig mein Herz irgendwann involviert wäre. Letzteres würde vielleicht Ersteres lösen, aber ich wollte keine Beziehung. Meine Karriere hatte absoluten Vorrang.

„Ich bin da, wie ich es angekündigt habe."

Seine Begrüßung klang schroffer, als ich es gewöhnt war. „Komm doch rein", forderte ich ihn auf und er musterte mit sichtlicher Neugier meine Wohnung. Im Vergleich zu seiner Villa in Lake View wirkte unsere WG bestimmt wie ein schäbiger Schuppen. „Genügt das deinen Ansprüchen?"

Er drehte sich zu mir um. Und bevor ich mich versah, fand ich mich auch schon in seinen Armen wieder und erwiderte seinen Kuss. Seine Lippen waren weich und nach einem kurzen Zögern öffneten sich meine nur allzu bereitwillig seiner Zunge.

Ich hatte mich vertan. Seine Küsse schmeckten nicht nach einem warmen Herbsttag, sondern nach einem Herbststurm. Kein Gewitter, eher ein wildes Blättergewirr, das mich gefangen hielt. Die dunklen grauen Gewitter gehörten zu anderen – *Ach verdammt.*

Ich strich mit meinen Händen durch Max' Haar und verwuschelte es, bevor ich mich sanft von seiner Brust fortdrückte. „Vielleicht kommst du erst einmal an und ziehst deine Jacke aus?" *War ich ein schlechter Mensch, weil ich ihn so benutzte?* Max trat ein und begann, seinen langen Mantel aufzuknöpfen. Seine Lippen verzogen sich zu einem wissenden Lächeln. Er spürte die Spannung zwischen uns genauso wie ich. Absichtlich langsam strich er nun den Stoff von seinen Schultern, taxierte meinen Blick.

„Ach scheiß drauf", fluchte ich. Bevor Max reagieren konnte, riss ich ihm schon den Mantel aus der Hand und hängte ihn auf den Haken hinter der Tür. Hier ging es ausnahmsweise mal um mich und Max – und nicht um Holden.

Dann zerrten meine Hände bereits an seinem Schal, während ich meine Lippen auf seine drückte. Ich wollte mehr als nur Max' Küsse schmecken. Sein Schal wanderte zu Boden, sein Hemd folgte zugleich. Meine Hände glitten über seine Brust und zogen ihn näher zu mir.

„Ich habe dich vermisst", flüsterte er, als ich kurz innehielt, um aus meinem Pulli zu schlüpfen. Ein Glück war Caroline nicht zu Hause.

Ich lächelte zufrieden. „Dann beweis es!"

Das tat er. Er hob mich hoch und trug mich durch die offene Tür hinter mir in mein Zimmer. Ich liebte es, wenn er mich trug. Seine blonden Haare standen ihm bereits verwuschelt vom Kopf. Ich fuhr mit den Fingern hindurch und sog den frischen Duft ein. So seidig feines Haar. Im Vergleich dazu waren meine Locken ein reines Wirrwarr.

Max legte mich auf meinem Bett ab und ich streckte die Hand nach ihm aus. Er folgte meiner stummen Einladung, übersäte meinen Körper mit Küssen und strich mit seinen Fingern die Wölbungen meiner Kurven nach. Ich befreite mich aus meiner Hose und betrachtete erregt, wie sein Kopf zwischen meinen Beinen verschwand. Dann blickte er plötzlich auf, eine Frage unausgesprochen auf seinen Lippen. Ich nickte und Ekstase erfüllte mich, als seine Zunge über meine Mitte strich. Mein Körper spannte sich unter seinen Händen bis in die Zehenspitzen an und mir entfuhr ein Stöhnen. Eine Welle des Verlangens erfasste mich und trieb mich auf die offene See. Mein Körper bäumte sich auf, streckte sich ihm entgegen. So gut. Mein Stöhnen wurde lauter, während er die Küsse mit seiner Zungenspitze intensivierte. Ich würde nicht mehr lange durchhalten.

Ich riss seinen Kopf nach oben und zog ihn, die Hände fest in sein Haar gekrallt, zu mir hinauf. Max keuchte, seine Augen wirkten fast schwarz durch die geweiteten Pupillen. Seine Lippen waren geschwollen und gerötet.

„Komm zu mir!" Die Zeit zog sich, während Max sich aus seinen engen Boxershorts schälte. Endlich lag seine Erektion frei und ich umfasste sie mit sanften, aber fordernden Fingern. Gemeinsam strichen wir ein Kondom über, das ich aus der Schublade neben dem Bett zauberte. Er glitt in mich. Mir entwich ein Keuchen, das sogleich von einem Kuss erstickt wurde. Und erneut regte sich das Verlangen in mir. Es hatte kaum Zeit gehabt abzuebben, da war ich schon wieder am Rande der Klippe, kurz davor hinunterzufallen.

Max' Stöße wurden schneller, fester und das Geräusch von nackter Haut auf nackter Haut vermischte sich mit dem Feuerwerk in meinem Kopf. Er hielt meine Hand fest umklammert über meinem Kopf auf das weiße Bettlaken gedrückt.

Ich war in einer völlig fremden Welt, nur bestehend aus Max' dunkler, melodischer Stimme und meiner Begierde. Wie hatte ich es nur so lange ohne ihn ausgehalten?

„Max!", rief ich stockend. Ich war fast so weit. Meine Füße zuckten vor Anspannung, während sich der Knoten in mir mehr und mehr spannte. Er stieß noch ein letztes Mal fest in mich hinein, ein Schrei entwich meiner Kehle und der Knoten zerriss. Ich zerbrach, mein Schrei erstickt von Max' weichen Küssen.

Nach Atem ringend lag er auf mir, mit seinem Orgasmus war auch alle Energie aus ihm gewichen. Ich fühlte mich müde, so müde. Max drehte seinen Kopf, sodass er sein Kinn auf meinen Brüsten ablegen konnte.

„Ich habe dich vermisst", flüsterte ich, und es entsprach tatsächlich der Wahrheit. Er lächelte besonnen und gab mir einen Kuss auf die Lippen.

„Ich denke, wir müssen uns häufiger treffen."

Meine Hände strichen durch seine Haare. „Nun ja. Ich würde vorschlagen, du machst das für jeden Tag, den du dich nicht gemeldet hast." Dabei deutete ich auf die Region zwischen meinen Beinen, was Max zugleich zu einem schelmischen Grinsen brachte. „Und was machst du für die Tage, die du dich nicht gemeldet hast?"

Er rollte sich von mir und befreite sich von dem Kondom. Danach legte er sich dicht an meine Seite geschmiegt, sein Gesicht ganz nah an meinem und fuhr mit den Fingern über die harten Spitzen meiner Brüste hinab zur Wölbung meines Bauches und in immer kleiner werdenden Kreisen zu der unter kurzem dunklem Haar verborgenen, empfindlichen Zone.

„Ich sehe, wir werden lange beschäftigt sein." Seine Kreise wurden nochmals kleiner, näherten sich meiner Mitte und – meine Hand hielt seine fest.

„Warte, ich brauche erst einmal eine Pause. Lass mich erst mal zu Atem kommen."

Nur langsam löste er den Blick von meinen Schenkeln und haftete ihn stattdessen auf mein Gesicht. Er sah enttäuscht aus, atmete aber ebenfalls noch schwer.

„Na gut. Ich denke da an noch viele weitere Stunden, an denen ich mit Freude meine Schuld abarbeiten kann."

Meine Lippen verzogen sich zu einem Lächeln: „Ach ja?"

„Ja. Stunden. Tage. Wochen. Dafür habe ich das hier viel zu sehr vermisst." Er zog mich an sich und gab mir einen langen, sehr schuldigen Zungenkuss. Auf den ersten Kuss folgte ein weiterer, und plötzlich lag ich nicht mehr neben ihm, sondern saß auf ihm, seine Hände an meinen Hüften.

„Du musst eine Göttin sein. Venus vielleicht? Anders kann ich mir das nicht erklären."

Ich lachte. „Schleimer." Doch ich konnte es mir nicht verkneifen, ihn zu küssen.

Der Mittag war weit vorangeschritten, als wir die Wohnung endlich verließen, doch die Nachwehen unserer Begrüßung begleiteten mich unentwegt. In meinen Gedanken war ich noch bei den Dingen, die Max mit seiner Zunge gemacht hatte ... „Alles in Ordnung mit dir?"

Ich schreckte auf. Max' Hand wedelte vor meinem Gesicht auf und ab. „Ja. Ja, ich war nur in Gedanken." Ich wusste, dass die Röte in meinem Gesicht mich verriet, als Max mich neugierig musterte.

Dann grinste er. „Wenn es nach mir ginge, wären wir bei der Eiseskälte gar nicht erst hinaus gegangen, aber du wolltest es ja unbedingt. Stattdessen hätten wir die Zeit auch sinnvoller nutzen können."

Die Röte in meinem Gesicht vertiefte sich, aber ich blieb entschlossen. „Ich finde es interessant, was du unter sinnvoll Zeit nutzen verstehst."

„Aber ein Spaziergang ist so viel sinnvoller?"

Ich schürzte die Lippen. „Ich brauche Vitamin D!"

„Okay …“, sagte Max langsam. Plötzlich blieb er stehen und schaute an einer backsteinernen Hauswand hinauf.

„Was ist?“, fragte ich neugierig.

Er zuckte mit den Schultern und schüttelte den Kopf. „Ich habe hier mal gewohnt. In einem Haus, ganz ähnlich wie dieses.“

„Wieso bist du zurück in eure Villa? Ich meine, sie ist wunderschön, aber Lake View ist jetzt nicht direkt nahe am Central Loop.“

„Ich habe die Wohnung zu selten genutzt, Geschäftsreisen. Also habe ich sie irgendwann meinem Cousin und seiner Freundin überlassen. Er arbeitet übrigens auch am Chicago Med.“

„Echt? Wie heißt er, vielleicht kenne ich ihn.“

Max schüttelte den Kopf. „Wir sind nicht unbedingt die besten Freunde. Kein gutes Thema, Anna. Er ist halt Familie, aber nicht der Teil der Familie, die ich den ganzen Tag sehen muss. Das Einzige, was uns verbindet, ist seine kleine Schwester Mia. Von ihr hatte ich dir, glaube ich, noch nicht erzählt.“ Er hielt kurz inne, um meine Mütze zurechtzurücken. „Tatsächlich studiert sie in Boston Medizin, ich muss euch unbedingt vorstellen, wenn sie in der Stadt ist. Manchmal habe ich das Gefühl, Mia ist die kleine Schwester, die ich nie hatte. Im Grunde genommen ist sie das auch, wenn man bedenkt, wie viel Zeit wir miteinander in der Kindheit verbracht haben.“ Max fuhr fort und erzählte noch weiter von Mia.

Seine Fürsorge erwärmte mir das Herz und irgendwann fand sich auch meine behandschuhte Hand in der seinen wieder. Durch den dicken Stoff konnte ich

ihn kaum spüren, aber das Gefühl unserer ineinander
verschlungenen Finger machte mich glücklich. Wir
schlenderten noch weiter durch die Stadt, achteten dabei kaum auf den Weg. Bis ...

Ich blieb abrupt stehen. Wir waren an einem Sportplatz angelangt. Der Sportplatz war von einem mit Bü-
schen gesäumten Zaun eingegrenzt und auf der anderen Seite des Zauns konnte ich durch das Gebüsch hindurch Basketballkörbe erkennen. Das Poltern der gegen das Korbbrett prallenden Bälle war zu hören sowie
die Schreie einzelner Spieler. Spieler, die ich kannte.
Dort, wenige Meter von mir entfernt, nur durch einen
Zaun getrennt, spielten Holden, Ridson und ein paar
weitere Basketball. Mitten unter ihnen auch Markus.
Erschrocken starrte ich durch die Maschen des Zaunes
hindurch, wie festgefroren am Straßenpflaster.

„Anna?"

Max stupste mich vorsichtig an. Ich hatte ihn aus Versehen an der Hand zurückgerissen, als wir stehen geblieben waren. Max starrte mich verwirrt an, bis
schließlich sein Blick ebenfalls durch das Gebüsch
drang.

Seine Augen weiteten sich. „Das ist dein Oberarzt,
oder?" Seine Stimme klang leise und sein Gesicht
wirkte fahl im grauen Dunst der Wolken.

„Ja, woher weißt du das?" Ich löste überrascht meinen
Blick von den umherrennenden Gestalten.

Max antwortete nicht direkt. Er hatte seine rechte Augenbraue leicht angehoben und seine sonst so glatte
Stirn bildete Falten. Es schien, als würde er überlegen,
die Augen weiter auf die Spielenden gerichtet. Dann
wich auch er zurück, umfasste meine Hand und zerrte

mich weiter fort vom Sportplatz. „Du hast ja schließlich mehr als genug von ihm erzählt und ich nehme mal an, dass die anderen auch deine Kollegen waren, oder?"

Tatsächlich hatte ich das Thema Klinik in Max' Anwesenheit möglichst gemieden, so funktionierte Ablenkung. Ich runzelte verwundert die Stirn. „Ja. Na ja, nicht alle sind meine Kollegen. Aber der mit dem braunen Wuschelkopf ist Markus, mein Mitassistent. Der mit den roten Haaren Ridson, sein Mentor und das da ist Holden, mein Mentor." Meine Stimme verlor sich langsam, als es mir wie Schuppen von den Augen fiel. Markus wollte angeblich die Konkurrenz zwischen uns ruhen lassen und spielte gleichzeitig mit unseren Oberärzten Basketball. So viel zum Thema Ehrlichkeit und Vertrauen. Da konnte er sich auch gleich einen Button mit dem Wort „Liebling" an seinen Kittel heften.

War ich überhaupt Teil des Teams? Anscheinend nicht, denn sonst wüssten die anderen ja, dass ich recht gut Basketball spielte.

Ich spürte den Frust in mir aufsteigen, bevor ich es verhindern konnte. Ich blinzelte heftig. Doch die erste Träne kullerte schon meine Wange hinunter.

„Oh Anna." Max blieb stehen und zog mich sanft an sich. Er gab mir einen Kuss auf meine unter der Mütze vergrabenen Stirn. „Was ist denn los?"

„Nichts." Ich löste mich von ihm. Außenseiterin. Jammerlappen. Heulsuse. Ich war keine Heulsuse. *Argh.*

„Ach, keine Ahnung. Ich bin, glaube ich, einfach gefrustet. Ich hatte es mir leichter vorgestellt, Freundschaft mit meinen Kollegen zu schließen." Als die Worte meinen Mund verließen, wusste ich, dass sie wahr waren. Sofort versiegte der Strom an Tränen.

Eine nüchterne Erkenntnis machte sich in mir breit. „Ich sollte mich nicht so anstellen.“

„Okay“, sagte Max langsam. Es klang eher nach einer Frage. Ich wischte mir die Augen trocken und blickte zu ihm auf. „Ich bin so ein Jammerlappen geworden. Ich weiß selbst nicht, wieso. Oberarzt Batchmore hasst mich. Ridson und Markus bin ich anscheinend egal. Keiner außer Holden interessiert sich für mich. Es nervt einfach. Dabei will ich nicht rumjammern. Und trotzdem tue ich es. Mimimi.“ Ich ahmte mit meinen Fingern sprechende Münder nach, die haltlos übereinander herfielen. Jetzt machte ich mich schon selbst über mich lustig. „Ich will so gar nicht sein.“

„Das freut mich für dich?“ Max schien offensichtlich nicht zu verstehen, worum es mir ging. Woher auch. Er verstand nicht den Druck, unter dem ich gerade arbeitete.

„Was ich damit sagen will, ist: Ich werde nicht mehr wegen jedem Scheiß rumheulen. Sondern den Arsch hochkriegen und mich um meine Probleme kümmern.“

Neues Leben, neues Ich. Ich schnäuzte mir die Nase, das Septumpiercing hatte mal wieder seinen obligatorischen Tropfen, und machte auf dem Absatz kehrt. Es dauerte nur einen Moment, dann erklangen auch Max’ eilige Schritte hinter mir. Er bekam mich an meiner Hand zu fassen und zwang mich somit zum Stehenbleiben.

„Das ist ja alles schön und gut, aber was hast du jetzt vor?“

Das war eine gute Frage. Ich hatte keinen blassen Schimmer.

„Ich gehe hin und frage, ob wir mitspielen können?“

„Ganz sicher nicht!“

Jetzt erst hielt ich inne und musterte Max genauer. Bei meinem plötzlichen Wechselbad der Gefühle hatte ich gar nicht auf ihn geachtet. Er sah besorgt aus. Die Falten auf seiner Stirn waren immer noch nicht verschwunden.

„Wieso nicht?“

„Weil ...“ Er schaffte es wieder nicht, seinen Satz zu beenden. Stattdessen zog er mich in eine feste Umarmung. Aber ich machte mich erneut von ihm los.

„Wieso nicht?“, fragte ich noch einmal.

Max schien ganz und gar nicht glücklich mit der Situation. Schließlich sagte er: „Du hast gar keine Sportsachen dabei. Und du hast verschmierte Wimperntusche um die Augen. Man sieht dir an, dass du geweint hast. Es ist unser Wochenende und nicht das Wochenende mit deinen Arbeitskollegen. Ich will eigentlich nur Zeit mit dir verbringen. Und ... Ich kann nicht Basketball spielen.“ Diese ganzen Argumente sprudelten so schnell aus ihm heraus, dass er kaum Luft holen konnte. Ich musterte ihn zweifelnd.

„Du kannst nicht Basketball spielen?“

„Ich wusste, dass du das als Einziges hören würdest“, antwortete Max resigniert. Aber die Haut in seinem Gesicht hatte sich geglättet.

Ich kicherte. „Jeder Mensch kann Basketball spielen.“
„Ich nicht.“

„Du solltest es lernen. Das ist die Gelegenheit.“ Ich fasste ihn an seiner Hand und zog ihn Richtung Basketballfeld. Doch Max blieb fest im Boden verankert stehen. „Und was ist mit meinen anderen Argumenten? Willst du wirklich verheult dort auftauchen?“

Ich ließ seine Hand los und strich über mein Gesicht. Meine Wangen fühlten sich geschwollen und rau an, obwohl doch nur ein paar Tränen gekullert waren. Dafür lief meine Nase und es sammelte sich – Jap, da war er wieder, der Tropfen, der mich diese Piercingaktion jedes Mal bereuen ließ.

Max trat näher. „Ich möchte die wenige Zeit, die wir haben, nur mit dir verbringen. Nicht mit irgendwelchen Arbeitskollegen, die mich beim Basketball spielen auslachen. Das kannst du doch verstehen, oder?"

Ich nickte und Max gab mir einen Kuss auf den Mund.

„Du kannst deinen Kollegen noch früh genug zeigen, was in dir steckt. Du zeigst es ihnen auf der Arbeit und du wirst mit ihnen Basketball spielen und sie da so richtig fertigmachen. Ja?"

Wieder nickte ich.

„Aber dieses Wochenende sollte nur uns gehören. Uns beiden."

„Das klingt ziemlich kitschig, Max. Das weißt du, oder?"

„Was ist, wenn ich mehr will, Anna?" Unsicherheit lag plötzlich in seinem Blick und brachte mich kurz zum Stocken. Ich starrte wieder an ihm vorbei, zu Sebastian Holden, Markus und Daniel Ridson, wie sie gut gelaunt Basketball spielten. Wenn ich zu ihnen gehören wollte, würde ich hart kämpfen müssen. Keine Ahnung, ob ich das schaffen konnte. Ich mochte Max, ich mochte uns. „Was willst du mir damit sagen, Max?"

„Ich möchte, dass wir es ernsthaft miteinander probieren. Ich mag dich, Anna, auch wenn wir erst ein paar Dates hatten."

Ich sah Max geradewegs ins Gesicht, musterte die Ernsthaftigkeit darin und nahm seine Hand in meine. „Ich weiß nicht, ob ich genug Zeit haben werde. Wir sehen uns ja jetzt schon kaum."

„Dann sind wir schon mal zu zweit. Aber ich habe das Gefühl, dass wir es trotzdem tun sollten." Seine Lippen waren zu einem ernsten Strich gezogen und er trat einen Schritt näher. Zog meine Hand zu sich hoch und küsste den dicken Handschuh. „Du gehörst zu mir und ich …"

Seinen nächsten Satz konnte er nicht beenden, denn ich küsste ihn. Doch diesmal war es kein kurzer Hauch auf meinen Lippen, sondern eine lang gezogene innige Berührung. Ein Kuss, der Gefühle in mir auslöste, die ganz und gar nicht so geplant waren.

Kapitel X: Frohes Neues

Die nächsten Wochen vergingen wie im Flug, und bevor ich mich versah, war der Dezember fast vorbei und die Feiertage standen vor der Tür. Freie Feiertage. Ich konnte mein Glück kaum fassen. Eigentlich hatte ich fest damit gerechnet, von Batchmore irgendeinen ätzenden Dienst zugeteilt zu bekommen und Heiligabend in der Klinik zu sein. Doch dem war nicht so. Das erste Mal seit September würde ich meine Familie wiedersehen. Es gab nur eine klitzekleine Veränderung. Der Platz zu meiner Rechten würde dieses Jahr nicht leer sein.

„Also meiner Mutter gegenüber musst du dich einfach höflich verhalten und auf jeden Fall den Tisch abräumen, dann mag sie dich. Sie legt sehr viel Wert auf gute Manieren. Bei meinem Papa kann ich dir nicht weiterhelfen, außer du verstehst etwas von Autos, was du nicht zufällig tust, oder?"

Max schmunzelte, als er den hoffnungsvollen Tonfall in meiner Stimme bemerkte. „Tut mir leid, aber ich habe absolut keine Ahnung von Autos. Außer du zählst Pferde als altmodische Form eines Autos dazu." Er hob entschuldigend die Hände, legte sie aber direkt wieder auf das Lenkrad, bevor sein Auto von der Straße abkommen konnte. Dann fuhr er fort: „Das ist nur mein

Firmenwagen und welche Autos wir fahren, ändert sich nach der aktuellen Partnerschaft."

„Du solltest vielleicht nicht so viel von deiner Arbeit erzählen. Irgendwie glaube ich nicht, dass er das mag. Und vielleicht einen Pulli anziehen, dann siehst du nicht so ungemütlich mit dem Hemd aus."

Max runzelte die Stirn und in seinen blauen Augen blitzte es kurz auf. „Du meinst also, ich soll einfach nicht so sein, wie ich bin, und dann wird dein Vater mich mögen?"

Ich zuckte mit den Schultern. So hatte ich es nicht sagen wollen, aber genau genommen hatte er recht.

„Ist das das Bild, das du von mir hast? Ein hemdentragender Anwaltsschnösel, der sich zu fein für alles ist?"

Na ja, du kennst dich mit Pferden besser als mit Autos aus. Meine nächsten Worte wählte ich mit Bedacht, ließ sie alle einzeln über meine Zunge rollen, bevor ich sie aussprach. „Nein. Dafür kenne ich dich schon zu gut. Aber das ist genau das Bild, das meine Eltern von dir haben werden. Diesen Eindruck erweckst du nun mal beim ersten Kennenlernen."

„Gut gerettet." Er strich mit seinen kühlen, schlanken Fingern kurz über meinen Arm, bevor er sie wieder auf das Lenkrad legte. Doch die Aufregung, die in der Luft lag, war noch immer deutlich zu spüren. Max war mindestens genauso angespannt wie ich.

Als wir endlich den Vorgarten des kleinen Einfamilienhauses meiner Eltern betraten, blieb Max plötzlich stehen. Entgeistert ließ er seinen Blick über die vielen kleinen Gnome und Lichterketten wandern. Zuletzt starrte er den großen alten Leucht-Nikolaus neben der

Haustür an. „Wo hast du mich hingebracht?“, fragte er voller Entsetzen. Natürlich fand er den Geschmack meiner Mutter grässlich. Ich hatte mich an die Weihnachtsdekoration so sehr gewöhnt, dass ich ihr schon lange keine Beachtung mehr schenkte.

„Das ist George.“ Ich ging zum Nikolaus und tätschelte die Schulter der mannshohen Figur. „Er ist ganz lieb. Keine Sorge, er wird dir nichts tun. Kommst du?“

Ohne Max’ Reaktion abzuwarten, klingelte ich an der Haustür, die sofort von meiner Mutter aufgerissen wurde. Die Wahrscheinlichkeit, dass sie uns durch das kleine Küchenfenster beobachtet hatte, lag bei etwa hundert Prozent. Meine Mutter reichte mir nur bis zur Nase, was sie zu einem Winzling machte, sie aber nicht daran hinderte, mich in eine warme und weiche Umarmung zu schließen. Meine Mama zu umarmen war wie ein Kissen zu kuscheln. Sie roch nach Heimat und Sicherheit. *Zu Hause. Endlich zu Hause.*

„Max. Das ist meine Mutter Maria. Mama, das ist Max.“

Meine Mutter schloss auch Max zu dessen Verwunderung in eine innige Umarmung. Er wirkte peinlich berührt, ließ sie aber höflich über sich ergehen. Dann traten wir ein.

Im Haus roch es nach Räucherstäbchen und Gebäck. Max begann sofort zu husten und ich schmunzelte ein bisschen. Ja, die vielen Räucherstäbchen rochen gewöhnungsbedürftig. Alles am Haus meiner Eltern war gewöhnungsbedürftig. Ihren Geschmack konnte man nur als einzigartig beschreiben. Genau das liebte ich daran. Ich liebte die weihnachtliche Reizüberflutung, die stickige Wärme und meine Mutter, die durch das Küchenfenster die Straße beobachtete. Ich spürte Max' kritischen Blick in meinem Rücken, er schwieg jedoch. Er musste sich wie in einer fremden Welt vorkommen. Sein Zuhause erschien zwar wunderschön, aber die Villa wirkte kühl und distanziert. Dieses Haus hier, meine Familie – wir waren das komplette Gegenteil.

Füße trampelten und meine Geschwister kamen in die Diele gestürmt, um uns zu begrüßen. Erst schlossen sie mich in die Arme, danach Max, der die zutrauliche Begrüßung völlig überrumpelt erwiderte. Ich stellte mich auf die Zehenspitzen und versuchte an den dunklen Haarschöpfen meiner Brüder vorbei-zuspähen, doch keine Spur von meinem Vater.

„Er ist in der Garage", sagte meine Mutter, die meinen Blick bemerkte.

„Ah okay. Dann bringen wir schnell die Sachen hoch und sagen ihm gleich hallo."

Max schien sich so unwohl zu fühlen, dass ich ihn nicht einfach so mit meinen Geschwistern und meiner Mutter allein lassen konnte. Ich griff seine Hand und führte ihn aus der Diele. Er ließ sie jedoch gleich wieder los und griff nach unseren Taschen.

„Wie heißen deine Geschwister nochmals?", flüsterte Max, als ich ihn die Treppe hinaufführte.

Langsam bekam ich ein schlechtes Gewissen, ich hatte ihn so gut wie gar nicht auf dieses Weihnachten vorbereitet. Es überraschte mich ja selbst, dass ich ihn zu meiner Familie mitnahm. „Sorry. Ich hätte dich besser vorwarnen sollen. Irgendwie habe ich ein bisschen verdrängt, dass wir vielleicht alle ein bisschen ‚viel' sind. Also mein ältester kleiner Bruder heißt Pierre-Mario beziehungsweise einfach Piero. Das ist der mit dem kleinen Bäuchlein. Aber sag nicht, dass ich das gesagt habe. Der andere ist Robbie oder auch Roberto Sergio. Und meine Schwester heißt Isabella Giulia, die kannst du einfach Isabella nennen. Nur Mama nennt uns beim vollen Namen.“

Max stellte die Taschen auf unserem Bett ab, nicht ohne mit einem weiteren entgeisterten Blick die Wanddekoration in dem Gästezimmer zu mustern. Mein Zimmer hatte ich direkt nach meinem Auszug an Piero verloren, da er nach mir der Älteste war. Daher hatten wir das Gästezimmer alias Arbeitszimmer meiner Mutter als Schlafplatz zugewiesen bekommen. Neben dem alten Doppelbett meiner Eltern befand sich ein gigantischer Schreibtisch mit Schrank. Die Wände waren gesäumt mit dem, was vier unbegabte Kinder aller Altersklassen jemals produziert hatten. Meine Mutter hatte alles aufgehoben, alles. „Du hattest ja mal gesagt, dass deine Mum einen Hang zu Doppelnamen hat, aber das hier ...“ Max hob hilflos die Hände, so als wüsste er gar nicht, wohin er zeigen sollte.

„Jaja, ich weiß. Meine Familie ist seltsam. Komm schon, ich will meinem Vater Hallo sagen. Er heißt Jim. Das solltest du dir doch merken können.“

„Zumindest ein normaler Name in diesem Haus“, murmelte Max hinter mir.

Ich überhörte das geflissentlich und sauste die Treppe hinunter in Richtung Garage. Endlich wieder zu Hause.

„Papa!“

Mein Vater schloss gerade die Tür zur Garage hinter sich, als ich ihm in die Arme fiel. Ich schmiegte mich an die breite Brust mit dem kleinen Bäuchlein und genoss den Geruch von Öl, der ihn umgab.

„Anna, mein Lieblingsgnom. Schön, dass du wieder zu Hause bist."

Bis eben war mir nicht bewusst gewesen, wie sehr ich meine Familie vermisst hatte. Ich löste mich aus der Umarmung und ließ mit einem Grinsen zu, dass er mir die kurzen Haare durchwuschelte. „Papa. Das ist Max."

Max trat einen Schritt vor und schüttelte meinem Vater die Hand. Mein Vater musterte ihn von oben bis unten. Seine buschigen Augenbrauen zogen sich kritisch zusammen. Er kratzte sich an der kahlrasierten Kopfhaut. „Schön. Willkommen in der Familie, Max. Sei nicht zu schockiert, wenn du nichts verstehst. Ich tue es auch nicht immer."

„Was soll das heißen?", fragte Max.

„Hat Anna dich nicht vorgewarnt?"

„Anscheinend hat sie so manches ausgelassen." Max warf mir einen strafenden Blick zu.

„Kann sein, dass ich die ein oder andere Information unterschlagen habe."

„Und welche meinst du jetzt genau?", fragte Max tadelnd.

Mein Blick huschte zu meinem Vater, der seinen Mund unzufrieden zusammengekniffen hatte. Kein gutes Zeichen.

„Also …", setzte ich an.

„Ein Teil der Familie, und damit meine ich nicht mich, hat die besondere Angewohnheit, die Hälfte ihrer Sätze auf Italienisch zu beenden", erklärte mein Vater schroff.

„Aber wir können uns auch zusammenreißen, da bin ich mir sicher. Ich hatte es ehrlich gesagt vergessen.“

Max wollte schon etwas sagen, bekam aber einen neuerlichen Hustenanfall. Mein Vater klopfte ihm aufmunternd auf die Schulter. Diesmal wirkte er so, als hatte er tatsächlich Mitleid, aber die Falte in seiner Stirn war noch nicht gänzlich verschwunden.

„Das wird schon.“ Er hob seine schmutzige Hand rasch von Max’ weißem Hemd. Lauter schwarze Flecken lachten uns entgegen. „Am besten zieht ihr euch erst einmal etwas Gemütliches an und kommt ins Wohnzimmer. Ich gehe mal duschen.“

Verwundert blickte ich an mir hinab. Ich trug bereits meinen roten Rentierweihnachtspulli. Max hingegen schloss resigniert die Augen, als er die Flecken an seinem Hemd bemerkte. Hastig nahm ich seine Hand und führte ihn zurück in unser Zimmer. Langsam nahm mein schlechtes Gewissen überhand. „Sorry! Ich habe irgendwie vergessen, wie fremd das alles für dich ist. Du warst doch immer mit deinem Vater allein, oder?“

„Was? Familie?“

„Nein ... So meine ich das nicht. Ich meine eher dieses Großfamiliending, wie chaotisch wir manchmal sind.“

Max kramte aus seiner Tasche einen dunkelblauen Pullover und legte ihn zusammengefaltet auf das Bett. Er sagte nichts, aber ich sah das Schmunzeln in seinem Gesicht. Dann fiel mein Blick auf den Pulli. Moment!

„Ich wusste gar nicht, dass du wirklich Pullis besitzt.“

Er begann sein Hemd aufzuknöpfen. „Den habe ich nur für dich gekauft.“

„Echt?“

„Nein." Er zwinkerte mir zu, beachtete mich nicht weiter, als er sein Handy aus der Hosentasche zog. Als der Bildschirm hell aufleuchtete, gefror sein Lächeln plötzlich. Ich trat zu ihm und schaute auf dem Display.

Jonathan ist hier. Er fragt, wo du bist.

Was soll ich sagen?

Er scheint wütend, weil ich ihm nicht richtig antworte.

Die anderen bedrängen mich. Was soll ich machen?

Hallooo?

Okay, ist mir jetzt egal. Ich habe ihnen gesagt, dass du bei deiner Freundin bist.

„Wer ist das?", fragte ich.

Max blickte auf. „Meine Cousine. Mia, du weißt schon. Normalerweise haben wir mit meinen Eltern Heiligabend immer bei meiner Tante verbracht. Das war Tradition. Mein Vater kam nur, wenn er die Zeit erübrigen konnte. Komisch, dass er dieses Jahr gekommen ist. Ich habe nur gesagt, dass ich nicht komme, aber nicht warum."

„Hättest du lieber mit ihnen feiern wollen?", fragte ich bestürzt.

„Nein, auf gar keinen Fall. Ich bin froh, dass du mich eingeladen hast. Ich bin dir sogar ziemlich dankbar. Letztlich war ich immer der Außenseiter, auch bei meiner Tante. Aber hier, hier gehöre ich zu dir." Er küsste mich sanft auf die Stirn und steckte das Handy zurück in die Hosentasche. „Komm, wir gehen runter.“

Dafür, dass Max kein Wort italienisch sprach, hielt er sich das Abendessen über prächtig. Es schien ihm gar nicht schwerzufallen, sich an das lautstarke Chaos meiner Familie anzupassen und unsere Gespräche zu verstehen. Vielleicht waren wir auch nicht so schlimm wie sonst. Gemeinsam kämpften wir uns durch einen gigantischen Berg Antipasti, Nudeln, einen Puten-braten mit klein gehackten Champignons und Stampfkartoffeln. Zum krönenden Abschluss gab es ein Panettone mit einem süßen Dessertwein.

Als mein Magen über und über gefüllt war und vor mir nur noch ein kleines Glas voller lieblich süßer Flüssigkeit stand, klingelte das Telefon in Max’ Hosentasche.

Hastig kramte er danach und ignorierte die fragenden Blicke, die ich und meine Mutter ihm zuwarfen. Als er auf den Bildschirm sah, wurde er blass und flüchtete mitsamt Telefon aus dem Zimmer.

„Ist alles in Ordnung?“, fragte mein Vater.

„Ich weiß nicht. Vielleicht die Arbeit. Ich geh ihm mal nach.“ Ich stand auf und eilte ihm hinterher. Als ich in unser Zimmer kam, hörte ich Max sagen: „Ich bin bei meiner Freundin. Das hat Mia doch schon erzählt.“ Nach dem italienischen Abend voller Gebrabbel und sich ständig in der Lautstärke überbietenden Stimmen wirkte seine Stimme nun streng und gefühllos. Kurze Stille, als die Stimme am Telefon redete. „Sie heißt Anna und du kennst sie nicht.“

Ich bekam eine Gänsehaut. Mit mir hatte Max noch nie so gesprochen. Er nickte mir entschuldigend zu, während ich starr im Zimmer stand und versuchte, das Telefonat zu verstehen. Sollte ich bleiben oder gehen?

„Wieso bist du bei deiner Familie an Weihnachten?"

Max klang zu schnell zu schnippisch. Es klang eher nach einem Vorwurf als einer Frage. War das sein Vater? Ich dachte, er wäre Juniorpartner in dessen Kanzlei. Dass ihr Verhältnis so kühl war, hatte ich nicht erwartet. Max redete nicht über seine Familie. Seine Mutter war gestorben, als er noch ein Kind war und sein Vater anscheinend ein Workaholic. Mehr hatte ich nie aus ihm herausbekommen.

Die Stimme auf der anderen Seite des Hörers sagte noch etwas, bei dem Max mehrfach die Augen verdrehte. Dann legte er auf. Sein Gesicht war gerötet. „Dir auch frohe Weihnachten", sagte er zu dem schwarzen Display. Seine Augen wanderten zu mir und die Dunkelheit in ihnen war unverkennbar. Ich zuckte zurück, so hatte ich ihn noch nie gesehen.

„Anna, es tut mir leid, aber es gibt einen Notfall in der Kanzlei. Ich fürchte, ich muss heute noch ein paar Telefonate führen. Kannst du mich bei den anderen entschuldigen?"

Er gab mir einen Kuss auf die Stirn. Geschockt starrte ich ihn an. „Es ist Weihnachten, Max."

„Ich weiß. Es tut mir leid."

„Und wie findest du ihn?" Den ganzen Tag hatte ich darauf gewartet, diese Frage zu stellen. Und jetzt, wo ich mit meinem Vater, Isabella und Piero in der Küche eingezwängt war, um den Abwasch zu machen, schien endlich der Moment gekommen zu sein. Robbie und meine Mutter waren unterwegs und Max arbeitete, mal wieder. Heute Abend würden wir wieder zurückfahren. Die Weihnachtstage hatten sich so schnell verflüchtigt wie das Licht der Wunderkerzen, die wir an Heiligabend angezündet hatten.

Drei freie Tage waren nicht genug gewesen, um die verlorene Zeit der letzten Monate aufzuholen. Sie hatten die Sehnsucht nach meiner Familie nur größer werden lassen. Aber ich wollte nun mal Chirurgin werden und dafür musste ich Opfer bringen. Zumindest in den ersten Jahren.

Mein Vater schnalzte mit der Zunge, wie um zu zeigen, dass er über eine Antwort nachsann. Allein, dass diese schon so lange auf sich warten ließ, war kein gutes Zeichen.

„Ich finde, er sieht ziemlich gut aus und scheint sehr gute Manieren zu haben." Isabellas Antwort war die Erste, die ich bekam, obwohl ich eigentlich meinen Vater angesehen hatte. „Isabella! Du wurdest nicht mal gefragt", ermahnte Piero sie gutmütig.

„Na und. Meine Meinung interessiert dich doch sicher auch Anna, oder?"

Hoffnung spiegelte sich in ihrem Gesicht wider. Sie bemerkte aber nicht, dass Piero hinter ihrem Rücken Grimassen schnitt. Mit gerade mal sechzehn Jahren war sie noch das Küken der Familie und genauso benahm sie sich auch.

„Natürlich interessiert mich deine Meinung und genauso deine, Piero."

„Ja, also ich bin auch der Meinung, dass er überaus gut aussehend ist. Allein diese Wangenknochen." Spielerisch strich Piero sich über seinen Bartschatten und ein nasser Lappen, der eben noch für den Tisch gedacht gewesen war, flog haarscharf an seinem Gesicht vorbei.

„Isabella!" Der laute, ermahnende Ausruf meines Vaters genügte, um Isabella zusammenfahren zu lassen und sich hastig nach dem Lappen zu bücken. Sie war alt genug, um zu wissen, wie kurz die Zündschnur unseres Vaters war.

Mein Vater drehte sich zu mir um: „Ich finde ihn sehr nett, auch wenn ich ehrlich gesagt nicht so viel von ihm dieses Weihnachten mitbekommen habe." Seine Nase kräuselte sich und ich wusste, dass er sein Missfallen gegenüber Arbeit an Weihnachten zu verbergen versuchte. „Jeder hat mal Stress an den Feiertagen. Und ich wünsche mir, dass wir euch noch häufiger hier begrüßen können. Das meint deine Mutter übrigens auch."

Ich fing Pieros Blick auf und auch er hatte verstanden. Max hatte keine Bestnote errungen. Aber mein Freund war willkommen und das war schon mal was.

„Nun gut, damit bin ich vorerst zufrieden."

Mein Vater wandte sich wieder den Lebensmitteln vor dem Kühlschrank zu, während ich unschlüssig am Waschbecken hantierte. Was wäre gewesen, wenn ich einen anderen Mann zu Weihnachten mitgebracht hätte? Beispielsweise Holden und seinen furchtbaren Weihnachtspulli. Ich hatte ihn an meinem letzten Tag nach Feierabend auf dem Weg zum Ausgang getroffen. Auf dem blau gestrickten Pulli war ein Schneemann abgebildet. Ein Schneemann mit einer aufgestickten Karottennase, die fast vier Zentimeter von seinem Bauch abstand. Ich hatte ihn ausgelacht, aber er hatte es nur mit einem Schulterzucken abgetan. In seiner Familie trugen alle Ugly Sweaters, seine Schwester hatte sie ihnen vor einigen Jahren geschenkt. Merkwürdigerweise wusste ich fast mehr über die Familie meines Oberarztes als über die meines Freundes. Holden redete gerne und viel über sie, ganz anders als Max. Mein Vater hätte Sebastian Holden gemocht. Vermutlich würde Holden jetzt mit uns hier abwaschen, statt in seinem Zimmer zu sitzen und zu arbeiten.

Ein Handtuch flog mir ins Gesicht und ich fuhr zusammen. Isabella und Piero kicherten. So schnell das Gespräch ernst geworden war, so rasch überwog wieder eine gemütliche weihnachtliche Stimmung. Ich sog sie wie ein ausgetrockneter Schwamm in mich auf. Morgen würde ich wieder in die Kälte der Klinik geworfen werden und das alles wehmütig vermissen.

Die Sterne leuchteten wie kleine Glühbirnchen und schienen gemeinsam mit dem Mond durch die Fenster der Notaufnahme. In der Klinik hingegen verblasste dieser Anblick und wurde verdrängt von dem Grellweiß der Leuchten.

Jetzt schon waren fast alle Kabinen in der Notaufnahme belegt. Es war immerhin Silvester. Die Nacht der Nächte oder auch die Nacht mit einer erschreckend hohen Zahl an wirklich dummen Verletzungen. Dabei waren Brandwunden noch das geringste Übel.

Ein Anästhesist, ein Unfallchirurg, ein Neurochirurg, Holden und ich standen umringt von einer Vielzahl an Pflegekräften bereit und blickten auf den Eingang des Schockraums.

Schritte, dann glitt die metallene Schiebetür auf. Auf der Liege lag ein Mann mittleren Alters, intubiert, das Gesicht verschmutzt unter einem großen Verband. Ein

Hagelsturm an Informationen prasselte auf mich nieder, abgelesen vom Klemmbrett des Notarztes.

„Sechsundvierzigjähriger Patient namens Edward Bishop. Ist Sänger einer Rockabillyband. Ist vor gut dreißig Minuten bei einem Auftritt von der Bühne gefallen. War danach sofort bewusstlos. Haben ihn noch vor Ort intubiert. Kreislauf stabil."

Noch bevor der Arzt zu Ende geredet hatte, war das Hemd von Mr. Bishop bereits mit einer großen Schere durchschnitten worden. Ich hielt den Schallkopf in der Hand und untersuchte den Bauch. Hinter mir stand Holden und beäugte mit kritischem Blick die Bilder, die ich so schnell wie möglich machte.

„Stopp", sagte Holden plötzlich in einem ruhigen, aber bestimmten Tonfall, sodass nur ich ihn hören konnte. „Hast du es auch gesehen?"

Ich blickte auf den Bildschirm. Die Blase war umrandet von einem schwarzen Saum, ebenso die Milz. Er hatte innere Blutungen.

Holden erhob schon die Stimme. „Wir brauchen sofort ein CT. Verdacht auf Milzruptur."

Der Neurochirurg klinkte sich ein. „Ich will ein Bild vom Schädel. Eine seiner Pupillen ist weit. Er hat eine Hirnblutung."

Seit der Ankunft von Mr. Bishop waren nur ein paar Minuten vergangen und dennoch fühlte es sich an wie eine halbe Ewigkeit. Keiner sprach. Es war seltsam, alle so konzentriert und ruhig zu sehen. Plötzlich erschienen auf den Bildschirm die schwarz-weißen Bilder. Der Radiologe hämmerte auf seiner Tastatur herum, und mein Herz stockte, als ich das Blut sah.

Die Milz und die umgebenen Organe waren umrandet mit schwarzer Flüssigkeit, sodass ihre Grenzen kaum mehr zu erkennen waren. Vermutlich waren sämtliche Organe durch den Sturz gequetscht worden.

Fünf Minuten später standen wir im OP-Saal und ich schmierte mir die Hände mit Desinfektionsmittel ein.

Silvester. Die Nacht der Nächte. Über seine Zugänge in den Venen liefen schon die ersten Bluttransfusionen. Wenn wir uns nicht beeilten, würde er verbluten. Doch wir waren nicht die Einzigen, die hier über Leben und Tod entschieden. Wenn es den Neurochirurgen nicht gelang, das Blut im Kopf zu entlasten, würde sein Hirn unter dem Druck seine Funktion aufgeben.

Es brummte und ein schmaler Randsaum aus feuchtem Knochenmehl bildete sich um den Bohrer des Neurochirurgen, während sich die Bohrerspitze langsam durch den Schädel quälte. Fasziniert blickte ich zu ihnen hinüber.

„Schnitt." Holdens Stimme übertönte alles. Die Neurochirurgin durfte zwar gleichzeitig mit uns operieren, aber ein gesundes Hirn brachte nichts, wenn Mr. Bishop vorher verblutet war. Herz schlägt Kopf. So war es schon immer.

Meine Handschuhe glänzten rot, als wir literweise Blut aus dem Bauch herausschaufelten. Irgendwann konnten wir einen matschigen Klumpen aus Milz unter dem dunkelroten See ausmachen. Mit versiertem Griff unterbrach Holden mit einer großen Klemme ihre Blutzufuhr.

Ein kurzer Moment verstrich, dann atmeten wir gleichzeitig auf. Der See stieg endlich nicht mehr an.

„Die Blutung ist vorerst gestoppt. Die Milz kommt jetzt raus.“

Wir nickten einander zu und begannen. Es klackerte, als ein Teil des Schädelknochens in die Metallschüssel auf den Tisch der Schwester fiel. Kopfwärts erklang ein erschöpftes Stöhnen. „Wir sind hier auch fertig. Das Gehirn hat jetzt richtig viel Platz, um sich auszudehnen. Hoffen wir mal, dass wir schnell genug waren.“

Hoffen war das Einzige, was wir noch konnten.

„Leute! In zehn Sekunden ist Mitternacht.“ Ich drehte mich um und starrte auf die Uhr im OP-Saal.

Schwester Emma begann laut die Sekunden runterzuzählen.

„Fünf!“ Ich blickte mich im OP-Saal um. Alle hatten in ihrer Arbeit innegehalten und sich aufgerichtet. Der Start in ein neues Jahr. Mein Blick wanderte zu Holden. Auch er hatte seine Instrumente zur Seite gelegt. Als er meinen Blick bemerkte, leuchteten seine Augen kurz auf und fixierten mich. Er lächelte, da war ich mir sicher, obwohl ich seinen Mund hinter der Maske nicht erkennen konnte.

„Drei! Zwei! Eins! ... Frohes Neues!“ Emma jubelte. Das neue Jahr hatte begonnen. Dann piepte der Monitor und uns war absolut nicht nach Feiern zumute.

Vier Stunden später stand ich im Arztzimmer der Notaufnahme und versuchte, mit meinen Händen meine Füße zu erreichen. Mein Rücken schmerzte unter der Dehnung. Seit der OP von Mr. Bishop hatten wir unermüdlich noch die anderen Patienten in der Notaufnahme behandelt. Jetzt erst, kurz vor Morgengrauen, kehrte endlich Ruhe ein.

„Was meinst du? Amüsieren sich die anderen gut?“, fragte Holden plötzlich. Er hatte sich auf seinem Stuhl zurückgelehnt und beobachtete mich dabei, wie ich immer noch daran scheiterte, meine Zehen zu berühren.

„Na ja. Ich denke schon. Ist schließlich Silvester.“ Ich zuckte mit den Schultern.

„Wie hast du dein letztes Silvester verbracht?“

Kurz überlegte ich. „Ich war bei einem Spiel der Chicago Bulls und auf einer Feier von Freunden. Du?“

„Du stehst auf Basketball?“ Überrascht sah er mich an.

„Ja. Ich habe sogar sehr lange gespielt.“

Sein Blick wanderte einmal über meinen Körper. Er fragte sich vermutlich, ob ich nicht zu klein dafür war. War ich auch, aber das musste er ja nicht wissen. „Ich tatsächlich auch beziehungsweise immer noch. Aber nicht mehr im Verein. Wir spielen hin und wieder am Sportplatz in Englewood Basketball. Wenn du Lust hast, komm doch mal dazu.“

Ich lächelte freudig. „Gerne.“

„Warte, ich füg dich zu unserer Gruppe hinzu.“

Mein Herz machte einen Hüpfer. Das neue Jahr dauerte gerade mal ein paar Stunden und begann doch schon so vielversprechend. Holden holte sein Handy aus der Kitteltasche und tippte darauf herum. Einen Moment später vibrierte meins.

Ich las laut vor: „Doktor Holden hat Sie zu ‚BasketBallBanausen‘ hinzugefügt.“ Ich unterdrückte ein Prusten. „BasketBallBanausen? Dein Ernst?“

Er lachte laut auf und steckte sein Handy zurück in die Tasche. „Du hast mich als Doktor Holden eingespeichert? Du weißt schon, dass wir uns duzen?“

„Ich wollte den Namen nicht so einfach fallen lassen."
Jetzt konnte ich das Grinsen nicht mehr unterdrücken.

Er stöhnte frustriert und fuhr sich durch die kurzen Haare. Sie waren, seit ich hier arbeitete, etwas länger geworden und einzelne rotblonde Strähnen fielen ihm in die Stirn. Mittlerweile hatte ich mich dazu entschieden, die Farbe als rotblond zu klassifizieren. Doch wenn das Licht so schlecht war wie jetzt, wirkten sie fast braun.

„Ich dachte, ich sei der Einzige, der schlechte Wortwitze macht."

„Zumindest hast du damit angefangen."

„Ich habe das nur gesagt, weil ich zu dem Zeitpunkt das Gefühl hatte, dich ablenken zu müssen." Betreten blickte er zur Seite.

„Das hat es tatsächlich. Allerdings habe ich dich auch für einen ziemlichen Macho gehalten."

Er zuckte mit den Schultern und wandte mir sein Gesicht wieder zu. Eine verräterische Röte hatte sich auf seinen Wangen ausgebreitet. Sie verlieh seiner großen, breiten Statur etwas Verletzliches. Es passte so gar nicht zu dem ersten Eindruck, den er bei mir erweckt hatte. Wie hatte ich ihn nur jemals für einen Macho halten können?

„Na ja, es hat dich aus deiner Gedankenspirale geholt, oder?"

Unwillkürlich spannte ich den Rücken an und zog die Schultern zurück. So reagierte ich immer, wenn man mich auf unangenehme Dinge ansprach. Und die Erinnerung an unsere erste Begegnung war nicht besonders angenehm.

„Das war kein Vorwurf, Anna“, sagte Sebastian schnell.

„Ich werfe es mir aber selbst vor“, flüstere ich.

Frustriert von der Wahrheit meiner eigenen Aussage ließ ich mich auf den Hocker hinter mir fallen. Sebastian rollte vorsichtig mit seinem Bürostuhl zu mir heran. Er lehnte sich auf die Lehne und sah mich mitfühlend an.

„Kann es sein, dass du ein bisschen zu ehrgeizig bist?“

Ich zuckte mit den Schultern. „Zu ehrgeizig gibt es nicht, oder?“

„Doch. Du bist ehrgeizig und viel zu perfektionistisch. Du wirst niemals alles unter Kontrolle haben können, manchmal kannst du die Leute nicht retten. Das ist völlig normal, besonders in der Chirurgie. Wichtig ist nur, dass du klar denken kannst, und das hast du getan.“

An der Wand vor mir stand ein Regal, in dem sich alte vergessene Akten und halb volle Kaffeetassen stapelten. Ich betrachtete sie, ohne sie wirklich wahrzunehmen. Da ich Sebastian nicht unterbrach, fuhr er fort: „Als ich mit dem Medizinstudium angefangen habe, dachte ich, dass ich mit meinem Beruf die Welt retten würde. Ich bin ein großer Fan von Comics und na ja, irgendwie dachte ich, mit meinem Beruf würde ich ähnlich viele Menschen retten. Aber dann hat sich herausgestellt, dass man niemanden retten kann. Schau dir Mr. Bishop an. Wir haben gerade Stunden um sein Leben gekämpft und was hat es gebracht? Vielleicht wird er am Ende nicht mehr als einen weichen Schwamm im Kopf haben.“

„Das klingt ziemlich deprimierend." Meine Kehle fühlte sich rau an, als hätte ich stundenlang nicht gesprochen.

„Nicht deprimierend, desillusionierend. Du kannst sie nicht alle retten und vor allem darfst du dich selbst nicht dabei verlieren. Es gibt immer jemanden, dem man helfen kann und eben die, wo man es nicht mehr kann. Die Welt geht morgen auch noch unter und gestern sowieso."

Er tätschelte vorsichtig meine Schulter und ich zuckte zusammen ob der unerwarteten Berührung. Hastig zog er die Hand zurück und verschränkte die Arme vor seiner Brust. Er wirkte irgendwie frustriert, als wüsste er selbst nicht wohin mit seinen Gliedmaßen. Durch den engen Stoff seines dunkelgrünen OP-Kasacks trat sein Bizeps nun deutlich hervor. Basketball, wie passend. Doch viel wichtiger waren seine Augen. In Sebastians Blick lag ein leises Funkeln, eine Unsicherheit, die mit seiner Berührung nun auch mich befallen hatte. Ein Faden hing lose an seinem Ärmel herab und wie in Trance griff ich danach und zog daran. Mit einem leisen Rietschen wurde er immer länger und länger bis – Sebastians Hand umklammerte mein Handgelenk. Sofort erstarrte ich. Seine Hand war warm und er plötzlich viel näher als zuvor. Ich konnte seinen schweren Atem spüren, spürte selbst, wie sich der meine beschleunigte. Als er mich losließ, jagte eine plötzliche Kälte mir eine Gänsehaut über den Arm. Er beugte sich nach vorne und strich mir eine verloren gegangene Haarsträhne hinter das Ohr. Mein Atem stockte. Aus der Nähe wirkte Sebastian jünger, nicht wie der Achtung heischende Oberarzt, der er eigentlich sein sollte. In seiner rechten Augenbraue war ein kleiner Cut. Groß genug, um erkennbar zu sein, doch so winzig, dass er mir bisher nie aufgefallen war. Mein Blick blieb an seinen Lippen hängen. Er hatte sie zusammengekniffen, wirkte irgendwie angespannt. Ich schluckte hörbar. Irgendwie kam er mir immer näher. Ganz langsam. Sein Atem kitzelte meine Haut leicht. *Ring. Ring.* Das Klingeln meines Telefons ließ uns zusammenfahren. Es war die Intensivstation. Mr. Bishop hatte es nicht geschafft.

Kapitel XI: Frühjahrserwachen

„Steh auf, du Nudel.“

Mühsam tauchte ich aus dem in Watte gepackten Land der Träume auf. Ich war doch eben erst ins Bett gefallen, oder? Jemand zog an der Daunendecke, in die ich mich gekuschelt hatte. Kälte kitzelte an meinen Füßen. *Grrr*. Ich öffnete die Augen.

Es war Mittag. Caroline rüttelte an meinen Schultern.

„Bist du wach? Du hast gesagt, ich soll dich mit allen Mitteln aufwecken.“

„Ich habe die Augen offen, Caroline. Sieht so jemand aus, der schläft?“ Sie kicherte und ich zog mir wieder die Decke über den Kopf. Caroline klang viel zu fidel, um eine angenehme Gesellschaft nach dem Aufwachen zu sein. Ich wartete so lange, bis ich hörte, wie Caroline von meinem Bett aufstand und aus dem Zimmer ging. Erst dann wagte ich es, unter der Decke hervorzukommen. Müde rieb ich mir die Augen.

Es war mein letzter Nachtdienst dieses Blockes gewesen. Normalerweise verschlief ich fast den kompletten folgenden Tag, nachdem ich mir so viele Nächte um die Ohren geschlagen hatte. Aber heute ging es tatsächlich. So mühelos wie eben war ich bisher noch nie erwacht.

Ich hätte es dem Flair des neuen Jahres zugeschoben, aber mir war durchaus klar, was der wahre Grund war. Frustriert schlüpfte ich in eine weite, flauschige Jogginghose und ein schwarzes unförmiges T-Shirt. Mein Rücken schmerzte. Na gut, Aufstehen war das eine, Lebensfreude versprühen das andere.

Also wappnete ich mich, öffnete meine Zimmertür und lief mit dem Gesicht in ein weißes T-Shirt. Für einen kurzen Moment dachte ich, Max wäre überraschend vorbeigekommen, doch dann wandte sich das T-Shirt um und Tim lächelte mich freundlich an. Natürlich. Max würde niemals nur ein T-Shirt tragen. Sofort umarmte ich Tim, um meine Erleichterung zu verbergen.

Gestern hätte ich beinahe Sebastian Holden, meinen Oberarzt, geküsst. Da war eine Spannung gewesen, die da nicht hätte sein dürfen. Ich riss mich von dem Gedanken los. Vier Nächte der Schlaflosigkeit hinterließen Spuren.

„Frohes Neues."

Caroline kam in den Gang gestürzt und sprang mich von der Seite an. „Frohes Neues. Ich wünsch dir ein wunderbares neues Jahr, auf das wir es gemeinsam in dieser Wohnung verbringen können. Und dass wir bitte nächstes Jahr wieder alle zusammen feiern. Tim und mir war schon ganz langweilig ohne unsere Lieblings-Anna."

Caroline plapperte noch weiter, während ich versuchte, mich aus ihrem starren Griff zu befreien. Für ihre zarten Gliedmaßen besaß meine Freundin erstaunlich viel Kraft. „Dir auch ein frohes neues Jahr, Lieblingsmitbewohnerin." Zu liebevolleren Worten konnte ich mich so kurz nach dem Aufstehen nicht überwinden.

„Tim hat dir Kaffee gemacht und wir sind schon kräftig am Putzen. Der Arme. Wohnt hier nicht mehr und muss trotzdem noch beim Putzen helfen."

Ich lief meiner Freundin hinterher, während diese in die Küche hopste. „Du weißt ganz genau, dass der Frühjahrsputz etwas ganz Besonderes ist", hörte ich Tim uns hinterherrufen.

Caroline verdrehte die Augen. „Jaja. Der alljährliche Frühjahrsputz. Es kann doch niemand wissen, dass Tim es mit Frühjahrsputz immer so wörtlich nimmt." Sie äffte seine Stimme nach. „Eine Reinigung für die Seele, da trennst du dich von den Altlasten des Vorjahres und kannst makellos in die Zukunft starten."

Ich prustete in meinem Kaffee. Schnell warfen wir einen Blick in den Gang, wo Tim gerade den Boden wischte. „Wie will er denn diese Wohnung bitte makellos bekommen?", fragte ich kichernd.

Caroline hob verzweifelt die Hände. „Ich habe doch selbst keine Ahnung."

„Ihr wisst schon, dass ich euch hören kann, oder?" Tim stakste zur offenen Küchentür. Sein Gesicht war gerötet und die kupfernen Locken standen ihm kreuz und quer vom Kopf.

So ähnlich musste ich vor meinem Kaffee auch ausgesehen haben ... Na ja, vermutlich sah ich noch immer so aus.

Caroline murmelte irgendeine Entschuldigung und gab ihrem Freund einen Wangenkuss, bevor sie ins Wohnzimmer entschwebte. Immer noch verärgert, kräuselten sich Tims Falten auf der Stirn. Er wirkte mit jedem Mal, dass wir uns sahen, älter. So schnell konnte man in wenigen Monaten sich doch nicht verändern, oder? Vielleicht war es auch mein persönlicher Eindruck. Die letzten Monate hatten sich wie Jahre angefühlt.

„Weißt du was? Ich gehe jetzt einfach mein Auto putzen, dann könnt ihr eure Wohnung selbst polieren." Er zog seine Winterjacke vom Haken, klemmte sich einen Eimer unter und war schon aus der Tür, bevor ich ihm hinterherrufen konnte, dass sich absolut niemand darüber beschwerte, dass er unsere Wohnung putzte. Doch die Tür war bereits zugeknallt. Gleichmütig zuckte ich mit den Schultern und trank meinen Kaffee in aller Ruhe aus. Nachdem ich einigermaßen wach und geduscht war, begab ich mich ins Wohnzimmer. Hier zeigten sich noch immer die Spuren der vergangenen Nacht. Es musste wohl eine hübsche kleine Feier gewesen sein. Vielleicht wäre ein bisschen Seelenreinigung genau das Richtige. Da war immer noch das Gefühl von Sebastians Berührung an meiner Schulter, das Kribbeln auf meinem Handgelenk. Es war an der Zeit, diese „Altlast" endgültig loszuwerden. Das mit Max war zu schön, um es einfach so zu ruinieren. Ebenso meine Karriere. Sebastian Holden war in vielerlei Hinsicht ein absolutes No-Go. „Weißt du was, Caroline?"

Ein fragendes Grunzen kam aus der Ecke, in der Caroline geräuschvoll Müll in eine große Plastiktüte lud.

„Ich höre?"

„Ich werde Max einen Überraschungsbesuch abstatten."

Caroline lachte ungläubig.

„Wieso lachst du?"

„Ich dachte, ich sollte dich wecken, damit du uns beim Aufräumen hilfst. Nicht, damit du Max einen Neujahreskuss geben kannst."

Besser Max als Sebastian. Frustriert wandte ich mich einem der Müllberge zu. „Was habt ihr denn hier angestellt? Ist das Wachs?" Über den Holztisch verteilten sich etliche graue Flecken, die abzukratzen elendig werden würde. Daneben lagen schmutzige Taschentücher und kleine Gläser mit einer trüben Flüssigkeit. Caroline warf nur einen Blick über ihre Schulter. „Wachsgießen. Im Grunde wie Bleigießen, bloß ohne den Krebs." „Aha. Und mit mindestens doppelt so viel Sauerei." Schweigend arbeiteten wir nebeneinanderher, bis Tims Schritte zu hören waren.

„Kann mir jemand sagen, wieso mein Auto voller Blut ist?", hallte seine Stimme zu uns. „Hat jemand von euch ein totes Tier darin transportiert? Denn ich war es sicher nicht." Tim kam wieder ins Wohnzimmer. Er hielt einen sauber aussehenden Lappen und einen Putzeimer mit grauer Flüssigkeit hoch.

„Also ich sehe da kein Blut und ich weiß normalerweise, wie es aussieht." Dafür erntete ich nur einen genervten Blick, der aber gleich wieder auf Caroline ruhte.

„Wieso schaust du mich so an?"

„Na ja, du pflügst doch immer irgendwelche Tiere von der Straße und du bist mit Abstand am häufigsten neben mir das Auto gefahren."

Sofort nahm Carolines Gesicht die Farbe ihrer Haare an. Ihre grünen Augen funkelten gefährlich. Nicht nur ich spürte, dass gleich ein Unwetter losgehen würde, auch Tim trat einen Schritt zurück.

„Also, ich habe sicher kein totes Tier von der Straße aufgesammelt. Das war bisher einmal und das hat noch ganz sicher gelebt. Außerdem ist das ewig her. Du hast mir es sogar danach verboten, weil wilde Tiere einen ja Anfallen können. Und natürlich würde ich es niemals wagen, mich deinem weisen Befehlen zu widersetzen." Sie nahm richtig Fahrt auf und würde Tim gleich wie ein Bulldozer umwälzen. Vage erinnerte ich mich an einen Fuchs, von dem Caroline vor nicht allzu langer Zeit gesprochen hatte. Zum Glück sprang in diesem Moment der Zeiger unserer Wohnzimmeruhr auf halb vier. „Okay, ich muss los. Ihr müsst wohl allein eure Seelen reinigen." Eilig huschte ich aus dem Zimmer.

„Was?", rief Caroline mir hinterher. *Mist.*

„Du weißt schon, mein Date." Überrascht versuchte Caroline mich am Handgelenk zurückzuhalten. Ich schaffte es, ihr zu entfliehen und eilte in mein Zimmer.

„Moment, du meintest das ernst? Seit wann ist das so ein Ding mit euch?"

Caroline folgte mir. Verdammt. Ich hatte ihr seit November kein Update gegeben. Es war so viel losgewesen und dann waren da schon die Feiertage ... Außerdem war es doch gar nicht so ernst, oder? *Er hat deine Familie kennengelernt, Anna.* Okay, ja, es war ernst mit uns. Ernster, als es hätte werden sollen. Aber das war in Ordnung, oder? Es war besser so.

„Caroline. Was ist das denn jetzt mit dem Blut?", hörten wir Tim aus dem Wohnzimmer rufen.

„Ich hatte halt meine Periode", brüllte Caroline zurück. Sie drehte sich wieder zu mir um. Aber da kam Tim schon angerannt. „Bitte was?" Besorgnis lag in seinem Blick. „Du willst mir sagen, du hast den ganzen

Beifahrersitz vollgeblutet, weil du deine Periode hattest?" Er blickte so verdattert drein, dass ich schmunzeln musste. Tim war ein Guter, egal wie man es drehte und wendete.

„Das war ein Scherz." Caroline schlug sich frustriert die Hände vors Gesicht.

Sofort verfinsterte sich sein Blick wieder. „Welches Tier hast du diesmal von der Straße aufgelesen?" Er wirkte resigniert und Carolines Augen zuckten panisch. Sie begann zu stammeln und ich nutzte den Moment zur Flucht, um an ihnen vorbeizuhuschen.

„Wir sind noch nicht fertig, Anna!", rief mir Caroline hinterher.

Meine Finger waren Eiszapfen. Sprichwörtlich. Ich konnte sie nicht mehr bewegen. Würde sie jemand anfassen, würden sie abbrechen. Im Chicago River trieben kleine Eisschollen, die in einem eisigen Blau schimmerten, während pudrige Schneeflocken auf uns hinabfielen.

Zu den Schollen gesellten sich nun auch ein paar Augen in derselben Farbe. Max trat neben mich und drückte mir einen dampfenden Becher Kaffee in die Hand.

Ich lächelte und genoss die Hitze, die in feinen Schwaden in mein Gesicht aufstieg.

„Ich dachte, du würdest gerne etwas trinken." Max blieb dicht neben mir stehen und schlürfte an einem zweiten Becher, den er mitgebracht hatte. Mit einem Arm hielt er mich fest an sich gepresst und gestand mir somit zumindest etwas Körperwärme zu. Noch ein paar Minuten länger und ich würde erfrieren.

Zwar war ich in Chicago aufgewachsen, aber in den eisigen Wintermonaten hatte ich das Gefühl, dass meine italienischen Wurzeln plötzlich eine Art Rebellion anzettelten. Verständlicherweise, wenn man drohte zu erfrieren.

Max grunzte zufrieden, als ich mich enger an ihn kuschelte. *Max und Anna.* Unsere Namen klangen gut zusammen, *wir* waren gut zusammen. Seit Beginn dieses Jahrs hatten wir uns fast täglich gesehen. Vor der Arbeit, nach der Arbeit und wenn es nur die Nächte gewesen waren. Es fühlte sich gut an.

Na ja, bis zu dem Zeitpunkt, an dem Max vorgeschlagen hatte, seine Cousine in der Eiseskälte zu treffen. Oder dem Zeitpunkt, an dem seine Cousine zu spät war. Heute würde ich erstmals jemanden aus seiner Familie kennenlernen. Max sprach selten über sie. Die einzige Person, von der er wirklich gerne etwas erzählte, war seine kleine Cousine Mia. Wobei klein in diesem Kontext relativ war. Mia studierte Medizin und war exakt am gleichen Tag wie ich geboren. Das hatte Max zumindest erzählt. So viel also zu dem Thema klein.

„Wo bleibt sie denn?", fragte ich Max. „Ich verwandle mich langsam in einen Eiszapfen. Vielleicht musst du mich später abbrechen, wenn wir hier weg möchten."

Max lachte und strich mir zärtlich über die Wange. Seine behandschuhten Finger waren genauso kalt wie meine Haut, also machte es die Sache nicht gerade besser.

„Sie müsste jeden Moment kommen und gleich können wir irgendwo reingehen."

Es überraschte mich, wie entspannt er war. Sonst regte ihn jede unnötige Zeitverzögerung auf. Vielleicht lag es aber auch einfach daran, dass Sonntag war und sein Handy bis jetzt noch kein einziges Mal geklingelt hatte.

Ich kuschelte mich an Max' Mantel heran. Immerhin hatte ich eine mobile Heizung dabei, sogar öko. Die Wange an seine Brust gelegt, schloss ich kurz die Augen, versank in seinem Geruch. Es war die richtige Entscheidung gewesen, uns eine Chance zu geben. Je mehr Zeit ich mit ihm verbrachte, desto mehr verschwand Sebastian aus meinen Gedanken. Und ich mochte Max. Mehr als ich es zugeben wollte. Ich merkte es daran, dass mein Herz schneller schlug, wenn er mir einen Kuss gab und ich automatisch lächeln musste, wenn ich ihn ansah.

„Siehst du. Da kommt sie."

Noch bevor ich die Augen öffnen konnte, löste sich Max von mir und ging geraden Schrittes auf seine Cousine zu. Diese fiel ihm sofort um den Hals. Sie hatte die gleichen weißblonden Haare wie Max, nur waren ihre lang und groß gelockt. Sie umrahmten ihr Gesicht unter der rosafarbenen Wollmütze wie das eines Engels. Blaue Augen, alabasterne, ebenmäßige Haut. Zu der rosafarbenen Mütze trug sie einen passenden, grob gestrickten Schal, der sich über den hellgrauen Wollmantel goss. Eine enge dunkelgraue Röhrenjeans und hellgraue Stiefel vollendeten das perfekte Outfit.

Neid beschlich mich, als mein Blick an Mias langen dünnen Beinen hängen blieb. Auf wie viel Schokolade und Käsemakkaroni ich dafür wohl verzichten musste?

„Du musst Anna sein. Ich habe schon so viel von dir gehört. Freut mich, dich endlich kennenzulernen. Es tut mir furchtbar leid, dass ich zu spät bin. Ich hatte noch einen Termin, der unerwarteterweise länger ging." Mia warf Max einen vielsagenden Blick zu und versah meine Wangen mit zwei federleichten Küssen. Sie wirkte wie ein Engel, der sich vom Himmel zu uns herabbegeben hatte und nun alles erstrahlte. „Wollen wir reingehen?", fragte Mia.

Mein kaltes Blut jubelte vor Freude. Max hatte bei Mias Blick die Stirn gerunzelt, nickte aber und führte uns von der Brücke.

Wir setzten uns in das nächstgelegene Café und ich bestellte uns drei große Tassen heiße Schokolade.

„Was wolltest du bei Jonathan?", fragte Max mit einer Schärfe in der Stimme, die mich zusammenfahren ließ.

Okay, dann sprechen wir wohl doch darüber. Was auch immer dieses Thema war.

Mia lächelte Max mitleidig an und streichelte ihm kurz beruhigend über den Arm. „Es ging nur um den Kredit meines Studiums, nichts Wichtiges."

„Das müsst ihr an einem Sonntag besprechen?"

„Ich hatte gerade Zeit und dein Vater freut sich, wenn ihn hin und wieder jemand besucht, Max. Außerdem muss ich bald wieder zurück nach Boston."

„Wieso besprichst du die Sachen nicht mit mir?"

Max wirkte ganz und gar nicht glücklich. Gott sei Dank kam in diesem Moment die Kellnerin und brachte uns die Schokolade. Auch Mia wirkte nun angespannter.

„Wärst du an Weihnachten da gewesen, hätte ich es mit dir besprochen." Sie wandte sich an mich und hob entschuldigend die Hand. „Sorry, Anna. Nichts gegen dich. – Jonathan war halt zufällig da, Max, und da habe ich ihn angesprochen."

Max stöhnte. „Du weißt, dass du dich jederzeit bei mir melden kannst, Mia."

Mia seufzte. „Ich weiß. Aber manchmal treffe ich mich auch mit meinem Onkel. Ist das denn so schlimm?"

„Nein", sagte Max leise.

„Na, also. Können wir das Thema jetzt fallen lassen?"

Max zuckte genervt mit den Schultern und ich schlürfte peinlich berührt an meiner Schokolade. Zumindest wurde mir langsam warm. Ich hatte gedacht, dass Mia noch der Teil von Max' Familie war, mit dem sich Max gut verstand.

„Wie läuft dein Studium denn so?", fragte ich schließlich, als die Stille drohte, langsam unangenehm zu werden.

Dankbar lächelte Mia mich an und begann sofort von ihren aktuellen Kursen zu erzählen.

Es dauerte noch eine ganze Weile, bis Max sich von dem Schock erholt hatte und sich an unserem Gespräch beteiligte. Aber letztendlich tat die Schokolade auch bei ihm ihre Wirkung und er entspannte sich. Als wir zusätzlich noch klebrig-warme Brownies bestellten, um unseren Zuckerrausch zu vertiefen, wirkten die beiden wie ein Herz und eine Seele. Sie erzählten Geschichten aus ihrer Jugend, von gemeinsamen Skiausflügen und Max' letzten Besuch in Boston. Das einzig Seltsame war, dass es schien, als existierte der restliche Teil von Max' Familie nicht. Weder seine Eltern noch Mias Bruder wurden erwähnt. Höchstens Max' Tante, aber das wars auch schon. Als hätten die beiden ihre eigene Blase, die sie vor der restlichen Familie schützte.

Ich war versucht, es anzusprechen, aber nachdem das Gespräch schon so schlecht gestartet war, wollte ich der Sache Zeit geben. Max und ich waren noch nicht so lange zusammen, als dass ich mich in seine Familienangelegenheiten einmischen durfte.

Außerdem war es gerade schön, ihn so zufrieden zu erleben. Max saß zurückgelehnt auf der Bank neben mir, einen Arm um meine Schulter gelegt. Der warme Körper an meiner Seite vermittelte mir ein Gefühl der Sicherheit, an das ich mich immer mehr gewöhnte. So etwas löste nur ein Mensch bei einem aus, den man liebte und dem man vertraute, oder? Die Leidenschaft, die uns zu Beginn so verbunden hatte, war zu etwas Tieferem geworden und hatte sich in meinem Herzen verwurzelt.

Plötzlich zuckte Mia erschrocken zusammen. Das Handy auf dem Tisch neben ihr hatte zu vibrieren begonnen. Hastig schaltete sie den Alarm aus. „Oje. Es ist schon so spät. Ich fürchte, ich muss bald los. Ich bin noch verabredet." Sie sah fragend zu Max hinüber. Jetzt erst bemerkte ich, dass sie exakt die gleiche Augenfarbe hatten. Nicht einfach blau, sondern dieses kristallklare Eisschollenblau. Sie wirkten eher wie Geschwister als Cousins. Max' Arm auf meiner Schulter hatte sich verkrampft und er hörte auf, mit meinen Locken zu spielen. Sein ganzer Körper schien sich plötzlich anzuspannen. Im Gegensatz dazu war seine Antwort recht neutral. „Richte ihm viele Grüße aus."

Mia lächelte erleichtert und auch Max' Finger zupften wieder an meinen Locken herum. „Kommt ihr denn zur Hochzeit?"

Bitte was? Ich zog fragend eine Augenbraue hoch.

Max' Gesicht verdüsterte sich und auch Mia wurde nun klar, dass sie etwas Falsches gesagt hatte. „Na ja, ich sollte los. War schön, dich kennenzulernen, Anna." Sie drückte mir und Max zwei Küsschen auf die Wangen und schwebte, ohne zu zahlen, aus dem Café.

Max löste sich von mir und stand auf, um an der Theke die Rechnung zu begleichen, da hielt ich seinen Arm fest.

„Hochzeit?" Das Wort stand zwischen uns wie eine in Blitzesschnelle heraufgezogene Wand. Doch anstatt die Mauer mit einer Antwort einzureißen, schüttelte Max meine Hand ab. Sein Gesichtsausdruck wirkte hart und fremd.

Den Rückweg bis zu meiner Wohnung legten wir schweigend zurück. Zwar umklammerten unsere Hände einander, doch konnten sie die Distanz, die zwischen uns entstanden war, kaum überbrücken. Carolines Zimmertür war geschlossen, als wir die WG betraten. Das war meistens der Fall, wenn Max zu Besuch war. Aus irgendeinem Grund hatte meine Freundin nach so viel anfänglicher Begeisterung Begegnungen mit Max seither gemieden. Vielleicht gönnte sie uns aber auch nur unsere Privatsphäre, weil sie wusste, wie schwierig es für uns war, Zeit füreinander zu finden.

Während Max in mein Zimmer zum Telefonieren verschwand, kochte ich Kaffee. Der Enthusiasmus, den ich heute Morgen noch empfunden hatte, war fast gänzlich fort. Ich schenkte gerade zwei große Tassen ein, da kam Max zurück in die Küche und lehnte sich an den Türrahmen.

„Die Hochzeit ist von meinem Cousin. Wir verstehen uns nicht so gut, aber das ist eine längere Geschichte. Sie findet am fünfzehnten Mai statt und ich hatte eigentlich vorgehabt, dich dieses Wochenende zu fragen, ob du mich begleiten möchtest. Aber erst nachdem du schon mal zumindest einen guten ersten Eindruck von meiner Familie bekommen hast."

Wow. So viele Informationen auf einmal hatte ich nicht erwartet. Er wirkte irgendwie verlegen und strich sich fahrig über den Kopf.

„Ist deine Familie so schlimm?"

Er lächelte, aber es lag etwas Trauriges darin. „Meine Tante und ihr Mann sind wunderbar und Mia auch, aber der Rest ist eher schwierig. Du wirst die volle Dröhnung bekommen, inklusive meines Vaters, wenn er sich denn Zeit nimmt, zu kommen."

Er hatte Angst. Angst, dass ich ihn wegen seiner Familie verlassen könnte. Ohne zu zögern, ließ ich die Tassen stehen und umarmte ihn liebevoll. „Du hast bei mir doch auch die volle Dröhnung bekommen. Ich würde dich sehr gerne begleiten." Ich spürte sein Lächeln, bevor ich es sehen konnte. Seine Arme, die eben noch so angespannt um mich geschlungen waren, lockerten langsam ihren Griff. Dann begaben sich seine Hände auf Wanderschaft.

Als wir schließlich eng aneinander gekuschelt im Bett lagen, strich Max mir zärtlich über die Wange, den Hals hinab. „Manchmal vergesse ich, was für ein Glück ich habe", flüsterte er in mein Ohr.

Er sah ein wenig verwuschelt aus, seine Wangen glühten und die schmalen Lippen waren zu einem sanften Lächeln verzogen. Vorsichtig streckte ich meine Hand aus und berührte mit meinem Finger Max' Kinn.

„Du hast ja ein Kinngrübchen", stellte ich überrascht fest. Max runzelte die Stirn. „Ja? Fällt dir das jetzt erst auf?"

„Offensichtlich. Vielleicht habe ich es auch nie bewusst wahrgenommen", flüsterte ich. Max' Lippen legten sich auf meine und erstickten die Worte in meinem Mund. Sein Kuss war bedächtig, genüsslich, ganz anders als die fordernden Küsse vorhin. Hier fühlte ich mich wohl, hier war es warm. Ich war kurz davor zu platzen.

„Max!" Ruckartig zog ich meinen Kopf zurück.

Verwundert sah er mich an. „Was ist?"

Ich musste es ihm sagen. Es war an der Zeit. Aber da waren plötzlich Zweifel. Zweifel, die da nicht sein sollten. Ein Gesicht mit einer drahtigen Brille blitzte in meinen Gedanken auf. Ich blinzelte. „Ich glaube, ich bin dabei, mich in dich zu verlieben." Jetzt war es raus. Ich hatte es gesagt. Ich hatte es tatsächlich gesagt.

Erst reagierte Max gar nicht. Schließlich beugte er sich vor und drückte mir einen Kuss auf die Lippen. Erst erwiderte ich ihn nicht, sondern suchte gespannt seinen Gesichtsausdruck zu deuten. Da lächelte er.

„Adriana Lucretia Rosso. Ich war dir bereits an jenem Abend verfallen, als wir zusammen in die Sterne geblickt haben und du mir von deinen Träumen erzählt hast. Ich liebe dich auch." Aber das hatte ich gar nicht gesagt.

Bum. Bum. Das rhythmische Schlagen von Basketbällen auf rotem Asphalt hallte von den umgebenden Zäunen zurück. Einige Spieler rannten bereits in vollständig verschwitzter Kleidung umher und brachten das metallene Netz zum Klirren. Unbeeindruckt durchschlängelte ich die einzelnen Spielfelder, wich umherfliegenden Bällen – mal Basketball, mal Fußball – aus.

Die fünf Menschen, auf die ich zusteuerte, hatten mir den Rücken zugedreht, und waren damit beschäftigt, den Ball in den Korb zu werfen. Einige Versuche waren dabei durchaus von Erfolg gekrönt. Zumindest traf der Ball fast immer das Brett, das immerhin in der Nähe des Korbes hing. Manchmal schämte ich mich fast für meine Kollegen. Wie konnte es eigentlich sein, dass sie sich seit Jahren zum Basketballspielen trafen und keinerlei Fortschritte erzielten? Als wäre es nicht schon genug Blamage, so schlecht zu sein. Nicht einmal die anderen Mannschaften auf dem Platz fragten nach einem Match. Andererseits tat es gut, sich mal nicht auf Leistung getrimmt einem Hobby hinzugeben. Wir spielten einfach nur zum Spaß.

„Da bist du ja endlich. Wir frieren uns schon den Arsch ab." Ich hatte nicht mal Zeit, meine dicke Winterjacke auszuziehen, da wurde mir schon der erste Ball zugepasst.

„Du spielst bei Ricardo und Sebastian."

Geschickt wich ich dem zweiten Ball aus, der auf mich zuflog. Na toll, ich durfte mich nicht einmal warm machen bei der Eiseskälte.

„Ich bin gleich soweit." Hastig legte ich meine Tasche zu den Rucksäcken der anderen und öffnete den Reißverschluss meiner Jacke. Zumindest mein rotes Stirnband würde ich anlassen. Meine Ohren froren bereits bei dem Gedanken daran, an der kühlen Luft zu sein. Die anderen Spieler waren kaum zu erkennen unter den unförmigen dicken Pullovern, die sie trugen. Nur Daniel Ridson, der mir zugepasst hatte, schien nicht zu frieren. Aufgeregt wie ein kleiner Junge rannte er dem Ball hinterher. Sebastian hingegen stand ruhig an die Säule gelehnt und grinste mir zu. Ich hätte ihm seine Coolness fast abgekauft, hätte er nicht die Hände zum Wärmen unter die Achseln geklemmt. Seine Brille trug er heute ausnahmsweise nicht. Er wirkte privat so anders als der Oberarzt, den ich aus der Klinik kannte. Markus und ein Kollege aus der Radiologie, Ricardo, standen dicht gedrängt nebeneinander und ließen kleine Wölkchen aus Dunst in die Luft aufsteigen. Es war noch eine weitere Person dabei. Eric, Edward? Nein, das war der Vampir, oder? Egal. Er war Anästhesist und ich hatte ihn bisher nur ein einziges Mal gesehen.

„Ihr hättet auch schon anfangen können, ne?" Sie hatten doch schon häufig zu fünft trainiert. Schließlich war ich erst seit Januar dabei.

„Aber ohne unsere Starspielerin haben wir doch keine Chance." Sebastians Worte brachten mich unwillkürlich zum Lächeln.

„Das sind die professionellen Basketballschuhe. Die geben Bonuspunkte in Sprungkraft und Wurftechnik." Schelmisch zwinkerte ich ihm zu. Er erwiderte mein Lächeln.

„Ach sooo. Na, dann brauche ich unbedingt auch so ein Paar", sagte er und kam langsam auf mich zu.

„Dir bringen sie aber recht wenig. Du musst schließlich nur den Arm heben, wenn du den Korb treffen willst."

Sebastian klopfte mir sanft auf die Schulter. Leise, sodass es die anderen nicht hören konnten, flüsterte er in mein Ohr: „Du siehst heute gut aus. Bist du fit?"

Ich errötete. Wo kam das plötzlich her? Normalerweise verhielt sich Sebastian mir gegenüber zurückhaltend, besonders seit Silvester. Wir beide hatten diesen Moment bisher geflissentlich zwischen uns totgeschwiegen. So sehr, dass ich ihn langsam für Einbildung meinerseits hielt. Aber das hier? Es passte so gar nicht zu seiner sonstigen beruhigten Art. Das erinnerte mich mehr an den unbeschwerten Notarzt, den ich am Anfang kennengelernt hatte. Als wäre der Sebastian in der Klinik ein völlig anderer Mensch.

Er lehnte sich noch ein Stück näher zu mir. Sein Atem fühlte sich warm auf meiner Haut an. „Denk bitte dran, du brauchst dich heute nicht zurückhalten. Das ist Street Basketball, hier gibt es keine Regeln. Wir können die richtig fertigmachen." Er zog seinen Kopf zurück und grinste mich frech an. Feuer brannte in seinen Augen und ergriff auch von mir Besitz. Es waren die Endorphine, die der Sport ausschüttete. Ganz sicher.

„So Leute. Fertig gekuschelt? Können wir jetzt anfangen!", rief Markus.

Ich schnitt eine Grimasse. Konnte man hier nicht einmal in Ruhe eine Teambesprechung machen? Den bissigen Kommentar auf der Zunge musste ich allerdings hinunterschlucken, denn da flog ein Ball auf uns zu. Er kam nicht aus Markus' Richtung, sondern von der Seite. Mein anderer Oberarzt, Daniel Ridson, hatte sich zu uns gesellt. Es gelang mir gerade noch so, den Ball mit den Fingerspitzen aufzufangen. Dann prellte ich ihn mehrfach auf den Boden vor mir.

„Okay, los geht's!", rief ich. Ich warf den Ball zurück zu Daniel. Daniel reichte ihn weiter an Markus. Dieser passte zu Edmund! Ja genau, so hieß er. Doch Sebastian sprang dazwischen und fischte den Ball aus dem Pass heraus. Er sprintete Richtung Mittellinie. Dort angekommen, wandte sich Sebastian zu mir um und plötzlich fand sich der Ball in meinen Händen wieder. Daniel und Markus standen uns gegenüber. Die beiden hatten sich seit ihrem Ballverlust kaum bewegt. Ich täuschte einen Pass zu Sebastian an meiner Seite an. Markus wandte sich zu ihm um, da war ich auch schon an ihm vorbeigerannt und versenkte den Ball im Korb. Freudestrahlend klatschten wir einander ab.

„Ahaa. Ahaa. Holden und Rosso sind in the house!", rief Sebastian laut aus.

Wir hatten vielleicht zehn Minuten gespielt, da stoppte Daniel unseren Siegesrausch.

„Irgendwie scheint das heute einfach nicht zu laufen. Können wir bitte neue Teams machen? Ich habe keine Lust …" Und dabei zeigte er anklagend auf mich und Sebastian, „… von den beiden fertiggemacht zu werden."

Sebastian grinste. „Du kannst echt nicht verlieren. Nur weil es einmal gut bei uns läuft?" Ihm gefiel diese Synergie zwischen uns beiden wohl genauso gut wie mir.

„Nein. Ich bin auch für neue Teams. Einfach, weil ich auch gerne mal einen Pass abbekommen möchte“, schaltete sich Ricardo ein.

Oh. Die anderen nickten zustimmend und ich begab mich außerhalb der Drei-Punkte-Linie. Markus hielt mir seine ausgestreckte Hand hin, um mit mir abzuklatschen. Seine Finger waren kalt, ganz anders als meine. Dafür war ich zu viel gerannt. Wieder prellte ich den Ball, diesmal den Blick auf Sebastian gerichtet. Plötzlich rannte ich los. Er hielt meinem Blick stand und blieb, beide Arme von sich gestreckt, stehen. Aber ich lief weiter, fixierte ihn. Er würde schon klein beigeben. Nur noch Zentimeter von ihm entfernt, warf ich den Ball Richtung Korb. Sebastian sprang in die Luft, um ihn abzufangen, erwischte den Ball sogar. Der flog nach unten, prallte auf dem Asphalt auf und landete direkt in Markus' Händen.

Ich konnte noch einen Blick auf Markus erhaschen, wie er mit dem Ball in den Händen auf den Korb zustürmte, da knallte Sebastian mit seiner Schulter gegen meinen Kopf. Ich schrie auf, doch da wurde ich schon unter seinem Körper begraben. Ein dröhnender Schmerz machte sich in meinem Schädel breit. Für einen kurzen Moment wurde die Welt schwarz. Dann wich es einem Grau, Sebastian lag auf mir. Sein Gewicht drückte mich zu Boden und schnürte mir die Luft ab. Ich stöhnte. Endlich stützte er sich auf die Arme und schaute mich an. Seine Mütze war verrutscht und die Wangen gerötet. Dennoch schien er unverletzt. „Alles gut bei dir?“ Ich krächzte als Antwort. Konnte man sich beim Schreien eigentlich die Stimmbänder zerren? Sebastian strich mir vorsichtig eine Haarsträhne aus dem

Gesicht. Er musterte mich kritisch, als ob er sich überzeugen wollte, ob ich irgendwelche Blessuren davongetragen hatte. Ohne Brille wirkte er noch mal um einiges jünger, fast spitzbübisch. Mir stockte der Atem. Er lag immer noch auf mir. Ich konnte die Wärme seines Körpers spüren, seinen Atem auf meiner Haut. Da waren einzelne Furchen auf seinen Lippen, schönen Lippen. Verblüfft öffnete ich den Mund. Das Engegefühl in meiner Brust rührte nicht von dem Sturz, dafür war es zu warm. Auch Sebastian schien unsere Nähe aufzufallen. Erst war da Überraschung, dann lächelte er. Seine Hand ruhte immer noch auf meiner Wange und sein Blick wanderte zu meinem Mund. Mein Herzschlag beschleunigte sich. Er beugte sich vor und ...

„Alles in Ordnung bei euch?" Markus' tiefe Stimme riss mich wie ein Blitzschlag aus meiner Trance. Hastig rappelte Sebastian sich auf und streckte mir die Hand entgegen, um mir aufzuhelfen. Seine Hand ignorierend richtete ich mich auf und klopfte kleine rote Steinchen von meiner Jogginghose. Mein Kopf brummte. Der kurze Moment unserer Zweisamkeit war so schnell verschwunden wie die Dunstschwaden meines Atems. Reue überflutete mich. Es lief so gut mit Max. Wir verbrachten so viel Zeit miteinander. Ich dachte, ich hätte Sebastian schon längst aus meinen Gedanken vertrieben.

Das war gar nicht gut, ganz und gar nicht gut.

Kapitel XII: Von Vögeln und Käfigen

„Schwester, Sie können mir noch ein frisches Glas Wasser bringen. Das hier ist abgestanden."

Ich rollte genervt mit den Augen, während ich den Stauschlauch am Arm meines Patienten lockerte. Gekonnt zog ich die Nadel aus der Vene heraus und drückte einen Tupfer auf die leicht blutende Stelle. Es kam nichts mehr nach. Mr. Williams hatte für sein Alter noch schöne, elastische Venen, vollgefüllt mit Blut, ganz nach meinem Geschmack. Das war allerdings auch das einzig Gute, was ich über ihn sagen konnte.

„Ich habe mindestens dreimal gestochen und es kam nie was. Wie hast du das gemacht?", fragte meine Studentin Annabelle.

Mr. Williams warf ihr einen abschätzigen Blick zu und wandte sich an mich. Er stierte auf mein Namensschild und zog überrascht die Augenbrauen hoch. Vielleicht war ihm endlich aufgefallen, dass ich keine Schwester war.

„Ich bin verwundert, dass die Ärzte hier nicht mal selbst Blut abnehmen."

Er hatte sich nicht entschuldigt, dass er mich eben noch Schwester genannt hatte, sondern mir stattdessen Faulheit vorgeworfen.

„Wir haben nun mal viel zu tun und nehmen daher jede Hilfe, die wir kriegen können. Außerdem ist es Teil der Ausbildung unserer Studenten. Als Ärzte müssen sie es beherrschen.“

„Ja, dass Sie wirklich jede Hilfe nehmen, ist mir bewusst. Aber bitte jemanden, der das schon mal vorher geübt hat.“ Ich warf Annabelle einen mitfühlenden Blick zu. Mein Studium lag noch nicht weit genug zurück, als dass ich mich nicht an solche Situationen erinnern konnte. Tag ein Tag aus hatte ich in einigen Monaten meine Zeit mit nichts anderem als Blutabnehmen verbracht, so geübt wie damals würde ich vermutlich nie wieder sein. Mr. Williams hätte auch Professor Vadasz darum bitten können, ihm Blut abzunehmen. Die hatte das bestimmt die letzten dreißig Jahre nicht mehr gemacht.

„Meine Kollegin ist tatsächlich mehr in der Übung, als ich es bin, denn sie macht das schließlich täglich im Gegensatz zu mir. Aber das haben Sie ja bereits bemerkt. Manchmal hat man einfach ein wenig Pech und da hilft eine zweite Hand. Es tut mir sehr leid, dass das bei Ihnen jetzt der Fall war. Aber ich hoffe, dass wir Ihnen heute das letzte Mal Blut abgenommen haben.“ Ich schenkte Mr. Williams mein freundlichstes Fuck-you-Lächeln und floh in gemäßigten Schritten aus dem Zimmer, dicht gefolgt von meiner Studentin.

Als wir die Tür hinter uns geschlossen hatten, konnte ich nicht mehr an mich halten. „Was zur Hölle. Nimm dir das echt nicht zu Herzen, Annabelle. So einem kann es keiner recht machen. Wenn ihr das nächste Mal dort

Blut abnehmen müsst, sagt einfach einem der Ärzte Bescheid. Der wirkt so, als würde er uns wegen jedes noch so kleinen Fehltritts verklagen."

Annabelle wurde auffällig rot im Gesicht und ihre Stimme zitterte. „Er hat mir tatsächlich vorhin bei meinen Versuchen erzählt, dass er Anwalt ist."

Ich blieb abrupt stehen. „Wie bitte?"

Annabelle schlug entsetzt die Hände vor das Gesicht. „Oh mein Gott. Wird er uns jetzt verklagen?"

Ich zögerte kurz und überlegte. „Ich denke nicht. Wir haben schließlich nichts falsch gemacht und ich bin sicher, dass Professor Vadasz ihn ausgezeichnet operiert hat. Mach dir da mal keine Sorgen."

Dennoch ... Anwälte waren fast so unliebsame Patienten wie Ärzte selbst. Annabelle wirkte nicht sonderlich beruhigt, aber bevor sie weiter nachhaken konnte, klingelte mein Diensttelefon. Ich winkte ihr, mir zu folgen, während ich Richtung Notaufnahme eilte.

Während wir liefen, zermarterte ich mir das Hirn, ob Max irgendetwas erwähnt hatte, dass ein Verwandter von ihm in der Klinik war. Ich wusste, dass der Name Williams nicht besonders selten war. Doch erinnerte ich mich zu gut daran, dass Max mal im Scherz gemeint hatte, dass in seiner Familie alle entweder Ärzte oder Anwälte waren. Im Aussehen ähnelten sie einander zumindest ein bisschen. Mr. Williams ursprüngliche Haarfarbe war nicht erkennbar gewesen, aber ich tippte darauf, dass die grau-weißen Haare ehemals blond waren. Genauer hatte ich ihn leider nicht betrachtet, doch waren da nicht dieselben blauen Augen gewesen, die mir schon so oft zugelächelt hatten? Seine Haut war alt und ledrig ... Im Vergleich dazu war Max weiß wie eine Schneeflocke, aber trotzdem waren zwei Gemeinsamkeiten eine zu viel.

Vielleicht sollte ich Max anrufen und fragen. Andererseits unterlag ich der Schweigepflicht und Mr. Williams zählte nicht einmal zu meinen Patienten. Daniel Ridson und Markus waren in diesem Bereich zuständig. Ich musste nur einspringen, weil Markus seine Zeit im OP verbrachte. Wieder mal. Außerdem fand ich Max als viel zu nett, um mit diesem verbitterten alten Sack verwandt zu sein. Weswegen war Mr. Williams überhaupt operiert worden? Zumindest ein kleiner Blick in seine Akte konnte nicht schaden, wenn auch nur um meine Nerven zu beruhigen. Mit meiner schnippischen Antwort und darauffolgenden Flucht hatte ich wahrscheinlich nicht gerade den besten Eindruck hinterlassen. Annabelles schüchterne Stimme riss mich aus meinen Gedanken.

„Wo müssen wir denn hin?"

Wir standen in der Notaufnahme und ich starrte wohl schon seit mindestens einer Minute auf den Monitor, der die Belegung der kleinen Kabinen zeigte. Irritiert von meiner eigenen Unachtsamkeit versuchte ich, Ordnung in das Geschehen zu bringen. Notaufnahme. Diensttelefon. Patienten. Das Chaos sortierte sich langsam.

„Kabine fünf. Wir müssen in Kabine fünf."

Erst nach Dienstschluss kam ich dazu, in die Akte von Mr. Williams zu blicken. Eigentlich sollte ich längst auf dem Heimweg sein, denn ich wollte mich mit den anderen noch auf einen Absacker treffen, doch meine

Neugier überwog. Sein voller Name lautete Doktor Jonathan Williams und er war tatsächlich Jurist. So viel schon mal dazu. Meine Kehle wurde trocken, als ich weiter durch die Akte blätterte. Kürzlich diagnostiziertes Karzinom des Darms, aber im frühen Stadium. Gott sei Dank. Wurde vor einer Woche entfernt und wie ich mir schon gedacht hatte, stand die Entlassung kurz bevor.

Die restliche Anamnese ließ zu wünschen übrig, wie es auch üblich war in chirurgischen Arztbriefen. Hoffnung regte sich in mir. Es gab bestimmt Dutzende Anwälte mit dem Nachnamen Williams in Chicago, vielleicht einer von Max' Onkeln. Nur ein kurzer Blick noch, dann würde ich gehen. Ich öffnete die Kontaktdaten. *Fuck.*

Der Patient, den ich heute Mittag so freundlich kennengelernt hatte, war Max' Vater. Das letzte bisschen Hoffnung, an das ich mich geklammert hatte, erlosch. Ich fühlte mich verletzt. Wieso hatte Max mir nichts gesagt? Wusste er überhaupt, dass sein Vater an Darmkrebs operiert wurde? Wenn nicht, durfte ich ihm nichts sagen. Ich war tatsächlich an die Schweigepflicht gebunden und ich würde sie sicher nicht brechen. Schon gar nicht bei einem Mann wie Jonathan Williams.

Ich gab einen frustrierten Seufzer von mir. Einer der vorbeigehenden Pfleger warf mir einen fragenden Blick zu, den ich mit einem raschen Schulterzucken abtat. Schweigepflicht. Dass ich mich jemals in so einer Zwickmühle wiederfinden würde, hatte ich nicht erwartet. Aber es war unmöglich, dass Max nichts über die Krankheit seines Vaters wusste, oder? Wahrscheinlich hatte er es mir wieder einmal vergessen zu sagen, wie das mit der Hochzeit. Als würde er sich davor drücken, mich mit seiner Familie zu konfrontieren. Wieso verschwieg er mir so etwas? Ich brauchte Zeit zum Nachdenken, um eine Lösung zu finden. Aber nicht jetzt, nicht heute. Ich hob den Kopf, den ich in meinen Händen vergraben hatte, und schloss die Akte. Doch das in meinem Kopf hörte nicht auf zu toben. Heute würde ich auf Pause drücken und das Chaos, dass gerade in meinem Kopf entstand, in eine Kiste sperren. Bis morgen, dann würde ich mit Max reden müssen.

„Das Schöne am Alkohol ist die Freiheit, die er uns verschafft. Er holt uns aus unseren kleinen Käfigen heraus." Ein Hickser entfuhr mir. Erschrocken hielt ich meine Hände vor das Gesicht, als würde ich mich schämen, dabei war ich schon längst über dieses Stadium hinaus. Sebastian versuchte meine Hände wegzuziehen, doch er griff dabei ins Leere. Ich gluckste.

„Also meinst du, wir sind alle Gefangene?"

Dem Gesprächsfaden zu folgen, fühlte sich an, wie durch Teer zu schwimmen. Langsam und zäh. Was die anderen am Tisch sprachen, bekam ich nicht mehr mit, nachdem der Becher mit den Würfeln das siebte Mal an mir vorüber gegangen war. Oder war es das sechste Mal gewesen? Eigentlich war es egal. Schließlich hatten Sebastian und ich irgendwann beschlossen, dass man nicht schlecht würfeln brauchte, um Alkohol zu trinken. Beziehungsweise ich hatte es beschlossen und er war meinem Beispiel begeistert gefolgt. Ich hatte wohl ins Nichts gestarrt, denn Sebastian stupste mit dem Finger meine Nase an.

Ich wiederholte meine Worte von eben. „Wir sind keine Gefangenen. Wir sind Vögel. Aber wir leben in einem Käfig."

„Und woraus besteht dieser Käfig?"

Ich winkte Sebastian näher zu mir heran. Er beugte sich vor, sodass mein Mund dicht an seinem Ohr lag. Er roch nach Rauch und Bier, aber darin lag auch etwas Angenehmes, etwas ihm ganz Eigenes. „Erwartungen", hauchte ich.

Sebastian zog seinen Kopf zurück und eine Augenbraue schoss in die Höhe. „Erwartungen?"

Ich nickte bekräftigend. Da wurde mir plötzlich der schwarze Becher mit zwei Würfeln von Markus in die Hand gedrückt, sodass ich keine Möglichkeit hatte, meine Aussage weiter zu erklären. „Dreier-Pasch." Alle Blicke ruhten auf mir, aber mir war längst egal, ob ich gewann oder verlor. Lieber schmachvoll verlieren, als schamvoll gewinnen. Oder wie war das? Ach egal. Meinen Sitznachbarn angrinsend hob ich den Becher an. Auf dem Bierdeckel lag eine Vier und eine Drei. Markus fluchte und wollte schon seinen Becher heben, doch ich hielt sein Handgelenk fest. „Warte!", rief ich. „Ich trinke mit dir. Schließlich muss ich den Käfig irgendwie aufschließen."

In einem Zug stürzte ich den Inhalt meines Glases hinunter. Dann erhob ich mich aus dem bequemen Sofa, auf dem wir saßen, und streckte meine Arme zu beiden Seiten fort von mir. Die Geste wäre nicht aufgefallen, wenn ich sie nicht mit donnernden Worten begleitet hätte. „Und sie spannte ihre Flügel auf und flog in die Welt hinaus." Der Schall meiner Worte zog trotz der Musik diesmal auch die Aufmerksamkeit der anderen Tische auf uns. Mehrere Gäste drehten sich um und ich wedelte mit den Armen, bereit davonzufliegen. Doch da waren Hände an meiner Hüfte und ich wurde mit einem Ruck zurück nach unten auf das Sofakissen gezerrt.

„Okay, finite. Du kriegst jetzt nur noch Wasser", sagte Sebastian bestimmt.

Meine Lippen verzogen sich zu einer Schnute. Wieso war mein Oberarzt so ein Spielverderber?

„Merke dir eins: Du bist das Schloss, das mich in dem Käfig gefangen hält."

Ricardo und Markus, die bis eben unserem Gespräch nicht gefolgt waren, sahen uns verwirrt an. Sebastian eilte mir rasch zu Hilfe.

„Ein Käfig aus Erwartungen. Nicht das, was ihr denkt."

Ricardo schlug entnervt die Hand gegen die Stirn. „Du bekommst auch nur noch Wasser."

Zumindest Markus hatte den Anstand, noch weiter nachzufragen. „Erwartungen?"

Ich reckte erneut die Arme in die Luft und fuhr fort: „Ja genau. Erwartungen. An uns, an andere, von der Gesellschaft. Dass man reinpasst. Sich anpasst und immer fleißig ist. Der Käfig ist genau das Konstrukt, wie du dir dein Leben erwartest. Und deswegen musst du ausbrechen. Besonders wenn es nicht so läuft, wie du willst. Bis der Käfig immer enger wird. Wie, wenn du eine Beziehung hast und glücklich bist, dir Liebe und Ehrlichkeit erwartest und das aber gar nicht so läuft." Ich ließ die Arme sinken und lehnte mich an Sebastians Schulter. Die Euphorie hatte mich verlassen und wich nun einem dumpfen Pochen. „Wenn jemand zum Beispiel unehrlich ist und dich belügt. Irgendwann wird der Käfig so klein, dass du erstickst, weil du nicht mehr weißt, was du tun sollst. Und da hilft nur noch eins." Ich hob meinen Kopf von Sebastians Schulter und blickte ihn durchdringend an. Demonstrativ griff ich nach seinem Glas. „Trinken", sagte ich mit einem dramatischen Unterton und stürzte den Drink herunter. Nur war das bereits leer, sodass lediglich eine einzelne Gurkenscheibe gegen meinen Mund schlug. Enttäuscht stellte ich es ab.

Markus lehnte sich auf dem Sofa zurück und grinste Sebastian an. „Ich glaube, sie hat den Verstand verloren."

Sebastian zuckte ratlos mit den Schultern und sah mich stirnrunzelnd an. Es sah fast so aus, als müsste er mal groß, so angespannt wie er wirkte. Ich kicherte bei dem Gedanken daran, welches Abführmittel wohl das Geeignetste wäre.

Plötzlich wurde ich unendlich müde. Meine Augen fielen zu und ich legte meinen Kopf wieder auf Sebastians Schulter ab. „Vogel setzt zur Landung an", hauchte ich leise. Alles drehte sich. Ein Vibrieren an meinen Oberschenkel holte mich schließlich aus meiner Trance zurück. Ich griff danach und zog mein Handy aus dem Schlitz zwischen mir und Sebastian hervor. Saßen wir schon die ganze Zeit so dicht beieinander? Max rief an. Ach ja, mein Abholdienst.

„Ich muss gehen. Kann ich jemandem das Geld geben, dass er für mich zahlt?" Mit zusammengekniffenen Augen stierte ich auf meinen Bierdeckel, versuchte die

Striche zu entziffern, doch waren diese merkwürdig verschwommen. Mein Kopf dröhnte. Schließlich kramte ich einfach fünfzig Dollar aus meiner Tasche und legte sie auf den Tisch. „Verrechnet das irgendwie! Ich wünsche euch noch eine gute Nacht." Ich winkte.

Ricardo rief mir hinterher: „Flatter sicher heim, kleiner Vogel."

Ich vermeinte noch leise Worte in meinem Nacken zu hören. „Sollen wir sie vielleicht heimbringen?", fragte eine der Stimmen. Zustimmendes Gemurmel. „Lass uns schnell zahlen, weit kommt sie sowieso nicht."

Ich schwankte kurz und klammerte mich am Türrahmen der Bar fest. Die Jungs lagen so was von falsch.

Ein warmer Atem streichelte meinen Nacken. „Hallo, Schönheit", flüsterte eine Stimme neben meinem Ohr. Erschrocken fuhr ich zusammen und wandte mich auf der Suche nach dem Sprecher um. Der Mann fing meine abwehrenden Arme ab, als wären sie labbrige Würmer. Schon drückte er seine Lippen auf meine. Seine Bartstoppeln kratzten über meine Haut, als seine Zunge in meinen Mund eindrang. *Max!* Ich erwiderte seinen Kuss, aber er forderte immer mehr. Einen Bruchteil später war ich zwischen ihn und die Hauswand gequetscht, an der ich eben noch gelehnt hatte.

„Ich habe dich zu lange nicht mehr gesehen", unterbrach Max seinen Kuss kurz. Ich hatte keine Chance zu antworten, da küsste er mich erneut, drängender. Irgendwann gelang es mir, seinen Körper auf Abstand zu bringen, auch wenn er so wunderbar warm war. Aber es fühlte sich nicht richtig an. Irgendetwas war falsch, nur konnte ich nicht sagen, was. Es war eher ein Gefühl

– ich würgte und griff mir an den Bauch, doch nichts kam. Ich würgte noch einmal, schließlich wandelte sich mein Würgen in ein Husten. Irgendwann brachte ich zwischen den Hustern atemlos hervor: „Ich habe dich auch vermisst, aber mir ist übel und ich bin betrunken. Kannst du mich bitte nach Hause bringen?"

Max' Lächeln verflüchtigte sich jäh. Seine Wangen waren von der Kälte gerötet, während sich meine so taub anfühlten wie mein Herz. Unsicherheit übermannte mich. *Wieso lügst du mich wegen deines Vaters an? Was verheimlichst du mir?*

„Natürlich." Er ließ von mir ab, um stattdessen nach meiner Hand zu greifen. „Mein Auto steht um die Ecke."

„Aber es ist kalt. Du solltest deine Jacke anziehen." Max deutete auf die schwarze Lederjacke in meinen Armen. Er sah dabei so fürsorglich aus, dass ich meine Zweifel wieder nach hinten in eine Kiste mit stählernen Gittern stopfte. Er strich mir die Haare aus dem Gesicht.

„Wie betrunken bist du?", fragte er.

Ich lachte und warf meine Jacke in die Luft, nur um sie anschließend wieder zu fangen. Dann drehte ich mich auf der Stelle, die Arme von mir gestreckt. Die Welt verschwamm in ein buntes Meer aus Lichtern, und die Watte in meinen Ohren breitete sich auf meiner Zunge aus. Plötzlich war da eine Hand, ich griff nach ihr und fühlte weiche Finger, die sich um meinen Arm schlangen. Meine Drehung stoppte abrupt und ich stolperte zurück in die Wirklichkeit, in Max' Arme. Ich seufzte zufrieden. „Wieso eine Jacke tragen, wenn ich auch dich haben kann."

Er grunzte, doch klang er nicht so glücklich wie ich.
Ich tastete nach seiner Hand. Sie fühlte sich kalt an, obwohl der Winter längst gewichen war und Platz für den
Frühling machte. Aber im Schutze der Nacht schlich
der Winter aus den dunklen Ecken der Stadt hervor
und brachte eine eiserne Kälte mit sich.

„Wartest du schon lange?“ Er versuchte tatsächlich,
ein Gespräch mit mir zu führen. Aber ich wollte doch
gar nicht reden, nicht nach heute. Würde ich mit ihm
reden, müsste ich ihn auf seinen Vater ansprechen.
Wut übermannte mich. Der Alkohol hatte sie nicht erstickt, sondern angefacht. Mein kurzer Moment der
Freiheit war vorbei. Mit seinem Anruf zusammengefal-
len wie diese Pilze, die zu Staub zerfielen, wenn man
auf sie trat. Wie hießen die eigentlich? Egal. Der Staub
bestand bei mir aus Wut und Angst. Wut darüber, dass
Max mich anlog und Angst, ihn danach zu fragen,
meine Schweigepflicht zu verletzen bei einem Patienten, der mich jederzeit verklagen konnte. Also presste
ich meine Lippen fest aufeinander und hoffte, dass das
Karussell aus Gedanken aufhörte, sich zu drehen. In
meinem Kopf hämmerte es. Ich schloss die Augen und
klammerte mich an der kühlen Hand zu meiner Rechten fest. Sie führte mich zu einem Auto, eine Treppe
hinauf und legte mich in ein warmes Bett. Als ich meine
Augen das nächste Mal öffnete, schien Sonnenlicht in
mein Schlafzimmer und Max war fort.

Kapitel XIII: Lügen

Erschrocken setzte ich mich im Bett auf und bereute es sofort. Das Hämmern von letzter Nacht wurde jetzt durch einen Vorschlaghammer erzeugt. Mühsam quälte ich mich aus den warmen und gemütlichen Laken. Sofort begann die Welt sich zu drehen und ich hielt inne. Wieso hatte ich verdammt noch mal so viel getrunken?

Es dauerte einen Moment, bis ich mich erinnerte. Max' Vater lag in der Klinik. Er hatte Krebs und ich konnte es seinem Sohn – meinem Freund – nicht sagen. Ich steckte in einer Zwickmühle: Entweder verschwieg ich meinem Freund, dass sein Vater Krebs hatte, oder er verschwieg mir, dass sein Vater in meiner Klinik lag. Und ich hatte keine Möglichkeit herauszufinden, was davon stimmte.

Fröstelnd erhob ich mich aus dem Bett und schloss das Fenster. Das glückliche Vogelgezwitscher verebbte abrupt. Die gute Laune und positive Aura des Tages waren ausgesperrt. Eine Höhle aus Dunkelheit und Tristesse wäre gerade passender. Aber durch die nun einkehrende Stille konnte ich Geräusche wahrnehmen. Sie kamen von der anderen Seite der Tür.

In einen Frotteebademantel verpackt ging ich in die Küche. Da stand Max und werkelte an der Kaffeemaschine herum. Auf dem Herd brutzelten Pancakes und ein voller Brötchenkorb stand auf dem Tisch. Seine strahlenden Augen fingen meinen Körper ein und waren so voller Zuneigung, dass ich unangenehm berührt den Blick abwenden musste.

Nein, er konnte es nicht wissen. Er würde mich nicht belügen. In seinem weißen Hemd mit hochgekrempelten Ärmeln sah er so rein und ehrlich aus, es konnte einfach nicht sein. Er kam auf mich zu und zog mich in eine kurze Umarmung. „Alles in Ordnung? Du siehst nicht glücklich aus."

Diesmal verfingen sich meine Augen in den seinen. Es war unmöglich, den Blick abzuwenden, wenn er mich so prüfend musterte. Also beugte ich mich vor und küsste ihn sanft auf den Mund. „Ich habe nur Kopfschmerzen und du strahlst ein wenig zu hell in deinem weißen Hemd."

Max' Lachen war Beweis genug, dass er mir glaubte. „Ich kann es gerne ausziehen, wenn du willst, aber meine Haut wird wahrscheinlich nicht viel dunkler sein, besonders nach diesem Winter."

Mir entfuhr ein Kichern. Seit wann kicherte ich? Wenn ich versuchte, Dinge zu verschweigen, verwandelte ich mich offensichtlich in einen ganz neuen Menschen. Einen trinkenden und kichernden Menschen.

Ein verbrannter Geruch stieg uns in die Nase und beinahe zeitgleich stürmten wir auf den Herd zu. Hastig nahm ich einen Holzschaber und kratzte den verbrannten Pancake aus der Pfanne.

Hinter mir seufzte Max vernehmlich. „Da will man einmal ein Überraschungsfrühstück bereiten und dann so was." Er legte schmollend seinen Kopf auf meiner Schulter ab und strich mir durch die Haare. Ich hörte, wie er die Nase hochzog und den Kopf wieder von meiner Schulter hob.

„Wie wäre es, wenn du duschen gehst und ich hier einen neuen Versuch starte?"

Ich zog die Nase kraus und griff nach einer Haarsträhne, um an ihr zu schnüffeln. Sie roch nach Rauch und Alkohol. Es war wohl möglich, dass ich zeitweilig eine Zigarette mit Markus vor der Bar geraucht hatte. Mein Kopf begann wieder zu schmerzen und ich seufzte.

Frisch geduscht pochte mein Schädel nicht mehr ganz so stark, und als ich diesmal den Kopf durch die Tür hineinsteckte, blickten mir zwei perfekte Pancakes entgegen. Glücklich setzte ich mich an den Tisch zu meinem Freund und begann zu essen. Doch die Erinnerung an den gestrigen Nachmittag und die Begegnung mit Max' Vater waren nun umso deutlicher in mir. Der Pancake blieb mir im Hals stecken wie die Wahrheit, die ich vor Max geheim hielt.

Er wirkte so glücklich. Wenn ich ihn darauf ansprach, würde das alles zerbrechen. Vielleicht hatte ich mich doch geirrt. Ich konnte die Beziehung zwischen Max und seinem Vater schlecht einschätzen. Zwar sprach er nicht direkt über ihn, aber die Zahl an Flüchen, mit denen er ihn oder seine Arbeit bedachte, war in den letzten Monaten erheblich gesunken. Ich wollte mich nicht in etwas einmischen, in das mir Max ohnehin keinerlei Einlass gewährte. Aber wenn ich nichts sagte, belog ich ihn. Das wäre falsch. Lügen waren etwas für Angsthasen und ich war kein Angsthase. Ich war Chirurgin und mutig. Ich setzte mich mit dem Tod auseinander, dann würde ich doch mit Ehrlichkeit klarkommen. Mir lag die Wahrheit bereits auf der Zunge, da kam mir ein anderer Gedanke.

Wie würde Max mit meiner Ehrlichkeit klarkommen? Und wie würde das Max' Vater finden? Der Anwalt, der mich nicht kannte und vermutlich keinen Skrupel hatte, die Freundin seines Sohnes zu verklagen wegen Nichteinhaltung der Schweigepflicht. Würde das meine Karriere kosten oder noch schlimmer, meine Approbation? Frustriert presste ich die Lippen aufeinander. Da war sie wieder. Die Angst. Und diese Angst um meine Karriere, sie machte mich tatsächlich stumm.

„Hats geschmeckt?"

Ich lächelte gezwungen und nickte brav. Oh Gott, ich war eine furchtbare Freundin.

„Gut. Dann können wir jetzt reden." Max' Lächeln, dass er den ganzen Morgen zur Schau getragen hatte, verschwand plötzlich. Jetzt erst wurde mir bewusst, wie falsch ich gelegen hatte, als ich dachte, alles wäre in Ordnung.

Er wusste, dass ich ihn anlog.

„Ich finde es nicht gut, dass du mit Doktor Holden, deinem Oberarzt, trinken gehst und vor allem nicht, dass du dich dermaßen besäufst."

Langsam nahm ich einen letzten Schluck aus meiner Kaffeetasse und stellte sie klirrend auf dem Tisch ab. Damit hatte ich jetzt nicht gerechnet. „Ehm, okay?"

Max fuhr unbeirrt fort. „Ich meine, dir hätte sonst was passieren können. Du hast mich kaum erkannt, so besoffen warst du. Und seit wann rauchst du eigentlich?"

Meine Wangen wurden heiß. „Das war eine einmalige Sache. Ich hatte einen schwierigen Tag in der Klinik. Das war notwendig." Genaugenommen entsprach das sogar der Wahrheit.

„Du weißt schon, wie viele Ärzte alkoholabhängig sind, nur weil sie denken, sie müssten ihren ganzen Frust von der Arbeit wegsaufen?"

Warnend hob ich meine Hand. Langsam reichte es. „Okay. So schlimm war es nicht. Das war eine einmalige Sache, du musst mich jetzt nicht gleich als Alkoholikerin bezeichnen."

Max' Stimme wurde lauter. „Das tue ich auch nicht. Aber ich kann einfach nicht nachvollziehen, wie du mit deinem Doktor Holden saufen gehen kannst."

„Er ist nicht MEIN Doktor Holden, sondern mein Mentor und wir sind Freunde! Außerdem heißt er Sebastian."

„Dir hätte alles Mögliche passieren können. Du kannst doch nicht ernsthaft mit deinem Oberarzt betrinken. Wie wirkt das denn? Ich dachte, du siezt ihn."

Wütend sprang ich von dem Küchenhocker auf. „Ich habe ihn nie gesiezt. Und wieso ist es schlimm, dass er mit dabei ist?"

Max erhob sich ebenfalls und durchschritt die Küche mehrfach, bis er sich wieder zu mir umdrehte. Die Hände hinter dem Rücken verschränkt und sein Blick wild. So hatte ich ihn noch nie erlebt. Mir gefiel dieses Aggressive ganz und gar nicht. „Ich finde, du machst ein bisschen viel mit deinem Doktor Holden, besonders wenn man bedenkt, dass er dein Vorgesetzter ist. Vielleicht erwartet er etwas von dir? Vielleicht willst du das ja ausnutzen, damit du mehr Operationen bekommst?"

Ein roter Schleier legte sich über meinen Blick. Das war jetzt nicht sein Ernst?

„Ich habe es nicht nötig, mit meinem Oberarzt ins Bett zu gehen, um operieren zu können. Ich bin dafür mehr als gut genug. Weißt du, wie sexistisch du gerade klingst? Von Batchmore bin ich das ja gewohnt, aber von dir?" Meine Stimme klang schrill und hoch, aber auch Max' Stimme war nicht mehr kontrolliert.

„Weißt du eigentlich, wie naiv du klingst?", schrie er mir entgegen.

Plötzlich stürzte ich auf ihn zu, er wich zurück, war aber zu langsam und so schubste ich ihn gegen die Arbeitsplatte. Nur Zentimeter vor seinem Gesicht machte ich halt. „Wie kannst du es wagen, mir so etwas zu unterstellen? Er hat mich nie ..." Ich hielt kurz inne. „Nie hat er mich auch nur in irgendeiner Art und Weise belästigt oder sonst irgendetwas gemacht. Und ich bin nicht so dumm, meinem Oberarzt irgendwelche fälschlichen Signale zu senden. Denkst du, ich habe mir diese Klinik zum Spaß ausgesucht? Denkst du denn, ich merke nicht den Unterschied zwischen einem professionellen Umgang und Flirten? Ich habe während meines Studiums mehr als genug sexistische Scheiße erleben müssen, die mir klar gemacht hat, dass mein Privatleben nicht in die Klinik gehört." Ich holte tief Luft, meine Hände zitterten vor Wut. Max wollte mich unterbrechen, aber ich war wie ein Sturm, den er losgetreten hatte und nun nicht mehr zu kontrollieren vermochte.

„Weißt du eigentlich, was ich mir manchmal anhören musste? Wie großartig es ist, mit mir zu operieren, weil ein Paar schöne grüne Augen immer eine gute Aufmunterung sind? Wie eine andere Studentin aus dem OP geworfen wurde, weil der Operateur keine Lust auf eine Frau am Tisch hatte? Dass ich den Haken im Situs einfach so greifen soll wie den Schwanz meines Freundes. Ich komme damit klar, wenn das irgendwelche dämlichen Idioten sind, die das einundzwanzigste Jahrhundert verpasst haben. Aber ..." Ich hob anklagend meinen Finger und wedelte damit hektisch vor Max' Nase herum. „Ich komme nicht damit klar, wenn mein Freund mir vorwirft, für Karrierechancen mit meinem Oberarzt zu flirten. Der übrigens nicht mal den OP-Plan macht."

Unter meinem eisernen Blick verschwand das wütende Funkeln aus Max' Augen, als ihm klar wurde, dass er eine Grenze überschritten hatte. Er ergriff meine Hand und führte sie an seinen Mund, wo er sie küsste. Ich unterdrückte den Drang, sie zurückzuziehen.

„Es tut mir leid. Ich bin zu weit gegangen."

Ich zuckte entnervt mit den Schultern. Nur eine schwache Entschuldigung für solche Vorwürfe. Doch es lag noch etwas Unausgesprochenes in der Luft. Es musste einen Grund für seine überzogene Eifersucht geben. Ein jäher Stich durchzuckte mich. Sie war überzogen, aber nicht ganz unberechtigt. Manchmal hatte ich ja selbst das Gefühl, dass da mehr zwischen mir und Sebastian war. Aber ich hatte mich für Max entschieden, der mich allerdings anlog und offensichtlich für ein Flittchen hielt. *Wow. Großartig, Anna.*

„Aber ich vertraue ihm nicht."

Fragend zog ich eine Augenbraue hoch. „Du kennst ihn nicht mal. Du kannst dir doch so keine Meinung bilden." Meine Stimme war nun wieder leise und sanft, aber ich wollte nicht so leicht nachgeben.

Max versuchte seine Arme um meine Hüfte zu legen, aber ich zog mich von ihm zurück und verschränkte die Arme voreinander. So schnell würde ich ihm nicht verzeihen. Ich wartete auf eine Erklärung. Ganz langsam schien er zu begreifen, was für einen Schaden er gerade angerichtet hatte. Dann, er zögerte kurz, fing er wieder an zu sprechen. Stockend.

„Also ich. Es ist so ..." Bevor er fortfahren konnte, hörten wir das Klicken des Türschlosses und die Haustür schwang auf. „Ich bin wieder da. Anna, wo bist du? Ich muss dir unbedingt etwas erzählen."

Es dauerte nur wenige Sekunden, in denen wir wie zu Salzsäulen erstarrt dastanden, da sah ich Carolines dunkelroten Schopf Haare. Sie strahlte vor Freude und streckte uns eine Hand entgegen, an der ein schmaler goldener Ring glänzte. „Ich bin verlobt."

Ihr Lächeln erstarb, als sie uns in der Küche erblickte und meinen wütenden Blick bemerkte. „Stör ich euch etwa?" Wie ertappt nahmen Max und ich wieder einen annehmbaren Mindestabstand ein und versuchten, unsere Verwirrtheit mit einem Lächeln zu überspielen.

Caroline stemmte die Hände in ihre Hüften und sah uns strafend an. „Wir hatten gesagt, kein Sex in den Gemeinschaftsräumen dieser WG. Soll ich etwa deine Mutter anrufen, dass sie dir beibringt, was Anstand ist, Adriana Lucretia?" Den strengen Blick konnte Caroline nur mühsam aufrechterhalten. Das Glück sprang ihr förmlich aus dem Gesicht heraus. Als würde sie Regenbogen erbrechen und die Welt wäre in ein pastellfarbenes Wunderland voller Goldtöpfe und Kobolde verwandelt.

Ich kam als Erste auf Caroline zu, um sie zu umarmen. Max schien noch zu geschockt von ihrem plötzlichen Erscheinen. Ich musste ihm zugutehalten, dass er Carolines direkte und ungefilterte Art auch nicht gewöhnt war.

„Du bist verlobt. Oh mein Gott. Ich freue mich so für dich." Ich löste mich aus der Umarmung und Max umarmte sie. Bei ihm wirkte es weniger herzlich und auch nur kurz.

Lächelnd nahm Caroline eine Tasse mit Kaffee von mir entgegen und setzte sich an den Küchentisch. Da es nur zwei Hocker gab, blieb Max an die Arbeitsplatte gelehnt stehen und beobachtete uns aufmerksam.

„Ja, es kam auch echt unerwartet." Caroline schwieg plötzlich und musterte uns kritisch. „Ist wirklich alles in Ordnung?"

Ich winkte ab und setzte diesmal ein nicht ganz so falsches Lächeln auf. „Du musst mir alles erzählen. Wie ist es passiert? Hast du Tim gefragt, er dich? Wann werdet ihr heiraten? Oh mein Gott, ich freue mich so für euch."

Die Unsicherheit verschwand aus Carolines Blick und sie begann wieder glücklich zu glühen. „Na ja, wir waren im Einkaufszentrum und standen auf einer Rolltreppe." Sie hielt inne, als Max mir ebenfalls eine Tasse Kaffee hinstellte. Schließlich fuhr sie fort: „Und dann sagte Tim so ‚Eigentlich könnten wir heiraten, oder?' Ich war völlig überrascht, aber es hat sich gut angefühlt, also habe ich einfach ‚ja' gesagt."

Ich verzog das Gesicht und Max neben mir schnitt eine ähnliche Grimasse.

„Was denn?" Carolins Blick verfinsterte sich. Ihr war offensichtlich bewusst, dass alle Frauen mit einer romantischen Ader mehr erwartet hätten.

„Nichts, nichts", sagte ich hastig. Wieso war ich verdammt noch mal so schlecht beim Lügen?

Das Strahlen, das Caroline eben noch so glücklich versprüht hatte, wandelte sich nämlich langsam in eine dunkle Regenwolke. Sie verstand. Vermutlich hatte sie geahnt, dass ihr spätestens, wenn sie von diesem Antrag erzählen würde, klar würde, dass das alles andere als romantisch war.

„Zeig mal den Ring", sagte ich hastig, bevor sie sich in der Gedankenspirale verstricken konnte.

Caroline streckte mir zögernd ihre Hand entgegen. Er war schmal, ein wenig verspielt mit kleinen Goldfäden an der Außenseite, aber irgendwie hatte ich das Gefühl, dass er zu Caroline passte.

„Habt ihr ihn zusammen ausgesucht?"

Ein zartes Lächeln huschte wieder über Carolines Gesicht. „Ja, als wir oben auf der Rolltreppe angekommen sind, hat Tim meine Hand genommen und gesagt ‚Gut, dann suchen wir einen Ring aus.' Und da sind wir los. Es schien alles so selbstverständlich und logisch."

Max hustete im Hintergrund, worauf Caroline, die die ganze Zeit versuchte, wieder das Strahlen zurückzugewinnen, das sie am Anfang noch so begleitet hatte, die Tränen in die Augen stiegen. Ich stand auf und umarmte sie. Sie versank fast in meinem dicken Bademantel, während ich ihren Kopf fest an meine Brust gedrückt hielt. Hinter Carolines Rücken gab ich Max ein

Zeichen, worauf er leise seine Kaffeetasse abstellte und die Küche verließ. Es gab jetzt Wichtigeres als unser Beziehungsdrama.

„Ich finde, der Antrag passt zu euch. Er spiegelt wider, wie ihr seid. Ihr seid euch einander sicher, ihr liebt euch so sehr. Ihr braucht nicht diese große romantische Geste.“

Kaum hatte sich die Küchentür geschlossen, konnte Caroline nicht mehr an sich halten und Tränen kullerten ihre Wangen hinab.

„Du findest also, unsere Beziehung ist so langweilig, dass ich nicht mal einen richtigen Antrag bekomme.“ Jetzt schluchzte sie. Beruhigend strich ich ihr über den Rücken und hielt sie fest. „Nein. Nein. So meinte ich das nicht.“ Ich hatte es vermasselt. Egal, was ich jetzt sagte, es wäre das Falsche. Für solche Situationen war ich alles andere als geeignet. Schließlich war es eigentlich immer so, dass Caroline mich trösten musste und dass Caroline die Worte fand, die mich beruhigten. Wann war es das letzte Mal andersherum gewesen? Caroline wischte sich mit dem Pulli die Augen trocken und suchte nach einem Taschentuch. Die Küchenpapierrolle war alle, also rannte meine Freundin in ihr Zimmer, um sich dort die Nase zu schnäuzen. Sie kehrte nicht zurück.

Verwirrt blieb ich in der Küche stehen und folgte ihr nicht. Alles war meine Schuld. Meine Freundin hatte nur eine freudige Botschaft verkünden wollen. Stattdessen wurde sie von mir und Max mit verurteilenden Blicken für einen langweiligen Antrag gestraft. Hätten wir anders reagiert, läge jetzt nicht plötzlich ein nasser Tränensack in Carolines Zimmer. Resigniert ging ich meiner Freundin hinterher. Konnte der Tag noch besser werden? Im Gang begegnete ich Max, aber Carolines Situation war ein Notfall, den ich nicht beiseiteschieben konnte. Geistesgegenwärtig hatte er schon seine Tasche gepackt und flüsterte mir einen leisen Abschied mit einem kurzen Kuss auf die Stirn zu. Dann war er verschwunden. Es war besser so. Nach unserem Streit hatte ich nicht die Nerven, mich dieses Wochenende mit ihm auseinanderzusetzen. Jetzt, wo ich wusste, was er wirklich von mir hielt.

Ich betrat das Zimmer meiner Freundin: „Max ist weg. Jetzt sag mir bitte, was wirklich los ist. Wieso weinst du, wenn du einen Antrag von Tim bekommen hast?“

Caroline schaute von ihrem frischen Taschentuch auf und mir in die Augen. Ihr Gesicht war voller roter Flecken, die mir nur allzu bekannt waren.

„Ich weiß es nicht.“ Wieder schluchzte sie.

„Ach Caroline.“ Das Bett knarzte leise, als ich mich neben sie auf die Matratze setzte. Liebevoll strich ich ihr mit der Hand übers Haar. „Ich freue mich für euch. Ihr passt perfekt zusammen, nur war ich einfach von der Art und Weise überrascht.“ Die Worte halfen in keinem Fall. „Denkst du nicht, dass ich es mir auch anders vorgestellt habe?“

„Hast du ihm denn gesagt, dass du dir einen schönen Antrag wünschst?“

Caroline schüttelte unschlüssig den Kopf. „Ich habe ihm gesagt, er soll mich fragen, wenn ich zufrieden bin und mich wohlfühle. Wenn er merkt, heute ist ein Tag, an dem ich einfach glücklich bin.“

„Und war das so ein Tag?“

Carolines Lippen zitterten. „Ja, schon irgendwie. Ich hatte mir gerade neue Schuhe gekauft und war ganz stolz. Davor haben wir in einem kleinen Restaurant Pizza gegessen. Und eigentlich sind Rolltreppen auch genau unseres. Wir küssen uns immer einmal kurz auf den Mund, wenn wir Rolltreppe fahren, weil wir da die gleiche Größe haben."

Langsam versiegten die Tränen und ein schüchternes Schmunzeln blühte in ihrem Gesicht auf.

„Also war genau so ein Tag und er hat dich an einem Ort gefragt, der für euch beide wichtig ist?"

Caroline nickte, schniefte sich die Nase und trötete einmal in ein frisches Taschentuch. „Genau das hat er."

Ich fuhr fort: „Und du warst danach überglücklich und konntest es kaum erwarten, jemandem davon zu erzählen. Du durftest dir einen Ring aussuchen, der dir gefällt und passt und über den du dich nicht beschweren kannst?"

Caroline lächelte wieder.

„Scheint so, als würde dich dein zukünftiger Ehemann besser kennen als du selbst."

Jetzt vergrub Caroline ihr Gesicht unter der Bettdecke. „Oh Gott. Ich komme mir so dämlich vor."

Ich tätschelte grinsend die Bettdecke. „Nein. Ich glaube, du bist gerade nur so voller Glücksgefühle, dass du gar nicht weißt, wohin damit."

Ich streichelte einige Zeit über die Kuscheldecke, bis das kleine Häufchen Elend sich wieder hervorwagte. Mir fiel ein Stein vom Herzen, als Caroline endlich vollständig unter der Decke auftauchte und nicht mehr ganz zu trübselig aussah.

„Sag mal, seit wann bist du in Sachen Beziehungen so weise geworden?“, fragte Caroline leise.

„Ein blindes Huhn findet auch mal ein Korn. Willst du etwas frühstücken? Max hat Pancakes gemacht.“

Ein schlechtes Gewissen breitete sich in Carolines Gesicht aus. „Habe ich ihn jetzt vertrieben?“

Ich seufzte und die Wut von vorhin überflutete mich wieder. Max hatte eine Grenze überschritten, von der mir nicht bewusst gewesen war, dass ich sie hatte ziehen müssen.

Ich wusste, dass Caroline nie ein besonders großer Fan von Max gewesen war. Weder als wir uns nur zum Spaß getroffen hatten, noch als die Sache ernst geworden war. Sie fand ihn zu glatt. Dabei kannte sie ihn kaum. Deswegen zögerte ich ihr von unserem Streit zu erzählen. „Es war vielleicht ganz gut, dass er gegangen ist. Wir hatten uns kurz vorher gestritten.“ Caroline schwieg. „Er ist total eifersüchtig darauf, dass ich mit meinen Kollegen feiern gehe, und meinte, dass Holden mich anmachen würde.“

Carolines Stirn legte sich in Falten. „Wieso das?“

Ich stand auf und lief unschlüssig Richtung Küche, wo ich einen Pancake mit Nutella beschmierte und in meinen Mund stopfte. Mampfend fuhr ich fort. „Er behauptet, ich würde mit Holden flirten, um besser gefördert zu werden.“

„Nicht sein Ernst? So ein …“

Ich ließ Caroline gar nicht weiterreden, sondern stopfte ihr einen Pancake in den Mund. Sie würde sich sonst noch genauso aufregen, wie ich es getan hatte. „Doch. Es macht vor allem gar keinen Sinn. Klar, wir sind Freunde und Sebastian ist mein engster Vertrauter auf der Arbeit. Aber deswegen flirte ich doch nicht mit ihm. Das habe ich ihm auch so gesagt und er hat sich entschuldigt." Streng zog ich die Augenbrauen nach oben und sah Caroline beim verzweifelten Kauen zu. Schließlich schluckte sie den letzten Bissen hinunter und atmete erleichtert auf. „Trotzdem labert Max einfach gequirlte Scheiße. Er ist halt eifersüchtig, weil du Holden mehr siehst als ihn. Da macht ihn auch schon eine simple Freundschaft unsicher." Caroline richtete ihre Brille zurecht. Der Wirbelsturm aus Gefühlen war der gewohnt nüchternen Analytikerin gewichen. Sie war schon wieder ganz die Alte.

„Das ist das Problem. Es ist nicht nur eine simple Freundschaft. Da ist was zwischen uns, schon von Anfang an. Aber ich habe es unter Kontrolle."

„Okay? Bitte präzisiere."

„Sebastian versteht mich und weiß, wie er mir helfen kann. Es ist schwer zu beschreiben. Wir haben manchmal Momente, da habe ich das Gefühl, wie würden uns küssen. Ich ..." Ich hielt inne, bisher hatte ich niemandem davon erzählt. Davon zu sprechen, machte es irgendwie real. „Er zieht mich an. Aber das hat nichts mit meiner Karriere zu tun, es ist eher hinderlich." Caroline sog scharf die Luft ein. „Okay? Vielleicht ist das ja auch etwas Gutes."

Ich nahm einen zweiten Pancake und begann, ihn zu beschmieren. Wenn es um Frustessen ging, war ich erste Sahne. „Wie meinst du das?"

„Na ja, ihr lebt in einer Liebesblase. Vielleicht ist es an der Zeit, dass das auf die Probe gestellt wird."

Ich verschluckte mich und hustete mehrfach, dabei
klopfte mir Caroline fest auf den Rücken. „Bitte was?“
  „Willkommen in der Realität einer echten Beziehung.
Mit Höhen, Tiefen und Bewährungsproben.“

Kapitel XIV: Wahrheiten

Ich streckte meine Arme noch ein wenig höher, um die Holzpinnwand gerade zu rücken. „So müsste es passen, oder?"

Sebastian stand mit verschränkten Armen an die gegenüberliegende Wand gelehnt und musterte die Pinnwand kritisch. Den gleichen konzentrierten Blick hatte er auch, wenn er operierte.

„Ja, ich denke, so können wir es lassen", sagte er und nahm den Hammer vom Tisch. Die Pinnwand war von besonderer Bedeutung für unsere Abteilung, sodass wir es uns nicht hatten nehmen lassen, sie selbst an ihren neuen Platz im frisch renovierten Arztzimmer zu hängen. Außerdem kränkte es ein kleines bisschen unseren Stolz als Chirurgen für so etwas die Technik anzurufen. So zumindest hatte Sebastian argumentiert, als er mich davon überzeugen wollte das Mittagessen sausen zu lassen, um ihm hierbei zu helfen. Mein Magen knurrte und ich bereute bereits meine Entscheidung, andererseits liebte ich diese Pinnwand auch irgendwie. An der Wand waren normalerweise diverse Fotos von der letzten Weihnachtsfeier, Postkarten und Dankeskarten gepinnt. Sie waren das einzig Ansehnliche in dem kalten, sonst unordentlichen Zimmer, in dem sich die Akten neben den Computern nur so stapelten. Wenn ich sie ansah, musste ich immer lächeln. Diese

Pinnwand war der Beweis, dass wir keine Roboter waren, sondern tatsächlich ein Team.

„So, jetzt mal kurz stillhalten.“

Ich verdrehte die Augen. Nicht, dass meine Hände gezittert hätten. Meine Arme waren stark und ruhig, wie es die Hände einer Chirurgin sein sollten und das, obwohl meine Muskeln bereits brannten.

„Vorsicht!“ Sebastian trat einen Schritt näher. *Klonk. Klonk.* Er hämmerte ein paar Mal kurz auf den metallenen Kopf des Nagels, der sofort in der Wand verschwand. Ich stellte mich auf die Zehenspitzen, um die rechte Öse einzuhängen, brachte dabei jedoch die Pinnwand aus dem Gleichgewicht, sodass diese jetzt schief an der Wand herabhing.

„Mist“, fluchte ich und packte den braunen Holzrahmen, um ihn wieder in die Höhe zu heben. Wieso hing dieses verfluchte Ding überhaupt so hoch? Ich konnte den Nagel kaum erreichen. Jetzt schwitzte ich tatsächlich. Na super, so viel zum Thema ‚Mittagspause‘.

„Bist du so weit?“, fragte ich Sebastian.

Offensichtlich vernahm er das Knurren in meiner Stimme, warum sonst sollte er so breit grinsen? Ohne zu antworten, hob er seinen Arm über meinen Kopf. Immerhin einer von uns beiden kam an die Nägel. Plötzlich ließ das Gewicht auf meinen Armen nach. Erleichtert ließ ich die Pinnwand los und lehnte mich erschöpft mit dem Rücken an die Wand. So viel zu dem Thema „starke Arme“. Vielleicht kam nicht genug Blut in meinen Armen an, wenn ich sie über den Kopf hob.

„Meinst du, ich habe ein Subclavian steal syndrom?“

„Hm?“

„Naja, wenn ich die Arme über den Kopf hebe, fliest da irgendwie kein Blut mehr hinein ...“

Ich verstummte. Jetzt erst wurde mir bewusst, wie nah er bei mir stand. Sein Blick war konzentriert auf die Wand gerichtet. Als er diesmal den Arm hob, um den Nagel zu positionieren, streifte sein Arm kurz meine Schulter. Ich erstarrte. Mein Herz fing an, wie wild zu klopfen, und ich nahm einen tiefen Atemzug. Okay, das war zu nah. Viel zu nah. Es würde kein gutes Ende nehmen, wenn ich nicht schleunigst von hier verschwand. Doch ich konnte mich nicht rühren, irgendetwas hielt mich zurück.

Wenn er seinen Kopf nur nach unten beugte, wären seine Lippen – *Nein, Anna. Das reicht.* Panisch versuchte ich den Gedanken abzuschütteln, bevor sich noch weitere Ideen in meinem Gehirn manifestierten. Was war nur los mit mir?

Jedes Mal, wenn ich Sebastian sah, wurden diese Gefühle stärker. Dieses Herzklopfen, die Unsicherheit und die Angst.

Sebastian lehnte sich ein weiteres bisschen vor und seine Brust berührte meine Schulter. Himmel, was hatte die Welt nur gegen mich? Ich konnte seinen Atem fast auf meiner Haut spüren.

Er musste nur noch den letzten Nagel einschlagen, bald hatte ich es geschafft. Dann würde er sich von mir lösen – und ich wäre frei. Eine Gänsehaut breitete sich unter meinem Kittel aus.

„Wie lange kann man eigentlich für einen Nagel brauchen?“

„Es muss ja auch gerade hängen“, antwortete Sebastian, blickte mich nicht mal an. Er war völlig in seine

Arbeit vertieft, dass er gar nicht bemerkte, wie er mich zwischen der Wand und sich einquetschte. Wie perfektionistisch konnte man eigentlich sein? „Sebastian?"

Endlich wandte er seinen Blick von der Wand ab und schaute mich an. Sein Mund verzog sich zu einem schiefen Grinsen. Es wirkte anders als sonst, irgendwie schüchterner. Ein Strahlen ging von seinen grauen Augen aus, so voller Wärme, dass mein Blut in Wallungen geriet. Hitze wallte in mir auf und meine Haut brannte an der Stelle, wo sein Arm mich berührte. Jap, es war so weit. Ich hatte jegliche Kontrolle über meinen Körper verloren. Mein Blick blieb an seinen Lippen kleben, als wären sie das einzig Wichtige in diesem Moment Aber er machte keine Anstalten, den kurzen Abstand zwischen uns zu überbrücken. Und ich? Ich stand nur da, stocksteif, festgefroren, während mein Herz unentwegt gegen meine Brust hämmerte und Chaos in meinem Kopf verursachte. Hätte das mal besser die Pinnwand aufgehängt, dann wären wir hier schon längst fertig. Sebastians Augen fixierten mich immer noch. Die Stimmung im Raum hatte sich verändert. Es war still geworden und das, obwohl es vorher nicht laut gewesen war. Als wäre der Moment in ein Glas aus Honig getaucht worden. Süß und klebrig. Sebastians Arm berührte immer noch meine Schulter. Blitze stoben aus der Verbindung unserer Körper hervor, bereit, ein Gewitter zu verursachen, das die Welt so noch nicht gesehen hatte.

Er runzelte die Stirn und sah mich über die Nasenspitze hinweg fragend an. Ich wusste, welche Frage er stellte, aber mir fiel keine Antwort ein. Ich starrte zurück, regungslos, gelähmt. Dann, ich wusste nicht, wieso, aber mein Körper entschied sich dazu, diese kleine Bewegung durchzuführen, ohne mir Mitspracherecht zu geben. Ich zuckte. Nur einen kleinen Augenblick zuckte mein Körper in seine Richtung. Und mein Herz zersprang in tausend Scherben.

In einer fließenden Bewegung umfasste Sebastian meine Taille und zog mich an sich, während er seine Lippen auf meine drückte. Nur eine Sekunde, aber das reichte, um das Gewitter losbrechen zu lassen. Die Pinnwand löste sich von der Wand und krachte zu Boden. Der ohnehin von ihrem letzten Absturz leicht angeknackste Holzrahmen splitterte und verteilte sich auf dem Fußboden.

Ich riss mich von Sebastian los. Ob es das Geräusch oder der Kuss war, was mir Angst machte, wusste ich nicht. Doch Hände strichen über meine Wangen, zeichneten meine Gesichtszüge nach. Der entschuldigende Blick von Sebastian ruhte auf mir, während ich am ganzen Körper zitterte. Bereute er unseren Kuss etwa?

Dass ich mir darüber Sorgen machte, löste die Angst in mir so plötzlich, wie sie gekommen war. Eine seltsame Ruhe ergriff von mir Besitz. Ich wollte, dass er mich wieder küsste und das, obwohl die Scherben meines Lebens zu unseren Füßen lagen. Stumm starrte ich ihn an, unfähig aus dem Honigglas herauszuklettern, in das ich gefallen war. Da umfassten seine Hände meinen Kopf und zogen ihn zu sich heran. Er küsste mich wieder, diesmal sanft und langsam, nicht so stürmisch wie noch vor wenigen Sekunden. Und diesmal erwiderte ich seinen Kuss. Meine Lippen öffneten sich leicht und gewährten seiner Zunge Einlass. Seine Hände strichen über meinen Rücken und er zog mich enger an sich. Mir entwich ein leiser Seufzer, als ich mich an ihn schmiegte.

Dieser Kuss fühlte sich anders an, anders als alle Küsse, die ich bisher gehabt hatte. Es war atemberaubend.

Plötzlich riss jemand hinter uns die Tür auf, Markus stand im Zimmer.

„Alles klar bei euch? Ich habe einen dumpfen Schlag gehört. Was ist denn hier …“ Er stockte und blickte uns erstaunt an. Wie von der Tarantel gestochen sprang ich von Sebastian weg. Die Hitze, die in mir brannte, machte sich jetzt in Form einer purpurroten Gesichtsfarbe bemerkbar.

„Wir wollten die Pinnwand wieder aufhängen, aber sie ist natürlich runtergekracht. Ich habe langsam die Nase voll. Jedes Mal, wenn man versucht, sie aufzuhängen, fällt sie direkt wieder runter“, erklärte Sebastian gelassen.

Markus’ Anwesenheit schien ihn gar nicht zu kümmern.

Markus verschränkte die Arme und grinste. „Woran das nur gelegen haben mag.“ Seine Augenbrauen hoben sich vielsagend. Ich kniete mich auf den Boden und las eilig die Bruchstücke auf, in der Hoffnung, dass Markus meine Gesichtsfarbe nicht bemerkte. Sebastian folgte mir und ging ebenfalls in die Knie. Ich reichte ihm die Splitter und versuchte dabei, das Kribbeln in meinen Fingern zu ignorieren, das mich bei seiner Berührung durchfuhr.

„Ich gehe das mal entsorgen, anscheinend benötigen wir für das neue Arztzimmer auch eine neue Pinnwand." Sebastian durchbohrte Markus mit einem kurzen strengen Blick und eilte dann aus dem Zimmer. In der Tür blieb er noch kurz stehen. „Kommst du auf einen Kaffee mit raus? Ich habe noch ein paar Minuten vor der nächsten OP." Der Oberarzt in ihm war wieder zurück und Markus, ganz der brave Assistent, nickte. Sebastian verschwand.

„Was zur Hölle war das?" Markus schloss die Tür hinter sich. Lässig wie eh und je hockte er sich auf einen der Schreibtische und sah mich mit verschränkten Armen erwartungsvoll an.

„Ich war mir ja nicht sicher, ob da was zwischen euch läuft, aber jetzt habe ich den eindeutigen Beweis. Schade eigentlich, wenn man bedenkt, dass Professor Vadasz gar nicht begeistert sein wird, davon zu hören." Seine Finger trommelten ungeduldig auf dem Tisch herum. „Und was wird erst Batchmore sagen?"

Eigentlich war ich viel zu aufgewühlt, um ein richtiges Gespräch zu führen, doch die letzten Worte ließen mich aufhorchen. Mein erster Gedanke hatte Max gegolten, nicht meinen Vorgesetzten. „Wie meinst du das?" Ich erhob mich vom Boden und musterte ihn besorgt.

„Nun ja. Er missbilligt doch jegliche Art von unprofessionellen Beziehungen im Kollegium. Und wenn er von euch erfährt." Er zuckte mit der Schulter und zog einen Schmollmund, statt die Frage zu beantworten.

Bewusst langsam ließ ich mich auf einen der Schreibtischstühle sinken. Ich versuchte, entspannt zu klingen, als hätte ich nicht ganz genau verstanden, was Markus da andeutete. „Sie müssen es ja nicht erfahren."

Markus hob eine Augenbraue und strich sich über den braunen Kinnbart. „Müssen sie nicht?"

„Nun ja, wer sollte Professor Vadasz oder dem Batchmore denn davon erzählen? Wir sind hier doch alle gute Freunde."

Jetzt lächelte Markus, und ich erwiderte sein Lächeln, während Panik in mir aufbrandete. Zumindest bis eben hatte ich gedacht, dass wir gute Freunde waren. Das hatte er mir damals versprochen, keine Konkurrenz.

„Ich für meinen Teil habe nichts zu erzählen, aber wenn ihr weiter so in der Klinik rumknutscht, würde ich meine Hand darauf verwetten, dass es binnen ein paar Wochen alle wissen." Erleichtert lächelte ich ihn an. „Deine Hand würde ich nicht darauf verwetten. Außerdem wird das sicher nicht noch einmal geschehen."

Nun schien Markus ehrlich interessiert, wie der Freund, den ich kannte. Vielleicht hatte ich mir den drohenden Unterton zuvor in unserem Gespräch auch nur eingebildet. Der unangenehme Nachgeschmack seiner Aussage lag dennoch auf meiner Zunge.

„Wieso sollte das nicht noch einmal geschehen?"

Hitze schoss mir in die Wangen. „Dieser Kuss hätte nicht passieren dürfen."

Überraschung spiegelte sich im Gesicht meines Gegenübers wider. „Ach. Ich dachte so lange, wie er dich schon anschmachtet, dass das länger geht."

„Er schmachtet mich an?"

Markus lächelte. „Nicht immer, oder? Die ersten Wochen war es eher ein gutmütiges Funkeln und er war ja frisch getrennt. Aber dann hat es sich plötzlich in ein Schmachten verwandelt."

Scheiße. Wie vielen Kollegen war das aufgefallen? „Wer weiß davon?"

Bevor Markus antworten konnte, klingelte sein Telefon. Er zog es aus der Tasche und hob ab. Dabei zwinkerte er mir zu, als ob er genau wusste, dass mein Blutdruck vor Panik gerade eskalierte. Hypertensive Krise ahoi.

„Fisher?"

Ich verstand die Stimme nicht, aber ich sah, wie das Lächeln aus Markus' Gesicht fortgewischt wurde. Stattdessen blickte mir eine völlig veränderte Person entgegen.

„Ja. Ja, auf jeden Fall. Das werde ich machen. Danke!"

Entweder rief ihn die Chefin oder der Batchmore an. Was anderes konnte ich mir nicht vorstellen bei dem arschkriecherischen Tonfall. Einen kurzen Moment später legte Markus das Telefon zur Seite. Freudestrahlend wandte er sich mir zu.

„Ich muss wohl doch keine Haken bei der Schilddrüse halten. Batchmore meint, ich wäre ihm zu schade dafür und soll besser den Blinddarm mit Daniel machen."

Ich zwang mich zu einem Lächeln. Er durfte schon eine Blinddarmentzündung operieren? „Glückwunsch!", stieß ich gepresst hervor.

„Das ist mega. Ich hätte nicht gedacht, dass ich das schon so früh darf. Außerdem ist die zweite Assistenz bei einer Schilddrüse das Ätzendste, was ich kenne. Du siehst nichts und kriegst übelst Krämpfe in den Armen. Richtiger Praktikantenjob."

Zustimmend nickte ich. Nur waren heute keinerlei Studenten anwesend.

„Also wer weiß noch davon?" Ich musste es wissen. Meine Karriere hing davon ab. Wenn alle in der Klinik ein Verhältnis zwischen mir und meinem Oberarzt vermuteten, dann ... Mein Telefon klingelte.

„Hey, hier Emma. Kannst du bitte zur Schilddrüse zum Assistieren kommen?"

„Wenn Sie nicht aufhören zu zittern, wird das nie etwas mit Ihnen als Chirurgin." Oberarzt Batchmores Worte geisterten noch durch meinen Kopf, als ich schon auf dem Heimweg war. „Vielleicht sollten wir doch besser einen metallenen Haken besorgen. Der hält zumindest still."

Ich kniff die Lippen aufeinander und schloss die Augen. Seit der OP hatten sich Batchmores Worte in meinem Kopf festgekrallt, jedes Einzelne schnitt wie ein Messer in meinen Kopf.

„Ich weiß nicht, was ich mit Ihnen anfangen soll."

Sebastians Lippen auf meinen, das Krachen, Markus Gesichtsausdruck.

Eine Fahrradklingel riss mich abrupt aus meinen Gedanken, ich war auf die linke Seite des Fahrradwegs geraten. Gerade noch so konnte ich dem entgegenkommenden Fahrrad ausweichen. Ich hasste Oberarzt Batchmore und er hasste mich. Vermutlich wusste er, was zwischen mir und Sebastian vorgefallen war, oder er ahnte es. Was, wenn es alle wussten?

Als ich die Wohnung betrat, fand ich Caroline auf dem Balkon sitzend vor. Sie hatte ein Buch aufgeklappt und ein Glas mit Weißwein neben sich abgestellt. Ich machte mir nicht mal die Mühe, mir ein eigenes Glas zu holen, sondern packte die Weinflasche und ließ mich neben meiner Freundin nieder. Schweigend setzte ich die Flasche an den Mund und nahm einen großen Schluck. Erleichtert seufzte ich.

„Ehm. Willst du mir sagen, was du da machst?", fragte Caroline.

Mühsam hob ich meine schwer gewordenen Augenlider und wandte mich ihr zu. Caroline saß völlig verdattert da und starrte auf die Weinflasche in meiner Hand.

„Trinken", antworte ich.

„Und wieso trinkst du?", fragte Caroline langsam.

„Weil der Tag scheiße war." Ich schloss die Augen.

„Muss man dir alles aus der Nase ziehen oder erzählst du mir, was los ist?"

Die Abendsonne wärmte mein Gesicht. Vielleicht konnte ich die Augen für immer geschlossen lassen. Dann müsste ich mich nicht der Realität stellen.

„Ich habe Sebastian geküsst."

Scharf zog Caroline die Luft ein und schloss das Buch in ihren Händen. „Du hast was?"

„Ich habe Sebastian geküsst." Es war gut, dass ich den Blick meiner Freundin nicht sehen konnte.

„Du meinst Doktor Holden? Der, wegen dem du dich mit Max gestritten hast. Deinen Oberarzt."

„Ja." Ich hörte mehrere Schluckgeräusche und wie ein Glas auf dem Tisch abgestellt wurde.

„Und wie wars?"

„Er hat mich geküsst und ich habe ihn zurück geküsst. Da kam Markus rein und hat uns gesehen. Er wird nichts sagen, denke ich, denn wir sind ja befreundet, aber trotzdem. Wir haben uns nicht nur geküsst, wir wurden auch gesehen. Ich habe keine Ahnung, was ich jetzt tun soll." Meine Stimme wurde zunehmend weinerlicher und brach. Jetzt brachen die Emotionen, die sich den ganzen Tag aufgestaut hatten, doch aus mir. Meine Lippen bebten und Tränen liefen die Wangen hinunter. Ich presste die Augenlider immer noch fest zusammen. Ich war selbst schuld, ich allein war für diesen ganzen Schlamassel verantwortlich.

„Du hast meine Frage nicht beantwortet."

Endlich öffnete ich die Augen und kniff sie sogleich wieder zusammen, als die Sonne mich blendete. „Ich weiß es nicht. Das spielt auch gar keine Rolle." Ich begann, lautstark zu schluchzen. Was für ein Desaster hatte dieser Kuss angerichtet. „Scheiße, Max. Er hatte so was von Recht."

Caroline lachte auf. Mit einem Finger glitt sie über die Ränder ihres Glases und ein misstönendes Geräusch entstand. „Ja, immer diese Anwälte, die auch noch recht haben müssen. Du musst es ihm erzählen."

Ich nickte. Zumindest das stand außer Frage. Ich war mutig und dumm genug, ehrlich zu sein. Außerdem stand bereits ein Geheimnis zwischen uns, das durfte sich auf keinen Fall mehren.

„Es war ja nur ein Kuss." Ich nahm einen weiteren Schluck aus der Weinflasche, dann schenkte ich meiner Freundin nach.

„Nur ein Kuss?"

Keine Ahnung. Bei diesem Kuss waren Gefühle im Spiel gewesen. Tief in mir spürte ich sie brodeln und Funken sprühen wie ein leiser, sich sammelnder Vulkan. Aber ich wollte mich mit diesem Vulkan jetzt nicht befassen. Nachdem ich mir die Tränen fortgewischt hatte, erlangte ich auch die restliche Kontrolle über meinen Körper zurück. „Da hast du deine Bewährungsprobe, Caroline."

Meine Freundin wirkte ganz und gar nicht glücklich, als sie meine Worte hörte. „Du weißt, dass ich das nicht so meinte?"

„Es ändert nichts daran."

Ächzend erhob sich meine Freundin und zog mich in eine Umarmung. „Versprich mit bitte eins, Anna." Ich nickte und vergrub meinen Kopf in ihrem weichen roten Haar. „Hör auf dein Herz. Wenn du für deinen Oberarzt mehr empfindest als für Max, soll es vielleicht nicht mit euch sein."

„Er ist mein Oberarzt, Caroline", sagte ich leise an ihrem Ohr, als wäre damit alles gesagt. War es auch. Meine Karriere hatte Vorrang. Es war an der Zeit, meinem Herz das klarzumachen. Es sollte sich den richtigen Dingen zuwenden, nämlich Max.

Kapitel XV: Tatsachen

Tränen strömten wie zwei unbezwingbare Flüsse über mein Gesicht, als Max die Tür öffnete. Verwirrt und etwas irritiert starrte er mich an.

„Was ist los?"

Ich hickste. Sofort zog Max mich an sich und hüllte mich in eine Umarmung, die ich nicht verdient hatte. Schluchzend lehnte ich mich an seine Schulter, nur von atemlosem Hicksen unterbrochen. Still hielt er mich in den Armen, strich mir über die gekräuselten Haare und wartete geduldig. Er war zu gut zu mir, das machte es nur noch schlimmer. Es dauerte eine ganze Weile, bis ich mich endlich von ihm lösen konnte. Es fühlte sich an, als wäre es das letzte Mal, dass er mich so umarmen würde. Mein Gesicht war verheult und sein Hemd nass. Jetzt hatte ich auch das noch ruiniert. Ich sah ihn mit meinen rot geschwollenen Augen an und sagte in einem Ton, der nichts Gutes verheißen konnte: „Wir müssen reden." Da war es. Ich hatte es ausgesprochen.

Max' Augenbrauen schossen nach oben. Ich hob die hinter mir abgestellte Tasche hoch und schritt durch die Eingangshalle schnurstracks auf die Treppe zu, wobei Max mir weiterhin verwirrt in einigem Abstand in sein Schlafzimmer folgte. Sein Schlafzimmer war der einzige Raum, in dem ich mich tatsächlich wohlfühlte.

Kerzengerade setzte ich mich auf das Bett und klopfte auffordernd neben mich auf die Decke. Der Weg hinauf hatte mich ruhiger werden lassen. Ich war allein seiner Gutmütigkeit ausgeliefert. Ein Gefühl, dass ich jetzt schon verabscheute. Max sah mich immer noch fragend an, setzte sich aber zu mir, allerdings nicht ohne nach meiner Hand zu greifen und seine Finger mit meinen zu verschränken. Mein Hals fühlte sich plötzlich eng an, hastig entzog ich ihm meine Hand. Wenn er so liebevoll war, konnte ich ihm nicht die Wahrheit sagen. Ich holte tief Luft: „Ich habe heute einen schrecklichen Fehler begangen und ich möchte, dass du jetzt ganz ruhig bleibst und mir bis zum Ende zuhörst. Vielleicht kannst du es dann besser verstehen.“

Ich wollte weiter ausholen, um ihm zu sagen, dass er Ruhe bewahren sollte, doch er unterbrach mich. „Jetzt sag bitte einfach, was los ist.“

Angst blitzte in Max' Augen auf. Eine dunkle Vorahnung überkam mich, doch ich schüttelte den Gedanken ab. Es war nur ein Unfall gewesen, nicht mehr als ein dummes Missgeschick. Beruhigend strich Max mir über die tränennasse Wange. Mein ganzer Körper begann unter seiner Berührung zu beben. Ich versuchte etwas Sicherheitsabstand zwischen uns zu bringen, doch Max umgriff meine Hände so fest, als klammere er sich an etwas, das er bereits verloren hatte. Aber es war andersherum. Ich hatte ihn verloren, ich hatte uns zerstört. Meine Stimme glich einem Krächzen, als ich begann: „Holden und ich haben uns geküsst. Im Arztzimmer. Ich wollte es nicht und ich habe es auch nicht erwartet, es ist einfach so passiert. Und ich schwöre dir, so etwas wird nie wieder passieren …“

Ich wollte fortfahren, doch Max war bereits aufgestanden und auf den Balkon hinausgetreten. Seine Hände umklammerten das metallene Geländer und er hatte mir den Rücken zugewandt. Zusammengesunken saß ich auf dem Bett. Verzweifelt, unsicher, ob ich ihm folgen sollte oder nicht. Ich hatte es ausgesprochen und jetzt war es vorbei. Er wollte mich nie wiedersehen, verständlicherweise. Die kläglichen Reste meines Mutes sammelnd folgte ich ihm hinaus. Die Sonne war untergegangen. Nur noch ein schmaler rosafarbener Faden war über den Wolkenkratzern in der Ferne zu sehen. Max' Blick war reglos darauf gerichtet. Eine Statue aus hartem, kaltem Marmor. Nur seine weißen Knöchel verrieten, dass etwas nicht in Ordnung war. Ich wagte nicht, ihn zu berühren. Stattdessen stand ich neben ihm und wartete, wartete darauf, dass er reagierte.

„Du hast also Doktor Holden geküsst." Es war keine Frage, die er mir stellte. „Hat er dich bedrängt? Hast du dich gewehrt?"

„Nein. Ich war so erschrocken, dass ich kaum eine Möglichkeit hatte, zu reagieren. Und auf einmal ging die Tür auf und Markus stand da und Sebastian ist verschwunden."

„Aber du hast den Kuss erwidert", stellte er nüchtern fest. Die Klarheit seiner Worte überlief mich mit Eiseskälte und jagte mir einen Schauer über den Rücken.

„Max, bitte. Es war ein Fehler. Ein dummer Ausrutscher." Ich hörte das Flehen in meiner Stimme, obwohl ich es nicht wollte. Vorsichtig machte ich einen Schritt auf ihn zu und versuchte, ihn zu umarmen. Doch er erwiderte meine Geste nicht. Stocksteif stand er da und blickte in den Himmel. Wenn er mich doch nur ansehen würde, mir irgendeine Reaktion geben würde. „Ich empfinde rein gar nichts für ihn, Max. Das musst du mir glauben. Es war nur ein Kuss. Ich hatte kaum eine Möglichkeit zu reagieren, so schnell war es schon wieder vorbei."

„Ich mache dieses Arschloch fertig", sagte er nur und drehte sich von mir weg.

„Max, bitte. Es tut mir leid", flehte ich. Ich wusste nicht mal, ob ich für mich oder Sebastian flehte.

„Nein, Anna. Er hat dich auf der Arbeit geküsst. Das ist sexuelle Belästigung. Er nutzt seine Rolle als dein Oberarzt aus. Er muss seinen Job verlieren, seine Approbation." Er lief, ja, er rannte fast aus dem Zimmer. Ich hörte seine Schritte auf der Treppe, dann schlug die Haustür zu. Ein Schluchzen ergriff meinen ganzen Körper, schüttelte mich. Max war fort.

Als Max endlich zurückkam, stand ich nicht mehr auf dem Balkon. Ich war stattdessen wie ein wildes Tier eingesperrt in einem Käfig auf und ab gegangen. Das Parkett unter meinen Füßen musste schon völlig abgenutzt sein. Ich hatte ihn nicht heraufkommen gehört. Er stand plötzlich einfach da, fast lässig in den Türrahmen gelehnt. Sein Hemd war getrocknet, aber schwarze Schlieren meiner Wimperntusche waren noch deutlich zu sehen.

Er wirkte völlig ruhig. Ganz anders als vorhin. Ein Hoffnungsschimmer regte sich in mir, während ich stumm darauf wartete, dass er endlich etwas sagte. Meine Zunge fühlte sich pelzig an, als ich versuchte zu schlucken, zu sprechen, irgendetwas von Belang zu tun. Der Richter würde nun seine Entscheidung fällen.

„Ich hätte dich nicht so stehen lassen dürfen. Ich ... Ich habe einen Moment für mich gebraucht, entschuldige. Ich liebe dich und ich glaube dir, wenn du sagst, dass da nichts war. Aber dieser Arsch, der kann sich auf etwas gefasst machen. Weißt du eigentlich, was sexuelle Belästigung am Arbeitsplatz bedeutet? Ich werde ihn fertigmachen. Das verspreche ich dir."

Es dauerte einen Moment, bis die Worte zu mir durchdrangen. Doch selbst als sie es taten, konnte ich mich nicht bewegen. Ich war zu verunsichert. Einerseits gefiel mir sein Beschützerinstinkt. Andererseits verwirrte es mich, dass sich seine Wut nur gegen Sebastian richtete. Das hatte er nicht verdient, ich war die Schuldige. Sebastian konnte nichts dafür. Er wusste nicht einmal, dass ich einen Freund hatte, woher auch. Und ich war schließlich auch beteiligt an diesem Kuss gewesen ... irgendwie.

„Nein. Lass ihn in Ruhe. Max!"

Max zog eine Augenbraue hoch, sagte aber nichts. Noch einmal für Sebastian eintreten konnte ich nicht. Nicht, wenn ich Max nicht gänzlich verlieren wollte. Wir hatten uns schon zu oft dieses Jahr gestritten. Und ich wollte ihn doch einfach nur behalten.

Max ging auf mich zu und schloss mich in seine Arme. Er gab mir einen Kuss auf die Stirn, während ich still dastand und wieder zu weinen begann. Doch diesmal nicht aus Verzweiflung, Selbsthass oder Wut, sondern Erleichterung. Das hier machte uns stärker als Paar, nicht schwächer, oder? Das war diese Probe, von der Caroline gesprochen hatte. Wir hielten uns lange fest in den Armen, bis Max sich von mir löste. Sein Hemd war nun noch schmutziger.

„Du schaffst es auch wirklich jedes meiner Hemden zu versauen, oder?" Er lachte.

Es tat mir gut, ihn lächeln zu sehen, auch wenn ich es eigentlich nicht verdient hatte. Endlich fiel die Anspannung von mir ab und meine Beine gaben beinahe unter mir nach. „Es tut mir leid."

„Ich weiß." Sanft strich er mir durch meine völlig verwuschelten Locken. Ich schmiegte mich in seine feste Umarmung. Max lachte leise auf, während er mir einen Kuss auf die Haare drückte.

„Wieso lachst du?"

„Ich will ja nicht sagen, dass ich recht hatte, aber ... Ich habs dir ja gesagt."

Ich vergrub meinen Kopf tiefer in den dünnen Stoff an seiner Brust, unfähig, ihm zu widersprechen. Vielleicht war es besser, wenn Max daran glaubte, dass Sebastian mich wegen meiner Position ausgenutzt hatte. Es war zumindest besser als die ganze Wahrheit. Ich hob meinen Kopf und zog Max zu mir hinunter, um ihn zu küssen.

Die ersten Töne der Orgel erklangen bereits, als Max und ich Hand in Hand in die Kirche schlichen. Wir waren zu spät, aber die Zeit war uns diesen Morgen wie Sand zwischen den Fingern zerronnen. Mia winkte uns fröhlich zu sich. Als Max Mia sah, zog er mich mit sich nach vorne in die zweite Reihe und setzte sich direkt neben sie. Mia drückte uns jeweils einen Kuss auf die Wange und überreichte mir ein kleines Programmheft. Ich hatte mich noch gar nicht erkundigt, wessen

Cousin von Max eigentlich heiratete. Um ehrlich zu sein, war ich mir auch nicht ganz so sicher, wie groß seine Familie war. Ich wusste zwar, dass Max' Vater noch zwei Brüder und eine Schwester hatte und Mia die Tochter von Max' Tante war, aber mehr nicht. Ich sollte mir unbedingt nach der Kirche von den beiden einen groben Überblick geben lassen. Nicht, dass ich am Ende irgendwelche dummen Fehler machte.

Ich öffnete das Programmheft und begann zu lesen:

Daniel Ridson und Claudia Webber

Mit vor Verdutzen geöffnetem Mund sah ich von dem Heft auf und zu dem am Altar stehenden Bräutigam, der mich ebenso voller Überraschung ansah, sich aber alsbald der einlaufenden Braut zuwandte. Ich erstarrte. Das konnte doch nicht wahr sein. Nicht diese Hochzeit, von der ich schon seit Monaten wusste und deren Einladung ich wegen Max abgelehnt hatte. Wenn hier mein Oberarzt, Daniel Ridson, heiratete, dann musste auch ... Eine andere Person aus der Reihe vor mir drehte sich zu uns um. Und ich blickte in das überraschte Gesicht von Sebastian Holden. Seine grauen Augen waren vor Entsetzen geweitet und wanderten zwischen mir und Max hin und her. Mein Magen verknotete sich. Mein Körper versteifte sich. Max bemerkte meine Schockstarre und blickte auf. Auch er erstarrte plötzlich. Doch war sein Blick nicht mir zugewandt, sondern Sebastian. Eine eiserne Kälte lag in Max' Augen, die ich so nicht kannte und ohne auch nur mit der Wimper zu zucken, griff Max nach meiner Hand. Ich spürte seine

Hände und verschränkte ganz automatisch meine Finger mit den seinen, als wären sie das Einzige, was mir jetzt noch Halt geben konnte.

Sebastians Augen betrachteten jedoch nicht unsere verschränkten Hände. Er schien direkt durch mich hindurch in meine Seele zu sehen. Unter seinem Blick fühlte ich mich nackt und Scham flutete mich. Wie zur Hölle hatte das passieren können? Bevor ich auch nur ansatzweise die Chance hatte, die Situation zu begreifen, hatte der Pfarrer seine Stimme erhoben und die Zeremonie begann.

Kapitel XVI: Eine Maihoch-zeit

Es waren zwei Stunden vergangen, seit ich in die grauen Augen von Sebastian gestarrt hatte. Die ganze Zeremonie über hatte ich geschockt auf der harten Holzbank gesessen und zwischen dem Bräutigam Daniel Ridson und dem Hinterkopf von Sebastian Holden hin und her geblickt.

Dabei war die einzige Person, deren Blick ich nicht suchte, Max gewesen. Dieser hatte weder schockiert noch sonderlich überrascht neben mir gesessen. Allerdings hatte er keinen Augenblick lang meine Hand losgelassen. Als wäre die Situation nicht schon unangenehm genug, hatte ich mich zusammen mit Max zum Sektempfang vor der Kirche in die Reihe der Gratulanten stellen müssen.

Es war eine Meisterleistung der Schauspielerei gewesen, als ich äußerlich ganz entspannt Daniel und Claudia Ridson die Hand schüttelte. Sätze wie „Ich wusste gar nicht, dass du der Cousin von Max bist, der heiratet" und „Ich wusste gar nicht, dass du Adriana mit vollem Namen heißt" waren gefallen.

Max hatte noch heiter erwähnt, dass er sich gerne den ein oder anderen Spaß erlaubte und auch nicht hundert Prozent sicher gewesen wäre, dass wir wirklich in der gleichen Abteilung arbeiteten. Darauf hatte Daniel nur die Stirn gerunzelt und ich mit den Zähnen geknirscht. Max log uns eiskalt ins Gesicht. So vieles ergab nun endlich Sinn. Ich hatte gewusst, dass Daniel heute heiraten würde und Sebastian sein Trauzeuge war. Aber es war Mai, viele Leute heirateten in dieser Jahreszeit. Ich hätte Max nur nach dem Namen seines Cousins fragen müssen und die Sache wäre geregelt gewesen. Oder er hätte mich angelogen, wobei dieses Schweigen fast schlimmer war als eine absichtliche Lüge. Noch mehr Geheimnisse, hörte das denn nie auf. Von Sebastian zumindest war glücklicherweise nichts zu sehen gewesen und auch Mia hatten wir in der Menschenmenge verloren.

Schließlich waren wir auf einige Kollegen von mir getroffen und mein Magen hatte sich vor Furcht zusammengezogen, als Markus plötzlich vor mir stand. Gott sei Dank war Markus still geblieben, nachdem ich Max als meinen Freund vorgestellt hatte, und lachte über meine schlechte Verwechslungsgeschichte. Ich wusste, dass ich irgendwann mit ihm darüber reden musste. Besonders nachdem er mich und Sebastian zusammen gesehen hatte, aber ich war mir sicher, dass er mich nicht bloßstellen würde, vorerst. Wer hätte gedacht, dass mein ärgster Konkurrent nun zu meinem größten Geheimniswahrer würde.

Nach weiterem Händeschütteln und dem Kennenlernen von Max' Tante sowie diversen Onkeln und Cousins waren wir schließlich ins Auto gestiegen, um zur eigentlichen Örtlichkeit der Feier zu fahren, einer alten Scheune auf einer Farm außerhalb von Chicago.

Man hätte meinen können, dass diese Situation ganz und gar normal gewesen wäre. Hätte ich nicht weiter mit den Zähnen geknirscht und wären Max' Fingerknöchel nicht weiß hervorgetreten, während er das Lenkrad umklammerte. Es war nur eine Frage der Zeit, bis einer von uns das Wort ergriff. Langsam legte sich der Schock, der mich übermannt hatte. Zurück blieb nur brodelnde Wut. *Lügner!* Als das Auto an einer roten Ampel kurz zum Stehen kam, schien endlich der Moment gekommen zu sein. Ich öffnete meinen Mund und begann, meine Frage zu formulieren. In mir wirbelte ein ganzer Katalog an Fragen, vollgestopft mit Vorwürfen, aber ich fasste sie in nur einem schlichten Wort zusammen: „Warum?"

Ich hatte mehr als genug Zeit gehabt, meine Gedanken zu ordnen, seitdem wir ins Auto gestiegen waren. Max hatte mich belogen oder absichtlich geschwiegen. Eine Tatsache, die durch seine mangelnde Überraschung in der Kirche noch unterstrichen worden war. Wie lange er mich belogen hatte, wusste ich nicht. Vermutlich, seit ich das erste Mal von meinen Arbeitskollegen erzählt hatte. Also gab es nur noch die Frage nach seinen Beweggründen. Es musste einen Grund geben, dass er unsere Beziehung aufs Spiel setzte. Falls man unser Miteinander Beziehung nennen konnte, wenn diese auf einem Haufen Geheimnisse aufgebaut war.

Max schwieg und die Ampellichter schalteten auf Grün um. Vielleicht hatte er meine Frage nicht gehört.

Wir hielten an der nächsten Ampel. Es schien, als wollte Max den Moment nutzen, um mir die Antwort zu geben, die er mir so offenkundig schuldig war. Aber bevor er auch nur ein Wort aus dem Mund herausbekam, war die Ampel wieder auf Grün gesprungen und wir fuhren weiter.

Warum wir nicht redeten, während wir fuhren, war mir schleierhaft. Genauso schleierhaft war mir allerdings auch, warum ich nichts fühlte. Als hätte man mich wie einen nassen Schwamm ausgewrungen und trocken, frei von jeglichen Gefühlen zurückgelassen. Trocken war das richtige Wort. Nicht mal meine Augen hatten noch Tränen übrig und selbst meine brodelnde Wut war verpufft. Vielleicht waren sie mir nach dem gestrigen Abend alle abhandengekommen.

Als wir aus Chicago herausfuhren, fuhr Max plötzlich langsamer und wir bogen scharf auf einen Feldweg ab. Keine zwei Minuten tuckerten wir zwischen grünen Feldern hindurch, bis die alte Farm zu sehen war. Hinter ihr erstreckte sich ein Horizont aus Feldern und Wäldern, darüber die strahlende Nachmittagssonne. Wir hielten auf einem Schotterparkplatz und stiegen aus.

Nun war ich es, die meine Handtasche so fest umklammerte, dass meine Finger ganz weiß wurden. Max griff nach meiner Hand und zog mich mit sich einen Feldweg entlang. Fort von dem Parkplatz, auf dem immer mehr Autos zum Stehen kamen.

Achtsam darauf bedacht, mit den dünnen Stiftabsätzen nicht in einem der Erdlöcher stecken zu bleiben, folgte ich ihm. Kaum hatten wir etwas Entfernung zwischen uns und die Hochzeits-gesellschaft gebracht, hielt Max an. Er zupfte nach einem grünen Halm irgendeiner Getreidesorte und zwirbelte ihn zwischen seinen Fingern hin und her. Ich spürte seine Unruhe, sie war jedoch nichts im Vergleich zu dem Sturm in mir. Er wirkte blasser als sonst und einige Strähnen fielen ihm in die Stirn, plötzlich sah er so alt aus. Max hatte mich belogen, monatelang. Er hatte Geheimnisse vor mir und das machte mich wütend. Aber mir fehlte mittlerweile die Kraft zum Streiten. Zögernd ging ich auf ihn zu und schloss ihn in meine Arme. In mir war alles still, zu still für Gefühle. Max vergrub seinen Kopf in meinen Haaren, er umklammerte mich wie ein Ertrinkender einen hingehaltenen Strohhalm. Bevor er sich von mir lösen konnte, sagte ich: „Erzähl es mir!"

Er küsste mich sanft auf die Wange und entfernte sich von mir. Dann begann er, seine Geschichte zu erzählen.

„Wie du weißt, habe ich viel Zeit bei meiner Tante Marianne verbracht. Sie und meine Mum waren beste Freundinnen. Unter anderem deswegen sind ihre Kinder für mich wie Geschwister. Mia kennst du bereits, nur ist sie kein Einzelkind, sondern hat auch einen Bruder. Daniel. Da wir ungefähr gleich alt sind, haben wir viel Zeit miteinander verbracht. Daher kenne ich auch Sebastian. Sie waren von Beginn ihres Studiums an befreundet. Als Daniel und Sebastian ihren Abschluss in der Tasche hatten, sind sie nach Chicago gekommen. Ich und Sebastian haben uns nie schlecht verstanden, aber Freunde sind wir auch keine geworden ... Wir waren in vielen Dingen unterschiedlicher Meinung. Sie haben eine Einweihungsfeier in ihrer neuen Ärzte-WG geschmissen. Mia war auch bei der Feier, sie war gerade erst achtzehn geworden. Keine Ahnung, wer ihr den Alkohol gegeben hat, aber als ich zur Feier kam, war sie betrunken. Ich habe sie zusammen mit Sebastian im Gang gesehen und sie wirkten ziemlich vertraut ... zu vertraut. Sie hat sich an ihn festgeklammert und gekichert." Max verzog missmutig das Gesicht. „Mia war viel zu jung für ihn, aber ich ließ sie machen, sollten sie doch flirten. Mia war damals in ihn verliebt, ständig hat sie Liebesbriefe geschrieben und in ihrem Zimmer gelagert. Danach bin ich beiden nicht mehr begegnet. Ich war mit meiner Ex-Freundin auf der Feier, Valerie. Wegen der Kanzlei war ich viel unterwegs gewesen und hatte sie länger nicht gesehen." Max zuckte fast teilnahmslos mit den Schultern. „Jedenfalls war auch Valerie irgendwann verschwunden. Daniel meinte, sie seien beide früh heimgegangen, also Valerie und Mia. Aber ich habe ihm nicht geglaubt und bin noch ein letztes Mal durch die einzelnen Zimmer der WG, um nach ihnen zu suchen. Als ich eine Tür öffnete, sah ich sie."

Max hatte die Augen geschlossen, als würde ihn das damals Erlebte immer noch quälen.

„Was hast du gesehen?"

Er öffnete die Augen und plötzlich sah ich eine Eiseskälte in seinem Blick, die mich schaudern ließ.

„Sebastian hat mit meiner Freundin rumgemacht. Sie haben mich nicht bemerkt, obwohl ich mindestens eine Minute regungslos im Türrahmen stand. Dann bin ich gegangen."

„Wie bitte?"

„Das ist noch nicht alles. Als ich Stunden später in meine Wohnung kam, habe ich Mia dort gefunden. Sie wollte bei mir übernachten, da meine Tante recht weit außerhalb wohnt." Er hielt kurz inne, sein Gesicht hatte sich zu einer grässlichen Grimasse verzerrt. Ich strich ihm sanft durch die Haare und wartete schweigend darauf, dass er fortfuhr. Als er weitersprach, klang seine Stimme hohl und hin und wieder geriet er ins Stocken.

„Sie saß in der Dusche. Keine Ahnung, wie lang sie dort schon saß, aber das Wasser war kalt, als ich es ausstellte. Sie war völlig nackt und hatte lauter Kratzer am Körper und mehrere blutende Schnitte an den Oberschenkeln. Es hat fast die ganze Nacht gedauert, bis ich ein Wort aus ihr herausbekommen habe. Es kamen nur einzelne Bruchstücke, weil sie fast durchgängig weinte. ‚Sebastian‘ sagte sie und ‚Valerie‘ immer wieder. Sie war in ihn verliebt und er hat ihr das Herz gebrochen. Aber nicht auf normale Art und Weise, nein, er hat sie zerstört. Sie hatte einen völligen Nervenzusammenbruch.“

Max sah mich nicht an, sondern blickte in die Ferne. Ich wusste, dass er mit den Gedanken noch in diesem Badezimmer war. Ich konnte sie mir bildlich vorstellen. Ein junges Mädchen, nass und blutend, zusammengekauert auf den Fliesen sitzend. Wie sie die Arme um sich geschlungen hatte und weinte. Ich wartete, bis Max sich mir wieder zuwandte, dann erst traute ich mich, meine nächste Frage zu stellen. „Und dann?“

Max lachte sarkastisch. „Ich hatte keine Ahnung, was ich tun sollte. Ich wollte mit Mia in eine Klinik, aber sie hat sich geweigert. Plötzlich war sie so anders als das Mädchen, das ich von früher kannte. Mia wirkte völlig wirr und panisch. Ich hatte Angst, dass sie sich noch mehr antun würde.“ Er zuckte mit den Schultern und blickte zu Boden. „Ich war so wütend. Sebastian hatte mir meine Freundin weggenommen, mich mit ihr in meiner Anwesenheit betrogen. Und Mia zu einem Nervenzusammenbruch gebracht. Ich konnte nicht mehr klar denken und da bin ich zu ihm gefahren und ...“ Max brach ab und blickte mir in die Augen.

„Was hast du getan, Max?“ Ich ahnte bereits, was er sagen würde, aber ich musste es aus seinem Mund hören.

Max trat näher zu mir und griff nach meinen Händen. „Ich war so wütend. Meine Emotionen sind mit mir durchgegangen. Ich hatte mich damals nicht unter Kontrolle, nicht wie heute.“

„Was hast du getan, Max?“ Meine Stimme war lauter, fordernder. „Ich bin zu ihm gefahren und habe ihm meine Meinung gesagt. Sebastian hat alles abgestritten, dieser Idiot. Da bin ich ausgetickt.“

„Ihr habt euch geprügelt?“, fragte ich resigniert.

„Nein, na ja. Daniel ist dazwischen gegangen, bevor einer von uns krankenhausreif war. Er hat sich auf Sebastians Seite gestellt, dabei war seine kleine Schwester völlig am Ende. Sebastian hatte mit meiner Freundin gevögelt und Daniel schlug sich auf seine Seite.“ Max erhob seine Stimme und ich spürte, wie die noch immer schwelende Wut von nie verheilten Wunden darin mitschwang. „Und nicht nur das. Sie haben meinen Vater angerufen und der reagierte nicht gerade so, wie man es sich hätte wünschen können. Du kennst ihn nicht. Ich meine, er ist nicht mal zur kirchlichen Trauung gekommen, weil ihm seine Arbeit wichtiger ist.“ Hilfesuchend hielt er die Hände in die Luft.

Ich griff nach seinem Arm und zog Max an mich. Sein Atem strich über meine Haut und das Herz in seiner

Brust hämmerte so laut, dass ich es hören konnte. Beruhigend strich ich ihm über den Rücken. So viele Fragen schwirrten in meinem Kopf herum, aber es war nicht der richtige Moment, um sie zu stellen. Also ließ ich Max atmen, fest in meiner Umarmung gefangen, bis er ruhiger wurde und weitererzählen konnte.

„Er beorderte Mia und mich zu sich. Als wir bei meinem Vater im Arbeitszimmer saßen, habe ich ihm unsere Geschichte dargelegt. Mia war immer noch völlig wirr im Kopf. Sie hat ständig angefangen zu weinen und sich Haare auszureißen. So hatte ich sie noch nie so gesehen. Als hätte sie jegliche Kontrolle über sich verloren. Ich dachte, mein Vater würde uns helfen. Sebastian dafür bestrafen, was er ihr angetan hat. Mich verteidigen, wenn es zu einer Anzeige kam. Sebastian wollte mich wegen Körperverletzung verklagen. Mein Vater meinte schließlich, dass er mich vor Gericht nicht vertreten würde. Er meinte, ich sollte mich selbst verteidigen, schließlich hätte ich auch Jura studiert. Aber nichts davon sollte mit der Kanzlei in Verbindung gebracht werden, da dies ein schlechtes Licht auf die Kanzlei werfen würde. Er verlangte, dass ich mich bei Sebastian entschuldigte. Mia schickte er in die Psychiatrie. Er meinte, ihr Verhalten sei nicht normal. Einfach so. Jahrelang war sie in Behandlung, weil ihr alle einzureden versuchten, dass sie nicht richtig im Kopf war. Dabei war es Sebastian, der sie so krank gemacht hatte. Sebastian, der mit meiner damaligen Freundin vögelte.“

Seine Worte überschlugen sich fast vor Aufregung, sodass ich ihn noch fester an mich zog. Dann kehrte plötzlich Stille ein. Max atmete schwer. „Ich denke, du hast jetzt ein echtes Bild von deinem Oberarzt. Nicht gerade der beste Typ zum Fremdknutschen, Anna." In seiner Stimme lag Resignation und ich schluckte ob des unausgesprochenen Vorwurfs in seinen Worten.

„Hat er dich wirklich angezeigt?"

„Nein. Zumindest nicht, dass ich wüsste. Es ist letztlich auch egal. Der Schaden, den er angerichtet hat, war weit größer als eine kleine Anzeige wegen Körperverletzung. Mia ist seitdem eine andere. Sie hat sich verändert, ihre Leichtigkeit verloren. Man sieht die Narben an ihren Beinen immer noch, es sind noch viele mehr dazu gekommen. Hätte er ihr nicht solche Hoffnungen gemacht, wäre es vielleicht nie so weit gekommen. Und Valerie? Er hat offensichtlich keinen Respekt vor dem Eigentum anderer Leute. Er nimmt sich, was er will." *Aber deine Ex-Freundin war doch nie dein Eigentum.* Ich sprach die Worte nicht aus, denn ich wollte nicht, dass Max dachte, ich würde mich auf Sebastians Seite stellen.

Ich kam auch gar nicht dazu, etwas zu sagen, denn Max flüsterte, den Kopf in meinen Haaren vergraben. „Ich werde nie vergessen, wie ich sie unter der Dusche gefunden habe." Etwas Hartes und Unversöhnliches lag in seinen Worten.

Wut ballte sich in meinen Bauch zusammen. Doch diesmal war ich nicht wütend auf Max, sondern auf Sebastian. Wie hatte er so etwas tun können? Einem jungen Mädchen so große Hoffnungen zu machen, um sie dann zu zerstören.

Endlich verstand ich Max. Ich konnte verstehen, wieso er so wütend gewesen war, als ich mich mit Sebastian betrunken hatte. Er musste furchtbare Angst gehabt, die Geschichte würde sich wiederholen. „Aber wieso hast du mir das nicht erzählt?“

Max strich geistesabwesend über meinen Arm. „Wie denn? Oder eher, wann denn? Zu Beginn kannten wir uns kaum. Ich wollte dich für mich gewinnen und nicht mein persönliches Familiendrama erzählen. Dann wurdet ihr plötzlich warm miteinander und …“ Er küsste mich kurz auf den Mund.

„Und irgendwann war die Zeit schon so weit vorangeschritten, dass ich absolut wütend sein würde, wenn du es mir erzählst“, beendete ich seinen Satz. „Aber das bin ich nicht, Max. Ich stehe hier und höre dir zu, weil ich dich kenne. Weil ich weiß, dass Dinge bei dir einen Grund haben müssen. Ich verstehe dich endlich.“

Ein kleines Lächeln flackerte kurz über Max' Gesicht, bevor es wieder durch die düstere Grimasse ersetzt wurde, die er schon seit geraumer Zeit mit sich trug. „Verzeihst du mir?“

Ich wusste es nicht. Ich verstand die Welt nicht mehr. Aber er hatte mir verziehen, also nun war ich an der Reihe.

„Es gibt nichts zu verzeihen“, erwiderte ich.

Max sah mich überrascht an. „Ich habe dir mit der Geschichte kein Geschenk gemacht. Daniel und ich waren wie Brüder, aber seit dieser Feier sind wir fast Fremde. Er hat sich für seinen Freund entschieden, obwohl es um seine kleine Schwester ging. Ich kann ihm nicht in die Augen blicken. Keine Ahnung, wie Mia das schafft. Und jetzt weißt du, was für ein Arschloch Sebastian ist.“

Ich nickte zögerlich. Diese Sache würde ich tatsächlich nicht so leicht vergessen können. Es war irgendwie unwirklich. Max war innerhalb eines Tages sein Herz gebrochen worden, seine Cousine war in die Psychiatrie gekommen und sein Vater hatte sich gegen ihn gestellt – und alles nur dank Sebastian? Das klang zu verrückt, um wahr zu sein.

„Ich muss dich noch um eins bitten!"

Ich sah auf und blickte in glasklare Augen voller Besorgnis und Wärme. „Bitte sprich Mia nicht darauf an. Sie hat nie jemandem in der Familie erzählt, was damals genau passiert ist und weshalb sie in die Psychiatrie gekommen ist. Sie möchte nicht, dass es jemand erfährt. Und wenn du sie darauf ansprichst ... Das wäre nicht gut. Ich glaube nicht, dass sie wieder mit den Geschehnissen konfrontiert werden will. Der Tag heute ist mehr als genug Qual für sie."

Wieder nickte ich. Ekel überfiel mich, als ich daran dachte, wie ich Sebastian geküsst hatte. Waren seine Gefühle echt gewesen? Oder dachte er, er könnte einfach seine Machtposition ausnutzen, um ein bisschen Spaß zu haben? All die Gefühle, die ich für ihn empfunden, die Sicherheit, die er mir vermittelt hatte, waren falsch.

Als ich neben den hölzernen Scheunentüren stand, durchflutete mich eine jähe Woge der Angst. Worauf hatte ich mich da nur eingelassen? Max war nach unserem Gespräch zurück zur Hochzeitsgesellschaft gegangen und hatte mir so Zeit verschafft, meine Gedanken zu sortieren.

Nur herrschte in meinem Kopf immer noch das reine Chaos. Hin und wieder konnte ich nach einem Gedanken greifen. Ich versuchte ihn festzuhalten, doch war es nur ein kurzer Abriss, ein Schnipsel, der mir in keiner Weise weiterhalf. Jetzt stand ich vor dem Eingang und starrte in den großen geschmückten Saal.

Vor ein paar Stunden hätte ich noch die Schönheit und die Liebe fürs Detail bewundert. Die Tischdekoration aus weißer Spitze und Weizenhalmen, die sich in ein goldenes Bild aus Stroh und Kerzenständern einfügte. Schlicht und natürlich und doch so festlich wie nötig. Jetzt aber schien es, als hätte jemand die Pforten der Hölle aufgestoßen, voll mit Dämonen, die darauf warteten, mich in Stücke zu reißen. Heute Morgen dachte ich noch, dass der Dämon, vor dem ich mich am meisten fürchtete, Max' Vater war. Aber jetzt stand der Teufel höchstpersönlich in dieser Halle und wartete auf mich: Sebastian Holden. Wie sollte ich mich verhalten? Wie viel von Max' Geschichte stimmte?

Mir stockte der Atem. Es war der erste klare Satz, der seit unserem Gespräch vorhin in meinem Kopf erschien. Aber wieso genau dieser? Wieso stellte ich die Geschichte meines Freundes infrage, die Geschichte von Sebastian Holden, dem Betrüger, dem Herzensbrecher, dem Arschloch.

Ich fühlte mich, als hätte mich ein Rasenmäher überfahren. War ich so blind gewesen? Sebastians tröstende Worte, seine Blicke, alles nur Lügen? Meine Kehle fühlte sich staubtrocken an. Das machte doch keinen Sinn. Was hatte Sebastian davon, mich zu küssen?

Aber Max log nicht, ich hatte es ihm ansehen können. Sebastian hatte mit Max' Ex-Freundin geschlafen, auf einer Feier, bei der Max zugegen war. Wie dämlich konnte man sein? Davor hatte er Mia noch schnell das Herz gebrochen, sodass sie in die Psychiatrie musste.

Zumindest dieser Teil der Geschichte kam mir komisch vor. Man wurde nicht wegen eines gebrochenen Herzens in die Klinik eingewiesen. Da musste mehr dahinterstecken. Etwas, das Max nicht wusste oder verstand. Gereizt schüttelte ich den Kopf. Ich hatte gedacht, Sebastian würde etwas für mich empfinden, dass ich etwas Besonderes für ihn war. Dieser Kuss war doch nicht nur die Knutscherei eines Aufreißers gewesen. Meine Fingernägel bohrten sich tief in meine Handinnenfläche, als ich die Faust vor Wut ballte. *Es ist egal, was dieser Kuss bedeutet. Du gehörst zu Max. Verhalte dich normal, Anna!*

Wie sollte ich das bitte hinbekommen? Ich war kurz davor, Sebastian zu verprügeln, und zwar so, dass er diesmal wirklich ins Krankenhaus musste. Ich hatte meine Karriere aufs Spiel gesetzt, mein Ansehen bei meinen Kollegen, meine Beziehung irreversibel geschädigt. Und wofür? Für ein bisschen Spaß. Aber ich sollte Ruhe bewahren? Nett sein, während sich Sebastian mit einer weiteren Eroberung brüstete. Wie viele wussten von dem Kuss, wie viele von ihnen saßen da und lachten über Max und mich? *Halt dich von ihm fern!*

Ich holte tief Luft und hob den seidenen Rock meines dunkelgrünen Kleides leicht an, um die kleine Steintreppe in den Saal hinabzuschreiten. Der Boden bestand aus festgestampfter Erde, die leichten Staub aufwirbelte. Wenn die Leute später ausgelassen anfingen zu tanzen, würde er weiter in die Höhe steigen und wie dunkle Rauchwolken zwischen ihnen schweben. In der Tat, die Hölle. Aber noch tanzte niemand, noch wirkten alle friedlich. Die meisten Gäste hatten sich bereits auf ihren Plätzen niedergelassen und warteten darauf, dass das Brautpaar das Buffet eröffnete.

Nicht weit vom Brautpaar sah ich Max an einem kreisrunden Tisch sitzen. Dort saßen auch zwei junge Männer sowie ein Paar mittleren Alters. Vermutlich irgendein Onkel von Max mit den zugehörigen Cousins. Der Platz neben Max war frei, aber neben dem leeren Stuhl saß niemand anderes als Max' Vater. Na großartig. Konnte es überhaupt noch schlimmer kommen?

Zumindest saß Sebastian als Trauzeuge am Tisch des Brautpaars und mit dem Rücken zu mir. Aber es war kaum zu fassen: Mia saß direkt neben ihm und quasselte unbeschwert mit dem Brautpaar.

„Was zur Hölle?", stieß ich schockiert aus. Prompt erntete ich von einer vorübergehenden älteren Dame einen bösen Blick. Vielleicht war das hier doch nicht die Hölle, sondern einfach ein furchtbar schlechter Witz. Mia lächelte und strahlte, als wäre die Welt ein heiler Ort und als säße nicht ihr ganz persönliches Waterloo neben ihr.

„Anna?"

Max' Stimme riss mich aus meinen Gedanken. Er winkte mir zu, damit ich endlich Platz nahm. Ich war die Einzige, die noch stand. Ein paar der Gäste blickten mich schon genervt an, sodass ich mich hastig zu meinem mit weißen Bändern verzierten Holzstuhl begab. Es blieb noch kurz Zeit, einmal allen Anwesenden am Tisch die Hand zu schütteln, da hallte der helle Klang von Glas, gegen das Metall geschlagen wurde, durch die Scheune und es trat Stille ein.

Während der Reden ergab sich für mich keine Möglichkeit, einen Blick in die Gesichter von Mia oder Sebastian zu erhaschen, denn sie saßen mit den Rücken zu uns. Stattdessen konzentrierte ich mich darauf, ruhig zu bleiben oder zumindest Ruhe auszustrahlen.

Dabei umklammerte ich Max' Hand so fest, als wäre sie ein Anker, der mich davor schützte, von der Flut weggerissen zu werden. Als die Reden vorbei waren, löste er schließlich den Griff und gab mir einen Kuss auf die Wange. Er knetete seine nun freie Hand und ich sah feine Abdrücke meiner Fingernägel, die sich in die Haut gebohrt hatten. Da war das Buffet schon eröffnet und unsere Tischpartner standen schnell auf und verschwanden. Zurück blieben Max, Jonathan Williams und ich. *Fuck my life.*

Mr. Williams' Lächeln war höflich, aber es lag keinerlei Herzlichkeit darin. Die Wangen waren leicht eingefallen, seit der Operation hatte er wohl einiges an Gewicht verloren. Aber die Schultern waren straff und der Rücken gerade. Ihn umgab ein harter Glanz, der ihm eine unnachahmliche Autorität verlieh.

„Es freut mich, dass ich jetzt endlich die Person kennenlernen darf, zu der mein Sohn so gerne verschwindet."

Max seufzte. Der Vorwurf war nicht zu überhören gewesen. Er hätte auch einfach sagen können: ‚Wegen dir vernachlässigt mein Sohn seine Pflichten.' Aber das waren nur Feinheiten. „Ich freue mich auch. Ich habe viel von Ihnen gehört. Von Max und von Daniel." Ich hielt kurz inne, als hätte ich noch etwas sagen wollen, schwieg jedoch. Kalte Kalkulation, das war es, was ich jetzt ausstrahlen musste. Er hatte es nicht verdient, herzlich von mir behandelt zu werden, nicht wenn er zu Max so abscheulich war. Wenn er seinen eigenen Sohn nicht einmal verteidigen wollte. Ich hatte mit Daniel kein einziges Wort über Jonathan Williams gesprochen, aber das musste er ja nicht wissen.

„Daniel?", fragte er nach.

„Ihr Neffe. Er ist mein Kollege im Chicago Medical Center. Wir arbeiten in derselben Abteilung." Meine Worte klangen unschuldig, aber ich sah einen kurzen Moment der Erkenntnis in den eisblauen Augen von Jonathan Williams aufblitzen. Zumindest diesen Trumpf hielt ich in meiner Hand. Diese eine Sache konnte ich kontrollieren.

Hätte ich nicht darauf gewartet, wäre es mir sicher nicht aufgefallen. Seine eisenharte Maske zeigte sich ansonsten undurchdringlich. Auch jetzt lächelte mich Max' Vater fast freundlich an und nahm meine Hand. Seine Hände fühlten sich kalt und starr an. Sie sahen viel älter aus als sein Gesicht. Ich unterdrückte meinen Reflex, die Hand zurückzuziehen und lachte laut, als hätte Mr. Williams etwas Witziges gesagt. Von den ständig nach oben gezogenen Lippen begann schon mein halbes Gesicht zu krampfen.

„Wie wäre es, meine liebe Adriana, wenn wir gemeinsam zum Buffet gehen, während Max hier ...", er klopfte seinem Sohn fest auf die Schulter, „... uns etwas zu trinken besorgt?"

Dafür, dass Max mir versprochen hatte, mich nicht mit ihm allein zu lassen, erhob er sich entschieden zu schnell von seinem Stuhl.

Er warf mir einen entschuldigenden Blick zu, drehte sich jedoch um und ging davon. Wut keimte in mir auf, während ich verzweifelt nach einer Möglichkeit zu entkommen Ausschau hielt. Das war der Mann, der Max sein ganzes Leben lang drangsalierte, ihm sogar Weihnachten verwehrte. Das war der Mann, der seinen Sohn im Stich ließ, wenn dieser ihn brauchte. Ich entriss Jonathan Williams meine Hand und wollte aufstehen, da zog er mich zurück.

Für einen Mann, der vor nicht allzu langer Zeit eine große Darmoperation hinter sich gebracht hatte, war er erstaunlich kräftig. „Vielleicht bleiben wir doch noch einen Moment sitzen. Ich bin leider nicht mehr ganz so schnell wie Sie junges Volk auf den Beinen. Aber das wissen Sie natürlich."

Ich nickte geflissentlich. Verzweifelt versuchte ich, nicht so eingeschüchtert zu wirken, wie ich mich fühlte. Wo war der Mut hin, den ich eben noch gespürt hatte?

„Na, das dachte ich mir schon. Sind wir uns nicht sogar bereits einmal in der Klinik begegnet?"

Wieder nickte ich stumm. Es fühlte sich so an, als hätte er Nadel und Faden genommen und damit meinen Mund zugenäht. Doch Jonathan Williams schien mein vorübergehender Mutismus, mein Verstummen nichts auszumachen. Er redete weiter, seine kalten Augen durchdringend und respekteinflößend auf mich gerichtet. „Ich bin überrascht, dass Sie meinem Sohn nichts erzählt haben. Das hätte mich in eine missliche Lage gebracht und meinen lieben Neffen auch. Wissen Sie, Max hat schon genug Sorgen, da muss er sich auch nicht um eine kleine Krankheit Gedanken machen, die ihn nicht selbst betrifft. Und nachdem seine Mutter bereits an Krebs gestorben ist, würde das nur schlechte Erinnerungen bei ihm wecken."

Die Gefühllosigkeit in der Stimme, mit der Jonathan Williams über den Tod seiner Frau sprach, war übelkeitserregend. „Ich bin mir sicher, da Sie offensichtlich die Fähigkeit zu schweigen besitzen, dass Sie eine gute Freundin für meinen Sohn sein werden. Und wenn Sie selbst darin versagen, gibt es ja noch ein paar Gesetze, die meinen Sohn beschützen."

War das eine Drohung? Es klang zumindest so. Zum ersten Mal bereute ich es nicht, dass ich meine Schweigepflicht nicht verletzt hatte. Eigentlich war genau dies meine Chance. Jetzt hatte ich die Möglichkeit, Jonathan eines Besseren zu belehren und mich aus dieser beschissenen Situation zu befreien. Aber auch eine weitere Erkenntnis traf mich: Max hatte mich tatsächlich nicht angelogen. Er wusste nicht, dass sein Vater, der ihm trotz allem noch wichtig war, an Krebs erkrankt war. Und ich hatte Max für einen Lügner gehalten. Reue überfuhr mich, doch ich bekam keine Gelegenheit, diese Situation zu retten. Max höchstpersönlich machte mir einen Strich durch die Rechnung.

Er war zurück und reichte uns jeweils ein Glas Rotwein und fügte hinzu: „Ihr habt ja noch gar nichts zu essen geholt. Komm, Anna. Lass uns deinen Magen füllen."

Er zog mich vom Stuhl und brachte mich schnellen Schrittes in Richtung Buffet.

„Tut mir leid", murmelte er leise in mein Ohr, während wir uns beeilten, mehr Abstand zwischen uns und

Jonathan Williams zu bringen. „Ich hoffe, es war nicht zu schlimm.“

Ich zögerte und blickte über die Schulter zurück. Jonathan Williams saß entspannt auf seinem Platz. Als hätte er darauf gewartet, dass ich zu ihm sah, hob er sein Glas und prostete mir zu.

„Nein. Nein. Eigentlich war er ganz …“, ich zögerte kurz auf der Suche nach dem richtigen Wort, „… höflich.“

Der Mann neben mir entspannte sich jäh, als wäre eine Last von seinen Schultern genommen. Max blieb kurz stehen, um meine eine Haarsträhne hinter das Ohr zu klemmen.

„Vielleicht ist er einfach schwach geworden. Schöne Frauen können manchmal so einen Effekt auslösen.“ Er wirkte plötzlich so glücklich und zufrieden, als wäre die ganze Situation, in der wir uns befanden, nicht völlig falsch. Mit Mia, Sebastian und Jonathan Williams. Wie konnte er jetzt zufrieden sein, während wir uns in einem Hölleninferno befanden? Ich wusste nicht, wann mein Puls das letzte Mal an diesem Tag unter hundert gewesen war. Mein Herz schlug seit der Trauung in einem so raschen Tempo, dass ich mich fragte, wann ich Herzrhythmusstörungen bekäme oder doch gleich einfach umkippte.

„Schöne Frauen können mehr als das“, erwiderte ich trocken. Mein Körper stand unter Strom, der sich durch nichts mehr bändigen ließ. Und dieser Strom zog mir mehr und mehr Energie ab. Ich leerte das Glas Rotwein, das ich vom Tisch mitgenommen hatte, in einem Zug und reichte es Max, der mich verwundert anstarrte.

„Ich brauchte jetzt etwas zu essen und am besten etwas mit Zucker.“

Max folgte mir, als ich mit meinen Absätzen zu dem Tisch mit dem Nachtisch klackerte und mir meinen Teller mit Mousse au Chocolat, Schokotörtchen und kleinen, mit Tiramisu gefüllten Gläsern volllud. Ein belustigtes Lächeln umspielte seine Lippen, aber mir war das egal. Ich flüchtete in eine Welt aus zuckersüßem Glück, umhüllt mit einer warmen Schokoladenkruste.

Kapitel XVII: Tanz mit mir!

Die Feier wurde nicht besser. Nachdem sich die Tischkonstellationen aufgelöst hatten und die Gäste begannen, frei durch den Saal zu wandern, wuchs meine Aufregung nur noch mehr. Sebastian hatte seine Rede bereits gehalten und durchbohrte mit seitdem mit eindringlichen Blicken. Eine Akustikband aus zwei älteren Männern fing an zu spielen. Die ersten Gäste versammelten sich bereits auf der Tanzfläche. Der Tanz des Brautpaars würde wohl erst später stattfinden. Als unsere Augen schließlich einander fanden, zog sich mir der Magen zusammen und ich schmeckte wieder Schokolade in meinem Mund.

Eine Mischung aus Wut, Übelkeit und Enttäuschung lag in seinem Blick. Ich hingegen spürte nur Schmerzen in meiner Magengegend. Meine Gefühle hatten sich zu so einem Brei vermischt, dessen Einzelteile sich nicht mehr differenzieren ließen.

Der zarte Faden der Freundschaft und Vertrautheit zwischen Sebastian und mir war zerrissen. Und mehr noch. Es hatte sich eine Kluft aufgetan, die von Sekunde zu Sekunde weiter klaffte. Ich würde am Montag wieder in der Klinik erscheinen müssen und mit meinem Mentor, einem gewissenlosen Arschloch, arbeiten. Wie sollte das funktionieren? Wie sollte ich das schaffen? Nicht nur mein Privatleben stand dank ihm auf dem Kopf, auch mein Berufsleben.

Wütend wandte ich den Blick ab und wollte mich wieder einem von Max' Cousins widmen, mit dem ich eben noch gesprochen hatte, da bemerkte ich Max. Er stand mit dem Rücken gegen eine Säule gelehnt und musterte Sebastian so voller Hass, dass ich schon fürchtete, er würde ihn gleich anfallen. Wie ein Wachhund war er den ganzen Abend um mich herumgeschlichen. Zu Beginn war ich ihm dankbar gewesen, mittlerweile wurde mir alles zu viel. Auf der Arbeit konnte er schließlich auch nicht auf mich aufpassen. Plötzlich fühlte ich mich so machtlos, wie ich es noch nie zuvor getan hatte. Jemand hatte mir das Ruder aus der Hand genommen und es in den Fluss geworfen. Max hob sein mit Rotwein gefülltes Glas und prostete Sebastian zu. Auch dieser erhob sein Glas und nickte. Ich drehte mich zu meinem Gesprächspartner um, doch dieser hatte sich von mir abgewandt, nachdem ich ihn so offensichtlich ignoriert hatte. Vielleicht war das meine Chance, an die frische Luft zu gehen und durchzuatmen. Raus. Ich musste hier raus.

Plötzlich tippte mir jemand auf die Schulter. Erschrocken fuhr ich zusammen und drehte mich um.

„Entschuldige. Kann ich dich kurz sprechen? Vielleicht bei einem Tanz?" Sebastian. Passierte das gerade wirklich? Vielleicht hatte ich auch einen ganz furchtbaren Albtraum? Ich kniff mir in den Arm, aber nichts passierte. Er war also real. Der Mann, der meine Karriere gestern beinahe zum Einsturz gebracht hatte. Der Mann, der Mia in die Psychiatrie katapultiert hatte. Der

Mann, weswegen ich meine Beziehung mit Max riskiert hatte und der Max schon mal eine Freundin ausgespannt hatte.

Mein Gesicht wurde aschfahl, aber ich folgte ihm auf die Tanzfläche, wo sich bereits einige Paare tummelten, um keine Aufmerksamkeit zu erregen. Als Sebastian seine Hand um meine Taille legte, zuckte ich zurück, ließ ihn aber dennoch gewähren. Seine Berührung brannte sich durch den dünnen Stoff meines Kleides hindurch, hinterließ verkohlte Nekrosen auf meiner Haut.

„Also, du heißt eigentlich Adriana."

Es klang mehr eine Frage als eine Aussage. Ich blickte ihm nicht in die Augen, sondern an ihm vorbei. Wo war Max, wenn man ihn mal brauchte? Kurz zögerte ich, um eine Antwort ringend. Ohne ihn anzusehen, erklärte ich langsam: „Ja. Mein voller Name lautet Adriana Lucretia Rosso. Anna ist nur mein Spitzname." Dann verfiel ich in Schweigen. Jedes Wort, das ich mit ihm wechselte, kostete mich mehr Sauerstoff als zuvor. Ich drohte zu ersticken.

„Und du bist mit Daniels Cousin zusammen?"

Ein mechanisches Kopfnicken. Ich konnte ihn nicht ansehen. Nicht in diese grauen Augen blicken, die mich gestern noch in ihren Bann gezogen hatten, denen ich vertraut hatte. Plötzlich spürte ich eine Hand an meinem Kinn. Ich wandte den Kopf und fand mich genau dort wieder. *Mist.* Meine Nackenhaare stellten sich auf, aber nicht vor Angst. Die Berührung erinnerte mich an unseren Kuss, an das Gefühl seiner Lippen. *Aufreißer! Beziehungszerstörer!* Auf Sebastians hoher Stirn bildeten sich feine Schweißtropfen, ein Zeichen, dass nicht nur ich mich gerade unwohl fühlte. Wieder rang ich nach Worten. „Ja. Es tut mir leid. Ich wusste nicht, dass Daniel Max' Cousin ist. Ich habe auch erst heute von dieser Verbindung erfahren. Verblüffend, oder?" Ich kicherte hysterisch. „Außerdem dachte ich nicht, dass mein Privatleben etwas in der Klinik zu suchen hat. Deswegen habe ich Max nie erwähnt. Mir war nicht klar, dass du …" Meine Kehle schnürte sich bei dem Gedanken daran zu. „Dieser Kuss. Er hat mir nichts bedeutet. Ich war schlichtweg überrumpelt." Ich wunderte mich selbst darüber, dass ich ihm eine Erklärung schenkte, obwohl er diese offensichtlich nicht verdient hatte. Sebastian schlug für einen Augenblick die Augen nieder. Enttäuschung spiegelte sich in seinem Gesicht wider. Schauspieler! Vermutlich hatte ich mir das genauso eingebildet wie die Gefühle zwischen uns. *Dumme, dumme Anna!* Das Lied wechselte und wir gerieten kurz aus dem Takt. Sebastian schürzte frustriert die Lippen und löste seinen Blick. Endlich.

„Wieso küsst du mich zurück, wenn du mit Max zusammen bist?", fragte er. Seine Stimme klang frostig. Dann fuhr er fort, doch diesmal klang er eindringlicher, als wollte er ein für alle Mal etwas klarstellen. „Hör zu. Ich hätte dich nicht geküsst, wenn ich gewusst hätte, dass du mit Max zusammen bist. Hätte ich gewusst, dass du auf Männer wie Max stehst, wäre …" Er brach ab.

„Entschuldigung angenommen." Ich lächelte verspannt. Es fühlte sich an, als hätte man eine Zange genommen und meine Mundwinkel daran nach oben gezogen. Raus! Am liebsten wäre ich einfach aus der

Scheune gerannt. Aber anstatt es auf sich beruhen zu lassen und endlich zu gehen, redete Sebastian weiter.

„Das war keine Entschuldigung. Eher solltest du dich wohl bei Max entschuldigen. Schließlich hast du mir nicht gerade eine Ohrfeige verpasst, als wir uns geküsst haben." Sein Tonfall hatte mehrere Grade an Wärme verloren. Da war er, der echte Sebastian. Der, vor dem Max mich gewarnt hatte.

„Wie gesagt. Ich war überrumpelt." Ich löste mich aus seinem Griff und trat einen Schritt zurück. Die Stellen, an denen er mich berührt hatte, fühlten sich plötzlich kalt und leer an. Aber es war Zeit zu gehen, auch wenn mein Körper das nicht verstand.

Bevor ich jedoch die Chance bekam zu fliehen, betrat das Hochzeitspaar die Tanzfläche. Es war Zeit für den Hochzeitstanz. Umringt von den anderen Hochzeitsgästen mussten wir uns mit unserer Position in der vordersten Reihe geschlagen geben. Musik begann zu spielen, und Hände klatschten euphorisch den Dreiertakt des Walzers mit.

Plötzlich legte sich eine kühle, große Hand auf meine linke Schulter. Ich zuckte zusammen. Der Griff war fest und hielt mich an Ort und Stelle, sodass ich nur den Kopf drehen konnte. Sebastian drehte sich ebenfalls um, aber es war nicht Max, der da hinter uns stand. Der Geruch von Rasierwasser drang mir in die Nase, ein Geruch, der mir schon am Esstisch aufgefallen war. Jonathan Williams.

Sein Kopf schob sich nach vorne, sodass seine schmalen Lippen eng an mein Ohr gelangten. Ich war wie zu Eis erstarrt, als er anfing zu sprechen.

„Ich finde ja, Ihnen steht das Kleid wesentlich besser als der weiße Kittel. Vielleicht sollten Sie sich überlegen, ihn an den Haken zu hängen. Wir wollen doch nicht, dass Sie der Schabernack in der Klinik mehr kostet als nur Ihre Kompetenz." Ein Lächeln umspielte seine Mundwinkel. Hatte er unser gesamtes Gespräch mitangehört? Wir hatten doch leise gesprochen?

Mich durchfuhr ein Schauder der Angst. Noch etwas, was er gegen mich in der Hand hatte. Wenn er Max von meinem Tanz mit Sebastian erzählte, würde dieser vermutlich ein Messer nehmen und damit auf Sebastian losgehen. Wieso wollte Jonathan Williams mich so provozieren? Hatte er solche Angst, dass ich Max von seiner Krankheit erzählen würde?

„Mr. Williams. Ich denke, wir sind uns noch nie vorgestellt worden, aber ich bin Doktor Sebastian Holden, Daniels Trauzeuge und auch Annas Vorgesetzter." Sebastian streckte Max' Vater höflich eine Hand hin. Dieser sah ihn zwar kurz an, ergriff die ausgestreckte Hand jedoch nicht.

„Es ist schön zu sehen, dass Sie sich auch nach Alternativen umsehen. Man kann ja nie wissen. Andererseits war ich schon immer ein eifriger Spender im Förderverein." Er zwinkerte mir zu und verschwand in der Menge. Das war's dann wohl.

Es lag auf der Hand. Würde ich Max von seiner Krankheit erzählen, wäre meine Karriere zu Ende. Wobei ... Das war sie sowieso schon. Und ein zweites Mal an diesem Tag wurde mir übel. Alles, was ich mir aufgebaut hatte, fiel wie ein Kartenhaus in sich zusammen.

Die Musik erreichte ihren Höhepunkt und das rhythmische Klatschen der Menge verfiel in ein wildes Durcheinander. Vermischt mit Glückwünschen jeder Sorte, während das Brautpaar sich küsste. Langsam verstreute sich die Masse auf der Tanzfläche. Nur ich stand immer noch wie gelähmt mit meinem langen grünen Kleid an Ort und Stelle zwischen den tanzenden Paaren und starrte ins Leere. Ich war ein Baum, fest und massiv. Neben mir, ebenso festgewachsen, Sebastian. Meine Beziehung. Meine Karriere. Alles war ein wildes Durcheinander. Ich war zu einem Spielball geworden, der den ganzen Tag herumgeworfen wurde. Wie hatte ich nur so dämlich sein können? Ich legte meine Nase in Falten und ballte meine rechte Hand zur Faust. Ich wollte kein beschissener Spielball, sondern Spielerin sein. Vielleicht war dieses Intermezzo mit Jonathan genau das, was ich gebraucht hatte. Energisch wandte ich mich zu Sebastian um: „Es tut mir leid, wenn ich dich verletzt habe oder dir irgendeinen falschen Eindruck vermittelt habe. Wie auch immer das passiert sein soll. Ich würde es an deiner Stelle darauf beruhen lassen, sonst sehe ich mich genötigt, mit Professor Vadasz zu sprechen.“ Wenn er mir Probleme machte, würde er mit mir untergehen. Es war gemein, aber ich würde mich aus dieser Scheiße selbst herausziehen, auch wenn ich dafür über Leichen gehen musste. Ich war unprofessionell gewesen, aber Mr. Superoberarzt ebenfalls.

„Okay, okay.“ Er legte mir sanft die Hände auf die Schultern, als wollte er mich beruhigen. Ich aber schüttelte seine Hände mit einer kurzen Bewegung ab. Jeder fasste mich heute an, ob ich wollte oder nicht. Resigniert trat Sebastian einen Schritt zurück.

„Dann lasse ich dich jetzt zukünftig in Ruhe. Nur eine Frage habe ich noch. Weiß Max von dem Kuss?" Sorge spiegelte sich in seinem Gesicht wider.

„Ja, weiß er."

Die Stimme, die seine Frage beantwortete, war nicht meine, sondern eine männliche. Auch ohne mich umzudrehen, wusste ich, wer diesmal hinter uns stand. Max lächelte, was eher einem Zähneblecken glich. Sebastian öffnete den Mund, als wollte er sich bei Max entschuldigen oder irgendetwas sagen, da fiel ihm Max schon ins Wort. „Würdest du uns entschuldigen, ich möchte mit meiner Freundin tanzen. Du kannst gerne andere Frauen begrabschen, die ohne Partner hier sind. Auch wenn das nicht deinem Beuteschema zu entsprechen scheint." Sebastian schloss den Mund wieder. Max' Augenbrauen zuckten auffordernd. Sofort färbten sich Sebastians Wangen rot, aber er nickte nur, drehte sich um und verließ die Tanzfläche wandte sich kein einziges Mal mehr um.

Max ergriff meine Hand und umfasste meine Taille. Es hätte eine liebevolle Geste sein können, aber die Kälte war immer noch nicht aus seinen Augen gewichen und sein Griff war eine Spur zu hart. Ein Schauer überlief mich.

„Kaum bin ich eine Minute weg, klebt er schon an dir."

Ich senkte den Kopf. „Ich habe es überlebt. Er wird mich jetzt in Ruhe lassen."

„Das will ich auch schwer hoffen."

Entnervt schüttelte ich den Kopf. „Heute Morgen habe ich mich noch auf diese Feier gefreut. Ich dachte, wir würden tanzen und ein paar schöne Stunden verbringen. Und jetzt das." Ich lachte kurz und frustriert auf. Max führte mich in eine Drehung.

„Es tut mir leid." Seine Entschuldigung machte die Sache auch nicht mehr besser. Hätte er mich früher gewarnt, mir früher davon erzählt, wäre jetzt alles anders. Vielleicht wäre ich niemals auf Sebastian hereingefallen. Aber das hatte nichts mit Max zu tun. Ich trug an diesem Desaster genauso Schuld wie er, wenn nicht sogar mehr.

„Wie soll ich denn jetzt mit ihm umgehen? Er ist immer noch mein Mentor, mein Oberarzt." Verzweiflung überfiel mich. „Wie hat es Mia den Tag über neben ihm ausgehalten?"

„Du wirst sie sicher nicht danach fragen. Du lässt sie in Ruhe. Hast du mich verstanden?" Max' Stimme duldete keine Widerworte.

„Aber …"

„Kein Aber. Lass mich erst mit ihr reden … Bitte."

„Na gut."

„Und wegen der anderen Sache. Du musst nicht im Chicago Med arbeiten. Es gibt noch genug andere Kliniken, die ebenso anerkannt sind. Du kannst jederzeit kündigen."

Die Eindringlichkeit in Max' Stimme bewies, dass er nur darauf gewartet hatte, dieses Thema anzusprechen. Es war von Anfang an sein Wunsch gewesen.

„Sag mal, spinnst du? Ich habe das letzte halbe Jahr damit verbracht, mich einzuarbeiten und mir die Anerkennung meiner Kollegen zu verdienen. Das schmeiß ich doch nicht einfach so weg."

„Deiner Kollegen? Ich nehme an, du meinst Sebastian. Auf sein Urteil solltest du wirklich nichts geben. Wir wissen ja, wieso er dich gefördert hat. Und es ist besser, sich einen eigenen Namen zu machen, ohne einen solch zweifelhaften Ruf." Max brach ab und ließ seinen Blick über die Menschenmenge wandern. Mir wurde kalt.

„Habe ich dir eigentlich schon gesagt, wie wunderschön du heute aussiehst?"

Plötzlich wurde alles in mir still. „Ich glaube, ich muss mal frische Luft schnappen." Ich löste mich von ihm. Alles war zerbrochen.

Atmen. Atmen bedeutete Luft. Luft bedeutete Sauerstoff. Sauerstoff bedeutete Leben. *Atme, Anna*. Es war zu viel. Diese Feier, das alles war zu viel. Ich stand auf dem verlassenen Feldweg, den ich vorhin noch mit Max beschritten hatte. Die Schuhe hatte ich ausgezogen, trug sie lose in den Händen. Die letzten Meter war ich gerannt. Schweiß lief mir über die Stirn, verwischte die Reste meines Make-ups vollends. Ich bekam keine Luft, aber nicht durch das Rennen, sondern weil die Welt um mich herum aus den Angeln gehoben worden war. Die Menschen in dieser Scheune nahmen mir die Luft zum Atmen.

Max' Vater drohte mir mit einem Jobverlust. Sebastian hatte mir falsche Gefühle vorgespielt und ich war darauf hineingefallen. Hatte alles mit einem einzigen dämlichen Kuss zerstört! Max hatte mich belogen und jetzt verlangte er, dass ich meinen Job, den ich über alles liebte, aufgab. Einen Job, in dem ich gut war. Die Gefühle, die Freundschaft zu Sebastian, das alles hatte ich mir eingebildet. *Atme!* Ein Schrei entrann sich aus den Tiefen meiner Kehle und zerriss die Nacht. Ich schleuderte meine Schuhe weit von mir und sank auf die Knie, das grüne Kleid lag wie eine Wiese um mich gebettet. Alles war eine Lüge. Meine Karriere war vorbei. Wie hatte das nur geschehen können?

Ich hätte geweint, hätte ich noch Energie dafür übriggehabt. Aber in mir war nichts mehr, außer einer allumfassenden Leere. Sie hatte das Chaos ersetzt und fraß sich nun durch meine Seele, löschte jegliches Gefühl aus.

Max wollte mich nur schützen, er liebte mich. Doch wie ich es auch drehte und wendete, er verlangte Unmögliches von mir. Ich legte meine Finger an meine Schläfen und drückte fest zu, aber ich hatte immer noch das Gefühl, dass mein Kopf gleich platzen würde. Zu viele Informationen, zu viele Gedanken. War Sebastian gut oder böse? Max hatte mich beschützen wollen und dennoch hatte er mich ein halbes Jahr lang mit Sebastian zusammenarbeiten lassen, ohne einen blassen Schimmer von ihrer Verbindung. Log er vielleicht aus Eifersucht? Würde er eine solche Geschichte aus Eifersucht erfinden?

In meinem Kopf drehte sich die Welt, sodass mir schwindelig wurde. Ich fiel nach vorne und stützte meine Hände an der vertrockneten Erde unter mir ab. Die Nähe zum Boden beruhigte mich. Zurück zu den Tatsachen. Ich war mit Max zusammen, er hatte mir verziehen und nun musste ich ihm verzeihen. Das war doch letztlich das, was zählte. In guten wie in schlechten Zeiten. Alles andere musste warten. Ich brauchte Zeit, um zu verstehen und meine Gedanken zu ordnen. Heute Abend würde ich das sicher nicht mehr. Heute hatte das Chaos mich in der Hand. Die Feier war ein Desaster, gut. Mein Leben ging den Bach runter, gut. Aber wenn dem schon so war, würde ich das sicher nicht vom Boden aus erleben. *Die Welt geht morgen auch noch unter und gestern sowieso.* Ich würde das Chaos beherrschen. Ich würde fliegen.

Als ich zurück in die Scheune kam, war die Luft merklich abgekühlt. Jemand musste durchgelüftet haben. Ich sah mich nach Max um und fand ihn sofort. Er saß mit Mia an einem Tisch in der Ecke und redete eindringlich auf sie ein. Ein Blick in ihre Richtung bestätigte meine Vermutung, dass es dabei um mich ging.

Ich seufzte und warf die Haare zurück. Da vorne stand Markus mit ein paar Arbeitskollegen. Zumindest dort war ich heute willkommen. Ich schnappte mir ein Glas Wein vom Tablett des Kellners und ging auf meine Kollegen zu.

„Also noch mal zusammenfassend. Du und Max seid schon seit Herbst zusammen und du wusstest die ganze Zeit über nicht, dass sein Cousin dein Oberarzt ist? Wie kann das sein?"

Ich kicherte. Der Wein war die einzig gute Entscheidung des Tages gewesen. Ein krönender Abschluss bei einem desaströsen Ende meiner Karriere. Wie schnell ging so eine Kündigung überhaupt vonstatten?

„Ja. Ich habe mit Daniel nie viel zu tun gehabt und
Max hat eine ganze Menge Cousins. Außerdem hatten
wir Besseres zu tun, als über die Arbeit zu quatschen."

Gejohle folgte meinen Worten und ich gab Markus
die Faust, nur um anschließend einen großen Schluck
aus meinem Weinglas zu nehmen.

Es quietschte, als sich jemand auf die Lehne meines
Stuhls stützte. Ich wandte mich um und mein Lächeln
wurde eine Spur kühler, verschwand aber nicht gänzlich aus meinem Gesicht. Da war der Mann, der wollte,
dass ich meine Karriere für ihn aufgab. Na ja, die Überreste davon, wenn ich an Jonathans Drohung dachte.

„Ah, da bist du ja. Also Max. Das ist Markus, er hat mit
mir zusammen angefangen. Und das ist Ricardo, er ist
Radiologe, also kein richtiger Arzt."

Markus johlte erneut. Die anderen stellte ich als Stu-
dienkollegen von Daniel vor, ich hatte sie selbst eben
erst kennengelernt. Aber in Max' Gesicht blitzte hin
und wieder Erkennen auf.

Sie schüttelten einander die Hände und begannen direkt von alten Geschichten aus dem Studium zu erzählen.

Ich, die als Einzige nicht an der Columbia studiert
hatte, lauschte gespannt und gab meinerseits Anekdo-
ten von den schrulligen Professoren aus meiner Zeit
auf der Ohio State University zum Besten. Alles in allem waren die Gespräche wohl für jeden interessanter
als für Max, der nur ein klägliches Lächeln für unsere
Themenauswahl übrighatte. Mein Mitleid hielt sich in
Grenzen. Schließlich hatte er mich in diese beschissene
Lage gebracht. Ich hatte es mir absolut verdient, im
Geiste in die Klinik fliehen zu dürfen.

„Ich glaube, ich besorge uns nochmals eine Runde? Bier? Havananna, du bleibst beim Üblichen, oder?“

Ich kicherte. „Ich kann dich doch nicht enttäuschen.“

„Aber pass auf, kleiner Vogel. Nicht, dass du uns wieder davon fliegst.“ Markus lachte laut über seinen eigenen Witz und ging davon.

Max runzelte fragend die Stirn. „Kleiner Vogel?“

Die Röte, die der Alkohol auf meinen Wangen hinterlassen hatte, intensivierte sich. Auch die anderen blickten fragend in die Runde.

Ricardo klopfte mir auf den Rücken. „Ich hab doch gesagt, dass wir dich das nicht so leicht vergessen lassen.“

„Das letzte Mal, als wir trinken waren, hat sich Anna auf den Tisch gestellt ...“

Ich unterbrach ihn harsch. „Nein, es war nur der Stuhl“, sagte ich mit erhobenem Zeigefinger.

„Dann war es eben nur der Stuhl. Sie stellte sich jedenfalls hin und rief durch die Kneipe: ‚Und sie spannte ihre Flügel auf und flog in die Welt hinaus.‘ Wirklich jeder in einem Umkreis von zehn Metern hat sich nach uns umgedreht. Wir haben sie dann wieder auf den Boden der Tatsachen zurückgezerrt und ihr erklärt, dass ihr Alkohol keine Flügel verleiht.“

Die anderen begannen zu lachen, nur Max nicht. Markus kam zurück und reichte mir ein volles Glas Havana-Cola. Ich wusste, dass ich besser auf Wasser umsteigen sollte, aber die Vernunft war mir an dem heutigen Abend längst abhandengekommen.

„Apropos Flügel. Wo ist unser Energiedrink-Liebhaber? Sebastian, komm her! Was machst du noch da drüben? Wir haben den Vogel wieder aus dem Käfig gelassen!“, rief Markus plötzlich.

Erschrocken drehte ich mich um. Sebastian schien genauso wenig Lust auf meine Gesellschaft zu haben wie ich. Schulterzuckend kam er langsam auf uns zugeschlendert.

Markus klopfte ihm freundlich auf die Schulter. „Weißt du noch, wie Havananna ihrem Namen alle Ehre machte?" Sebastian grinste, aber das Lächeln erreichte nicht seine Augen. Ich sah, wie Max' Kiefermuskeln gefährlich zuckten. Noch bevor wir in das zweifelhafte Vergnügen einer Antwort kamen, ertönte eine Fanfare aus den Lautsprechern um uns. Eine der Trauzeuginnen stand mit der Band auf der kleinen Bühne und verkündete das Eintreffen der Hochzeitstorte. Daniel und seine frisch gebackene Frau eilten auf das vierstöckige Monstrum zu und die Hochzeitsgesellschaft erhob sich von ihren Plätzen, um diesem Ereignis beizuwohnen.

Als ich den anderen folgen wollte, hielt Max mich kurz am Arm fest. „Danach gehen wir", fauchte er.

Ich schüttelte seinen Arm ab. Schon wieder dieser herrische Unterton. Er bevormundete mich wie ein kleines Kind. Aber ich konnte nicht umhin, ihm zuzustimmen. Wir waren jetzt lang genug da gewesen, als dass es nicht unhöflich war, zu gehen. Als wir die Menschenmenge erreichten, führte Max mich fort von Markus und Ricardo. Kurz darauf trat Mia zu uns, würdigte mich aber keines Blickes. Ich schaute besorgt zu der jungen Frau. Mia sah so makellos wie immer aus. Aber ein harter Zug hatte sich um ihren Mund gebildet. Der gleiche harte Zug wie bei Max. Ihre Verwandtschaft war unübersehbar. Dennoch. Etwas keimte in mir. Etwas, von dem ich nicht wollte, dass es wuchs. Mia hatte

den ganzen Abend entspannt gewirkt, tausendmal ent-
spannter als ich oder Max. Mein Blick glitt über die
Menge. Zwei graue Augen blitzten mir entgegen, die
Traurigkeit in ihnen schnürte mir den Atem ab. Als die
Menge dem Brautpaar applaudierte, verabschiedeten
wir uns.

Kapitel XVIII: Schlaflos

Das Schlimmste an Nachtdiensten war die Einsamkeit. Und dieses Mal war ich ganz allein. Ein niederdrückendes Gewicht der Verantwortung legte sich über mich, als ich meinen Kittel anzog. Egal wie viel Chaos herrschte, ich hatte mich immer auf meinen Hintergrund verlassen können. Ich hatte gewusst, dass, egal wie hoch das Wasser auch stand, mir jemand einen Sandsack zuwerfen würde. Aber heute war es anders. Ich war Sebastian seit mehr als drei Wochen aus dem Weg gegangen. In der Klinik gab es schließlich mehr Oberärzte als nur Sebastian. Nur heute Nacht waren diese für mich nicht erreichbar. Ich knöpfte den Kittel zu.

Vielleicht hatte ich Glück und es würden sich nur die üblichen Verdächtigen in der Notaufnahme blicken lassen. Genug, um mich wach zu halten, aber kein echter Notfall. Keine Operation. Allerdings war das bei meinem Dienstglück unwahrscheinlich. Wenn ich Pech hatte, würde ich in ein paar Stunden mit Sebastian Holden am Tisch stehen und da konnte man nicht einfach so ohne Erklärung verschwinden.

Nach der Übergabe vom Tagdienst begab ich mich sofort in die Notaufnahme und betrachtete die aktuellen Fälle. Hoffnung keimte in mir auf. Ein paar schlurfende Schritte kamen um die Ecke und die massige Gestalt von Schwester Amara begrüßte mich, eine Akte in der Hand.

„Ahh! Da haben wir ja schon unsere Frau Doktor."

Ich lächelte erfreut. Vielleicht war ich doch nicht so allein. Schwester Amara hatte immerhin über fünfzig Jahre Arbeitserfahrung. Doch mein Lächeln erstarb, als ich die von Rettungssanitätern gezogene Liege hinter ihr entdeckte. Eine zierliche alte Dame mit faltigem Gesicht.

„Bauchschmerzen, seit Tagen zunehmend", übergab die Schwester und drückte mir die Papiere in die Hand.

Ich blickte auf den Bericht. Johanna Illing, dreiundsiebzig Jahre alt. Mehr stand da nicht. Frustriert folgte ich dem Rettungsdienst in die Kabine und begann mit der Untersuchung. Es dauerte lange, bis ich aus dem Kauderwelsch von Mrs. Illings Geschichte irgendwelche Informationen ableiten konnte. Dafür wusste ich jetzt alles über den neuen Hund der Nachbarin und dass der Berti, ihr Ehemann, Bridge spielen war und erst später nach Hause kommen würde. Da er kein Telefon hatte, würde er nur einen Zettel über Mrs. Illings Verbleib finden. Berti hatte auch einen Zwillingsbruder, der ihm auf ein Haar glich.

„Nein, nein. Geschwister habe ich keine. Aber zwei Kinder von Berti. Die wohnen allerdings nicht mehr hier. Das ist aber ganz und gar nicht schlimm. Der Berti und ich, wir sind immer gut zurechtgekommen."

„Nehmen Sie irgendwelche Medikamente ein? Haben Sie Vorerkrankungen oder schon mal eine Operation gehabt?"

„Also Berti hat einen ziemlich hohen Blutdruck. Da richte ich ihm jeden Morgen seine Tabletten. So kleine

Rosafarbene nimmt er da immer. Ich glaube, das kommt vom Wein. Aber Berti will einfach nicht aufhören zu trinken. Gestern erst habe ich gesagt: ‚Berti, wenn du so weiter machst, bringst du dich noch ins Grab.‘ Aber er sieht es einfach nicht ein.“

„Und was ist mit Ihrem Blutdruck, Mrs. Illing?“

„Hach. Denn messe ich nie.“

Ernüchtert seufzte ich und versuchte mir meinen Frust nicht anmerken zu lassen. „Wo haben Sie denn genau die Bauchschmerzen?“

Mrs. Illing erinnerte sich jäh, dass sie ja eigentlich wegen starker Bauchschmerzen den Rettungsdienst gerufen hatte und nicht wegen Bertis Blutdruck. Sie hob mühsam den Kopf von der Liege, den sie während des gesamten Gesprächs dort flach gebettet hatte, und deutete in die Mitte ihres Bauches. Ich beäugte den Bauch, keine Auffälligkeiten. Bei Druck darauf wirkte sie nicht besonders beeinträchtigt. Die üblichen Fragen über Dauer, Stärke der Beschwerden sowie den letzten Stuhlgang mit der einhergehenden digital rektalen Untersuchung zeigten sich genauso wenig zielführend wie der vorangegangene Teil.

Hin und wieder kam Amara vorbei und beobachtete mich beim Ultraschall. Aber die Luft in den Darmschlingen verhinderte, dass ich einen Blick auf die darunter liegenden Organe erhaschen konnte.

Dafür wusste ich jetzt, dass Mrs. Illing sehr gerne eine Katze gehabt hätte, aber Berti dagegen allergisch war.

„Was ist? Was habe ich denn jetzt, Schwester?“ Mrs. Illing sah mich verzweifelt an.

„Ich glaube, dass Sie vielleicht einen Infekt und deswegen die Bauchschmerzen haben. Es kann auch sein, dass Sie vielleicht Durchfälle entwickeln. Ich würde sagen, Sie bleiben hier, bis der Berti ..." Ich hielt einen Moment inne und korrigierte mich dann: „Bis Ihr Mann kommt und Sie abholt. Wir warten allerdings noch auf die Blutergebnisse."

Mrs. Illing ließ ihren Kopf erleichtert auf die Liege sinken. „Danke, Schwester. Könnten Sie mir vielleicht noch eine Decke bringen? Mir ist so furchtbar kalt."

Natürlich. Sie trug nur einen dünnen Cardigan aus Wolle. Ich nickte Schwester Amara zu, die mit verschränkten Armen an die Tür gelehnt zugehört hatte und ging aus dem Zimmer zum nächsten Patienten. Doch anstatt Mrs. Illing zu versorgen, folgte mir die Schwester nach draußen. „Ich finde, das sieht nicht nach einem Infekt aus. Sicher, dass sie nicht etwas anderes hat?"

Ich schüttelte den Kopf und lehnte mich müde gegen die Wand. „Nein, glaube ich nicht. Sie hat kaum Schmerzen. Und der Ultraschall war auch mehr oder weniger unauffällig."

Schwester Amara schürzte nur die Lippen und sagte nichts mehr. Einen Augendreher vermeidend widmete ich mich dem nächsten Patienten, davon gab es noch mehr als genug. Ich war völlig in meiner Arbeit versunken, bis Schwester Amara plötzlich in mein Untersuchungszimmer gestürmt kam.

„Mrs. Illing sieht deutlich blasser aus. Sie hat jetzt auch noch Fieber und die Laborwerte sehen auch nicht gut aus."

Überrascht folgte ich der Schwester und prüfte die Werte auf dem Monitor. Hohe Entzündungsparameter. Mist. Das war wahrhaftig mehr als nur ein Infekt. Ich seufzte und Amara sagte genau das, was ich befürchtete.

„Vielleicht halten Sie mal Rücksprache mit dem Hintergrund. Es ist nicht mal zehn Uhr? Wer hat Dienst? Holden, oder?"

Genau das hatte ich vermeiden wollen. Ich zögerte. „Wir machen jetzt erst mal ein CT." Amara erwiderte nichts. „Gut, ich werde noch mal drauf gucken."

Diesmal schien Mrs. Illings Schmerz differenzierter zu sein, zumindest deutlich mehr auf der rechten Seite. Leichte Schweißperlen hatten sich auf ihrer Stirn gebildet.

„So hat es auch wehgetan, als ich den Krankenwagen gerufen habe", krächzte die alte Frau.

„Gut. Wenn es trotz der Schmerzmittel schlimmer geworden ist, werden wir jetzt eine Computer-tomografie machen. Das ist noch mal eine Untersuchung für den Bauch. Ich erkläre Ihnen kurz den Ablauf."

Ich setzte mich in das Arztzimmer und wartete. Mit dem Spätabend waren auch die meisten Patienten verschwunden, sodass ich kurz einen Moment hatte, um etwas zu trinken und zu essen. Zwischen den Bissen dokumentierte ich Befunde und schrieb die Ambulanznotizen fertig.

Hin und wieder wanderte mein Blick zum Telefon. Vor einem Monat noch hätte ich sofort Sebastian angerufen und gefragt, ob wir nicht einfach in den Bauch schauen wollten, ohne vorher das CT zu machen. Wenn sie eine Blinddarmentzündung hatte, konnte es sein, dass mein langsames Handeln den Krankheitsverlauf verschlimmern würde. Was war, wenn der Blinddarm zwischenzeitlich geplatzt war und sich Stuhl in die

Bauchhöhle ergoss? Andererseits konnte man sie in ihrem Alter nicht dem Risiko einer Operation ohne klare Ursache aussetzen. Wahrscheinlich war es doch keine Blinddarm-entzündung und ich musste Sebastian gar nicht anrufen. Antibiotika konnten in so einem Fall Wunder wirken und Sebastian Holden ruhig schlafen. Nachdenklich drehte ich das kleine Steinzeittelefon in meinen Händen. Sofort spürte ich wieder seine Lippen auf den meinen, seine Hand an meiner Wange. Mein Atem ging schneller. Sebastian Holden war ein Arschloch, warum verstand das mein Körper nicht. Er hatte mich bloßgestellt. Meine Karriere aufs Spiel gesetzt und die Beziehung zwischen mir und Max beinahe zerstört. Mein Hals schnürte sich zu. Das Telefon in meinen Händen war plötzlich glitschig vor Schweiß. Seine Hand auf meiner Taille. Diese ständigen Berührungen auf dem Basketballplatz. Wir beide nebeneinander am OP-Tisch.

„Anna?" Der plötzliche Klang von Schwester Amaras Stimme ließ mich zusammenfahren. Das Telefon fiel auf den Boden und die Batterien verteilten sich im Raum. Hastig kniete ich mich hin und sammelte sie auf. Ein Teil der Verschlussklappe war herausgebrochen, sodass sie nicht mehr festhielt. Wortlos reichte Schwester Amara mir ein Stück von ihrer Pflasterrolle, damit ich das Telefon notdürftig verarzten konnte.

„Ich wollte Ihnen nur sagen, dass Mrs. Illing vom CT zurück ist."

Ich bedankte mich und öffnete die neuen Bilder auf dem Bildschirm. Anstatt zu gehen, stellte sich Amara hinter mich und spähte mir über die Schulter. Ich verkniff mir einen Kommentar und scrollte durch die Aufnahmen.

„Sie sollten wirklich Doktor Holden anrufen."

Entnervt seufzte ich auf. Es wäre auch zu schön gewesen, eine Nachtschicht ohne seine Visage zu verbringen. „Ja, mache ich", fauchte ich.

Amaras Augenbrauen verschwanden fast unter dem grauen Pony. Sie schürzte die Lippen und wackelte aus dem Arztzimmer heraus. Sofort bereute ich meinen Ausbruch.

Es war bei Weitem nicht so schwer, die Privatnummer von Sebastian Holden zu wählen, wie es sich tatsächlich anfühlte. Nach dem dritten Klingeln ging er ran.

„Holden?" Seine Stimme klang schroff. Der gleiche Ton wie in den letzten Tagen, wenn wir gezwungen gewesen waren, ein paar Worte miteinander zu wechseln. Ebenso freundlich erläuterte ich ihm den Fall und nur zwanzig Minuten später stand er im Kittel in der Notaufnahme und untersuchte Mrs. Illing auf die gleiche Weise, wie ich es bereits zweimal getan hatte. Doch ihr Zustand hatte sich rapide verschlechtert.

Jetzt stand ihr deutlich der Schweiß auf der Stirn und sie zitterte am ganzen Körper. Sie musste dringend operiert werden. Dass auch Sebastian dieser Meinung war, machte er klar, indem er die Arztzimmertür hinter sich zuknallte. „Wieso hast du nicht schon vor zwei Stunden angerufen, vor dem CT?" Kleine Zornesfalten hatten sich auf seiner Stirn gebildet.

„Es hätte wohl kaum einen Unterschied gemacht oder hättest du sie ohne CT operiert? Und außerdem ging es

Mrs. Illing bis vor Kurzem nicht so schlecht. Ihr Zustand hat sich erst in den letzten Minuten rapide verschlechtert", argumentierte ich, wurde aber sofort unterbrochen.

„Was bei ihren Entzündungswerten aber auch zu erwarten war. Diese Frau gehört auf den OP-Tisch, und zwar eher gestern als heute."

„Ich kann sie doch nicht wegen eines erhöhten Laborwertes operieren. Im Ultraschall hat man nichts gesehen. Es hätte alles sein können."

„Deswegen ruft man auch seinen Oberarzt an und fragt nach dessen Meinung, wenn man solche Laborergebnisse hat. Es ist nicht mal zwölf. Es unterliegt meiner Verantwortung, dass du hier keine Scheiße baust. Dafür muss ich auch wissen, was du machst, besonders wenn du dir unsicher bist." Er hatte sich vor mir aufgebaut und seine Stimme war lauter als geplant. Man hörte ihn sicher bis auf den Gang.

„Ich war aber nicht unsicher. Ich wusste, dass es noch weiterer Diagnostik bedarf, bevor man irgendetwas machen kann, und genau das habe ich getan", verteidigte ich mich. Trotzig verschränkte ich die Arme vor der Brust. Hitze schoss in mein Gesicht.

„Es ist schön, dass unsere Assistenzärztin im ersten Jahr weiß, was zu tun ist und die richtige Diagnostik anfordert. Das ändert aber nichts an der Tatsache, dass man bei solchen Laborwerten den Oberarzt dazuruft und sich bespricht. Hättest du das nämlich getan, läge Mrs. Illing bereits auf der Operationsliege. So dauert es mindestens noch eine halbe Stunde. Eine halbe Stunde, die du zu verantworten hast. Eine halbe Stunde, in der sie septisch wird. Du rufst jetzt im OP an und kümmerst dich darum. Und wenn etwas ist, dann rufst du mich an." Den letzten Satz spuckte er mir förmlich ins Gesicht. Wutschnaubend trat er an mir vorbei und verließ das Zimmer.

Mrs. Illings Operation lief reibungslos. Doch anstatt anschließend heimzugehen, nahm sich Sebastian einen Hocker und rollte zu mir an den Schreibtisch im Arztzimmer der Notaufnahme. Eine Bewegung, die mir schon mehr als vertraut vorkam. Frustriert hämmerte ich auf die Tasten am Computer ein, um einem weiteren Gespräch aus dem Weg zu gehen. Wo war Schwester Amara, wenn man sie mal brauchte?

Sebastian öffnete schon den Mund, da kam die heilige Amara zur Tür hereinspaziert. Danke, lieber Gott!

„Ist die OP gut verlaufen?", fragte sie, ein Stück Brezel kauend.

Sie musste die Auseinandersetzung zwischen mir und Sebastian vorhin mitbekommen haben. Laut genug waren wir dafür gewesen. Jetzt kam sie, um sich ihren Sieg abzuholen, verständlicherweise. Ich hatte mich wie ein Miststück aufgeführt.

Sebastian drehte sich auf dem Hocker und stieß sich vom Boden ab, sodass er auf Amara zurollte. *Wie ein kleines Kind.* Vor der Schwester bremste er ab und berichtete ihr.

„Wir waren wohl noch rechtzeitig", endete er. „Aber ich frage mich schon, warum du meiner Assistenzärztin nicht die Hölle heißgemacht hast, nachdem das Labor kam. Du kennst dich doch aus."

Amaras wässrige Augen wanderten zu mir und sie fing meinen Blick auf. Jetzt konnte ich mir die Rechnung für mein zickiges Verhalten abholen, dabei lag ich schon auf dem Boden. Boxsack! Das war doch eine super Jobalternative. Vielleicht wäre Max damit einverstanden. „Klinisch war Mrs. Illing am Anfang wirklich sehr unauffällig, und dann ging alles plötzlich so schnell."

Jähe Dankbarkeit für die Schwester durchströmte mich. Das würde mich mindestens einen Kuchen kosten. Sebastian warf Amara einen zweifelnden Blick zu, sagte aber nichts.

„Zumindest sind jetzt gerade keine größeren Sachen da. Also wie wäre es, wenn Sie beide versuchen, eine Mütze Schlaf zu bekommen", fuhr die Schwester fort und verabschiedete sich. Mit den Füßen stieß sich Sebastian von der Tür ab und rollte zu mir hinüber. Den Ellenbogen auf den Tisch abgestützt sah er mich aus großen Augen heraus an. „Schlafen? Im Dienst. Du hast heute echt Glück."

Die Augen auf den Bildschirm geheftet, nickte ich geistesabwesend. Es waren drei Meter bis zur Tür, die dank Sebastian jetzt geschlossen war. Sebastian rückte noch mal ein Stück näher.

Unsere Knie waren nur noch Zentimeter voneinander entfernt. Fragend suchte er meinen Blick. Hastig wandte ich den Kopf ab. „Komm schon, Anna. Wir können so nicht mehr weitermachen." Dieses Gespräch wollte er also wirklich führen. Sobald ich ihm nicht mehr aus dem Weg gehen konnte, stürzte er sich auf mich. Max hatte recht gehabt und das bedeutete, dass ich tatsächlich tun musste, was er von mir verlangte.

Bald, zu bald, würde ich das Chicago Med hinter mir lassen.

„Was meinst du?“, fragte ich unschuldig. Mit dem Schreibtischstuhl rollte ich ein Stück von Sebastian weg. Es waren noch zwei Meter fünfzig bis zur Tür. Wenn ich einfach losrannte, wäre er doch bestimmt so überrascht, dass er mir nicht hinterhereilen würde, oder?

„Du weißt, was ich meine. Die Stimmung ist eisig. Du schaffst es nicht mal, mich als deinen Hintergrund anzurufen.“

Sebastians Augen folgten meinen Bewegungen. Er registrierte wohl, wie ich mit meinem Stuhl immer weiter Richtung Tür rollte. „Du brauchst jetzt gar nicht abzuhauen. Wir müssen das klären. Endgültig.“

„Was möchtest du denn klären?“, fauchte ich.

„Den Kuss? Dass ihn jemand gesehen hat? Max? Dass du mich küsst, obwohl du einen Freund hast? Dass du mich jetzt anscheinend hasst? Such dir etwas aus!“

Ich schnaubte. War klar, dass er dachte, ich hätte Gefühle für ihn. Dabei war ich für ihn nichts weiter als ein Spiel gewesen. Möglichst viele Herzen brechen. Wie viel er dabei zerstörte, war ihm dabei völlig gleichgültig. Meine Karriere. Meinen Traum. Meine Beziehung. Ich geriet in Rage. „Ist es das, was du denkst? Dass ich etwas empfinde für dich, obwohl es offensichtlich nicht der Fall ist?“ *Obwohl du für mich auch nichts empfindest.*

Sebastian zuckte bei der Schärfe in meiner Stimme zusammen.

„Um eins klarzustellen. Ich wurde von dir überrumpelt. Du hast mich ohne meine Einwilligung geküsst.

Weißt du, wie man so etwas nennt? Sexuelle Belästigung am Arbeitsplatz."

Sebastian stand auf. Er hob beschwichtigend die Hände, wollte auf mich zugehen. Der Schock stand ihm ins Gesicht geschrieben. Er wollte etwas sagen, doch auch ich sprang von meinem Stuhl hoch.

„Komm mir ja nicht zu nahe. Ich bin kein Püppchen, das du abschleppen und dann links liegen lassen kannst. Mit mir machst du das nicht."

Es fühlte sich gut an, diese Worte auszusprechen. Vielleicht war dieses Gespräch doch gut, damit ich beruhigt schlafen konnte, ohne mir Sorgen zu machen, dass Sebastian mir noch einmal zu nahe kam. „Ich bin eine gute Ärztin und ich sehe nicht ein, dass die Leute sagen werden, ich würde durch die Beziehung zu dir gefördert werden. Ich brauche dich nicht als Fürsprecher, wenn du dir dafür Dinge von mir erhoffst. Ich werde mir sicher nicht mein Leben von dir zerstören lassen." Sebastian blinzelte und ließ die Arme sinken. Durch seine eckige Brille sah er mich verdutzt an. Er öffnete seinen Mund und schloss ihn wieder. An seiner Stirn pochte nur allzu deutlich eine Ader.

„Bitte was? Was soll ich machen?"

Frustriert zog ich den Kittel enger um meinen Körper. „Du weißt genau, was ich meine."

„Nein. Tatsächlich weiß ich das nicht."

„Doch das weißt du."

„Wirst du es mir sagen, oder drehen wir uns jetzt noch ein paar Runden im Kreis?"

Es war mucksmäuschenstill im Arztzimmer. Sebastian ging einen Schritt auf mich zu und ich trat weiter zurück. Ich versuchte wieder, die gefährliche Aggressivität in meiner Stimme hervorzuholen, scheiterte jedoch: „Du und Valerie?"

„Was ich und Valerie?"

Er wirkte wütend, aber auch irgendwie verletzt. Jetzt, wo wir beide so nahe beieinander standen, wurde mir seine Größe wieder richtig bewusst. Eineinhalb Meter zur Tür. Ich drehte mich um, wollte schon die Tür aufreißen, da drückte eine größere, stärkere Hand dagegen und hielt sie zu.

„Was deutest du hier an, Anna?" Seine Nasenspitze war so nahe, dass ich sehen konnte, wie sich die Nasenlöcher vor Entrüstung blähten. In einer ähnlichen Situation hatten wir uns schon mal befunden und er hatte mich geküsst. Und ich hatte mich in meiner unbeschreiblich großen Dummheit kurz dem Moment ergeben und diesen Kuss erwidert. Ich war wie all diese anderen Frauen, die ihre Karriere durch Liebe zerstörten. Das durfte mir nicht passieren.

„Anna." Seine Stimme klang eindringlich. „Sag es mir."

Niemand würde mitbekommen, wenn ich jetzt schwach wurde. Nur wir würden es wissen. Doch ich hätte verloren. Dann wäre ich auf sein Schweigen und seine Gunst angewiesen, noch mehr, als ich es jetzt schon war. Meine Beziehung wäre zerstört, ich wäre nicht mehr als eine Kerbe in einem Bettpfosten, eine weitere Eroberung. Die lustige Anekdote auf dem Basketballplatz. ‚Wisst ihr noch: Die kleine Assistenzärztin, die ich damals abgeschleppt habe.'

Wie hatte das passieren können? Warum spielten meine Gefühle in Sebastians Anwesenheit verrückt? Er hatte sich in mein Herz geschlichen und jetzt musste ich ihn dort schleunigst rausbekommen.

„Du und Mia." Ich konnte es nicht aussprechen. *Spielball.* Das Wort hallte in meinen Gedanken nach. *Aufreißer.* „Du denkst ..." Wieder brach ich ab.

„Was denke ich?"

Mein Atem ging schneller, während ich nach Worten rang. Ich musste es endlich aussprechen. „Du bist ein Playboy. Du hast Mia das Herz gebrochen. So sehr, dass sie in die Psychiatrie musste. Du hast Max mit Valerie betrogen. Du nutzt mich aus." Ich spie die Worte förmlich aus, als wären sie etwas Giftiges. Das Gift verteilte sich im Raum, wurde in alle Ecken verspritzt. Holden ließ seinen Arm sinken.

„Wer behauptet so etwas?", flüsterte er fassungslos.

„Das spielt doch keine Rolle."

„Doch. Schließlich glaubst du diesem Jemand, oder?" Er schloss resigniert die Augen. Seine Schultern fielen herab. Er wirkte nicht mehr groß, sondern wie ein Junge, der zusehen musste, wie man seinen Schulranzen in die Toilette stopfte. Anklagend. Verletzt.

„Wieso hast du das gemacht? Du bist mir Tag für Tag nähergekommen, hast dich in mein Herz geschlichen. Und dass, obwohl du mein Oberarzt bist. Du wusstest, dass ich dadurch Probleme bekommen würde. Aber dir war es egal. Dir ging es nur um deinen Spaß."

Es tat gut, endlich den Worten Raum zu geben, die schon seit Wochen in meinem Kopf herumgeisterten. Ich war verletzt. Max hatte mir gezeigt, wie wenig ich Sebastian bedeutete. Dass dieser Kuss, mit dem ich alles auf Spiel gesetzt hatte, bedeutungslos war.

„Anna, bitte!" Sebastian knurrte frustriert.

„Du streitest es also nicht ab?“

„Würdest du mir denn glauben, wenn ich es täte?“

„Nein.“

„Gut. Aber ...“

„Nein, Sebastian. Lass mich bitte einfach in Ruhe!“ Ich drehte mich um und öffnete die Tür. Diesmal hielt mich niemand auf.

Kapitel XIX: Mitarbeiterge-
spräch

Ich arbeitete. Ich schlief, ich arbeitete und vermied Gespräche jeglicher Art und Weise. Ich wusste nicht, wann ich zuletzt mit meinen Eltern telefoniert oder mit Caroline gesprochen hatte. Ehrlich gesagt wollte ich es auch nicht, denn dann hätte ich alles erzählen müssen, bis hin zu dem Kuss mit Sebastian und meiner Kündigung. Ich konnte mir ihrer aller Reaktionen vorstellen. Mein Vater würde den Kopf schütteln und mich fragen, wo mir der Kopf stand. Meine Mutter würde mich vermutlich sofort nach Hause beordern, es würde wie ein Scheitern wirken. Ein Zurückkehren in das Elternhaus, nachdem ich meine Karriere mitsamt meiner Beziehung gegen die Wand gefahren hatte. Und Caroline. Caroline würde Max' Geschichte infrage stellen. Sie würde wollen, dass ich Max verließ. Verlangen, dass ich handelte, aber nicht mit einer Kündigung. Kein Mann war es wert, seinen Traum aufzugeben, das würde sie sagen. Aber ich wollte es nicht hören. Ich wollte Max vertrauen und die Überbleibsel unserer Beziehung retten. Wenn ich bliebe, würde ich mich Sebastian stellen müssen. Etwas, das ich nicht konnte. Vielleicht würde er von Gefühlen sprechen, von denen ich mich immer noch weigerte, sie zuzugeben.

Mit jedem Tag, der verging, rückte mein Mitarbeitergespräch mit Professor Vadasz näher. Das Gespräch, in dem ich über meine Kündigung sprechen sollte. Weil es sein musste, weil ich sonst Max und meinen guten Ruf verlieren würde. Wenn allerdings die Geschichte mit Sebastian rauskam ... Das wäre viel schlimmer als ein einfacher Jobwechsel. Es würde mich meine Karriere kosten. Diesmal musste ich nicht ungeduldig vor einer Tür warten, sondern wurde direkt vom Drachen ins Büro gerufen. Professor Vadasz nickte mir bei meinem Eintreten zu und bat mich, Platz zu nehmen. Mrs. Welsch lächelte über ihre knallrot geschminkten Lippen zuckersüß, als sie mir eine Tasse Kaffee reichte. Es lag etwas Schadenfrohes darin, oder bildete ich mir das nur ein? Hatte ich etwas Wichtiges verpasst?

Mit freundlich schimmernden Augen und einem verständnisvollen Lächeln hob Professor Vadasz ihre Tasse an, um einen Schluck zu trinken. Sie trug ihre langen Haare heute geschlossen in einem lockeren Dutt. Ein grauer Ansatz blitzte an ihrer Stirn auf. Bestimmt hatte sie bereits einen Friseurtermin vereinbart. Es geschah selten, dass Professor Vadasz nicht blitzblank geputzt die Klinik betrat. Tatsächlich war es das erste Mal, dass mir eine Unstimmigkeit in ihrem Aussehen auffiel. Doch ihre Haut glänzte makellos und der Strich der Augenbrauen war perfekt nachgezogen. Ich bewunderte diese Eleganz und ihren Stil – etwas, was ich nie erreichen würde.

Eigentlich hätte das ein normales Mitarbeiter-gespräch im Rahmen der Weiterbildung werden sollen, zumindest war es vor der Hochzeit so geplant gewesen.

„Wie Sie merken, Doktor Rosso, ist ein Mitarbeitergespräch eigentlich eine ganz lockere Sache. Es geht mir
nur darum, zu hören, ob Sie zufrieden mit Ihrer Ausbildung und der Klinik sind.“

Ich richtete mich auf. Da war der Moment. Natürlich
könnte ich noch ein bisschen um den heißen Brei her-
umreden, aber das würde keinen Sinn machen. Es
musste gesagt werden.

Professor Vadasz fuhr fort: „Wie ich mitbekommen
habe, haben Sie sich auch ganz gut eingewöhnt. Ich
höre sehr viel Gutes von meinen Oberärzten.“

Es hatte zwar ein paar ätzende Monate lang gedauert,
aber ja, damit hatte sie recht. Allerdings konnte sie
nicht Batchmore damit meinen.

„Ja. Doch. Ich finde, es macht sehr viel Spaß, mit den
Kollegen zu arbeiten.“ Die Worte kamen über meine
Lippen, ohne dass ich Kontrolle darüber hatte. Ich
musste es sagen.

Professor Vadasz hob eine Augenbraue. „Und das
Mentoring-Programm? Glauben Sie, dass es hilfreich
gewesen ist, von Anfang an einen festen Ansprechpartner zur Verfügung zu haben?“

Hätten wir uns nicht geküsst, wahrscheinlich schon.
Dann wäre er noch der Mentor, der mir in so vielen Situationen zur Seite gestanden hatte.

„Ich glaube, das ist ein enormer Gewinn für den Assistenten. Man lernt die anderen Kollegen natürlich erst
einmal langsamer kennen, aber man hat nicht so viel
Scheu, im Dienst jemanden anzurufen oder um Hilfe
zu bitten. Mir persönlich hat das viel gebracht.“

„Mhm." Professor Vadasz nickte verständnisvoll. Sie nickte gerne und häufig. Nie gab sie einen Hinweis darauf, was sie tatsächlich dachte.

„Haben Sie sich denn gut mit Doktor Holden verstanden? Wir bekommen bald einen neuen Assistenten und ich bin noch auf der Suche nach einem Mentor."

Meine Lippen verzogen sich zu einem falschen Lächeln und mein Mund fühlte sich plötzlich trocken an, trotz des Kaffees, den ich gerade getrunken hatte. „Doch, wir sind sehr gut klargekommen. Hin und wieder gab es Unstimmigkeiten, aber die sind ja normal." Seit wann konnte ich so gut lügen? Wieso führte ich dieses Gespräch, wenn ich doch eigentlich nur kündigen wollte. Eben wegen meines Mentors, den ich geküsst hatte. Und dennoch brachte ich kein Wort über die Lippen.

Da war dieser Blick, seine stumme Enttäuschung, als ich ihn als gefühlloses Arschloch bezeichnet hatte. Aber was, wenn er das nicht war? Was, wenn alles nur auf einem Missverständnis beruhte? Wenn er Mia nie hatte verletzen wollen und mich ... Wenn er wirklich etwas empfand.

Das Bild, das Max gezeichnet hatte, passte so gar nicht zu dem mitfühlenden und ruhigen Chirurgen, den ich kennengelernt hatte. Zu dem spitzbübischen Jungen auf dem Basketballplatz. Ich konnte und ich wollte Max nicht vorbehaltlos glauben. Er hatte mich schließlich schon einmal angelogen. Eine leise Stimme in meinem Kopf summte verführerisch. Es war so weit. Ich war kurz davor, die Worte auszusprechen, die ich nicht hören wollte. *Ich muss kündigen. Ich muss kündigen. Ich muss ...*

Rasch fügte ich an: „Ich habe wirklich viel von Sebastian Holden gelernt. Ich glaube, jeder könnte sich glücklich schätzen, ihn als Mentor zu haben."

„Mhm", sagte Professor Vadasz. Sie nippte an ihrem Kaffee und auch ich nahm einen Schluck. Meine Hand zitterte leicht.

„Ich bin ganz ehrlich, Doktor Rosso. Mir ist neulich zu Ohren gekommen, dass Sie und Doktor Holden in eine unliebsame Diskussion verwickelt waren. Sie wurden wohl angebrüllt. Ich weiß, dass meine Oberärzte manchmal harsch sein können, besonders in lebensbedrohlichen Situationen, aber das geht nun wirklich nicht."

Ich erinnerte mich an das mitleidige Gesicht von Schwester Amara. War unser Gespräch so laut gewesen? Anscheinend hatte irgendwer gepetzt. Diese Klinik war wie ein kleines Dorf. Nichts blieb ungehört, kein Fehler ungesühnt. Da ich nicht antwortete, bohrte Professor Vadasz nach.

„Passiert das denn häufiger?"

Stille. Plötzlich war da eine neue Stimme in meinem Kopf. Eine Idee. Wieso sollte ich die Klinik verlassen, wenn auch er gehen konnte? Jetzt erst wurde ich mir meiner Macht bewusst. Wieso sollte ich fliehen? Für einen Fehler, den er begangen hatte. Wie man es drehte und wendete: Sebastians Kuss war sexuelle Belästigung am Arbeitsplatz. Wenn ich wollte, konnte ich ihn anschwärzen und somit seine Karriere zerstören. Warum mich opfern, wenn ich ihn einfach vertreiben konnte? Ich hatte ihm sogar damit gedroht und dennoch war mir der Gedanke nie als echte Alternative vorgekommen. Wenn ich die ganze Geschichte erzählte, würde ich verbrannte Erde hinterlassen. Aber Sebastian würde in den Abgrund stürzen, vielleicht sogar ohne mich.

Professor Vadasz war eine Frau und hatte sich jahrelang durch eine Männerdomäne kämpfen müssen. Sie war eine entschiedene Gegnerin von Sexismus am Arbeitsplatz oder sonstiger Liebesbeziehungen. Professionalität war ein Teil ihrer Essenz. Das war weithin bekannt und wurde auch vom Kollegium honoriert.

Ihre Progressivität war ein Grund gewesen, warum ich unbedingt bei ihr in der Klinik anfangen wollte. Ich wollte ernst genommen werden und mir keine Gedanken über mein Geschlecht machen müssen. Ich hatte von Ärztinnen gehört, die sich während des Nachtdienstes aus Angst vor ihren männlichen Kollegen in ihren Dienstzimmern eingeschlossen hatten. Allein in einer Klinik voll mit Männern. Das war nicht mal zwanzig Jahre her.

Ich wusste nicht, wie viel Professor Vadasz gehört hatte, aber es schien, als sähe sie keinerlei Schuld bei mir, sondern nur bei Sebastian. Wenn ich wollte, konnte ich ihn zerstören.

„Er hat mich sexuell belästigt, mehrfach", hörte ich mich sagen, doch meine Lippen blieben versiegelt. Warum ich diese einmalige Chance verstreichen ließ, wusste ich nicht. Aber – es fühlte sich falsch an. Ich wollte Rache nehmen wegen der Gefühle, die ich für ihn empfand. Das nicht richtig. Es wäre verlogen, Sebastian an einer Situation die Schuld zu geben, in die ich mich selbst hineinmanövriert hatte.

„Nein. Das passiert nicht häufiger. Und ich hatte es in dem Moment auch verdient. Ich habe mich aus Hochmut zu spät gemeldet, da hätte etwas schief gehen können. Das wird mir nie wieder passieren.“

Die Worte waren raus, ehe ich sie zurücknehmen konnte. Meine Chance war wie ein feiner Windhauch fortgewischt.

„Mhm“, Professor Vadasz nickte. „Aus Fehlern lernt man. Früher, als ich noch Assistentin war, wurden wir fast jeden Tag von unseren Oberärzten zusammen-gestaucht. Das sollte heute anders sein, aber manchmal fallen wir in alte Muster zurück. Ich möchte aber nicht, dass das zur Gewohnheit wird. Ich habe schon mit Doktor Holden gesprochen und ihm klar gemacht, dass ich eine andere Umgangsform in meinem Team wünsche. Von einem Viszeralchirurgen erwarte ich mehr Präzision und Feingefühl.“ Eine Woge aus Mitleid keimte in mir auf. Armer Sebastian, es musste für ihn noch unangenehmer gewesen sein, hier zu sitzen, als für mich jetzt.

„Wie Sie wissen, ist es mir wichtig, dass in meinem Team eine gute Stimmung herrscht. Kommunikation ist das A und O, auch wenn viele Chirurgen das gerne vergessen. Das ist auch der Grund, warum ich so ungern romantische Beziehungen in einer Abteilung sehe. Wenn sich die Ärzte zu sehr mit sich selbst beschäftigen oder ihren zwischenmenschlichen Beziehungen, leidet die Qualität unserer Arbeit darunter und im schlimmsten Fall die Patienten.“

Was wollte Professor Vadasz damit andeuten? Es ging also doch um mehr als nur darum, dass Holden mich angebrüllt hatte. Wusste sie von dem Kuss? „Da stimme ich Ihnen absolut zu." Professor Vadasz trank den letzten Schluck Kaffee aus und ich tat es ihr nach. „Haben Sie denn sonst irgendwelche Wünsche, Anliegen, Fragen?"

Nicht an Sie. „Nein. Eigentlich bin ich gerade wunschlos glücklich. Ich freue mich, hier weiterhin zu bleiben."

„Na, das hoffe ich doch auch."

Ich schüttelte ihr die Hand, was ich sonst eigentlich nie tat, und verließ das Büro.

Nachdem die Tür hinter mir zugefallen war, atmete ich tief aus. Ich war kurz davor gewesen, eine Karriere zu zerstören, nur wegen eines dämlichen Kusses und verletzten Gefühlen. Aber ich wollte keine Karriere beenden, weder Sebastians noch meine. Die Gefühle würden vergehen, auch die Wut – und ich würde meinen Traum weiterleben. Dennoch. Diese Anspielung von ihr. Was wusste meine Chefärztin? Diese Frage versuchte ich den restlichen Tag zu lösen. Während der Besprechung beobachtete ich Sebastian. Wie immer in letzter Zeit, beachtete er mich kaum, ließ nicht erkennen, ob er mit der Chefärztin über uns geredet hatte. Da fiel mein Blick auf Markus. Und die Erinnerung traf mich wie ein Blitz.

Natürlich, Markus hatte uns gesehen. Er hatte auch ein Mitarbeitergespräch gehabt. Was, wenn er irgendwelche Andeutungen gemacht oder uns verpfiffen hatte? Es hatte bestimmt Vorteile für ihn, wenn ich in Ungnade fiel. Bessere Schichten, bessere Operationen. Der Liebling der Chefin zu sein brachte immer Vorteile mit sich. Wobei, eigentlich war er das doch schon längst bei Oberarzt Batchmore.

Nach der Mittagsbesprechung war der Feierabend zum Greifen nahe. Als ich Markus die Station verlassen sah, lief ich ihm hastig hinterher und zog an seinem Arm. „Hey. Hättest du Lust, einen Kaffee trinken zu gehen?"

Überrascht drehte er sich zu mir um. „Jetzt?"

„Na ja, wir haben doch Feierabend?"

„Ja eben. Musst du nicht zu deinem – wie heißt er noch mal – Max?"

Meine Augen verengten sich. Der sarkastische Unterton in seiner Stimme war mir nicht entgangen. „Ja, aber manchmal quatscht es sich mit Freunden einfach besser." Ich hatte das Wort absichtlich verwendet. Schließlich trafen wir uns häufiger außerhalb der Klinik, ob zum Basketball spielen oder zum Trinken.

Markus Gesichtsausdruck wurde merklich sanfter und er strich sich über den braunen Kinnbart. „Na gut, dann machen wir das wohl, Freundin."

Markus hatte geschmunzelt, als ich ‚The Living Room' als Zielort vorschlug. Aber ich blieb davon unbeirrt, ich liebte die kleine Bar mit ihren bunt durcheinander gewürfelten Sofas und Sesseln. Und Markus ging schließlich mit einem beständigen Dauer-Lächeln auf dem Gesicht durch die Welt. Es verunsicherte mich eher, wenn er mal nicht lächelte. Weil es draußen noch hell war und die Hitze, die über der Stadt lastete, noch nicht abgeklungen war, bestellten wir uns Eiskaffee und nahmen im Innenhof Platz. So viel Sonne hatte ich die ganzen letzten Tage nicht gesehen.

Meine Koffeintoleranz war mittlerweile so weit gestiegen, dass ich Kaffee zu jeder Uhrzeit trinken konnte, ohne eine nennenswerte Wirkung zu verspüren.

„Also, worüber willst du mit mir reden?" Markus rückte seine Hornbrille zurecht und lehnte sich auf dem Sessel zurück. Die Bar hatte in dem kleinen Innenhof nicht mit bequemen Sitzmöglichkeiten gegeizt. Überall standen kleine Tische in bunt zusammengewürfelten Stilrichtungen mit noch weniger dazu passenden Stühlen und Sesseln. In einer Ecke war sogar unter einer Vorrichtung eine alte, braune Ledercouch platziert worden. Über den Sitzmöbeln wuchs ein Dschungel aus Pflanzen und Lichterketten in die Höhe. Zwar war ich dankbar für den Schatten, den das Blätterwerk warf, doch hatte sich unter dem dichten Grün die Hitze nur noch mehr gestaut.

„Ich wollte einfach mal hören, wie dein Mitarbeitergespräch war. Du hattest es gestern, oder?"

Markus zog die Augenbrauen hoch. „Ja und?"

„Hat die Vadasz irgendetwas gesagt?"

Stirnrunzelnd starrte er mich an und schwieg einen Moment, dann fragte er: „Du bist sehr direkt, oder?"

Was sollte das denn bedeuten?

„Ich bin ehrlich. Ich dachte nicht, dass es dir was ausmacht, über dein Mitarbeitergespräch zu quatschen, sorry", sagte ich und trank einen Schluck des kühlen Getränks.

„Und wirklich freundlich bist du auch nicht, Anna."

Ich stieß ihm spielerisch mit der Faust gegen den Oberarm, um meinen Tonfall von eben wettzumachen. Da verdrehte ich die Augen. „Tut mir leid. Mein Gespräch war nur so." Ich überlegte einen Moment auf der Suche nach dem passenden Adjektiv. „Seltsam."

„Mhm“, sagte Markus.

„Jetzt klingst du genau wie sie.“

Er grinste. „Also gut. Ich erzähle dir von meinem Gespräch, wenn du mir auch eine Frage beantwortest.“

„Klingt nach einem fairen Deal.“

„Also. Wieso sitzen wir hier, quasi im Vorgarten von Sebastian, wenn du doch einen schicken Freund hast?“

Ich hustete, als der Eiswürfel über meine Zunge in den Rachen rollte. „In seinem Vorgarten?“

Markus deutete auf eine der Wände im Innenhof. „Das da oben sind seine Fenster. Ich war zwar nur einmal da, aber ich bin mir recht sicher.“

Plötzlich war ich mehr als dankbar für den dichten Blätterwald über unseren Köpfen.

„Stalkst du ihn?“, fragte Markus grinsend.

Wer war hier jetzt direkt? „Nein. Ich wusste bis eben nicht, dass er hier wohnt …“

„Mhm.“ Markus legte Professor Vadasz’ Blick auf und nickte mit einem wissenden Lächeln.

„Wenn du die Antwort also nicht weißt, musst du mir eine andere Frage gestatten.“

Ich unterdrückte ein Stöhnen. Er trieb dieses Spielchen eine Spur zu genau.

„Was läuft da zwischen euch?“

„Nichts.“

„Komm schon, Anna! Ich habe euch gesehen. Ich dachte, das geht schon länger, aber jetzt, nachdem du nicht mal weißt, dass er hier wohnt …“

„Es gab nur diesen einen Kuss. Und der war eher ungeplant.“ Ich schaute weg.

„Dafür hast du dich aber nicht gerade gewehrt. Das sah eher sehr innig aus. Aber okay, wie du meinst. Meine Frage gilt jetzt als abgehakt. Du bist dran.“

Auf der Mitte des runden Tischs stand eine kleine Holzbox mit allerlei Krimskrams. Er griff hinein und nahm sich ein paar Bierdeckel. Sie sahen schon sehr abgegriffen aus und waren übersät mit Flecken diverser Getränke. Als er begann, sie zu kleinen Häusern aufzustellen, fragte ich mich ernsthaft, ob dieser Mann wirklich Chirurg war. Die erste Pyramide krachte bereits zusammen, als Markus an der zweiten werkelte. Ich räusperte mich und er blickte beschämt zur Seite.

„Dir hat man als Kind auch nur Playmobil zum Spielen gegeben, weil Lego zu feinmotorisch ist, oder?“

Markus lachte. „Das trifft mich hart, das weißt du, oder?“

„Weißt du, was hart ist?“

„Waaas?“ Markus zog seine Frage in die Länge, als wüsste er, dass die Antwort ihm nicht gefallen würde.

„Dir beim Versagen zuzusehen.“

Er verschränkte die Arme voreinander. „Dann versuch du es doch?“

Mit flinken Fingern stahl ich ihm die Pappdeckel von seiner Seite des Tisches und baute sie vor mir auf. Binnen weniger Sekunden waren mehrere kleine Pyramiden entstanden, die sich zu einer großen zusammensetzten.

„Wie hast du das gemacht?“

„Hab du mal drei jüngere Geschwister, die dir jederzeit die Bierdeckel klauen oder deine Bauwerke umwerfen. Unsere Eltern mussten uns im Restaurant doch irgendwie beschäftigen.“

Markus Dauergrinsen erschien wieder. „Trotzdem ändert es nicht, dass dein Spruch echt hart war."

„Unsinn, das liegt nur daran, dass du empfindlich bist. Du bist ein Spitzenchirurg. Ich habe zumindest noch nichts Gegenteiliges gehört."

„Ich glaube, das ist das erste Kompliment, das du mir jemals gemacht hast. Und das auch nur aus Versehen, weil ich dich mit Bierdeckeln abgelenkt habe."

Ich verkniff mir ein Lächeln und nahm weitere Bierdeckel, um meine Pyramide um eine Etage zu erweitern.

„Also was hast du der Vadasz gesagt?", fragte er.

Ich hielt inne. Was sollte ich sagen? Ich wollte Markus auf keinen Fall beleidigen oder unterstellen, mich irgendwie verpetzt zu haben. Dafür hatte ich gerade zu viel ausgeteilt. Wenn ich aufgeregt war, wurde ich sehr hart in dem, was ich sagte und wie ich es sagte, auch meine Witze. Es war gut, dass er darüber hinwegsah. Als Chirurg legte man sich schnell ein dickes Fell zu.

„Sie hat mich nach Sebastian gefragt."

„Oh."

„Jetzt mache ich mir Sorgen, dass sie etwas weiß."

„Ich schwöre, ich habe nichts gesagt. Hat euch sonst irgendjemand gesehen?"

„Nein. Erst fing sie damit an, dass er mich in dem einen Dienst so zusammengestaucht hat."

„Ach. Davon hab ich gehört. Hat Emma im OP erzählt."

Na großartig. Also war das bereits Klinik-Gossip.

„Muss wohl ziemlich laut geworden sein."

„Ich fand es eigentlich nicht so schlimm."

„Vielleicht ist er beleidigt, weil du ihn für Daniels Cousin abgeschossen hast."

Ich lachte humorlos. Markus wusste genau, dass mir dieses Missverständnis mehr als peinlich war.

„Was hat sie denn genau gesagt?", fragte er.

„Ach, keine Ahnung. Dass sie es nicht toleriert, wenn es schlechte Stimmung gibt und sie keine romantischen Beziehungen im Team möchte, so was halt."

„Hat sie Holden da extra noch mal erwähnt?"

„Ne. Das war erst gegen Ende des Gespräches."

„Vielleicht macht sie das einfach gerne. Bei mir hat sie auch von der Stimmung im Team geredet. Sie ist vielleicht nicht explizit darauf eingegangen, aber vielleicht war es Zufall? Ich verstehe sowieso die Hälfte der Zeit nicht, worauf sie hinauswill."

Immerhin in diesem Punkt waren wir uns einig. „Also meinst du, dass sie das regelmäßig macht und ich das nur falsch auffasse?"

Markus nickte wissend. „Mhm."

Ich starrte ihn wütend an. „Nicht witzig."

„Weißt du, was witzig ist?"

Fragend runzelte ich die Stirn, kam aber nicht mehr zu einer Antwort.

„Wind." Markus beugte sich nach vorne und pustete einen Bierdeckel an. Das Kartenhaus fiel in sich zusammen.

„Hey. Das war gemein."

„Weißt du, was gemein ist? Dass ich meine Lego-Technik-Sammlung nicht mitbringen durfte, um dich von meiner Feinmotorik zu überzeugen."

Ich lachte und Markus stimmte mit ein.

Kapitel XX: Der Knoten

Die Nacht verging, die Unsicherheit blieb. Ob es der Kaffee am Nachmittag oder dem Knoten in meinem Kopf lag, der mich vom Schlafen abhielt, wusste ich nicht. Als ich nach einer Nacht voller seltsamer Träume und einer zerknautschten Decke aufstand, hatte sich der Knoten nicht gelöst. Stattdessen waren noch rasende Kopfschmerzen dazugekommen. Eine Schmerztablette später wichen diese einem dumpfen Druckgefühl. Es war Samstag und ich hatte frei, eines dieser wenigen wertvollen Wochenenden ohne Dienste.

Eigentlich sollte ich entspannen und mein Glück genießen, doch es ging nicht. Nichts war mehr möglich. Kurzerhand nahm ich mein Telefon und wählte die Telefonnummer des Mannes, der zum größten Teil für meine Stimmung verantwortlich war.

„Na, Adriana Lucretia, hast du gut geschlafen?"

Mein Magen zog sich genervt zusammen, als er meine beiden Vornamen nannte.

„Nicht witzig. Ich habe beschissen geschlafen."

„Oh. Das tut mir leid."

Schweigen. Wie jedes Mal, wenn wir uns auch nur irgendeinem verfänglichen Thema näherten. Gehörte Schlaf jetzt auch schon dazu?

„Wie viel Uhr ist bei dir in Singapur?"

„Keine Ahnung. Ich habe jedes Gefühl für Raum und Zeit verloren. Aber ich denke, ich gehe gleich ins Bett.“

Max' Gähnen drang über den Lautsprecher meines Telefons laut zu mir herüber. Ich kuschelte mich wieder unter meine Bettdecke. „Wenn du es so ausdrückst, klingt es, als seist du auf geheimer Mission.“

Er lachte. „Nein. Es ist superlangweilig und trocken. Ich hasse Vertragsverhandlungen.“

„Immer wieder schön zu hören, wie viel Freude du an deinem Beruf hast.“

Die andere Leitung blieb still. Ich hätte nicht noch mehr Salz in die Wunde streuen sollen.

„Und wie war deine Woche?“

Er wusste ganz genau, dass gestern der Tag gewesen war, an dem ich hätte kündigen sollen. Ich war überrascht, dass er nicht noch offensichtlicher danach fragte. Kurz überlegte ich, die Wahrheit nett zu verpacken, entschied mich aber dagegen.

„Ich werde nicht kündigen.“ Mehr zu sagen, traute mich nicht. Dieser Kuss wurde totgeschwiegen und doch hing er wie ein Damoklesschwert über unseren Häuptern. Wenn es fiel, würde Blut fließen und ich wollte nicht dafür verantwortlich sein. Aber der Gordische Knoten in meinem Kopf und die Sorgen, die immer größer wurden, raubten mir den Schlaf. Max schwieg. Ich kuschelte mich tiefer in mein Kissen hinein, unfähig weiterzusprechen.

„Wieso?“, fragte er schließlich.

Seine Stimme klang tonlos, emotionslos und brachte mich zum Schaudern.

„Dieser Job ist mein Traumjob. Ich will ihn nicht aufgeben wegen eines dummen Missverständnisses mit meinem Oberarzt.“ „Aha.“

Prompt wandelte sich meine Sorge in Genervtheit. „Ist das alles, was du zu sagen hast?“

Max seufzte. „Was willst du von mir hören, Anna?“

„Dass du mich unterstützt. Mir glaubst, wenn ich sage, dass es in Ordnung ist, dort weiterzuarbeiten. Keine Ahnung!“ Meine letzten Worte waren unnatürlich hoch geworden und meine Stimme überschlug sich fast. Dafür war die drückende Stille am anderen Ende der Leitung umso lauter.

Irgendwann antwortete Max wieder: „Das tue ich aber nicht.“

„Was?“

„Ich unterstütze dich nicht. Die Idee ist dämlich. Wenn es jemand herausbekommt, wird dich niemand mehr ernst nehmen. Und er wird sicher nicht aufhören, an dir herumzubaggern.“

„Ja, aber das heißt ja nicht, dass ich darauf eingehe. Und wenn irgendetwas Blödes passiert, kann ich immer noch zur Chefin oder kündigen.“

Max lachte kalt auf. „Du verstehst es nicht, oder?“ Schnippisch, arrogant. Ich mochte es nicht, wenn er so mit mir sprach.

„Was verstehe ich nicht?“

„Der Typ kennt keine Moral. Er steht auf vergebene Frauen. Bevor du dich versiehst, knutscht ihr wieder im Arztzimmer miteinander rum.“

Wäre der Tonfall ein anderer gewesen, hätte ich ihm vielleicht besser zugehört. Seine Eifersucht war schließlich berechtigt. Aber sein Tonfall war zu arrogant, zu herrisch.

„Du tust so, als ob ich keinen freien Willen hätte. Als ob ich ein wehrloses Ding wäre, das man sich einfach nehmen kann." „Na ja, du hast ja schon mit ihm geknutscht, oder?"

Ich schluckte. So viel zu dem Thema Vergebung. „Das war ein Missverständnis. Ich war überrumpelt und das weißt du genau." „Weißt du, wer auch überrumpelt war? Mia, als er sie zu einem Nervenzusammenbruch gebracht hat. Und ich, als ich ihn mit Valerie im Bett vorgefunden habe, Anna. Du verlangst allen Ernstes von mir, dass ich es gutheißen soll, dass du mit dem Typen zusammenarbeitest." Max wurde lauter und ich hielt reflexartig mein Handy ein Stück weiter von mir fort.

„Es tut mir leid, Max. Wie oft soll ich es noch sagen? Aber du kannst auch nicht von mir verlangen, dass ich meinen Job kündige, damit du dein Ego befriedigt siehst." Kaum hatte ich die Worte ausgesprochen, bereute ich sie. Ich hatte ihn betrogen und jetzt warf ich ihm vor, dass er Vertrauensprobleme hatte. *Großartig, Anna. Wirklich großartig.* „Weißt du was? Mach doch, was du willst", fauchte Max.

Eine Sekunde später erklang ein Tuten. Er hatte aufgelegt. Die Wut kroch wie ein ekliger Geschmack meine Zunge entlang. Ich strampelte meine Bettdecke von mir und ging ins Bad.

Die Wut hatte den Knoten in meinem Kopf in Brand gesetzt. Bald würde mein Kopf explodieren. Egal ob Max recht hatte, so durfte er nicht mit mir sprechen.

Seine Eifersucht machte ihn blind für jede nüchterne Argumentation.

Auch am nächsten Morgen plagten mich weiterhin unanständig starke Kopfschmerzen. Der Ärger war wieder da und trotz der frühen Stunde entschied ich, dass es Zeit war, aufzustehen. Ich musste den Kopf frei kriegen. Also zog ich meine Sportsachen an und nahm meinen Basketball. Ein paar Körbe zu werfen, war jetzt genau das Richtige. Es war für mich eine kurze Verschnaufpause in diesem tagelangen Marathon aus Gedankenkreisen.

Da die Sonne erst aufgegangen war, begegneten mir auf den Straßen nur wenige Menschen. Es lag noch eine angenehme Kühle, ein Überbleibsel der Nacht, in der Luft. In wenigen Stunden würde auch das verpufft sein. Der stetige Rhythmus meiner Schritte belebte meine Gliedmaßen. Tief durchatmen. Der Knoten in meinem Kopf schrumpfte zu einer kleinen Kugel aus Drahtseilen zusammen, und der Raum, der um ihn herum entstand, wurde von frischer Luft erfüllt. Ich lächelte. Es war einer dieser wenigen Momente, in denen mir Laufen wirklich Spaß bereitete.

Als ich am Basketballplatz ankam, war ich außer Atem, aber zufrieden. Ich dehnte mich ein wenig und begann, den Ball gegen den Korb zu werfen. Nach ein paar Minuten waren meine Finger warm und die vorher noch geringe Trefferzahl vervielfältigte sich. Meine Arme brannten. Mittlerweile spielte ich zu selten, um wirklich fit zu sein. Da hörte ich plötzlich eine Stimme in meinem Nacken.

„Verfolgst du mich?"

Erschrocken fuhr ich zusammen und der Ball, der
von dem Brett zurückgeknallt war, rollte herrenlos
über das Feld. Hinter mir stand Sebastian.
„Was machst du denn hier?“
„Dasselbe habe ich dich gefragt.“
„Nein. Du hast gefragt, ob ich dich verfolge.“
„Und, tust du es?“
„Nein.“
Sebastians Mundwinkel zuckten kurz. Seine Haare
waren ungekämmt und standen ihm wild vom Kopf.
Seit unserem ersten Kennenlernen waren sie deutlich
länger geworden. Die Brille hatte er wieder mal daheim
gelassen. Er sah so aus, als sei er geradewegs aus dem
Bett gefallen.
Ich hingegen war verschwitzt, das weite graue T-Shirt
war mit Schweißflecken übersäht. Es war mir unange-
nehm, so vor ihm dazustehen. Ich hatte nicht damit gerechnet, um diese Uhrzeit jemandem zu begegnen.
„Und du trainierst um diese Zeit?“
„Ich wollte den Kopf freibekommen.“
Ich nickte verständnisvoll. Das war sicher auf mich
gemünzt und dass wir eigentlich nicht mehr miteinander redeten. Zumindest ging es mir so.
„Wir können ein ‚eins gegen eins‘ spielen, wenn du
Lust hast?“ Wie zur Bestätigung zog mein Oberarzt
seine Sportjacke aus und trat vor mich. Im ‚eins gegen
eins‘ hatte er trotz seiner Größe kaum eine Chance gegen mich. Trotzdem spielten wir schweigend miteinander. Es war angenehm, aber auch seltsam, mit ihm um
einen Ball zu kämpfen.
Nur wir zwei, allein.

Nach einer gefühlten Ewigkeit beschlossen wir, eine Pause zu machen. Ich hatte in meinem Drang loszulaufen, nicht daran gedacht, etwas zu trinken mitzunehmen. Sebastian warf mir gütigerweise seine Flasche zu. Zögerlich fingerte ich am Flaschendeckel herum, während er sich mit einem Handtuch die Stirn abtupfend an den Zaun gelehnt dasaß.“

Seit ich losgelaufen war, hatte die Sonne entschieden, dass eine Hitzewelle jetzt genau das Richtige war.

Auch die Stadt erwachte. Die Straßen um den Sportplatz füllten sich gemächlich mit Menschen. Auf der anderen Seite des Tartanplatzes hatten ein paar Jungen angefangen zu kicken. Nicht mehr lange und auch wir würden Gesellschaft bekommen. Ich hob die Flasche an und nahm einen großen Schluck. Statt Wasser drang mir jedoch der klebrig süße Geschmack von warmer Cola in den Mund. Ich prustete und spuckte auf den Tartanplatz.

„Was zur Hölle ist das?“

„Cola?“

„Wieso trinkst du um diese Uhrzeit Cola?“

Sebastian kratzte sich verlegen am Kopf. „Ehm. Ich versuche, von den Energiedrinks loszukommen.“

„Mit Cola?“

„Es ist zumindest ein Anfang.“

Ich schüttelte mich, aber der Geschmack ließ sich nicht von meiner Zunge abwaschen. *Bäh.* „Du weißt, dass das eklig ist?“

„Du musst es ja nicht trinken.“

Ich wurde rot. Er hatte mir aus reiner Freundlichkeit seine Flasche geliehen und ich machte ihn deswegen fertig. „Entschuldige.“ Immer noch angewidert reichte ich ihm die Flasche zurück, aber Sebastian grinste. Es war das erste Lächeln, dass er mir seit unserem Kuss schenkte.

Unwillkürlich wurde mir warm ums Herz, und es lag ausnahmsweise nicht an der Hitze unserer Umgebung. Ich wusste, ich musste ihn fragen, ich musste wissen, was er fühlte.

„Erzähl es mir, Sebastian", forderte ich ihn auf. „Erzähl mir deine Version der Geschichte."

Er stand auf und näherte sich mir. Doch anstatt vor mir stehen zu bleiben, hob er den Ball vom Boden auf und stellte sich an die Freiwurflinie. Er zielte, der Ball flog durch die Luft und landete im Korb. „Was willst du hören?"

„Du weißt was."

Er zögerte. „Also gut." Dann erzählte er endlich.

„Die Geschichte, von der ich glaube, dass du sie hören willst, war vor circa sechs oder sieben Jahren. Daniel und ich waren erst seit Kurzem nach Chicago zurückgekehrt. Wir haben eine Einweihungsfeier geschmissen, um unsere neuen Stellen am Chicago Med zu feiern. Ich hatte über Daniel auch Valerie kennengelernt, sie war Max' Ex. Zumindest hatte sie mir das erzählt. Wir gingen seit mehreren Wochen miteinander aus und waren auch auf unserer Feier verabredet. Sie war an dem Abend ein bisschen komisch, deswegen habe ich sie beiseitegenommen. Da hat sie mir dann gestanden, dass das mit Max noch nicht ganz vorbei war. Sie schwor mir, die Sache zu beenden, doch ehe es so weit war, kam Max herein."

Ich schloss resigniert die Augen. Den restlichen Teil der Geschichte kannte ich bereits. „Du wolltest Max verklagen?"

„Er kam am nächsten Morgen zu mir nach Hause und hat völlig wahnsinnig auf mich eingeprügelt. Ich wusste zunächst nicht einmal, warum. Ich verstehe es ehrlich gesagt immer noch nicht so ganz ..."

„Es war auch wegen Mia." Meine Stimme war nicht mehr als ein Flüstern, aber Sebastian legte die Stirn in Falten.

„Noch so eine Sache, die ich nicht verstehe."

„Sie hatte einen Nervenzusammenbruch ... wegen dir, Sebastian."

Sebastians Stirnrunzeln wich einem verdutzten Stutzen. Der Ball, den er geworfen hatte, prallte von der Platte zurück und rollte herrenlos quer über das Tartanfeld. „Bitte, was?"

„Du hast ihr wohl an dem Abend das Herz gebrochen. Sie war nach der Feier am Boden zerstört und ist kurz darauf in die Psychiatrie gekommen", erklärte ich mit ruhiger Stimme.

„Wegen mir?"

„Sie war in dich verliebt und du hast ihr das Herz gebrochen."

„Wie soll ich ihr das Herz gebrochen haben?"

„Keine Ahnung." Ich hob ratlos die Hände in die Luft. „Ich war im Gegensatz zu dir nicht auf der Feier."

„Mhm." Statt mir zu antworten, drehte er sich weg und lief dem davongerollten Ball hinterher. Ich blieb zurück, nun völlig verwirrt. Sebastian kam zurück und begann wieder auf den Korb zu zielen. Dann hielt er inne, den Ball immer noch in den Händen. „Ich kannte

Mia nur als kleine Schwester meines besten Freundes. Ich hatte nie Interesse an ihr. Sie war gerade mal achtzehn und ich Mitte zwanzig." Seine feinen Augenbrauen zogen sich zusammen, dass sie nunmehr einen Strich bildeten. Er wirkte, als würde er angestrengt nachdenken. Plötzlich hellte sich seine Miene auf „Sie hatte zu viel getrunken. Ich habe sie ehrlich gesagt nicht besonders beachtet. Als ich zur Toilette lief, begegnete sie mir dort und hat mich vollgequatscht. Plötzlich fing sie an zu schwanken. Ich habe sie aufgefangen. Ich dachte, ihr wäre übel oder so etwas. Jedenfalls hing sie mir am Hals und ich habe versucht, sie von mir zu lösen, aber sie lag wie ein nasser Sack in meinen Armen. Ich bin mit ihr ins Bad gegangen und habe ihr ein wenig Wasser eingeflößt. Daraufhin wirkte sie wieder einigermaßen munter, ist selbstständig aufgestanden und weggegangen. Ich habe sie tatsächlich danach nicht mehr gesehen. Vielleicht hat sie mich küssen wollen, keine Ahnung. Aber als ich sie aufgefangen habe, war ich einfach nur überrascht. Ähnlich überrascht wie du, als ich dich geküsst habe."

Er blickte mich wissend an und ich dachte an unseren gemeinsamen Kuss. War es das, was er glaubte? Dass ich nur überrascht gewesen war und ihn deswegen nicht sofort fortgestoßen hatte?

Sebastian fuhr fort. „Jedenfalls habe ich sie nicht mehr gesehen. Aber es waren noch genug andere da, um sich um sie zu kümmern. Daniel wusste Bescheid. Das ist alles."

Sebastian zuckte ratlos die Schultern und warf wieder den Ball. Treffer. Das war es also. Seine Geschichte und sie half mir kein Stück weiter. Selbst wenn Sebastian nicht der Bösewicht war, wie Max ihn dargestellt hatte, änderte es nichts daran, dass ich keine Ahnung hatte, was er für mich empfand. Was ich für ihn empfand. Das war doch letztlich des Rätsels Lösung. Es ging mir nicht nur um Mia oder um Max' Ex. Mir ging es darum, was unser Kuss bedeutete.

„Und ich?" Ich war froh, dass meine Stimme nicht zitterte, dennoch war da diese Taubheit in meinem Hals, die sich entlang meiner Stimmbänder bis in meine Lunge ausdehnte. Jeder Atemzug tat mir plötzlich weh.

Sebastian wandte den Kopf zu mir um. Diesmal wirkte er ernster, als wüsste er, worum es mir eigentlich ging. Ich wollte wissen, was dieser Kuss für ihn bedeutete. Und das, obwohl es keine Rolle spielen sollte.

Sebastian ließ den Ball auf den Boden fallen und kam auf mich zu. Er griff nach meinen immer noch schwitzigen Händen und führte sie an seine Brust. Ich ließ die Bewegung zu. Unfähig mich zu rühren, oder dem Schlamassel, den ich angerichtet hatte, in die Augen zu blicken.

„Anna, ich bin kein Aufreißer oder wie auch immer du es nennen willst. Keine Ahnung, was Max dir erzählt hat. Es stimmt nicht. Dieser Kuss war nicht geplant. Ich hatte nicht vor, mich in meine Assistenzärztin zu verlieben und doch ist es passiert. Ich wollte dir damit keinerlei Unannehmlichkeiten bereiten, ich will ...", er rang nach Worten, dann schloss er resigniert die Augen. „Ich verlange gar nichts von dir."

Ich starrte auf die großen Hände, die meine umfassten. Er hatte Handschuhgröße acht und ich im Vergleich dazu nur sechs. Es fühlte sich gut an ihn zu berühren. Dieses Gespräch war richtig. Ich hob meinen Kopf und blickte in die grauen Augen mir gegenüber. Ein Sturm tobte darin und tief darin vergraben einen Funken Hoffnung. Langsam wuchs er an und wurde größer, bis er regelrecht aus seinen Augen hinausleuchtete und meinen Atem zum Stocken brachte. Sebastian zog seine Augenbrauen fragend nach oben, sein Griff um meine Hände wurde fester. Und plötzlich war es, als würde ich uns von außen betrachten. Die gleißende Sonne über uns, während wir allein und völlig verschwitzt auf dem Basketballfeld zusammenstanden. Meine Hände an seine breite Brust gezogen und mein Blick in seinem gefangen.

In den schwersten Situationen meiner bisherigen Laufbahn als Ärztin hatte Sebastian an meiner Seite gestanden. Er war der Fels, an den ich mich klammerte, wenn der Sturm in der Klinik mich zu zerreißen drohte. Er hatte mich so gesehen, wie ich war. Er kannte die toughe und die emotionale Anna in mir – und akzeptierte sie beide. Vielleicht hatten wir unsere Gefühle zu Anfang geleugnet. Aber das letzte halbe Jahr waren sie mehr und mehr gewachsen und nun trafen sie mich so stark, dass sie mir den Boden unter den Füßen wegrissen. Es war keine rationale Entscheidung wie bei Max, sondern etwas Tieferes ... Langsam bewegten wir uns aufeinander zu. Es fühlte sich in diesem Moment so richtig an, doch – reflexartig zog ich meine Hände zurück und Sebastian seufzte resigniert.

„Ich kann das nicht tun, Sebastian. Ich weiß ja selbst nicht, was ich fühle.“ Verzweifelt schüttelte ich den Kopf um das Gefühl, dass sich in mir ausgebreitet hatte, loszuwerden. Doch es blieb. Das Herzklopfen, das flaue Gefühl im Magen und das Kribbeln in meinen Fingerspitzen.

Sebastian kehrte mir wieder den Rücken zu, der Funke war erloschen. Er hatte alles gesagt. Nun war ich am Zug. Es lag an mir, eine Entscheidung zu treffen, ob ich wollte oder nicht. Ich würde es tun müssen. Sebastian bückte sich und hob den Basketball auf, warf ihn mir zu.

„Finde es heraus. Wenn du triffst, dann empfindest du dasselbe für mich. Wenn du nicht triffst, entscheidest du dich für Max und ich werde dich in Ruhe lassen."

Ich nahm den Ball und drehte ihn in meinen Händen. Strich über die raue Oberfläche, fuhr mit den Fingern die dünnen schwarzen Linien nach. Nur ein kleiner Schritt zur Freiwurflinie. Ich ging in die Knie und der Ball flog durch die Luft. Es klirrte, als er von dem metallenen Rahmen abprallte. Ich hatte nicht getroffen und ich wusste endlich, was zu tun war.

Kapitel XXI: Zwei Männer

Als ich nach Hause kam, verschwitzt und müde, wartete eine Überraschung auf mich. Max fuhr gerade mit einem schwarzen Mercedes auf den Parkplatz vor unserer Haustür. Ich erstarrte, unschlüssig, ob ich mich freuen oder weinen sollte. Er stieg aus dem Auto, in der Hand eine herrlich duftende Tüte. Rasch ging ich auf ihn zu und schloss ihn in meine Arme. „Was machst du denn hier? Ich dachte, du bist am anderen Ende der Welt." Er drückte mich leicht von sich weg, um mich zu betrachten. Eine Falte hatte sich auf seiner Stirn gebildet und unter seinen Augen lagen dunkle Ringe. „War ich auch, aber die Verhandlungen haben wir gestern Nacht abgeschlossen und dann bin ich sofort zurückgeflogen und hergefahren. Ich mag es nicht, im Streit mit dir auseinanderzugehen."

Er beugte sich zu mir hinab, um mich zu küssen. Ich erwiderte seinen Kuss sanft. *Ein letztes Mal unbesorgt sein.* „Danke", flüsterte ich.

„Wie sieht es aus? Lässt du mich rein?"

Wir frühstückten stillschweigend. Als ob wir beide wüssten, dass das kommende Gespräch unsere ganze Beziehung beeinträchtigen würde. Eine Beziehung, die nie als solche geplant gewesen war. Irgendwann hielt ich es nicht mehr aus.

„Max, wir müssen reden."

Er nickte zustimmend. Ich wollte schon zu sprechen ansetzen, da begann er: „Ich kann verstehen, dass du deinen Job behalten möchtest, Anna. Ich würde wahrscheinlich ähnlich handeln. Aber ich habe Angst, Angst, dich zu verlieren und dass du verletzt wirst. Du gehörst zu mir und das soll auch so bleiben. Außerdem würde so eine Liebelei zwischen euch oder auch nur seine Flirtversuche deiner Karriere viel mehr schaden als ein simpler Jobwechsel.“

„Ich habe ihn eben getroffen. Beim Basketballspielen. Es war Zufall, aber wir haben geredet.“

Max’ Augen wurden schmal. „Ihr habt euch rein zufällig an einem Sonntagmorgen auf dem Basketballplatz getroffen?“

„Ja, das haben wir.“ Ich verkniff mir einen Kommentar zu seinem ungläubigen Gesicht und fuhr fort. „Sebastian hat mir gesagt, dass er etwas für mich empfindet. Er hat mir aber auch erzählt, dass er das mit dir und Valerie nicht wusste, ebenso mit Mia.“

„Aha.“ Max schürzte die Lippen und seine Hände ballten sich zu Fäusten, aber er ließ mich immerhin weiterreden.

„Er meinte, er würde mich in Ruhe lassen, wenn ich das so wünschte.“

„Würde er das also?“ Jetzt stand der Ärger offen in Max’ Gesicht geschrieben. „Und was hast du gesagt?“

Nichts. Ich schloss für einen Moment die Augen, griff ich nach Max’ Händen, doch er zog sie zurück. „Er hat mich vor die Wahl gestellt und ich habe mich für dich entschieden.“

Max erhob sich vom Bett. „Du empfindest also auch etwas für ihn.“

Ein Dolch bohrte sich in meine Brust. Ich verschloss den Mund und starrte ihn nur an. Tränen brannten in meinen Augen, aber ich schluckte sie hinunter zusammen mit dem Kloß, der sich in meinem Hals gebildet hatte.

„Anna?"

„Ja. Ich empfinde etwas für ihn." Es lag eine Endgültigkeit in meinen Worten, die ich selbst kaum begreifen konnte. Max rührte sich nicht, also stand ich auf, damit ich ihm zumindest körperlich wieder nahekommen konnte.

Es war an der Zeit, den Knoten in meinem Kopf zu lösen und für mich als Chirurgin reichte dafür ein einziger Schnitt. Ich hatte mein gesamtes Studium lang das Drama gemieden. Für einen Traum, für meine Karriere. Selbst mein Dating mit Max war initial eher rational als emotional getriggert gewesen. Es war an der Zeit, zu meinem Ich zurückzukehren.

„Max", sagte ich langsam. Ich griff nach seiner Hand, doch er zog sie weg.

„Ich will es nicht hören, Anna." Er drehte sich und wollte aus dem Zimmer gehen, doch ich schlug die Tür vor seiner Nase zu. „Doch, du wirst mir jetzt zuhören. Ein letztes Mal und dann kannst du entscheiden, was das Richtige für dich ist. Ich persönlich habe schon entschieden."

Max blickte auf. In seinen Augen blitzte es gefährlich. „Ich höre."

„Setz dich", forderte ich ihn auf und deutete auf mein Bett. Ohne den Blick von mir zu wenden, ließ er sich nieder und legte die Hände in seinen Schoß, als wartete er jetzt auf einen gutvorbereiteten Vortrag. Ich hatte aber nichts vorbereitet, sondern nur Tatsachen, die lose in meinen Händen lagen. „Ja, ich empfinde etwas für Sebastian. Aber ich empfinde auch etwas für dich. Für euch beide. Doch ich habe mich von Anfang an für dich entschieden und ich würde es wieder tun. Ich möchte mit dir zusammen sein."

Max wandte den Kopf ab und sah resigniert aus dem Fenster. „Liebst du mich, Anna?"

„Was?"

„Ich habe dich gefragt, ob du mich liebst."

Röte kroch über mein Gesicht. „Ich ..." Mein Mund öffnete sich und schloss sich wieder.

„Das habe ich mir gedacht." Max erhob sich erneut von meinem Bett. „Anfang des Jahres hast du mir gesagt, dass du dabei bist, dich in mich zu verlieben. Ich habe dir gesagt, dass ich dich liebe, und du hast es nie erwidert." Er schüttelte den Kopf, nunmehr frustriert. „Ich frage mich, ob wir in der gleichen Situation wären, wenn Sebastian an meiner Stelle wäre."

„Ich ..." Wieder schloss ich den Mund.

Max schnaubte. „Selbst, wenn du mir sagen würdest, dass du mich liebst, würde ich dir wahrscheinlich nicht glauben. Nicht so. Nicht, wenn du weiterhin mit Sebastian arbeitest."

„Du sprichst von einem Ultimatum." Ich hatte die Macht über meine Stimme zurückerlangt. „Ich werde meinen Traum nicht für dich aufgeben."

„Und du meinst mit Sebastian an deiner Seite würdest du nicht zum Gespött deiner Kollegen?"

„Niemand hat davon gesprochen, dass das mit Sebastian irgendeine Zukunft hat."

„Aber du empfindest doch etwas für ihn!" Jetzt brüllte Max. „Ich werde für keinen Mann der Welt meine Karriere opfern, damit das klar ist." Auch meine Stimme war nun lauter geworden.

Max verschränkte die Arme hinter seinem Rücken und begann, unruhig in meinem Zimmer auf und abzugehen. Seltsamerweise beruhigte mich seine Unruhe, mein Atem wurde wieder langsam und gleichmäßig.

„Wieso reden wir dann hier überhaupt noch?", fragte er.

„Weil ich für uns kämpfen möchte, Max. Ich möchte mit dir zusammen sein." Im Vergleich zu unserem Gebrüll vorher war meine Stimme wie ein zarter Seidenfaden.

„Wie willst du für uns kämpfen, wenn du nicht bereit bist, Opfer einzugehen?"

„Das Chicago Med ist mein Traum, Max. Ich werde ihn nicht aufgeben. Ich kann dir aber versprechen, dass nie wieder etwas mit Sebastian geschehen wird. Nicht nur wegen uns, sondern auch wegen meiner Karriere. Du musst nur entscheiden, ob dir das reicht."

Endlich blieb Max stehen. Abrupt wandte er sich zu mir um. In seinem Gesicht spiegelten sich Wut und Enttäuschung. Sie fochten einen Zweikampf aus. Mir war nicht klar, welche Emotion die Oberhand gewinnen würde.

„Mir das reicht, Anna?" Er lachte kalt. Die Wut hatte gewonnen. „Ich soll dir vertrauen? DIR! Die für ihren Oberarzt die Beine breitgemacht hat, obwohl sie in einer festen Beziehung war."

„Max!" Ich sprang wütend vom Bett auf. Auch wenn er recht hatte, so durfte er nicht mit mir reden. „Ich bin nicht Valerie!"

„Anna", sagte er ruhig. „Nein. Ich kann dir nicht vertrauen. Ich habe diese Sache schon einmal durchgemacht, ich werde das nicht wieder tun."

Er schritt zur Tür und wieder versperrte ich ihm den Weg. Ich griff nach seinem Arm und zog ihn zurück. Ein letzter Versuch. „Max. Ich bin nicht Valerie", wiederholte ich leise.

„Nein", fauchte er. „Du bist schlimmer, Anna." Er schüttelte meine Hand ab und ich ließ ihn gewähren. Er riss die Tür auf und verließ mein Zimmer. Das Klicken, als sie wieder ins Schloss fiel, passte so gar nicht zu den Emotionen, die in mir brodelten. Mich überraschte der Ausgang unseres Gespräches nicht einmal.

Max hatte recht. Ich liebte ihn nicht. Ich mochte ihn und vielleicht wäre daraus eines Tages Liebe geworden, aber ich liebte meinen Job mehr.

Kapitel XXII: Von Träumen

Es regnete. Nicht nur ein bisschen, nein, es schüttete in Strömen und das im Juni. Zumindest klang es so. Tausende große Tropfen knallten gegen die beschlagenen Fenster der Klinik. Trotz der modernen Medizin, die das Chicago Med praktizierte, war das Klinikgebäude in ernüchternd schlechten Zustand. An den Hörsälen regnete es regelmäßig rein. Ein Neubau war schon im Gespräch.

Ich schenkte dem Regen kaum Beachtung, als ich in den OP eilte. Dort gab es sowieso keine Fenster. Ich war im letzten Moment zu einer Operation dazu gerufen worden. Eine OP, endlich! Hastig sprang ich aus meinem Kittel in die grüne Arbeitskleidung, duschte meine Arme einmal in Desinfektionsmittel und sprintete Richtung OP-Saal.

„Sie sollen in Saal zwei kommen, sofort." Pfleger Michaels Stimme klang sanft, aber bestimmt. Saal zwei war die Magenentfernung von Oberarzt Batchmore und Daniel Ridson.

Binnen weniger Minuten stand ich steril verpackt im OP-Saal. Batchmores wässrige Augen verengten sich zu Schlitzen, als er kurz vom Patienten aufblickte. „Das hat aber lange gedauert. Sie können hier neben mich kommen und den Haken halten."

Ich nickte und quetschte mich in die Ecke zwischen OP-Plane und Oberarzt Batchmore. Ein Haken wurde mir in die Hand gedrückt und wir operierten schweigend weiter. Ich gab keinen Mucks von mir. Meine Muskeln, noch steif vom Basketballspielen, fingen sofort an zu schmerzen. Unter dem Mundschutz und in dem Plastikkittel war es erschreckend heiß. Binnen weniger Sekunden war meine Kleidung unter dem Kittel durchnässt und meine Hand wurde allmählich taub.

„Nicht zittern!"

Batchmore riss mir den Haken aus den Händen und rückte ihn zurecht. Ich nutzte den kurzen Moment, um meine Finger zu entspannen, öffnete und schloss die Hand ein paar Mal.

„Sind Sie so weit oder brauchen Sie noch eine Massage?"

Sofort nahm ich den mir entgegengehaltenen Haken und einen weiteren für die anderen. Daniel lächelte mich entschuldigend an, schwieg aber. Das unterschied ihn von Sebastian, mein Mentor hätte sicher etwas getan, um mich zu verteidigen. Nicht nur bei mir, sondern bei allen Assistenten. Er hatte keine Angst vor Batchmore, Respekt ja, aber nicht so sehr, dass er nicht für seine Meinung einstand.

Ich schloss einen kurzen Moment die Augen. Der Sprint in den OP hatte mich mehr Energie gekostet, als ich zugeben mochte, besonders da ich heute früh weder zum Essen noch zum Trinken gekommen war. Verdammt. Ich drehte mich zu Michael um. „Kannst du mir bitte mal die Stirn abtupfen." Ein feuchtes Tuch wurde über meine Stirn gewischt und der Schweißfilm verschwand.

„Wir sind hier nicht auf einem Wellnessausflug, Miss Rosso." Oberarzt Batchmore lachte leise über seinen eigenen Witz.

„Ist es Ihnen lieber, wenn mein Schweiß in die Bauchhöhle tropft?", fragte ich spitz.

Die restliche Operation sprach Oberarzt Batchmore kein Wort mehr mit mir.

Zwei Stunden später drohten meine Arme endgültig den Geist aufzugeben. Ich konnte das Zittern nun kaum mehr unterdrücken. Alles schmerzte, mein Kopf dröhnte, allein der Gedanke an Wasser brachte mich zum Stöhnen.

„Sie machen zu, Ridson!"

Daniel nickte und Oberarzt Batchmore trat vom OP-Tisch zurück und verließ den Saal. Ein synchrones Aufatmen ging durch den Raum.

„Was ist dem denn heute über die Leber gelaufen?", fragte der Narkosearzt.

Daniel zuckte die Schultern. „Die Operation verlief nicht ganz so, wie er es sich gewünscht hat."

Keine besonders gute Entschuldigung, um sich wie ein Mistkerl zu verhalten. Ich schwieg. Heute hatte ich schon genug gegen ihn geschossen.

„Na Anna. Dich hatte ich aber schon lange nicht mehr am Tisch. Wie geht es dir?", fragte Daniel plötzlich.

Jetzt, wo Batchmore weg war, konnte ich mich aus der kleinen Ecke herauswagen und die Position gegenüber von Daniel einnehmen, während er die erste Drainage in der Bauchhöhle versenkte.

„Ja, irgendwie werde ich kaum in den OP eingeteilt."

„Wie geht es denn meinem Lieblingscousin?"

Das war nicht das Thema, über das ich sprechen wollte, schon gar nicht auf der Arbeit. Ich schloss einen kurzen Moment die Augen.

„Keine Ahnung. Wir haben uns getrennt." *Gestern.*

Peinlich berührt schnitt ich den restlichen Schlauch der Drainage ab. Auch Daniel schwieg einen Moment. Für ihn ein eher untypisches Verhalten. Normalerweise war er eine Quasselstrippe.

„Oh. Das tut mir leid. Mia hat gar nichts erzählt."

Mia. Die Mia, wegen der Max Sebastian fast krankenhausreif geprügelt hatte.

Jemand hatte in meinem Kopf eine Tür aufgerissen, durch die jetzt alle Gefühle durch mich hindurchjagten. Panisch schloss ich sie wieder.

„Es ist noch recht frisch."

Schwarzer Rauch qualmte durch die Tür herein. Mia. Max. Sebastian. Der Kuss. Ich versuchte, den Gedanken abzuschütteln und umklammerte fest den Faden der Fasziennaht, damit er auf Spannung stand, während Daniel die Nadel durch das Gewebe zog. Mein Mundschutz fühlte sich plötzlich sehr dicht an, als bekäme ich keine Luft mehr. Atme Anna! „Sag mal, hast du zufällig Mias Telefonnummer? Ich wollte sie noch etwas fragen, aber Max kann ich jetzt schlecht um ihre Nummer bitten."

Mein Oberarzt hielt kurz inne. Dann nähte er weiter. „Ja, kein Problem. Ich schick sie dir später."

„Danke."

Ich wusste nicht, ob es eine gute Entscheidung war, mit Mia zu sprechen. Aber ... Wir hatten so oft über sie gesprochen, dass es mir komisch vorkam, nicht ihre Perspektive zu kennen. Ich hatte Sebastian so viel an den Kopf geworfen, ohne mir je mein eigenes Bild zu machen. Weil ich es Max versprochen hatte, aber daran war ich jetzt nicht mehr gebunden.

Mein Anorak und meine Jeans waren völlig durchnässt, als ich „The Living Room“ betrat. Wie eine Verrückte war ich durch den Regen gerast, unter meinem Fahrrad eine Wasserfontäne. Ich setzte mich an einen der Tische und griff nach der Holzkiste in dessen Mitte, damit ich irgendetwas in meiner Hand hatte. Ausnahmslos alle Bierdeckel waren über und über mit feinen Kritzeleien versehen. Von Tic-Tac-Toe über kleine Herzchen bis hin zu ellenlangen Sprüchen. Ich versuchte, einige dieser Sätze zu entziffern.

„Gehe dorthin, wo du bleibst.“

„Das Leben ist ein Ponyhof und wir wollen alle reiten.“

„Henry hat den Größten.“

Ich nahm den letzten Deckel und zwirbelte ihn zwischen meinen Fingern, bis er auf den Boden fiel. Als ich mich nach ihm bückte, fiel mein Blick auf die Rückseite. „Die Welt geht auch morgen noch unter und gestern sowieso.“ Ich stutzte, diesen Spruch hatte ich bereits schon mal gehört. Plötzlich griff eine Hand mit perfekt manikürten Fingernägeln nach dem Deckel und legte ihn wieder auf den Tisch.

„Danke“, sagte ich leise.

„Kein Problem.“ Genauso steif wie meine Antwort setzte sich Mia auf den Sessel neben mich.

„Was machst du in Chicago?“

„War das die Frage, die du stellen wolltest?" Irgendwie war die Mia in meinen Erinnerungen sanfter, liebevoll. Nicht so hart wie die Frau, die jetzt vor mir
stand. Ich schüttelte den Kopf. Die Kellnerin kam und
wir bestellten beide eine heiße Schokolade.

„Ich wurde gestern von Sebastian angerufen. Keine
Ahnung, wieso mein Bruder die ganze Zeit meine Nummer herausgibt, aber Sebastian hatte einige interes-
sante Fragen. Fragen, die ich ihm nicht am Telefon beantworten wollte. Wir haben uns heute Morgen getroffen. Und jetzt rufst du an und hast die gleichen Fragen.
Oder doch etwas anderes?"

„Nein, also ja ..."

„Was jetzt?"

„Max meinte, Sebastian hätte dir das Herz gebrochen,
weshalb du in die Psychiatrie musstest." Ehe ich es ausgesprochen hatte, wusste ich, wie dämlich meine
Worte klangen. Auch Mia lachte. Sie lachte so sehr,
dass die Leute sich von den anderen Tischen schon irritiert zu uns umwandten, aber Mia lachte unbesonnen
weiter.

„Ja, ich war in der Psychiatrie. Aber doch nicht wegen
Sebastian. Na ja, vielleicht denkt das Max, wegen ... na
ja, egal. Mir ging es nicht gut, aber das ist nichts, was
ich mit jeder dahergelaufenen Person besprechen
muss." Mias Stimme hatte einen kalten und nüchternen Ton angenommen. Als distanzierte sie sich von diesen Ereignissen.

„Das ist nichts, worüber ich sprechen möchte. Ich
habe diese Sache hinter mir gelassen. Es geht niemanden etwas an."

Entschuldigend nickte ich. Mia hatte recht. Wieso sollte sie auch lügen? Und ihr Gesichtsausdruck. Darin lag so viel Ungesagtes. Eine Vergangenheit, die aufzuwühlen mir nicht zustand.

„Ich habe Sebastian geküsst. Und jetzt habe ich Max verloren." Ich wusste nicht mal, wieso ich es ihr erzählte. Vielleicht weil ich mit niemanden sonst mehr darüber reden konnte.

Zum ersten Mal zeigte sich eine Art Gefühlsregung auf Mias Gesicht. Sie riss die Augen auf, während sie gleichzeitig die Schultern straffte. Eine Mischung aus Wut und Überraschung. „Verständlicherweise."

Sie wirkte wie ein Chihuahua, der jeden Moment auf mich losgehen würde. Sie und Max hatten dieses Geschwisterding perfektioniert. Mir wäre es nicht im Traum in den Sinn gekommen, mich in das Liebesleben meiner Brüder oder von Isabella einzumischen.

„Max wollte, dass ich kündige, und das habe ich nicht getan. Daher haben wir uns getrennt." Ich hielt inne, als eine Bedienung uns unsere heiße Schokolade brachte.

Mia nahm einen großen Schluck aus der Tasse. Es bildete sich ein feiner Milchbart auf ihrer Oberlippe. Mit einer Serviette strich sie ihn fort. „Ich glaube nicht, dass nur du Schuld trägst. Ich habe Max gesagt, er soll dich vorwarnen, besonders bei seiner persönlichen Vorgeschichte mit Sebastian und Valerie. Er hat Vertrauensprobleme und durch seine Lügen hat er sie nur selbst noch befeuert."

„Was war mit Valerie?", fragte ich sofort.

„Sie hat mit den Herzen zweier Männer gespielt und sich verzockt. Max ist seitdem jedenfalls die Eifersucht in Person. Ich sage das ganz ehrlich, denn er weiß, dass ich das denke. Manchmal frage ich mich, was in seinem Kopf vorgeht. Dafür, dass er so klug zu sein scheint, trifft er erschreckend viele dumme Entscheidungen." Mia nahm erneut einen Schluck aus ihrer Tasse. „Gibt es noch eine Chance für euch?"

Ich rührte mit meinem Löffel in der Tasse herum und steckte ihn mir in den Mund. Die Schokolade hinterließ einen klebrig süßen Geschmack auf meiner Zunge. Eigentlich hatte ich mit unserer Trennung abgeschlossen. Das wurde mir jetzt erst richtig bewusst. Ich saß hier nicht wegen Max, sondern wegen Sebastian. „Ich denke nicht."

In Mias Augen funkelte es aufgeregt. Die Dunkelheit, die bis eben noch ihr Gesicht erfüllt hatte, war zu Neugier geworden. „Was empfindest du für Sebastian? Ich meine, ihr habt euch geküsst und er scheint ganz offen in dich verliebt zu sein."

„Wie meinst du das?", fragte ich.

„Ich sitze heute nicht zum ersten Mal in diesem Café. Ich hatte schon eine nette Unterhaltung mit jemand anderem!"

Hitze schoss in mein Gesicht. Ach ja, der Innenhof war quasi Sebastians Vorgarten. „Ich weiß nicht. Ich meine, ich war überrascht. Ich mag ihn. Wir sind Freunde ... Er ist immer für mich da, wenn ich ihn brauche. Aber er ist auch mein Vorgesetzter." Ich hatte meine Gefühle für Sebastian zu lange geleugnet, um sie jetzt in Worte fassen zu können. Auch in diesem Augenblick wollte ich sie immer noch nicht wahrhaben.

„Was hast du empfunden, als ihr euch geküsst habt? Du kannst es mir sagen. Ich bin in dieser Sache ganz neutral." Mia wackelte mit den Augenbrauen, plötzlich wirkte sie nicht mehr wie die strenge Schwester von eben.

„Müsstest du eigentlich nicht im Team Max spielen?"

Jetzt war es an Mia, rot zu werden. „Ja, aber ich habe meine ganze Pubertät für Sebastian geschwärmt. Er war dieser große coole Typ, der mit meinem Bruder abhing. Gut, er hatte eine Comicbuchsammlung und ist stilistisch nicht so auf dem Laufenden. Die Brille, die er trägt, ist mindestens zehn Jahre alt. Aber für mich war er damals das Nonplusultra. Ich habe ihm sogar Liebesbriefe geschrieben, mit Glitzer und so was. Nicht abgeschickt natürlich ..."

Ich lachte laut auf, als ich das leicht beschämte Gesicht von Max' Cousine sah. Für mich war Mia immer der Inbegriff von Perfektion gewesen. Dann hatte Max sie in ein Opfer verwandelt, aber jetzt? Auf mich wirkte sie wie keins von beidem. Sie war einfach Mia, eine junge Frau wie ich selbst.

„Es ist egal, was ich für ihn empfinde, Mia. Sebastian steht nicht zur Diskussion, nicht wenn ich Chirurgin im Chicago Med bleiben möchte."

„Manchmal muss man einfach spontan die Dinge akzeptieren, wie sie kommen, verstehen Sie?"

Meine Kollegen und ich nickten unschlüssig. Keiner hatte im Entferntesten eine Ahnung, wovon unser neuer Oberarzt Packseat sprach. Besonders heute hatten wir den Versuch, ihn zu verstehen, vollständig aufgegeben. Nicht nur, dass er eigentlich gar keine Fortbildung für die Assistenten machen sollte, er hatte auch vor längerer Zeit das Zimmer verlassen wollen.

Packseat war seit Anfang Juli neuer Oberarzt im Chicago Med. Er war auf den Ruf von Professor Vadasz aus der Boston Klinik zu uns nach Chicago gewechselt. Ein großer Gewinn für die Klinik. Seine Forschungen und Innovationen in der Therapie des Pankreaskarzinoms waren einzigartig. Selbst Batchmore war blass vor Neid geworden, als Oberarzt Packseat der Abteilung angekündigt wurde. Insgeheim freute ich mich darüber, dass es endlich mal Konkurrenz an der Spitze der Abteilung gab.

Worauf uns aber niemand vorbereitet hatte, war die Institution Packseat. Ein kleiner, dicklicher Mann mit ordentlichem Bierbauch, ein Vollbart vom Nikotin verfärbt und kleine Knopfaugen wie bei einem Teddy. Das alles und ein unglaublich langer Atem beim Philosophieren über das Leben hatten innerhalb weniger Wochen Oberarzt Packseat berühmt gemacht. Während mein neuer Oberarzt unentwegt schwafelte, wirkte Sebastian mehr als unglücklich darüber. Einem Giganten konnte auch ein Riese nicht auf die Füße treten. Aber die Fortbildung war nicht länger als eine Stunde geplant und unser Oberarzt redete schon fast fünfzehn Minuten. Eine Hand neben mir schnellte nach oben. Doreen.

„Professor Packseat, wollen Sie vielleicht morgen eine Fortbildung zu dem Thema halten? Ich glaube, Doktor Holden wird sonst ungeduldig."

Die übrigen Assistenzärzte begannen zu kichern. Nur Doreen hatte den Mut, einem Oberarzt das Wort abzuschneiden.

„Aber, aber meine Liebe. Ich bin natürlich jederzeit bereit, Ihnen mein Wissen weiterzugeben. Schließlich müsst ihr jungen Leute doch etwas von uns alten Säcken lernen.“ Dass Doreen fast vierzig war und die älteste der Assistenten, ignorierte er dabei geflissentlich. „Vielleicht werde ich einen Vortrag vorbereiten. Aber heute muss ich das Wort meinem jungen Kollegen übergeben. Seien Sie nicht zu streng mit ihm.“

Wieder kicherten einige der Assistenten und Sebastian knirschte mit den Zähnen. Auch ich musste schmunzeln, als ich seinen Gesichtsausdruck sah, blickte aber schnell wieder weg. In den letzten Wochen waren wir betont freundlich miteinander umgegangen. Und ganz langsam, ohne dass es einer von uns bemerkte, waren wir zur Normalität zurückgekehrt. Als wäre nie etwas gewesen, als hätte ich mich nicht gegen ihn entschieden. Er akzeptierte meinen Wunsch. Zum Glück war in diesen Tagen der OP-Plan voller denn je. Die Sommerferien waren vorbei und der Herbst erhielt Einzug, plötzlich hatten die Menschen wieder Lust, ins Krankenhaus zu kommen. Die Fortbildung heute bot mir tatsächlich das erste Mal Gelegenheit zu sitzen.

Mit der Zeit wurde auch der Schmerz weniger. Hin und wieder waren da Blicke zwischen Sebastian und mir oder ein schmerzhaftes Ziehen, wenn ich an Max dachte, aber es wurde besser. Die Arbeit war es, die mir die Kraft dazu gab. Menschenaufschneiden war meine Medizin.

Mit dem Kuss war der Anfang vom Ende gekommen. Würde ich jemals etwas mehr bereuen? Ich starrte zum Fenster hinaus.

Wäre ich wieder in einer Situation wie damals, ich würde ihn wegstoßen, oder? Meine Haut kribbelte unter den Sonnenstrahlen, die durch das Fenster in das enge Zimmer hineinfielen. Wieso war ich mir unsicher? Ich musterte den Mann am anderen Ende des Raums. Die breiten Schultern, die spitze Nase mit der drahtigen Brille. Er war kein Schönling, aber trotzdem zog mich etwas zu ihm hin. Diese Anziehungskraft zwischen uns war da. Als Sebastian meinen Blick bemerkte, zog er fragend eine rotbraune Augenbraue nach oben. Ich drehte den Kopf weg. Sebastian Holden ging mir eindeutig unter die Haut, ob ich es wollte oder nicht. Zumindest dieses Gefühl gestand ich ihm zu.

Irgendwann beendete Packseat seine Tirade über das Leben und die Schwierigkeit der Entscheidungen, die man treffen musste, und verließ den Raum. Markus, der auf meiner anderen Seite saß, stöhnte erleichtert auf, bis Sebastian die Präsentation startete und mit seinem Vortrag begann. *Komplikationen im perioperativen Setting.*

,Komplikation' war kein schönes Wort. Ich war müde. Der Tag war anstrengend gewesen und eine Fortbildung am Nachmittag war das Letzte, was ich jetzt wollte. Konzentration, Komplikation. Die Worte klangen doch recht ähnlich. Neben mir gähnte Markus. Ich beobachtete Sebastian, um zumindest den Anschein zu geben, als hörte ich wirklich zu. Meine Gedanken flogen zu seinen weichen, großen Händen. Sie waren so sanft und hatten sich gut auf meiner Haut angefühlt. Mein Blick wanderte träge von den Händen hoch zu den Armen. Breite Schultern und Oberarme. Er war eher der Typ großer, starker Beschützer, weniger elegant oder keck wie Max. Dieses Schnörkellose war genau das, was seinen Reiz ausmachte. Eine raue, ungeschliffene Art, nicht aalglatt, sondern ehrlich und direkt. Wieso war es nur in diesem Raum so stickig? Die Fenster waren doch geöffnet.

Die Sonne küsste meine Haut, während ich mich verschlafen im Licht des bald endenden Tages reckte. Neben mir lag Sebastian, auch er hatte bis eben geschlafen. Seine Haut schimmerte matt, wie aus Stein gemeißelt. Als er bemerkte, dass ich wach war, näherte er sich mir. Seine Lippen waren zu einem sehnsüchtigen Lächeln verzogen.

Bevor ich mich versah, senkte sich sein Mund hinab und ich öffnete meine Lippen bereitwillig. Sein Kuss schmeckte nach Schokolade und Lust. Ich griff nach Sebastians weißem Kittel und riss ihn in der Mitte auf. Er trug nichts darunter außer stählernen Muskeln, die meinen Unterleib zum Pochen brachten. Hitze stieg in mir auf und ich presste mich enger an den über mir liegenden Körper. Seine Küsse wurden fordernder und wanderten meinen Nacken entlang, bis sie auf der Kuhle zwischen meinen Brüsten zum Liegen kamen.

Sebastian hielt inne und strich sanft über die Grenze zwischen meiner Haut und dem dunkelgrünen Stoff meines Kasacks.

Plötzlich war der Waldboden unter mir verschwunden. Stattdessen waren wir im Arztzimmer in der Notaufnahme, Sebastian immer noch oberkörperfrei und ich auf seinem Schoß sitzend. Er küsste mich wieder, doch ich gebot ihm Einhalt. Die Tür, eben nur einen Spalt breit offen, quietschte leise. Dann sah ich grau wässrige Fischaugen, die mich angrinsten. „Ich wusste doch, dass Sie nicht das Zeug zur Chirurgin haben", sagte Oberarzt Batchmore.

Ein Tritt holte mich in die Wirklichkeit zurück. Markus saß schmunzelnd neben mir und klopfte auf den Tisch. Sofort tat ich es ihm gleich.

„Dass ich das noch erleben darf. Die Musterschülerin schläft im Unterricht ein", flüsterte er mir zu.

Panisch blickte ich im Raum umher. Ich war sicher nicht die Einzige, die ihre Augen geschlossen hatte, oder? Aber keiner der anderen Anwesenden schien so tief und fest geschlafen zu haben wie ich. Und sicher hatte auch keiner einen erotischen Traum gehabt. Hitze stieg in mir auf.

„Gut, das wars dann für heute. Ich hoffe mal, ihr habt was mitgenommen."

Sebastian kletterte an den gemütlichen Ledersesseln des Assistentenzimmers vorbei zur Tür. Dabei streifte sein Arm meine Schulter und unsere Blicke trafen sich für einen kurzen Moment. Seine grauen Augen verharrten eine Spur zu lange auf mir. Eine Sekunde später war der Moment auch schon vorbei. Ich musste das irgendwie in den Griff bekommen.

Kapitel XXIII: Betäubt

„Zum Einstand unseres neuen Oberarztes, also mir, und weil das Quartal zu Ende geht, machen wir den kommenden Samstag eine Feier zum Teambuilding.“

So lauteten Oberarzt Packseats Worte in der Frühbesprechung. Und was der neue Oberarzt sagte, war Gesetz. Und so fand sich der Großteil der chirurgischen Abteilung an diesem Samstag in einer der ältesten Pizzerien Chicagos wieder.

Oberarzt Packseat hatte extra einen separaten Raum angemietet. Die Pflege, die Ärzte, alle waren versammelt und tranken Bier und Wein, aßen Pizza. Eine rauchige, gemütliche Atmosphäre erfüllte die Luft.

„Na, alles gut?“, fragte Doreen mich.

Ich strahlte sie glücklich wie ein Honigkuchenpferd an.

„Ich glaube, es ist die erste Feier dieser Art, an der ich teilnehme.“

„Echt?“

„Ja. Irgendwie hatte ich immer Dienst.“

„Dann gibt es einen Grund mehr zu feiern.“ Doreen schenkte uns großzügig nach, gerade als OP-Schwester Emma sich zu uns gesellte.

„Wie, ihr seid schon bei der zweiten Flasche?“

„Wir müssen feiern, dass Anna das erste Mal mit uns allen gemeinsam trinken darf. Sie hatte bisher immer Dienst.“

„Krass. Du bist doch schon seit fast einem Jahr da?“

„Ja, ich weiß. Irgendwie habe ich etwas Pech bei so was.“

„Mehr Pech als alle anderen, so scheint es. Kann es sein, dass der Batchmore dich nicht mag? Er macht die Dienstpläne.“

Nachdenklich runzelte ich die Stirn. Ich hatte gedacht, es wäre eine rein subjektive Annahme meinerseits gewesen. War die Abneigung des leitenden Oberarztes mir gegenüber so offensichtlich? Emma näherte sich und flüsterte mir verschwörerisch ins Ohr.

„Er hat sich, als du gekommen bist, ganz schön darüber echauffiert, dass er bei deiner Einstellung kein Mitspracherecht hatte.“

„Ach ja? Was hat er denn gesagt?“

„Na ihr Süßen, was gibt es denn hier zu tuscheln?“ Liam und Blair, den Tratschtanten unserer Abteilung, war wohl aufgefallen, dass wir miteinander flüsterten.

Emma richtete sich auf. „Es geht darum, dass der Batchmore vermutlich Anna hasst.“ Liam grinste süffisant, aber Blair verzog nur angewidert den Mund. „Er mag keine von uns, mach dir da mal keine Sorgen.“

„Was?“, fragte ich.

Blair quetschte sich zwischen Doreen und mich. Doreen stöhnte genervt und rückte zur Seite, um ihrer Kollegin Platz zu machen. Bisher hatte ich kaum Kontakt zu Blair gehabt. Sie war in unserer Ausbildung schon deutlich weiter als ich und hatte einige Zeit auf der Intensivstation verbracht.

„Der Batchmore ist ein sexistisches Arschloch. Er mag keine Frauen. Du kannst nichts dagegen machen.“

„Sprich leise, Blair“, sagte Liam hastig und blickte sich um. Batchmore saß am anderen Ende des Saales, aber trotzdem hatten sich bei Blairs Worten einige Köpfe nach uns umgedreht.

„Was denn? Es ist die Wahrheit!“

Liam nahm ihr das Glas weg. „Kein Wein mehr für dich.“

Blair gackerte wie ein Huhn, dem man seine Maiskörner wegnahm. „Komm schon Liam. Du willst es nur nicht zugeben, weil du ein Nutznießer davon bist.“ Dann wandte sie sich wieder zu mir. „Sag mir, Anna. Wie weit bist du in deiner Ausbildung? Wie viel durftest du operieren im Vergleich zu Markus?“

„Ich weiß nicht.“

„Und Doreen, wie sieht es bei dir aus? Was operierst du alles im Vergleich zu Crocks und das, obwohl du schon viel Erfahrung in anderen Kliniken gesammelt hast? Ist es euch nicht aufgefallen? Wir alle haben unsere männlichen Kollegen. Liam und ich haben zusammen angefangen wie du und Markus, Anna. Liam steht kurz vorm Facharzt und ich?“ Sie lachte wieder, aber es lag keine Freude darin. Es klang hohl und verzweifelt. Bei genauerer Betrachtung war sie das auch. Die hitzige Luft im Restaurant hatte ihr Make-up verschmiert. Darunter kam eine ausgezehrte Frau zum Vorschein, die frustriert gegen etwas ankämpfte, was sie nicht wahrhaben wollte.

„Wozu haben wir eine weibliche Chefin, ein Vorzeigemodell der Emanzipation, wenn unser leitender Oberarzt das alles mit Füßen tritt?“

Ich schob Blair ein Glas Wasser hin. „Aber hast du je mit ihm darüber gesprochen? Ihn zur Rede gestellt?"

„Was gibt es da zu besprechen? Hey Batchmore, teilen Sie die OPs gefälligst fair ein. Seien Sie nicht so ein sexistisches Arschloch. Es gibt keinerlei Beweise!" Sie schüttelte verzweifelt den Kopf.

Liam seufzte resigniert. „Jetzt reicht es aber mal mit dem Selbstmitleid, Blair. Du bekommst hier immer noch eine super Ausbildung."

Blair wandte sich zu ihrem Kollegen. Ein harter Glanz lag in ihrem Blick. Liam zuckte zurück, als hätte sie ihn geschlagen. „Nein Liam. Du bekommst eine gute Ausbildung. Markus bekommt eine gute Ausbildung. Wir ..." Sie deutete auf sich, Doreen und mich. „Wir halten euch den Rücken frei. Machen eure Dienste, damit ihr operieren könnt. Halten Haken, damit ihr assistieren könnt."

Doreen nickte zustimmend. Selbst ich konnte nicht umhin, Blair recht zu geben. Allein letzte Woche hatte ich zweimal das Diensttelefon von Markus übernehmen müssen, weil er in den OP durfte. „Und was ist mit den Oberen? Die anderen Oberärzte müssen das doch merken?"

„Die meisten kümmert es nicht. Holden und Ridson haben nichts zu sagen. Sie sind ja selbst Zöglinge vom Batchmore. Und Packseat ist noch zu neu. Er muss seinen Platz erst suchen." Ein Kellner kam und stellte eine Platte Pizza auf dem Tisch ab. Der Duft nach heißem Speck und zerlaufenem Käse strömte in meine Nase und ließ mir das Wasser im Mund zusammenlaufen. Gierige Finger griffen nach den Stücken und das Gespräch wandte sich einem anderen Thema zu. Aber es hinterließ einen faden Geschmack. Wieso fiel mir erst jetzt auf, dass ich nicht die Einzige war, die unser Oberarzt triezte? *Weil du so mit dir selbst beschäftigt warst, dass du nichts um dich herum wahrgenommen hast.* Die Antwort tat weh, aber es war die reine Wahrheit. Was ich allerdings nicht verstand, war, warum Batchmore uns alle so verachtete. Eine Flasche später wechselten Blair und Liam erneut den Platz. Dafür gesellte sich jemand Neues zu uns. Sebastian. Mein Herz begann zu klopfen, als dieser sich auf die Bank neben mich gleiten ließ. Hitze breitete sich in mir aus, ausgelöst durch die warme Präsenz neben mir. Na ja, durch den dicken Pulli hatte ich schon den ganzen Abend geschwitzt.

„Na? Und was gibt es bei euch so Neues?"

Doreen und ich schwiegen einen Moment. Da war sie, die Kluft zwischen Oberärzten und Assistenten. Bevor die Stille unangenehm werden konnte, beugte sich Sebastian nach vorn, um unsere Gläser nachzufüllen. Dabei streifte der Ärmel seines Pullis meinen Arm. Meine Hand zuckte zurück, sodass ich beinahe mein Glas umwarf. Sebastian konnte es gerade noch auffangen, bevor sich der Wein auf den Tisch verteilen konnte.

„Stromstöße. Diese Pullis müssen bestimmt zu neunzig Prozent aus Plastik bestehen." Doreen lachte und wandte sich ab, aber Sebastians Augen ruhten auf mir und sahen mich bekümmert an, als ich seinem Blick begegnete. Er wusste ganz genau, dass es kein Stromstoß gewesen war. Seit unserem Kuss war ich auf Abstand geblieben. Ich hatte ihn gemieden und mich betont sachlich verhalten. Jetzt waren wir zwar zum Alltag zurückgekehrt, aber körperliche Nähe stellte trotzdem ein Problem dar. Ich vertraute Sebastian, das war nicht

das Problem. Mir selbst konnte ich nicht mehr vertrauen. Denn dieses Gefühl in meiner Brust wurde mit
jedem Tag stärker.

Sebastian trank sein Bier mit einem Zug leer, ohne
mich dabei aus den Augen zu lassen, und ich tat es ihm
mit meinem Wein nach. Als würde ich unentwegt gegen eine Wand anrennen und mein Kopf nur eine
kleine Beule im Beton hinterlassen. Ich war eine När-
rin, wenn ich dachte, dass ich meine Gefühle einfach so
ertränken konnte, aber das würde mich nicht daran
hindern, es zu versuchen.

Sebastian und ich liefen Seite an Seite schwankend
durch die Stadt. Mit Oberarzt Packseats Aufbruch hatte
sich die Gesellschaft aufgelöst. Es war ein vergnügli-
cher Abend gewesen, was vor allem den Unmengen an
Alkohol geschuldet war. Da wir beide in der Nähe des
Chicago Med wohnten, begleitete Sebastian mich einen
Teil der Strecke. Das war auch gut so. Immerhin raffte
mein Verstand noch, dass ich betrunken war. Ich hatte
meine Gefühle für Sebastian erfolgreich in mehreren
Gläsern Wein ertränkt.

Selbst der Regen auf der Straße störte mich nicht im
Mindesten und dass, obwohl ich über meinen Pulli nur
eine schwarze Lederjacke trug und fast bis auf die Haut
durchnässt war. Ich hakte mich bei Sebastian unter.
Mir war wohlig warm an seiner Seite. Aber Sebastian
tastete erschrocken über meine feuchten Hände und
den Saum meines Pullis.

„Anna, wir sind gleich bei mir. Möchtest du vielleicht
einen Regenschirm oder eine Jacke? Du bist ziemlich
nass", bot er an.

Ich kicherte und stupste ihm mit einem Finger gegen die Brust. „Du suchst nur eine Ausrede, um mich in deine Wohnung hinaufzukriegen. Ich kenn das Spiel“, lallte ich.

„Wenn du willst, kannst du auch unten warten, während ich die Sachen hole. So eine Wohnung kann durchaus gefährlich sein. Aber eine Erkältung auch.“

Ich lehnte mich an ihn. Er war viel wärmer als ich und unter seiner Jacke bestimmt auch trocken. Kichernd fingerte ich an dem Reißverschluss herum, bis ich den Zipper fand, und zog daran. Die Jacke öffnete sich. Voller Freude kuschelte ich mich direkt an die vielversprechende, trockene Wärme.

Der Pulli unter Sebastians Jacke war weich, aber trotzdem konnte ich mit meinen Fingern die Konturen seiner Brust nachfahren. Wie er wohl darunter aussah? So wie in meinen Träumen?

Beim Basketball hatte er manchmal sein T-Shirt nach oben gezogen und die Blicke, die ich hatte erhaschen können, waren äußerst vielversprechend gewesen. Ich legte meinen Kopf an seine Brust und meine Hände wanderten weiter nach unten, kamen zu dem Bund seiner Jeans. Dann endlich blickte ich zu ihm hinauf. Seine spitze Nase war gerötet, aber seine Augen glühten dunkel. Wie durch einen Blitz getroffen wurde ich von seiner Nähe überrumpelt. Das war gar nicht gut, ganz und gar nicht gut. Panisch klammerte ich mich an den Bund seiner Hose. Mit meinen Fingern spürte ich die Hitze seiner Haut. Die Stromstöße. Die Spannung zwischen uns. Seit Tag eins war sie zunehmend gewachsen, brodelte in einem Topf vor sich hin, kurz davor überzusprudeln. Ich konnte nicht – doch diese Spannung hielt ich so nicht mehr aus.

Ich reckte mein Gesicht Sebastian entgegen und für einen kurzen Moment landeten meine Lippen auf seinem Mund. Sein Kuss fühlte sich weich und trocken an. Aber auch verheißungsvoll. Er sprach von Wärme und Sicherheit. Dann zuckte ich überrascht zurück.

Kontrolle. Ich hatte die Kontrolle verloren. Hastig versuchte ich, mich von ihm zu lösen. Doch Sebastian hielt meinen Hinterkopf, strich mit den Fingern durch meine durchnässten Haare und zog mich zu sich. In seinem Kuss lag eine solche Zärtlichkeit, dass ich zu einem großen Haufen süßer Schokolade zerfloss. Sebastians Lippen umgarnten mich, sein Körper umhüllte mich. Er strich mit feuchten Fingern über meine Jacke und über mein Gesicht, während ich mich an seinem Kragen festklammerte. Ich wollte mich nie wieder von ihm lösen, er war warm und weich und sicher. Ein Glühen in meinem Herzen erfüllte mich und wärmte mich von innen.

Dicke, kalte Regentropfen fielen weiterhin ungehindert vom Himmel herab und legten sich auf unsere Gesichter und Schultern, liefen in Rinnsalen an uns hinunter. Sebastian strich sanft über meine Wange, während ich mich dicht an ihn presste. Plötzlich löste er sich von mir.

„Du bist wirklich eiskalt", stellte er besorgt fest.

„Na und?" Ich lehnte mich wieder an seine Brust. Ich wollte ihn weiter küssen, wieso hörte er auf? Verwirrt starrte ich zu ihm hoch, doch sein Gesicht verschwamm vor meinen Augen. Langsam wurde ich müde, eingelullt von Sebastians Wärme. Ich legte meinen Kopf an seine starke, einladende Brust und schloss für einen kurzen Moment die Augen.

Kapitel XXIV: Graue Gewitterstürme

Licht blendete meine Augen. Ich hob meine Hand, um es abzuschirmen, hielt aber jäh in der Bewegung inne. Wo war ich? Das Bett, in dem ich lag, war kuschelig, warm und mit dunkelroter Bettwäsche bezogen. Ansonsten war der Raum schlicht und unauffällig eingerichtet. Weiß und grau gestrichene Wände, schlichte Möbel und ein anthrazitfarbener Sessel, über dem meine Kleidung vom gestrigen Abend hing. Sofort fuhren meine Hände zu meinem Körper. Erleichtert atmete ich auf, als ich meinen Slip ertastete.

Dennoch. Ich blinzelte und versuchte, mich an die vorangegangenen Ereignisse zu erinnern. Aber jede Anstrengung, einen klaren Gedanken zu fassen, scheiterte sofort an dem gewaltigen Dröhnen in meinem Schädel, das von starken Schmerzen begleitet wurde. Ich stöhnte auf und wollte mich schon wieder unter die Decke verkriechen, als ich ein Glas Wasser, eine Aspirintablette und einen Zettel auf dem Nachttisch neben mir entdeckte. Immer noch stöhnend setzte ich mich auf, schluckte die Tablette trocken hinunter und kippte anschließend das Wasser nach. Danach nahm ich den Zettel in die Hand und versuchte ihn zu entziffern. Meine

Augen weiteten sich, als ich die Handschrift oder besser Sauklaue erkannte. Sebastian hatte das geschrieben.

Guten Morgen.
Dir ging es gestern Abend nicht mehr so gut, also habe ich dich hierhergebracht. Bin beim Visitendienst.
Liebe Grüße
dein Dr. Holden
(Keine Sorge, ich habe dich gefangen, als du umgekippt bist.)

Hinter den letzten Satz war noch ein Lachsmiley gezeichnet. Ich legte den Zettel wieder auf den Tisch und sank stöhnend zurück in das Kopfkissen. Mein Schädel brummte vor Schmerzen. Plötzlich regte sich etwas in meinem Magen und ich wusste, dass ich so schnell wie möglich das Badezimmer finden musste. Ich stand auf, schwankte und fiel auf das Bett zurück, die Hände panisch vor den Mund gepresst. Nichts regte sich.

Zweiter Versuch. Diesmal stand ich langsamer auf und schwankte zur Tür. Alles drehte sich, sodass ich mit meinen Fingern die kalte Türklinke fest umklammern musste. Durch die kurze Pause verlangsamte sich das Karussell in meinem Kopf und ich wagte einen weiteren Schritt aus der Tür hinaus auf den Gang.

Der Anblick des Wohnungsflures entlockte mir einen kleinen, frustrierten Seufzer. Ein saurer Geschmack bildete sich in meinem Mund. Um mich herum waren vier weitere Türen, alle in der gleichen sauberen weißen Farbe, bis auf eine, die offensichtlich die Haustür sein musste. Also standen mir drei Zimmer zur Auswahl und die Übelkeit, die mich überfallen hatte, war mittlerweile kaum auszuhalten. Ich brauchte ein Bad, und zwar schnell. Kurzentschlossen entschied ich mich für die mir am nächsten liegende und stieß sie auf. Mehrere Bücherregale und eine Couch grinsten mich an, also schwankte ich weiter.

Wieder überkam mich Schwindel und ich stürzte auf das dunkle Parkett. Meine Bauchmuskeln krampften sich zusammen. Panisch hielt ich mir die Hand vor den Mund. Nichts kam. Mühsam richtete ich mich auf und tastete nach der kalten Türklinke vor mir. Die Tür schwang auf und unter choralen Klängen tauchte eine Toilette vor mir auf. Nur noch ein paar Meter. Ich kroch über die kalten Fliesen auf die sich vor mir drehende Toilette zu. Der Geschmack von Galle füllte meinen Mund. Ich würgte, riss den Deckel hoch und erbrach mich.

Es dauerte eine ganze Weile, bis ich mir sicher war, dass ich meinen Magen völlig entleert hatte. Schweißüberströmt und erschöpft lehnte ich mich an die Wand hinter mir. Wie viel hatte ich gestern getrunken? Stöhnend rieb ich mir den Kopf und zog mich am nebenstehenden Waschbecken hoch.

Der Blick in den Spiegel half nicht gerade, mich besser zu fühlen. Ich blickte in ein faltiges Gesicht mit zerzausten Haaren und verschmierter Wimpern-tusche. Ich war mit nichts weiter als meiner Unterwäsche und einem viel zu großen Shirt bekleidet. Ich hatte nicht die geringste Ahnung, wie ich hierhergekommen war und wann ich mich dabei ausgezogen hatte. Ich konnte nur Vermutungen anstellen.

Alle beinhalteten Sebastian, der mich aus der nassen Kleidung geschält hatte. Ich wusste, dass mir kalt gewesen war und es geregnet hatte. Aber wieso war ich hier? Ein Bild blitzte in meinem Kopf auf – Sebastians Gesicht, die Haare fielen ihm nass in die Stirn. Regentropfen legten sich auf seine Lippen. Und ich küsste ihn –

Das hatte ich jetzt nicht ernsthaft getan? Schon wieder. Vielleicht war das alles nur ein Traum. So wie der Letzte. Ein Albtraum. Bilder wirbelten in meinem Kopf umher. Sebastian hatte mich ins Bett gelegt und zugedeckt. Dann war er gegangen. Ich stützte mich auf dem Waschbeckenrand ab und schloss im Bemühen, die Übelkeit zu unterdrücken, die Augen, bis das Drehgefühl nur noch einem leichten Wanken wich. Ich drehte den Wasserhahn auf und spritzte mir eiskaltes Wasser ins Gesicht. Die Welt wurde klarer und der bis eben noch saubere Spiegel war voller Wassertropfen. Hastig griff ich nach einem Handtuch und wischte darüber. Jetzt war der Spiegel voller Schlieren. Ich stöhnte. Nicht nur, dass ich in Sebastians Toilette gekotzt hatte, ich verschmutzte auch sein Bad. Wieso war es hier so sauber? Carolines und mein Bad sah nie so aus.

Mein Blick fiel auf die Ablage neben dem Spiegel. Hier stand eine Dose voll mit Aspirintabletten, zusammen mit einem weiteren Zettel.

Für den Fall, dass die andere „verloren" geht.

Ok wow. Sebastian traute mir wirklich alles zu. Ich wandte mich zur Toilette ... zurecht. Resigniert griff ich nach der Dose und nahm eine neue Tablette.

Jetzt, wo mein Magen entleert war und ich mich nicht mehr ganz so zittrig fühlte, unterzog ich meiner Umgebung einer genauen Musterung. Das war also Sebastians Wohnung. Langsam wanderte ich durch die einzelnen Räume, öffnete die letzte noch verschlossene Tür. Ein Blick aus dem Küchenfenster zeigte den mir nicht unbekannten Innenhof voller Tische, Stühle und Sofas. Von einem anderen Fenster aus ließen sich im Nebel verhangene Wolkenkratzer erkennen.

Der Sommer war einem grauen Herbstschleier gewichen, der sich über die Stadt gelegt hatte und sie in eine düstere Stimmung tunkte. Auf den ersten Blick wirkte Sebastians Wohnung viel zu reinlich und kühl. Sobald ich mich jedoch genauer umsah und das Wohnzimmer und die Küche in Augenschein nahm, begann ich, den Charme im Detail zu erkennen. Ein kleiner roter Toaster mit Stickern beklebt, ein alter Teddybär auf dem Sideboard sitzend, dem eine rote Mütze schräg übers Gesicht hing und eine gigantische Schüssel mit Naschzeugs, die auf der Mitte des Wohnzimmertischs ihren Platz fand. Nach langem Suchen fand ich sogar einen einzelnen Krümel unter dem Esstisch.

Dieser Putzfimmel, irgendwie passte es zu ihm. Im OP hielt er es auch nicht aus, wenn irgendetwas chaotisch oder unordentlich war.

Ich ließ mich mit dem Teddybären auf die Couch sinken und betrachtete das Bücherregal neben mir. Es war ein buntes Sammelsurium: Fachbücher der Medizin, einige Romane, die ich nicht kannte und – ich stutzte – Comics. Putzfimmel und Nerd. Es gab noch so viel, was ich über ihn nicht wusste. Wieder wurde mir schwindelig und ich legte mich flach auf die Couch, der Teddybär in meinen Armen. Er war ganz weich und flauschig, aber die rote Mütze. Ich zog sie ab und darunter offenbarte sich mir ein grausiger Anblick. Sein Ohr und ein Teil seines Auges waren abgerissen. An der Stelle war das weiße Fell mit einem roten Faden in makelloser Donati-Rückstichtechnik zusammen-genäht. Was hatte Sebastian nur dem armen Teddybären angetan? Um den Hals des Bären hing ein kleines Band mit einer Gravur.

Sebastian und XXX

Der zweite Name war mit Kratzern übersäht und unleserlich. Es war ein kurzer Name, aber mehr erkannte ich auch nicht. Anscheinend war dieser Teddybär ein Geschenk gewesen. Von seiner Ex oder an seine Ex? Valerie? Val? Wie auch immer, die Trennung hatte ihm offensichtlich zugesetzt. Und trotzdem hatte Sebastian den Teddy aufgehoben und geflickt. Ich sah in das übrig gebliebene knuffige schwarze Knopfauge des Teddys. So jemanden hätte ich auch nicht einfach entsorgen können, das wäre herzlos.

Den Teddy in den Armen schloss ich für einen kurzen Moment die Augen, bis mich das Geräusch von prasselndem Regen weckte. Grummelnd drehte ich mich um und blickte in Sebastians graue Augen.

Scheiße. Ich setzte mich kerzengerade auf und der Teddy fiel zu Boden. Die Augen hatten sich nicht bewegt. Sebastians Miene war unverändert lächelnd. Erleichtert atmete ich auf. Es war nur ein Foto. Wieso hatte ich es vorher nicht schon bemerkt? Auf dem Bild war nicht nur er zu sehen. Daneben saß eine ältere Frau sowie eine weitere Frau mit Mann und Baby in den Armen. Ich stand auf und betrachtete die Menschen näher. Die Frauen schienen nur wenig kleiner zu sein als Sebastian. Seine Familie. Er war in New York aufgewachsen, oder? Die junge Frau neben ihm hatte die gleichen rotblonden Haare wie er und auch ihr Gesicht zierte eine Brille, allerdings mit dünnem goldenem Rahmen, nicht so heruntergekommen wie die von Sebastian.

Dennoch. Sebastian konnte jeden Moment nach Hause kommen und dann wollte ich sicher nicht auf seiner Couch liegen. Nachdem ich ein paar Gläser Leitungswasser getrunken hatte, blieb ich noch eine Weile in der Küche sitzen und starrte mit glasigen Augen aus dem Fenster. Unfähig, mir weitere Gedanken zu machen, wartete ich ab, ob die Übelkeit zurückkommen würde. Doch mein Magen blieb still. Also schlich ich mit vorsichtigen Schritten zurück ins Schlafzimmer und fand dort meine restliche Kleidung ordentlich zusammengelegt und trocken. Was ich jetzt brauchte, war eine wohlig warme Dusche. Aber ich wollte Sebastians Gastfreundschaft nicht noch weiter strapazieren.

Komplett angezogen, aber weiterhin zerzaust machte ich mich bereit, die Wohnung zu verlassen. An der Haustür hielt ich kurz inne. Vielleicht sollte ich eine Nachricht hinterlassen. Kurzerhand nahm ich den Zettel, den Sebastian mir heute Morgen geschrieben hatte, und suchte nach einem Stift. Als ich eine kurze Notiz hinkritzeln wollte, zögerte ich. Ich wollte irgendetwas Nettes schreiben und mich entschuldigen und bedanken, aber ich wusste nicht wie.

Kurzerhand schrieb ich ein schlichtes *Danke fürs Fangen* darunter. Das musste reichen.

Als sich mein Kopf am nächsten Tag von seinem gigantischen Kater erholt hatte, blieb nur noch die Scham über das Geschehene zurück. Das einzig Gute war, dass ich mittlerweile Meisterin darin war, Sebastian aus dem Weg zu gehen. Über meine Gefühle wollte ich mir keine Gedanken machen, ich konzentrierte mich lieber auf meine Patienten.

Hin und wieder spürte ich Sebastians Lippen auf meinen, obwohl er gar nicht in der Nähe war. Es erinnerte mich an den Phantomschmerz, den manche Patienten nach einer Amputation verspürten. Der Kuss war in meiner Erinnerung nass und in Alkohol getränkt gewesen, aber die Gefühle, die ich mit ihm verband, hinterließen eine altbekannte Sehnsucht.

Zwar spürte ich in der Frühbesprechung öfters Sebastians Blick auf mir ruhen, aber auch er schwieg. Eigentlich konnte er mich jederzeit in sein Büro beordern, wenn er wollte. Aber er ließ mir meinen Freiraum. Vielleicht ahnte er, dass ich die ganze Geschichte vergessen wollte und akzeptierte meine Entscheidung. Zumindest hoffte ich das.

Der Betrieb in der Klinik ging weiter, und der Anstand schien gewahrt. Doch eines Morgens passierte plötzlich etwas, das meine Welt ins Schwanken brachte. Nachdem das Team das weitere Prozedere des Tages durchgesprochen hatte, hielt die Chefin kurz alle auf.

„Ich möchte gerne die Dienstpläne für die kommenden Tage mit Ihnen durchgehen. Es hat sich jetzt doch noch mal einiges sehr spontan verändert, da Doktor

Crocksell für längere Zeit krankgeschrieben ist. Doktor Batchmore, haben Sie die Liste dabei?"

Ein Murren wurde laut und Stühle wieder an den Tisch gerückt, da sich fast alle bereits erhoben hatten. Ich, die dank unzähliger schlafloser Nächte noch nicht ganz wach war, legte meinen Kopf auf Doreens Schulter ab. Halb saß ich auf der Fensterbank, halb lehnte ich an Doreen. Routinemäßig hatte Doreen begonnen, mein Haar unauffällig zu kraulen und meine Locken noch mehr zu verzwirbeln.

Oberarzt Batchmore räusperte sich kurz, kramte in seiner Tasche und nahm einen recht mitgenommen aussehenden Zettel heraus. Wir hatten unsere Dienstpläne eigentlich schon vor einem Monat erhalten. Er faltete ihn auf, nahm seine Brille ab und begann vorzulesen: „Es geht darum, dass Crocksells Dienste der nächsten drei Monate auf Sie verteilt werden müssen. Das sind etwa vier Nachtblöcke und mehrere Tagdienste. Danach werden wir weitersehen."

In meiner Müdigkeit gefangen, hörte ich nur mit halbem Ohr zu. Ein Nachtblock: Das waren mindestens vier Nächte plus das zugehörige Wochenende tagsüber.

„Es ist unmöglich, die Dienste gerecht zu verteilen, besonders, da einige von Ihnen in nächster Zeit ja auch noch Urlaub haben werden. Deswegen bitte ich um Ihre Rücksichtnahme bei eventuellen Fehlplanungen. Miss Rosso, Miss Bear. Ich bitte Sie darum, dass Sie die Dienste vornehmlich unter sich aufteilen. Im nächsten Monat können natürlich Doktor Fischer und Mrs. Kaposi einen Teil der Blöcke übernehmen. Die Liste werde ich Ihnen per E-Mail schicken ..." Es krachte laut, als ich aus meiner Trance gerissen mit voller Wucht mit meinem Kopf gegen die Fensterscheibe knallte. Zwanzig Augenpaare drehten sich zu mir um, während ich stöhnend meinen Hinterkopf rieb und mit den Tränen kämpfte. Ich murmelte ein leises „Sorry" und mied die Blicke der anderen.

„Schön. Dann wären wir jetzt alle wach", sagte Batchmore trocken und fuhr fort.

Es schien, als stiegen Dampfwölkchen aus Blairs Ohren auf. Auch Doreen wirkte nicht besonders glücklich. Er hatte wieder uns rausgepickt – Blair, Doreen, mich. Als wären Zielscheiben auf uns geklebt worden und alle Dienste auf uns abgefeuert. Nur wenn eine Kugel mal daneben ging, traf er Liam oder Markus. Das konnte doch nicht wahr sein. Was hatten wir ihm nur getan?

Ich hatte kaum bemerkt, dass die anderen Kollegen das Besprechungszimmer bereits verlassen hatten. Wie paralysiert saß ich auf der Fensterbank und blickte ins Leere. Nur ein Arzt außer mir war noch im Raum. Sebastian sah mit einem durchdringenden Blick und leichtem Stirnrunzeln zu mir herüber. Die Arme hielt er hinter dem Kopf verschränkt, während er versuchte, lässig auf seinem Stuhl zu kippeln. Als ich seinen Blick bemerkte, reckte ich das Kinn trotzig vor und erwiderte diesen. Dann stand ich auf und raste aus dem Zimmer an ihm vorbei.

Mit rasendem Herzen eilte ich den Stationsgang entlang in Richtung Arztzimmer. Ich brauchte Abstand und Zeit, um meine Gedanken zu sortieren. Mehr Dienste bedeuteten noch weniger Operationen. Das war doch nicht fair.

Hinter mir hörte ich das unverkennbare, laute Quietschen von Sebastian Holdens Turnschuhen. Auch das noch. Ich beschleunigte meine Schritte. Aber ich hatte zu spät reagiert. Sebastian riss mich an der Schulter herum, sodass ich stehen bleiben musste.

„Anna? Ist alles in Ordnung?"

Die Frage hätte auf alles bezogen sein können, aber in seinen grauen Augen konnte ich erkennen, dass es ihm nicht nur um den Moment ging, sondern auch um die vergangenen Tage. Ein Moment der Unachtsamkeit und er stürzte sich wie ein Raubtier auf seine Beute.

Ich hatte mich in falscher Sicherheit gewogen. Schnell wandte ich den Kopf zur Seite, um seinem Blick auszuweichen. Am anderen Ende des Ganges stand bereits ein Großteil des Teams in eine rege Diskussion vertieft. Blair rastete bestimmt gerade aus.

„Ja, es ist alles in Ordnung", sagte ich schnell und versuchte, unter Sebastians starken Armen durchzutauchen, doch ohne Erfolg. Anstatt dass er mich entwischen ließ, riss er eine Tür hinter mir auf und zog mich dort hinein. Es war ein kleiner Lagerraum, der von der Pflege für diverse Gerätschaften und ein unendliches Kontingent an Pflegeutensilien verwendet wurde. Gequetscht zwischen alten Infusionsständern und einem Toilettenstuhl, der hoffentlich schon lange von keinem Patienten mehr benutzt wurde, standen wir uns gegenüber.

Ich räusperte mich und Sebastian wich sofort ein Stück zurück. Es war wirklich lachhaft, in welches Klischee wir beide hineingerutscht waren. Sebastian hustete leise, ihm war diese Situation offensichtlich ebenso unangenehm wie mir.

„Sagst du mir jetzt bitte, was mit dir los ist?"

„Was soll mit mir los sein? Mir geht es wie immer!" Ich sprach schnell und mit jedem Wort wurde meine Tonlage höher. Bald würde ich nur noch piepsen vor Aufregung. Ich atmete tief ein und wieder aus.

„Lass uns darüber sprechen."

„Worüber? Ich erinnere mich noch an Pizza und Regen. Das Nächste ist, dass ich in deinem Bett aufgewacht bin und kotzen musste." Während ich sprach, zitterten meine Hände.

„Allein die Tatsache, dass du weißt, worum es geht, sagt doch schon alles. Du bist eine furchtbar schlechte Lügnerin, Anna."

Vielleicht war ich das wirklich, aber es gab wesentlich schlimmere Eigenschaften. Ohne auf eine Antwort zu warten, redete Sebastian weiter.

„Seitdem gehst du mir aus dem Weg und damit meine ich noch mehr als sonst. Und stell dir vor, das fällt sogar mir auf." Er rückte wieder näher an mich heran und nahm meine Hände. Seine Haut war weich und glatt.

„Ich möchte diese Sache aus der Welt schaffen. Diesmal habe nicht ich dich geküsst. Wir wissen ja, wie das das letzte Mal ausgegangen ist. Das brauchen wir beide nicht noch mal. Du hast mich geküsst und es war ein wunderbarer Kuss. Und ich möchte mit dir darüber reden, denn für mich hat sich seit Anfang des Jahres nichts geändert. Ich will dich. Und ich will ..."

Er konnte nicht mehr weitersprechen, denn ich verschloss seinen Mund mit meinen. Überrascht hielt Sebastian inne, dann erwiderte er meinen Kuss. Seine Hand strich meine Wange entlang und wanderte meinen Hals hinunter. Sebastians Kuss war so zärtlich wie

seine Hände, die nun über die nackte Haut meiner
Schlüsselbeine glitten und eine Gänsehaut hinterließen. Auf meiner Taille kamen sie zu liegen und zogen
mich mit einem leichten Druck näher zu sich heran.

Er umschlang mich, doch ich fühlte mich weder gefangen noch gedrängt. Es war einfach richtig. Seine
Nähe strömte Wärme und Geborgenheit aus und die
leise Glut, die schon seit Monaten in mir schwelte,
wuchs zu einem kräftigen Feuer heran. Dessen Knis-
tern erwärmte mein Herz und füllte es mit Flammen
stiller Leidenschaft. Wie hatte ich es nur so lange leugnen können?

Meine Küsse wurden drängender, ich wollte mehr.
Mehr von ihm und seinen weichen Lippen, mehr von
seinen Händen auf meinem Körper. Ich hatte mich zu
lange danach gesehnt. Meine Zunge drängte sich in Sebastians leicht geöffneten Mund, wo sie schon freudig
von ihm erwartet wurde. Zwischen uns war kaum
mehr ein Finger breit Abstand, doch selbst dieser
schwand. Jetzt waren es meine Hände, die an ihm
hinab glitten, nach seiner Brust unter dem Kittel taste-
ten. Das Feuer in meinem Herzen wuchs zu einem gigantischen Flammeninferno und erhitzte meinen gesamten Körper. Verlangen breitete sich in mir aus und
mein Unterleib zog sich fordernd zusammen. Sebastians Hände lagen längst nicht mehr nur auf meiner
Hüfte, sondern umfassten gierig die darunter liegenden Rundungen. Sie drückten mich an die kaum ver-
steckbare Wölbung, die sich unter dem dünnen weißen
Stoff seiner Hose ausbildete, wanderten von dort hinauf zu meiner Taille und pressten mich gegen das Regal
hinter sich.

Das Metallgestell bohrte sich unangenehm in meinen Rücken, doch wesentlich präsenter und wichtiger erschienen mir Sebastians Küsse und die Beule zwischen seinen Beinen. Ich hatte diese Sehnsucht viel zu lange unterdrückt und jetzt brach sie aus mir heraus und durchflutete mich mit Lust. Ich wollte mehr von ihm, jetzt, sofort.

Das Herz schlug mir so laut gegen die Brust, dass ich befürchtete, es würde hinausspringen. Ich zerrte an seinem Kittel und riss die Druckknöpfe vorne auf. Kurz löste sich Sebastian von mir, um sich das T-Shirt darunter über den Kopf zu ziehen. Zufrieden atmete ich auf. Sein Oberkörper war über und über mit Sommersprossen übersäht, sie leuchteten hell im LED-Licht der Kammer. Er war so, wie ich ihn mir vorgestellt hatte. Trainiert, aber nicht zu viel. Hart und zugleich weich. Ungeduldig löste ich die Druckknöpfe meines Kasacks und ließ mir von Sebastian mein Top über den Kopf hinwegschieben. Seine Augen glitzerten, als sein Blick auf meine Brüste fiel, und wie selbstverständlich begannen seine Hände über die harten Spitzen zu streifen, die durch den dünnen Stoff des BHs sichtbar waren. Stöhnend reckte ich mich ihm entgegen. Ich nahm seine Hände und drückte sie nach unten zu meiner Hose, damit er mich endlich befreite.

Er beugte sich vor und küsste mich erneut, während er am Gummizug meiner Hose nestelte. Ich griff danach und zog sie mit einem Ruck hinab. Sebastians Küsse hatten jede Sanftheit oder Schüchternheit vom Anfang längst verloren. Sie waren das Ergebnis eines zu langen andauernden Durstes zweier Liebender, der nun endlich gelöscht werden sollte. Wie Regenschauer in der Wüste, die den ausgetrockneten Boden überschwemmten.

Sebastians Hand fuhr über den Stoff meines Slips zwischen meine Beine, seine andere umfasste meine Brust und knetete sie. Er stöhnte auf, als er meine Feuchtigkeit bemerkte und sah mich voller Verlangen an. Seine Finger glitten ganz langsam über meine empfindlichste Stelle, gleich würde er den Stoff zur Seite ziehen und ...

Laute Schritte waren entlang des Gangs zu hören. Wir verharrten regungslos und starrten uns mit weit aufgerissenen Augen an.

Wir hatten völlig vergessen, wo wir uns befanden. Die Schritte wurden lauter, hallten mit ohrenbetäubendem Lärm in meinen Ohren, einer tickenden Zeitbombe gleich. Als sie schließlich die Höhe der Tür erreicht hatten, gab ich Sebastian einen Schubs und stieß ihn zurück. *Lauf weiter! Bitte!* Fast niemand benutzte diesen Raum. Doch von meiner Angst beherrscht riss ich meine Klamotten an mich und versuchte, sie mir über den Kopf zu zerren.

Auch Sebastian registrierte langsam, dass dies vielleicht nicht einer Situation entsprach, in der man aufgefunden werden wollte, gar durfte. Er zog sich seine Kleidung über den Kopf und versuchte in seiner Hose zu richten, was zu richten war. Die Schritte waren verstummt. Jemand stand genau vor unserer Kammer. Es piepte, als der Transponder die Tür entriegelte. Doch dann ertönte Schwester Anns Stimme gedämpft im Hintergrund. Ich konnte die Worte nicht verstehen, die sie rief, doch die Klinke war noch nicht heruntergedrückt worden. Wir nutzten die kostbaren Sekunden sinnvoll und richteten den Rest unserer Kleidung. Dann blickten wir einander an. Wer auch immer auf dem Gang stand, würde gleich hineinkommen. Doch die Stimme auf der anderen Seite schnaubte wütend. Und endlich machte sich die Person schlurfend davon.

Ich zog scharf die Luft ein. Mir war gar nicht aufgefallen, dass ich in den letzten Sekunden den Atem angehalten hatte. Wäre die Tür geöffnet worden, wäre meine Karriere vorbei gewesen. Dann blickte ich zu Sebastian. Seine steinernen Augen glänzten, während seine Hände wie von selbst eine meiner Haarsträhnen hinter mein Ohr strichen.

„Wir sollten wirklich reden", sagte er entschieden. Da klingelte sein Telefon. Er griff an seine Brusttasche, zog es heraus und bedeutete mir, kurz innezuhalten. Doch ich witterte meine Chance und ergriff die Flucht.

Schnurstracks schritt ich an ihm vorbei und flüchtete auf den Gang. Dabei richtete ich meine Frisur neu und beschloss, so viel Strecke wie möglich zwischen mich und Sebastian Holden zu bringen. Wir würden miteinander reden, aber erst nach der Arbeit.

Als ich auf den Stationsflur trat, blickte ich mich suchend um. Keiner von der Pflege oder den Ärzten war zu sehen. Ich konnte mein Glück kaum fassen. Das, was da eben passiert war, hätte meine Karriere zerstören können. Ich erinnerte mich nur zu gut an Professor Vadasz' Worte beim Mitarbeitergespräch. Diese Frau würde keine Liebesbeziehung zwischen einem ihrer Oberärzte und ihrer Assistentin dulden. Und wie würde erst ihr leitender Oberarzt reagieren? Ich traute ihm zu, dass ich den OP dann gar nicht mehr von innen sehen durfte. Was war das nur mit diesem Tag? Die

Tage davor waren im Vergleich dazu wie in Nebel gehüllt und jetzt schien es endlich so, als würde die Sonne aufgehen. Nur noch eine Wolke stand zwischen mir und den warmen Strahlen.

Mit einer einfachen Entscheidung konnte ich sie einfach fortpusten. Nur war das nicht so leicht wie gedacht. Die Anziehung zwischen uns war offensichtlich. Ich konnte sie nicht mehr leugnen, geschweige denn beherrschen. Ich verlor jetzt schon jegliche Kontrolle über mich, sobald er den Raum betrat.

Vielleicht war es genau das, was ich wollte: Diesen Gefühlen nachgeben. Vorhin in dem Lagerraum, das war beispiellos. Mir wurde heiß, als ich an seine Berührungen auf meiner Haut dachte. Wäre niemand gekommen, wie weit wären wir gegangen?

Es würde nicht einfach werden, diese Entscheidung zu treffen. Aber wenn ich sie gefällt hatte, musste ich mit Sebastian darüber reden.

Kapitel XXV: „Reden“

Zzzzzzp. Mit dem Summen des Türöffners drückte ich gegen die hölzerne Haustür. Das Treppenhaus hatte sich seit meinem letzten Besuch nicht verändert, etwas staubig und mit knarrenden Holzdielen.

Langsam stieg ich die Stufen zu Sebastians Wohnung hinauf. Jeder Schritt brachte mich einem Gespräch näher, das ich eigentlich nicht führen wollte.

Als ich die letzten Stufen erklommen hatte, wartete Sebastian bereits auf mich. Er stand mit verschränkten Armen an den Türrahmen seiner Wohnung gelehnt. Er trug eine graue Jogginghose, die ihm locker auf den Hüften saß. Dazu ein unauffälliges grünes T-Shirt. Seine Haare waren verstrubbelt und seine Brille verschwunden. Er hatte offensichtlich gerade geduscht.

Plötzlich kam ich mir völlig fehl am Platz vor. Wieso trafen wir uns in seiner Wohnung und nicht an einem neutralen Ort, von dem jeder verschwinden konnte, wann er wollte? Ich war hier ein Eindringling, der kein Recht hatte, ihn in seinem eigenen Reich zu besuchen.

„Komm doch rein", sagte Sebastian. Seine Stimme klang höflich und freundlich.

„Ich würde lieber draußen stehen bleiben." Ich konnte nicht einfach so bei ihm in die Wohnung.

„Du willst also ein persönliches Gespräch zwischen Tür und Angel führen, im Treppenhaus?"

Ich nickte unsicher. Sebastian runzelte die Stirn. Seine Muskeln spannten sich einen kurzen Moment an. Ich konnte den Bizeps deutlich unter den Ärmeln des T-Shirts spielen sehen.

„Also …“ Ich hatte kaum ein Wort gesprochen, da brach ich wieder ab. Wie sollte ich es sagen? Unsicher blickte ich hinter mich. Erneut war das Surren des Türöffners zu hören und Schritte hallten durch das Treppenhaus. Eine Tür wurde geöffnet und fiel wieder zu.

„Willst du wirklich nicht reinkommen?“

„Na gut.“

Ein Lächeln huschte über Sebastians Gesicht, kaum mehr als ein kurzes Aufleuchten von Hoffnung. Dann trat er einen Schritt zur Seite und geleitete mich in seine Wohnung. Die Tür fiel mit einem lauten Klonk hinter mir zu. Gefangen. Jetzt gab es kein Zurück mehr. Ich zog meine Schuhe aus und hängte meinen Mantel an den Haken.

„Willst du vielleicht einen Tee oder Kaffee?“

„Ja, gerne. Tee bitte.“

Ich folgte Sebastian in die Küche und beobachtete ihn, wie er den Wasserkocher befüllte und einschaltete.

„Pfefferminze mit Honig?“

„Ehm, ja.“ Als ob ich auch nur einen Schluck davon trinken würde. Unschlüssig lehnte ich mich an die Arbeitsplatte. „Schön hast du es hier.“

„Danke. Es ist ein bisschen groß, so allein, aber ich hatte keine Lust, nur deswegen umzuziehen.“

Ach ja. Die ehemalige Besitzerin des Teddybären. „Du hast hier nicht allein gewohnt?“

„Meine Ex-Freundin ist vor über einem Jahr ausgezogen. Es war unschön, aber so ist es nun mal. Und bevor du fragst, ja, es war DIE Valerie."

Hörte ich da etwa Bitterkeit in seiner Stimme?

„Aber das ist lange her und man braucht doch mehr Platz, als man eigentlich zugeben will."

Nein, das klang nicht nach Bitterkeit. Er war nur angespannt. So wie ich. Es klickte, als sich der Wasserkocher automatisch ausschaltete.

„Wollen wir ins Wohnzimmer gehen? Da ist es gemütlicher." Sebastian reichte mir eine heiße Tasse Tee sowie ein kleines Schälchen mit Honig. Widerspruchslos folgte ich ihm in das nächste Zimmer. Was machte ich hier? Das hätte kurz und schmerzlos werden sollen, stattdessen verstrickte ich mich immer mehr in seinem Netz.

Sebastian nahm auf der Couch Platz und stellte seine Teetasse auf dem kleinen Couchtisch ab. Er klopfte auffordernd neben sich.

Mein Kopf gebot mir, stehen zu bleiben, doch mein Körper entschied, dass neben Sebastian auf der Couch genau der richtige Platz war. Neben mir auf dem Tisch war die gleiche Schüssel mit Süßigkeiten wie beim letzten Mal, als ich die Wohnung betreten hatte.

„Darf ich?"

Sebastian zuckte mit den Schultern und ich langte in die Schüssel. Mit Schokolade würde die Sache sicher einfacher.

„Also ...", begann ich mampfend.

„Also?"

„Du wolltest reden, also rede!" Ich wusste zwar, was ich sagen würde, aber er hatte schließlich um ein Gespräch gebeten. Dann musste er zumindest anfangen.

Sebastian schüttete etwas von dem Honig in seine Teetasse und entfernte den Teebeutel. Er wirkte dabei so konzentriert, dass ich überrascht war, als er schließlich sagte: „Ich will mit dir zusammen sein."

Er blickte von seiner Teetasse auf und direkt in mein Gesicht. Ich hielt inne. Dann nahm ich mir eine weitere Praline aus der Schüssel. „Das geht nicht." Ich klang härter als beabsichtigt.

„Wieso?"

„Weil ich ..." Ich brach ab und nahm mir noch eine Praline. Sebastian wartete geduldig. Vielleicht sollte ich dauerhaft Schokolade essen, bis dieses Gespräch vorbei war.

„Wir können das nicht machen. Es tut mir leid. Mir ist meine Reputation zu wichtig, um sie aufs Spiel zu setzen. Hätte uns heute jemand entdeckt, meine, unsere Karrieren wären beendet gewesen." Ich sah ihn mit einem flehenden Blick an. Doch er ließ sich nur schwer seufzend gegen eines der Sofakissen sinken.

„Du meinst also, es geht nicht, weil wir zusammenarbeiten?"

„Das wäre unprofessionell. Professor Vadasz würde es nicht billigen. Sie hat es mir selbst gesagt."

„Weil unsere Beziehung ja auch jetzt schon so ungeheuer professionell ist." Sein Sarkasmus war kaum zu überhören.

Ich griff nach meiner Tasse und nahm einen kleinen Schluck. Der Tee war immer noch entsetzlich heiß.

„Und allein unsere Vorgeschichte. Was im letzten Jahr passiert ist. Das ist zu viel."

„Und?"

War das sein Ernst? „Ich will nicht, dass Max am Ende recht hat. Wir sind seit ein paar Monaten getrennt, aber das heißt nicht, dass ich gleich ... mit dir. Du weißt schon. Es wäre nicht richtig." Und dann war da noch die Sache mit meinem Stolz. Mit Sebastian zusammen zu sein würde bedeuten, dass mein rationales Ich endgültig gegen mein Herz verlor. Wo war die toughe Karriere-Anna hin?

Sebastian richtete sich bei meinen Worten leicht auf. Die Information mit der Trennung von Max konnte nicht neu für ihn sein, ich hatte doch seinem besten Freund davon erzählt. Diesmal war es leichter, einen Schluck des Tees zu trinken. Der Honig verlieh der Minze eine angenehme Süße. Ich stellte die Tasse wieder auf dem Tisch ab.

„Wir sind sowieso privat befreundet, also ist unsere Beziehung ohnehin nicht professionell. Ich sehe da kein Hindernis. Und wenn du nicht mehr mit Max zusammen bist ... dann noch weniger. Außerdem, wieso sollte er noch Einfluss auf dich nehmen dürfen, wenn ihr getrennt seid?"

Er fragte nicht nach, aber ich sah es in seinem Gesicht. Er brannte darauf, zu erfahren, was aus mir und Max geworden war. Daniel hatte es ihm wirklich nicht erzählt. Ich spürte seine Neugier über das Sofa zu mir rüberkriechen. Aber er hatte recht. Wieso ließ ich Max nach unserer Trennung immer noch meine Entscheidungen beeinflussen? Wieso entschied er darüber, mit wem ich zusammen sein durfte und mit wem nicht?

Und warum hatte Sebastian eigentlich immer eine logisch sinnvolle Antwort parat?

„Max hat von mir verlangt, dass ich kündige. Aber ich wollte nicht."

„Das tut mir leid." Sebastian griff nach meiner Hand und streichelte sie leicht, aber er konnte sich sein Lächeln nicht verkneifen.

„Tu nicht so als ob ...", sagte ich mit einem leichten Vorwurf in der Stimme.

Er lachte leise. „Was ich nicht verstehe ... Du sagst mir immer nur, was nicht geht. Was du nicht willst. Was falsch ist. Aber was willst du?"

Wieso klang es, wenn er es sagte, so logisch?

„Manchmal kann man nicht haben, was man will. Warum sollte ich es extra aussprechen?"

Er lehnte sich näher zu mir. Der Geruch von Aftershave stieg mir in die Nase. Es roch sanfter als das von Max, irgendwie weicher. „Was willst du, Anna?"

Ich will dich küssen und nicht mehr damit aufhören.

„Ich habe dir gesagt, was ich möchte. Ich möchte eine professionelle Beziehung zu meinem Oberarzt. Ich möchte Karriere machen."

„Das ist alles?" Sebastian rückte noch ein Stück an mich heran. Seine Beine berührten meine Knie. Ich presste sie fest aneinander, um das aufkommende Zittern zu unterdrücken.

„Was willst du denn überhaupt?", platzte es aus mir heraus.

„Ich will dich."

Ein Ziehen breitete sich in meinem Magen aus und wanderte bis zu meinem Herzen, das zu rasen begann. „Sag das nicht."

„Doch, das sage ich. Ich will dich küssen. Ich will dich lieben. Ich will mit dir zusammen sein. Ich wollte dich von dem Moment an, als ich dich in Blut und Urin auf dem Boden kniend sah. Damals kannte ich dich nicht einmal. Aber im letzten Jahr habe ich dich immer besser kennengelernt. Und statt dich weniger zu wollen, wollte ich dich umso mehr. Die Frau, die jeden Tag sich ihren Ängsten stellte, bis sie irgendwann keine mehr hatte. Die für das kämpft, was sie will. Ich dachte, dir ging es genauso. Dann haben wir uns das erste Mal geküsst und … und ich war überglücklich."

Er rückte noch näher an mich heran und mein Unterleib zog sich fordernd zusammen. „Bis ich feststellen musste, dass du bereits zu jemand anderem gehörtest. Du kamst mit Anschuldigungen und Konflikten, die meine Welt ins Wanken gebracht haben. Und trotzdem wollte ich dich. Ich habe deine Grenzen akzeptiert, obwohl du es mir nicht einfach gemacht hast. Aber langsam reicht es mir, verdammt noch mal. Anna, ich liebe dich."

Seine Augen glitzerten, als er mich ansah. Er war mir plötzlich ganz nahe. Ich schluckte und versuchte den Blick abzuwenden, aber seine Augen ließen mich nicht los. Darin lag so viel Wärme, Liebe.

„Du liebst mich?"

„Ja, nein. Ich weiß es nicht. Ich habe mich in dich verliebt, Anna."

Ich konnte nicht. Ich wollte nicht – aber er – mein Gehirn stotterte wie ein kaputter Drucker, während ich Sebastian ansah. Ganz langsam senkten sich Sebastians Lippen auf meinen Mund. Er würde sich sofort zurückziehen, wenn ich es wünschte. Das wusste ich, aber ich wollte ihn küssen. Mein Herz hatte schon längst die Schlacht, die in meinem Kopf tobte, gewonnen. Ich öffnete leicht meinen Mund, sodass Sebastians Zunge eindringen konnte. Warme Süße breitete sich in mir aus, die nichts mit der eben verputzten Schokolade zu tun hatte. Ich rückte noch näher an Sebastian heran, aber es reichte nicht, also kletterte ich auf seinen Schoß. Mein Doktor Holden. Er liebte mich.

Schwer atmend drückte ich Sebastian von mir weg. Seine Wangen waren gerötet und auch mir war heiß. Ich saß auf seinem Schoß, unter mir eine große Beule, die meinen Körper vor Verlangen aufschreien ließ. Seine Hände hatten meinen Hintern umfasst und drückten ihn leicht.

„Wir können nicht", flüsterte ich ganz leise. „Was ist, wenn die anderen davon erfahren?"

Auch Sebastian atmete schwer. „Was ist, wenn die anderen nicht davon erfahren?"

„Wie meinst du das?"

„Ich will dich und du willst mich. Zumindest entnehme ich das der Situation gerade." Er blickte zu meinen Händen, die sich an seine Brust klammerten, und gab mir einen leichten Kuss auf den Mund. „Wenn du Angst hast, dass es deiner Karriere schadet, dann muss davon niemand erfahren."

„Du meinst, zumindest so lange, bis wir wissen, was das hier ist."

Sebastian nickte und gab mir einen erneuten Kuss. „Allerdings dachte ich, wir hätten geklärt, was das hier ist", sagte er. „Nun ja." Ich zögerte.

Sebastians graue Augen waren dunkler als sonst. „Ich sage es dir noch mal", sagte er ernst. „Ich habe mich in dich verliebt. Ich will mit dir zusammen sein. Ich werde niemandem davon erzählen, so lange wie du willst. Ich bin für dich da. Als Freund, Oberarzt und Liebhaber, gerade vorzugsweise als Letzteres. Du musst mir auch noch gar nicht sagen, dass du mich liebst. Wir haben alle Zeit der Welt. Ich erwarte von dir nur eins: Ehrlichkeit."

Bei seinen Worten glühte meine Brust vor Liebe. Doch ich konnte nicht antworten. Nichts davon würde auch nur im Entferntesten mit seinen Worten mithalten können. Stattdessen strich ich mit meinen Fingern die rotbraunen Augenbrauen meines Oberarztes nach. Zeichnete Pfade zwischen seinen Sommersprossen entlang bis hinunter zu seinem Hals.

„Vorzugsweise Liebhaber?", flüsterte ich in sein Ohr und knabberte leicht an seinem Ohrläppchen.

Er drehte mich zu sich. Seine Lippen waren so nah, dass sie an meiner Wange kitzelten, als er schließlich sagte: „Vorzugsweise Liebhaber."

Dann küsste er mich leidenschaftlich und tief. Ein Sturm war ausgebrochen und hatte uns beide mitgerissen. Ich klammerte mich an Sebastians T-Shirt, als ich drohte, darin verloren zu gehen. Das hier war richtig. Auch wenn mein Kopf die Schlacht verloren hatte, fühlte ich mich als Gewinnerin.

Sebastians Hände streichelten meinen Rücken, wanderten hinab zu meinem Po und drückten mich fester auf seinen Schoß. Mein Unterleib zog sich sehnsüchtig zusammen. Ich zerrte erneut an seinem T-Shirt und stülpte es über seinen Kopf. Darunter kam eine Brust ebenso breit wie die mir bekannten Schultern zum Vorschein. Ich strich über die rotbraunen Stoppeln auf seiner Haut. Hier waren seine Haare dunkler, oder? Ich liebkoste einzelne Sommersprossen und Muttermale. Wieder blickte ich zu ihm hinauf.

Verlangen spiegelte sich in seinem Gesicht wider, seine Lippen waren leicht geöffnet und seine Wangen gerötet. Meine Hände wanderten weiter zu dem Bund seiner Jogginghose, doch plötzlich umfasste er mein Handgelenk.

Überrascht richtete ich mich auf und wurde von Sebastians Lippen begrüßt. Seine Hände lösten den kleinen Knoten meiner Haare und verwuschelten meine Locken. Ich stöhnte, als Sebastians Hände unter meinen Pulli und meinen BH glitten. Er streichelte sanft die Haut, strich mit dem Finger die Wölbungen meiner Brüste nach. Seine Lippen wanderten stückweise meinen Hals entlang. Er löste sich kurz von mir, um mir den Pullover über den Kopf zu ziehen. Dann machte er sich am Bund meiner Hose zu schaffen. Er kam nicht über den Knopf hinaus. Meine Hose war zu eng, um sie einfach so hinabzuziehen. Ich stand auf und stellte mich vor Sebastian. Er wollte schon nach mir greifen, doch ich gebot ihm Einhalt. Er ließ sich schwer atmend zurück aufs Sofa gleiten, während ich langsam, ganz langsam meine Hose auszog. Dabei wandte ich kein einziges Mal den Blick von Sebastian ab, der mich voller Verlangen beobachtete.

Nur noch in Unterwäsche trat ich wieder an ihn heran. Zögerlich umfasste Sebastian meine Hüften und zog mich zu sich aufs Sofa. Ich ließ es geschehen und den Bruchteil einer Sekunde später lag ich unter ihm. Er übersäte meinen Körper mit Küssen, hinterließ an den Stellen, die seine Lippen berührten, magische Funken, die sich kribbelnd weiter ausbreiteten. Das Ziehen in der Tiefe meines Unterleibs nahm immer mehr zu. Ich wollte ihn in mir spüren. Doch Sebastian hatte nicht vor, mich so schnell zu erlösen.

Stattdessen öffnete er meinen BH und liebkoste meine Brüste, bis meine Spitzen aufrecht und hart waren. Ich stöhnte auf, meine Finger bohrten sich in seinen Rücken. Dann, es schien eine Ewigkeit zu dauern, spürte ich seine Finger an meinem Slip. Er zog daran und ich öffnete bereitwillig meine Beine. Endlich, ich konnte nicht mehr. Doch statt zwischen mich zu gleiten, fühlte ich seinen heißen Atem an meinen Oberschenkel, gefolgt von einer flüchtigen Berührung seiner Zunge.

Seine Zunge wanderte weiter hoch und hielt genau im Zentrum meiner Lust inne. Bis er einen einzelnen Kuss darauf setzte. Ich schrie, als plötzliche Stromstöße durch meinen Körper jagten. Ich umklammerte den Rand des Sofas so fest, dass ich fürchtete, es würde irreparable Schäden davon behalten. Sebastian küsste mich wieder und wieder, bis der Knoten in mir zerriss. Ich stöhnte und schrie laut auf, als ich von heißer Wonne ertränkt wurde.

Sebastian kletterte zu mir hinauf und gab mir einen langen Kuss auf meinen noch schwer atmenden Mund. Seine Lippen schmeckten nach mir. Dann ließ er von mir ab und blickte mir tief in die Augen.

Unter seinem Lächeln konnte ich eine vorsichtige Besorgnis spüren. Mir wurde sofort warm ums Herz. Ich sah es nun kristallklar vor mir. Ich liebte ihn. Als hätte alles, was im letzten Jahr geschehen war, auf diesen

Moment hingearbeitet. Wir waren uns nicht nur körperlich nah, sondern auch seelisch. Wir waren eine Verbindung eingegangen, die sich nicht mehr lösen ließ.

Ich beugte mich vor und küsste Sebastian lang und schuldig, die Hände an seinem Hosenbund. Er fühlte sich groß und heiß an, als ich den Stoff seiner Hose hinunterzog.

Der Orgasmus eben hatte meinem Verlangen keinen Abbruch getan. Und was ich erblickte, brachte mich erneut an den Rand des Wahnsinns. „Ich nehme die Pille", murmelte ich, die Lippen an sein Ohr gelegt. Sebastian nickte und glitt endlich in mich. Er gehörte mir und ich ihm. Wir waren eins. Zunächst war er langsam und vorsichtig, als müsste er sich erst einmal an mich gewöhnen. Schließlich nahmen seine Stöße an Intensität zu und ein Kribbeln breitete sich über meinen Körper aus. Ich verlor mich in den Tiefen seiner dunklen grauen Augen, deren Feuer Funken spie. Als ich kam, vermischte sich mein Schrei mit seinem tiefen Stöhnen und mein Herz explodierte.

Kapitel XXVI: Karriere

Die nächsten Wochen waren wie ein nie endender Rausch. Obwohl Sebastian und ich in der Klinik völlig neutral miteinander umgingen, brachten eine leichte Berührung von ihm oder seine Anwesenheit mich zum Lächeln. Es fühlte sich an, als ob ich endlich den Richtigen gefunden hatte. Keine Dramen mehr, nur noch wir.

Das Klingeln meines Telefons riss mich jäh aus meinen Träumen. Ich blickte auf das Display. Oberarzt Packseat rief an. „Rosso?"

„Hallo Doktor Rosso, möchten Sie vielleicht einen Blinddarm operieren? Es ist eben einer noch notfallmäßig nachgemeldet worden und ich dachte, Sie hätten vielleicht Interesse."

Ein Blinddarm, jetzt? „Ja, ja unbedingt."

„Sehr schön. Sie beginnen jetzt mit der Narkose, ich werde Ihnen assistieren."

Es piepte, mein Oberarzt hatte aufgelegt. Ein Strahlen breitete sich auf meinem Gesicht aus. Endlich. Mein erster Blinddarm. Dann sprang ich von meinem Schreibtischstuhl im Arztzimmer auf und eilte Richtung OP. Es war eigentlich schon nach Dienstschluss, aber deswegen würde ich mir keine Operation entgehen lassen. Ich musste jede Chance nutzen, die ich bekam. Mein Telefon klingelte erneut. „Rosso?"

„Hi, Sebastian hier, wann hast du Feierabend?“

„Ich weiß nicht. Ich bin gerade auf dem Weg zu einem Blinddarm, den ich mit Packseat machen darf, könnte also noch dauern.“

„Oh, okay. Viel Spaß! Erster Blinddarm bedeutet übrigens Kuchen für das Team. Nur dass du nicht vergisst, später noch einkaufen zu gehen.“ Ein Tuten erklang, Sebastian hatte aufgelegt.

Mein Strahlen war unter dem Mundschutz nicht zu sehen, als ich den OP betrat. Mit wenigen Griffen lagerte ich den Patienten so, wie ich es schon Dutzende Male für meine Kollegen getan hatte. Glücklich machte ich mich daran, mich einzuwaschen.

„Und, freuen Sie sich?“, hörte ich die tiefe Stimme von Oberarzt Packseat, der den Waschraum betrat. Er trat zu mir und begann auch seine Hände mit Desinfektionsmittel einzureiben. Die grüne OP-Kleidung spannte etwas über seinem Bäuchlein.

„Und wie. Wenn ich mich nicht freuen würde, wäre ich wohl auch falsch in der Chirurgie.“

„Ich weiß noch, wie es bei mir damals in Ihrem Alter war. Die Chirurgie war mein Sirenengesang und ich ein verzweifelter Seefahrer.“

„Sirenengesang?“

„Sie kennen doch die Geschichten aus der griechischen Mythologie, oder?“

Ich nickte, aber Oberarzt Packseat war schon nicht mehr zu bremsen. Eins musste man ihm lassen, für einen Chirurgen redete er außerordentlich viel.

„Odysseus irrte zehn Jahre lang durch die Meere der Welt. Einmal kam sein Schiff an der Insel der Sirenen vorbei. Die Erzählung besagt, dass die Sirenen durch ihren Gesang die Seefahrer betörten und ihre Fahrt so zu sich lenkten. Dort zerschellten ihre Schiffe und die Männer wurden von den Ungeheuern verspeist. Odysseus konnte dem Gesang widerstehen, da er durch die Hexe Circe gewarnt war. Er ließ alle seine Gefährten ihre Ohren mit Wachs versiegeln und sich selbst an einen Mast festbinden, sodass er dem Gesang der Sirenen lauschen konnte, ohne selbst Schaden zu nehmen.“

Ich nickte. Ich kannte die Geschichte zu Genüge.

„Darf ich Ihnen einen Rat geben, Frau Rosso?“

„Natürlich. Sie sind ja nicht umsonst mein Oberarzt.“

„In Anbetracht, dass Sie freiwillig Überstunden machen, um eine kleine Operation durchzuführen, will ich Ihnen etwas sagen, was Sie in Ihren jungen Jahren beherzigen sollten. Mir hat das damals niemand gesagt, deswegen warne ich Sie. Die Chirurgie, der OP – das ist unser Gesang der Sirenen. Lauschen Sie ihm, aber passen Sie auf, dass Sie nicht irgendwann an den Klippen mit Ihrem Schiff zerschellen. Dann haben Sie nichts mehr davon.“

Oberarzt Packseat zwinkerte mir zu und trat gegen den Türöffner, um den Saal zu betreten. Ich blieb wie angewurzelt stehen. Hatte mein Oberarzt mir gerade gesagt, dass ich zu viel arbeitete? Der Mann, der zig Auszeichnungen für seine Forschung erhalten hatte. Eine Koryphäe in ganz Amerika. Was musste er geopfert haben, um so weit zu kommen?

Was würde ich opfern müssen? Sebastian? Seit wir zusammen waren, war ich so glücklich wie noch nie in meinem Leben. Ich hatte endlich meinen Gegenpart gefunden. Aber Sebastian akzeptierte doch meine Karriereambitionen. Genau deswegen hielten wir unsere Beziehung geheim. Ich wollte eine der besten Chirurginnen des Landes werden, das war schon immer mein Traum gewesen. Nicht die Liebe, nicht der eine Mann. Während der Operation zitterten meine Hände kein einziges Mal. Ich führte meine Schnitte präzise und sicher aus. Packseat half mir zwar, doch ich war die Operateurin. Ich wusste, ich war genau da, wo ich sein wollte. Vielleicht war die Chirurgie für meinen Oberarzt der Gesang von Sirenen. Für mich jedoch waren es Engel, die sangen.

Nach der Blinddarmoperation brachte ich am folgenden Morgen einen Karottenkuchen mit. Ich hatte beinahe die halbe Nacht mit Backen verbracht. Professor Vadasz nickte mir anerkennend zu. Nur Oberarzt Batchmore verdrehte genervt die Augen. Er billigte die spontane Aktion seines neuen Kollegen offensichtlich nicht. Generell wirkte er seit Packseats Ankunft im Team angespannter und ließ es an allen aus.

Als Blair von der ereignisreichen Nacht berichtete, unterbrach er sie bei fast jedem Patienten und stellte ihre Behandlungen infrage. Entscheidungen, die sie mit ihrem diensthabenden Oberarzt, Daniel Ridson, getroffen hatte. Irgendwann wurde es so unangenehm, dass unsere Kollegen bei Ende der Besprechung fluchtartig den Raum verließen. Zumindest hatte Markus mir angeboten, einen der Nachtblöcke zu übernehmen. Sogar er fand das Verhalten seines Oberarztes nicht mehr tolerabel. Ich blieb und packte schweigend den restlichen Kuchen zusammen. „Sag mal, der Batchmore hat sie doch nicht mehr alle. Ich bespreche alles mit Daniel und er macht mich vor versammelter Mannschaft fertig. Soll er doch mit Daniel reden, wenn ihm nicht passt, was er entscheidet. Nur weil der gerade nicht da ist, muss er mich nicht vor allen runterputzen.“

„Nimms dir nicht zu Herzen, Blair. Er ist in letzter Zeit besonders schlecht drauf. Das war nicht gegen dich gerichtet.“

„Wenn er mich vor allen anmacht, dann ist das gegen mich.“

Meine Kollegin kochte vor Wut. Als ich von der Kuchenplatte aufblickte, sah ich die Tränen in Blairs Augen. Sie war heute ausnahmsweise ungeschminkt. Wieso auch nicht? In der Nacht hätte sie theoretisch schlafen sollen.

„Och Blair.“

„Ich ertrage es langsam nicht mehr. Er ist so ein Arsch. Weißt du, was mir Doktor Packseat neulich erzählt hat?“

„Auch eine Geschichte von Sirenen aus der Odyssee?“, fragte ich sarkastisch.

„Was?“ Blair klang verwirrt.

„Ach nichts. Was hat er dir erzählt?“

„Na ja. In seiner Klinik, da hatten die Assistenten in meinem Ausbildungsstand schon fast dreimal so viele Operationen durchgeführt. Und die OP-Einteilung wurde nach Facharztkatalog vorgenommen. Da gab es nicht die willkürliche Hand eines Einzelnen.“

„Mhm.“

„Hast du dir den OP-Plan diese Woche angesehen?“

„Du stehst auf zwei Punkten. Markus auf acht.“ Ich blickte auf den Plan, der immer noch vom Beamer an die Wand geworfen wurde.

„Wir müssen doch irgendetwas tun können“, sagte ich und seufzte.

Blair drückte den Knopf der Fernbedienung und die Leinwand wurde schwarz. „Ja! Kündigen.“

Blairs Worte hallten den restlichen Tag in meinem Kopf nach. Sie überlegte zu kündigen, weil ihr Oberarzt sie so triezte. Blair war nicht diejenige, die gehen sollte, sondern Batchmore. Das war doch nicht fair. Wenn Blair ging und sich nichts änderte, dann wäre das mein vorgezeichneter Weg. Wie sollte ich sonst eine gute Chirurgin werden?

Als ich nach Hause kam, fand ich Caroline auf dem Balkon. Die letzten Sonnenstrahlen versanken bereits zwischen den Hausfassaden vor uns, doch sie hatte zufrieden die Augen geschlossen, ein Glas Sekt in der Hand.

„Gibts etwas zum Feiern?“

„Huch.“ Caroline fuhr erschrocken zusammen. „Du hast mich aber erschreckt. Ja, ich habe gute Nachrichten.“

Ich ließ mich neben ihr nieder und schenkte mir ein eigenes Glas ein. „Erzähl!“

„Tim und ich werden nächstes Jahr am zweiundzwanzigsten Juni heiraten. Und du bist natürlich eingeladen. Und danach kommt er zurück nach Chicago. Er hat seinen Chef überzeugt.“

„Oh, das ist ja wunderbar. Ich freue mich für euch!“

Freudig zog ich meine Freundin in eine so enthusiastische Umarmung, dass unsere Gläser beinahe überschwappten. Caroline lächelte freudig, stieß mich aber sanft fort.

„Danke. Ich freu mich auch. Ich habe langsam keinen Bock mehr auf die Fernbeziehung."

„Kann ich verstehen. Das heißt allerdings, dass ich nächsten Sommer ausziehen werde. Tim und du, ihr sollt eure Wohnung wieder für euch haben. Das war ja nur eine Übergangslösung."

Caroline nickte bedauernd. Aber ich streichelte ihr über die Schulter.

„Sieh es so. Dann hast du kein Monster mehr in der Bude, dass deine Lebensmittel wegisst und ständig irgendwelche Dramen verursacht."

„Ich habe dich lieb, Anna. Du darfst so viele Dramen verursachen, wie du willst, glaub mir."

„Ich möchte das aber nicht mehr. Langsam reicht es."

Caroline kicherte. „Dafür bist du entschieden zu viele Nächte außer Haus." Sie wackelte auffordernd mit den Augenbrauen. „Nein, Caroline. Aus! Das mit Sebastian ist anders. Es ist etwas Ernstes. Mit Max war alles nur ein Spiel."

Caroline musterte mich durchdringend, als würde sie ernsthaft über das nachdenken, was ich gesagt hatte. „Aber er ist dein Oberarzt, wie soll es da kein Drama geben?"

Sie hatte präzise wie eine Scharfschützin meinen wunden Punkt gefunden, gezielt und abgedrückt. Ich senkte den Blick und nahm einen Schluck Wein. „Wir halten es geheim. Professor Vadasz würde uns lynchen und nun ja, Doktor Batchmore hasst mich sowieso schon. Aber wenn er davon erführe, kann ich gleich die Klinik wechseln. Wobei ich das wahrscheinlich sowieso muss."

„Bitte was?"

„Eine Kollegin von mir will gehen, weil der
Batchmore ein scheiß Sexist ist und niemanden von
uns Frauen in den OP lässt. Er fördert nur die Männer.“

„Das geht einfach so?“

„Ja. Er gibt uns Zusatzschichten und lässt die Männer
dafür operieren. Es ist pure Absicht von ihm. Aber wir
können nichts dagegen machen. Markus hat mittlerweile bestimmt doppelt so viele Operationen wie ich
und dass nach einem Jahr.“

„Habt ihr niemanden, den ihr ansprechen könnt?
Was ist nur los mit den Chirurgen? Alle anderen Fach-
disziplinen kriegen es doch auch auf die Reihe.“ Caroline klang sichtlich schockiert. „Wenn ich zu Professor
Vadasz gehe, bin ich ein Jammerlappen. Dem
Batchmore sagen, dass er ein Sexist ist, geht auch eher
schlecht. Außerdem haben wir keine Beweise. Wir können nichts machen. Und es wird immer schlimmer. Ich
habe echt keine Ahnung, was ich tun kann.“

„Kann Sebastian dich nicht fördern?“

„Ich will keine Förderung, nur weil ich mit ihm
schlafe. Am liebsten möchte ich in der Klinik so viel Abstand wie möglich von ihm. Das geht nicht. Und es hilft
den anderen Frauen auch nicht weiter.“

„Mhm. Aber wenn ihr euch zusammentut.“

„Wie gesagt, wir haben keine Beweise. Wir würden
wie ein Haufen meckernder Waschweiber wirken. Wobei, warte mal.“ Ich sprang auf. „Wir haben doch Beweise!“

„Was?“

„Markus hat mehr OPs als ich und Liam mehr als
Blair. Zahlen, Caro. Die Zahlen lügen nicht.“ Begeistert

sah ich sie an. Wenn ich alle Informationen zusammentrug und die Operationen des ganzen letzten Jahres zusammenzählte. Es würde viel Arbeit werden, aber wir hätten stichhaltige Beweise.

„Danke, Caroline!" Begeistert schloss ich meine Freundin in eine Umarmung.

„Bitte?"

Kapitel XXVII: Über die Grenzen

Es dauerte mehrere Wochen, bis ich mir einen Überblick über die OPs meiner Kollegen verschafft hatte. Ohne deren Hilfe wäre ich wahrscheinlich niemals fertig geworden. Von allen Assistenten erhielt ich Einblicke in ihre Facharztausbildung. Von den durchgeführten OPs bis hin zu ihrer Berufserfahrung aus anderen Kliniken.

Ich erzählte Sebastian von alledem nichts. Auch wenn ich ihm vertraute, entschied ich mich, dass unsere Beziehung noch zu frisch war, um sie direkt mit der Arbeit zu verknüpfen. Keiner der Oberärzte sollte von unserem Vorhaben erfahren. Nicht, solange wir nicht mit Oberarzt Batchmore und Professor Vadasz gesprochen hatten. Es bestand immerhin ein Funken Hoffnung, dass unser Oberarzt nicht bewusst falsch handelte. Und solange diese noch nicht erloschen war, würde ich mich daran festklammern.

Schließlich waren es nur noch zwei Tage bis zu meinem Gesprächstermin mit Batchmore.

Mein Telefon klingelte. Auf dem Display wurde die Nummer der Klinik angezeigt.

„Rosso, hallo?"

„Hey. Hier ist Sebastian. Stör ich dich gerade?"

„Nein, aber wieso rufst du an? Du bist doch in der Klinik heute, dachte ich."

„Ja." Sebastian klang nicht glücklich, als er weiterredete. „Deswegen rufe ich an. Es geht um Max' Vater. Er ist hier und er hat einen Ileus. Wir müssen ihn so bald wie möglich operieren. Er weigert sich, dass wir irgendwelchen Angehörigen Bescheid geben. Aber ... Anna, es steht nicht gut um ihn. Max sollte es wissen."

„Was ist mit Daniel? Er hat ihn doch auch beim letzten Mal behandelt, oder? Er weiß doch Bescheid. Oder Mia?"

„Daniel ist im Urlaub. Mia ist nur seine Nichte. Und hier geht es nicht um eine einfache Operation, Anna. Ich weiß nicht, ob er es schafft!"

„Ich bin schon unterwegs." Hastig eilte ich zur Haustür, warf mir meine Jacke über und steckte den Haustürschlüssel ein.

Es war ein seltsames Gefühl, die Notaufnahme in Zivilbekleidung zu betreten. Einige der Schwestern erkannten mich erst nicht und musterten mich kritisch, als würden sie mich gleich im hohen Bogen vor die Tür werfen. Aber ich nickte ihnen zu und ging selbstbewusst zu dem Verteilungsplan. Da stand sein Name, Kabine fünf:

Jonathan Williams 13.01.1958, V.a. Ileus.

Beim Betreten der Kabine stellte ich sofort fest, dass Jonathan in den letzten fünf Monaten noch mehr an Gewicht verloren hatte. Seine Wangen waren hohl und eingefallen. Dunkle Ringe zeichneten sich unter seinen Augen ab. Das Haar war schütter und dünn. Der Mann wirkte nicht mehr wie der graue, unfreundliche Wolf, den ich an Daniels Hochzeit kennengelernt hatte. Er war zu einem Schatten seiner selbst geworden. Aus seiner Nase ragte bereits der dicke Plastikschlauch einer Magensonde. Der daran hängende Beutel war gefüllt mit braunem Stuhl. Der Darm musste vollkommen verstopft sein, wenn er jetzt schon Stuhl erbrach. Trotz seines schlechten Gesundheitszustands verengten sich Jonathans Augen zu Schlitzen, als er mich erkannte.

„Adriana, schön, dass Sie mir auch einen Besuch abstatten", begrüßte er mich.

Ich erwiderte nichts, sondern nahm mir einen der umstehenden Hocker und rollte ihn zu Jonathans Liege heran. Jetzt, wo ich saß, waren wir einigermaßen auf Augenhöhe. Eine einsame Schweißperle hatte sich auf der Stirn des Anwalts gebildet. Ein Blick auf den Monitor über seinem Kopf beunruhigte mich. Seine Herzfrequenz war deutlich erhöht und der Blutdruck im Keller. Er brauchte diese Operation. Dringend.

„Und Sie haben sich gedacht, Sie möchten dem Chicago Med noch einen Besuch abstatten?"

„Ich bin nicht unbedingt freiwillig hier."

„Ich auch nicht."

„Warum sind Sie dann zu mir gekommen?"

„Weil irgendjemand Sie zu Vernunft bringen sollte, bevor wir in den OP fahren. Ich weiß nicht, ob Ihnen das bewusst ist, aber es steht nicht gut um Sie."

Jonathan verzog schmerzverzerrt sein Gesicht. „Was Sie nicht sagen."

„Anscheinend verstehen Sie es nicht, wenn Sie uns nicht erlauben, Ihren Sohn anzurufen. Max sollte Bescheid wissen. Sie sollten miteinander reden."

„Mein Sohn braucht nicht mehr Sorgen, als er ohnehin schon hat.“

„Es wird ihm deutlich mehr Sorgen bereiten, wenn Sie sterben und er sich nicht von Ihnen verabschieden konnte.“

„Ich werde nicht sterben.“

Es war gut, dass er diese Einstellung hatte. Mit einer anderen sollte er auf keinen Fall in den OP fahren. Ohne Hoffnung, eine Narkose zu beginnen war beinahe so tödlich wie gar keine Operation.

„Das ist schön zu hören. Nur leider haben da auch noch ein paar andere ein Wörtchen mitzureden. Ich bitte Sie, lassen Sie mich Max anrufen.“

„Lieben Sie ihn, meinen Sohn? An der Hochzeit hatte ich nicht das Gefühl.“

„Das tut hier doch gar nichts zur Sache. Es geht hier allein um Sie und ihn. Ich habe damit nichts zu tun.“

„Also lieben Sie ihn nicht?“

Ich seufzte vernehmlich. „Darf ich ihn für Sie anrufen, wenn ich Ihnen eine Antwort gebe?“ Jetzt hatte ich mich schon auf Verhandlungen eingelassen. Aber hier ging es um Leben oder Tod.

„Erst möchte ich Ihre Antwort hören.“

„Vielleicht hätte ich das irgendwann getan, aber wir sind seit Längeren nicht mehr zusammen. Wir hatten zu viele Differenzen. Trotzdem bedeutet er mir noch etwas. Reicht Ihnen das?“

Die blauen Augen, die denen, die ich so gut kannte, so ähnlich waren, verdüsterten sich ein wenig. „Schade.“

Verwunderung machte sich in mir breit. Ich hatte während der Hochzeit nicht das Gefühl gehabt, dass Max’ Vater begeistert von unserer Beziehung gewesen war. Die Drohungen, die Sticheleien gegen meinen Beruf. Vielleicht war es die anstehende Operation, dass er so sentimental wurde.

„Dann werde ich ihn jetzt anrufen."

Jonathan nickte, er legte seinen Kopf auf der Liege ab und schloss die Augen. Langsam verließen ihn auch die letzten Kräfte. „Passen Sie auf ihn auf! Er hat schon seine Mutter verloren", flüsterte er leise, sodass ich ihn bei dem steten Piepsen des Monitors kaum verstehen konnte. Ich ergriff die Hand von Jonathan und drückte sie sanft. Seine Handflächen waren kühl, zu kühl.

„Heute Nacht wird er ganz sicher nicht auch noch seinen Vater verlieren. Sie haben es selbst gesagt: Sie werden nicht sterben." Bei dem Klang meiner Worte flatterten die Augenlider von Jonathan Williams. Sein Nick

en war eine Spur zu schwach. In diesem Moment trat Sebastian, dicht gefolgt von zwei Pflegern, in die Kabine. „Wir bringen Sie jetzt in den OP, Mr. Williams."

Als Jonathan Williams aus der Kabine gebracht wurde, blieben Sebastian und ich allein zurück.

„Stimmt es, was du ihm gesagt hast?"

„Was?"

„Dass du Max geliebt hast. Ich wusste nicht, dass es so ernst mit euch war."

Ich zögerte einen Moment. Ich hatte nicht wirklich über meine Worte nachgedacht, aber es stimmte. Ich hatte Max geliebt oder zumindest hatte ich die Idee von uns geliebt. Da war ein Unterschied, oder? Aber Sebastian ... Er sah so traurig aus. Obwohl wir in der Notaufnahme waren und jeden Moment jemand vorbeikommen konnte, trat ich einen Schritt näher und stellte mich auf die Zehenspitzen, um ihm einen Kuss auf die Wange zu geben.

„Ja, es war ernst mit uns, aber es war nicht real. Ich habe ihn als Ausrede benutzt, um dich aus meinem Kopf zu bekommen." Das war die reine Wahrheit. Mit Sebastian fühlte es sich anders an, irgendwie richtig. Wenn ich mit ihm zusammen war, wuchs ich über mich hinaus. Er war mir eine Stütze, machte mich größer, stärker. Das mit Max wirkte im Vergleich dazu erzwungen.

Ich hörte Sebastians erleichtertes Aufseufzen an meinem Ohr, bevor ich einen gebührlichen Abstand zwischen uns bringen konnte. Dann fuhr ich fort. „Ich rufe jetzt Max an und gebe ihm Bescheid. Er sollte es von mir hören. Ich habe es ihm schließlich monatelang verschwiegen."

„Wenn du Hilfe brauchst …"

„Nein", unterbrach ich ihn, „ich muss das allein klären. Danach komm ich zu dir in den OP. Ich glaube eher, dass du jemanden brauchst, der dir assistiert."

Als ich aus dem Zimmer ging, spürte ich Sebastians Blicke meinen Rücken durchbohren. Statt ihnen Beachtung zu schenken, tippte ich auf meinem Handy herum, auf der Suche nach einer altbekannten Telefonnummer.

„Hi."

„Hi. Hier ist die Anna."

„Ich weiß, ich habe dich durchaus noch eingespeichert. Was ist los?"

„Es geht um deinen Vater."

„Okay?" Der schroffe Tonfall, der eben noch so unüberhörbar in Max' Stimme mitgeklungen war, wich Unsicherheit. Eine Unsicherheit, die dafür sorgte, dass sich bei mir die Härchen an den Armen aufstellten.

„Was ist mit meinem Vater? Was hat er getan?"

„Nichts. Er hat nichts getan. Er ist krank, Max."

Max schluckte hörbar. „Wie, er ist krank?"

„Er hat Darmkrebs. Beziehungsweise hatte. Wir haben ihn im März operiert. Ich durfte dir nichts sagen, weil er es uns verboten hatte. Nur Daniel weiß davon. Aber jetzt hat sich sein Zustand verschlechtert. Wahrscheinlich sind nach der Operation Verwachsungen im Bauch entstanden, die dem Darm das Blut abschnüren. Wir müssen ihn notfallmäßig operieren. Aber es ist eine große Operation und er ist nicht mehr der Gesündeste. Ich weiß nicht, ob er es überlebt." Die Worte sprudelten nur so aus mir hervor. Ich hatte meinen Filter verloren. Mir fiel kein besserer Weg ein, wie ich Max die Sache schonender beibringen konnte. Da waren nur Fakten in meinem Kopf. Seltsamerweise schienen all diese Informationen kaum Eindruck auf Max zu machen. Vielleicht lag es aber auch daran, dass ich ihn über das Telefon nicht sehen konnte. Zumindest wirkte er nicht ungehalten oder übermäßig erregt. „Was kann ich tun?"

„Sei hier, wenn er von der Operation aufwacht. Er braucht deine Unterstützung."

Als ich den OP betrat, hatte Sebastian den Bauch von Max' Vater bereits aufgeschnitten. Ich ließ mir steril den OP-Kittel überziehen und trat direkt zu ihm an den

Tisch auf eine metallene Stufe. Der Blick, der sich mir offenbarte, war keineswegs schön. Statt rosigen Würsten, wie es eigentlich sein sollte, bestand der Darm aus dicken roten Schläuchen. Die Darmschlingen waren auf das doppelte angeschwollen und klebten aneinander, vermischt mit einer großen Menge aus schleimigem Sekret und Stuhl. Oh nein. Irgendwo unter diesem ganzen Konvolut aus Schlingen musste sich ein Loch befinden. Ich blickte von dem Bauch in das Gesicht meines Oberarztes.

„Was machen wir jetzt?", fragte ich.

„Adhäsiolyse. Wir präparieren so lange, bis wir den Grund für das Ganze finden." Also begannen wir, Stück für Stück die Verwachsungen der Darmschlingen zu lösen. Den Eiter fortzuspülen und …

„Ich will euch nur ungern unterbrechen, aber so langsam rauscht er mir von dem Druck ab. Ich habe hier auch schon eine ganze Menge an Katecholaminen laufen. Es wäre gut, wenn ihr euch beeilen könntet", unterbrach uns der Anästhesist.

„Haben wir ein Bett auf der Intensivstation?"

„Ja, aber …"

„Gut."

Sebastian blickte nicht einmal vom OP-Gebiet auf, während er mit dem Anästhesisten sprach. In seinen Augen lag ein harter, metallener Glanz. Er war völlig in der Operation versunken. Nichts und niemand konnte ihn da rausholen.

Ich wusste nicht, wie viel Zeit vergangen war, während wir uns in die Tiefe vorarbeiteten. Und dann kamen wir endlich auf dem Grund an. Sebastian schob noch eine letzte Schlinge fort und vor uns lagen die

Überreste des einstigen Dickdarms. Die Verbindung der beiden Darmenden, wo der Darmkrebs entfernt worden war, hatte sich aufgelöst. Sie lag in einer Pfütze aus Eiter und Stuhl. Ich sog scharf die Luft ein.

„Da haben wir ja endlich den Übeltäter", sagte Sebastian trocken. Er schien im Vergleich zu mir geradezu erleichtert. „Stapler", befahl er und streckte seine offene Hand aus. Mit einem lauten Ratsch trennte er die noch einigermaßen gesund aussehende Schlinge ab. Zufrieden reichte er das Gerät zurück. „Und schon sieht die Welt wieder besser aus."

Wir hatten bereits einen Großteil des kaputten Darms entfernt, als der Anästhesist uns wieder in die Außenwelt zurückholte.

„Ihr müsst eine Pause einlegen. Wir müssen reanimieren."

Erschrocken starrte ich über das grüne Tuch. Statt dem stetigen Puls des Herzschlages zeigte der Monitor eine einzelne grüne Linie, ein durchgezogener Strich. Der Ton hallte ungesund misstönend in meinen Ohren wider. Auffordernd nickte mir der Anästhesist zu. „Das Herz ist bei euch auf der Seite. Los."

Ich zog meine blutigen Handschuhe aus der Bauchhöhle von Mr. Williams und begann, ohne weitere wertvolle Sekunden zu verlieren, damit, auf seiner Brust herumzudrücken. Ich verspürte keine Angst, nur die Gewissheit, was ich zu tun hatte.

‚Eins. Zwei. Drei …', zählte ich stumm mit, während Sebastian das letzte Stück Darm vernähte. ‚Achtundachzig. Neunundachtzig.' Bei Hundert würde ich wieder von vorne beginnen. Beatmungspausen gab es bei einer Narkose nicht. Mir brach der Schweiß aus. Aber es war keine Panik, ich schwitzte einfach nur. Es war anstrengend, jemandem mehrere Rippen auf einmal zu brechen. So etwas passierte zwangsläufig, wenn man bei einer Reanimation auf dem Brustkorb herumdrückte. Die Rippen brachen wie morsche Zweige alten Holzes.

„Mach weiter. Ich habs gleich", sagte Sebastian.

Er würde so schnell wie möglich die Operation beenden. Meine Arme brannten, aber ich drückte weiter. Max' Vater durfte nicht sterben. So konnte er die Welt nicht verlassen. Er war noch viel zu jung dafür. *Bitte!*

„Okay. Vac ist drinnen, Bauch ist zu. Anna, ich löse dich ab." Ich schwankte zurück und fiel beinahe von meiner Stufe, als Sebastian mich von der blutbedeckten Brust fortscheuchte. Unter dem Mundschutz rang ich verzweifelt nach Luft, meine Arme krampften.

Der Narkosearzt war hinter dem grünen Tuch kaum zu sehen, er hatte damit begonnen, Adrenalin in die Venen von Mr. Williams zu jagen.

Dann, nach einer nie enden wollenden Zeit, in der wir beide abwechselnd das kalte Herz von Max' Vater massierten, wurden wir endlich erlöst. „Okay. Er kommt wieder. Ja, ich habe ihn. Super."

Sofort hörte Sebastian zu drücken auf. Schweißüberströmt und mit hochrotem Kopf sah er mich durch seine beschlagenen Brillengläser an. Seine Erleichterung schwappte in einer einzelnen Welle über mich und riss mich mit ihm. Jonathan Williams lebte, zumindest jetzt gerade.

„Soll ich mit ihm reden oder willst du?", fragte er.

„Ich."

„Wie geht es ihm?" Max sprang von der traurigen Sitzreihe vor der Intensivstation auf.

„Ich bring dich zu ihm", sagte ich müde und winkte ihn durch die Schleuse, die die Intensivstation von den normalen Krankenhausgängen trennte. Zögernd folgte mir Max.

„Das ist keine Antwort auf meine Frage."

„Wir erklären dir gleich alles in Ruhe, wenn wir bei ihm sind." Die Worte ‚Mach dir keine Sorgen' konnte ich nicht aussprechen, dafür war der Zustand seines Vaters zu kritisch.

Ich betrat das kleine Zimmer der Intensivstation, aber Max folgte mir nicht hinein. Geschockt stand er im Türrahmen und starrte wie ein verängstigtes Kind auf die vielen Schläuche im Körper seines Vaters.

Also kehrte ich um und nahm Max' Hand, führte ihn zu dem Stuhl neben dem Bett seines Vaters.

„Also ...", ich zögerte kurz. Wie sollte ich es ihm sagen?

Max erlöste mich von meiner Verzweiflung, indem er die gleiche Frage erneut stellte. „Wie geht es ihm?"

„Es geht ihm nicht gut. Ich muss ganz ehrlich mit dir sein. Er hatte Darmkrebs und die Operation im März ist damals gut gelaufen. Er brauchte keine Chemo. Aber jetzt hatte er eine Komplikation von dieser Operation. Das passiert manchmal."

„Was bedeutet das?"

„Der Teil des Darms, der mit Krebs befallen war, wurde entfernt und die beiden Enden wieder miteinander verbunden", erklärte ich sachlich. „Normalerweise wachsen diese Darmenden gut zusammen. Das ist bei ihm aber nicht passiert. Stattdessen hat sich da ein Loch gebildet und schließlich auch eine Entzündung.

Wir glauben, dass das bereits seit Monaten vor sich hin schwelte. Währenddessen hat sich ein großer Abszess gebildet und den Darm verschlossen, der schließlich vollends geplatzt ist."

Max hörte mir hoch konzentriert zu. Jedes Wort aus meinem Mund schien er in sich aufzusaugen.

„Wir haben in der Operation den kaputten Teil weggeschnitten und den Eiter ausgeräumt. Dann mussten wir aufhören. Weil ..." Mir stockte der Atem. „Weil wir ihn reanimieren mussten. Wir haben ca. fünfzehn Minuten reanimiert, bis wir ihn wieder hatten. Wir können noch nicht sagen, welche langfristigen Schäden er davontragen wird. Aktuell ist er stabil. Aber in spätestens ein paar Tagen braucht er eine weitere Operation, in der wir die Bauchdecke endgültig verschließen." Ich wich Max' anklagendem Blick aus. „Es tut mir leid", sagte ich leise und ging zu Max, um ihn zu umarmen. Etwas steif erwiderte er diese.

„Danke", murmelte er in mein Haar, das ich seit der Operation offen und zerzaust trug.

„Es tut mir leid, dass ich es dir nicht gesagt habe. Er hatte es mir verboten", brach es aus mir hervor.

„Schon gut. Ich kenne die Gesetze." Er tätschelte meine Schulter, bevor er mich sanft von sich schob.

„Wie lange darf ich bei ihm bleiben?"

„Wenn du willst, die ganze Nacht. Vielleicht wacht er später sogar auf."

„Wartest du mit mir?"

Innerlich wand ich mich bei der Frage. Aber mir wurde eine Antwort erspart. Sebastian kam hereingeeilt.

„Hey", begrüßte er Max.

„Hi“, sagte Max kalt.

Sofort veränderte sich die Stimmung im Raum. Sebastian kommentierte meine körperliche Nähe zu Max nicht, aber er hatte sie bemerkt. Wir hatten eine Vergangenheit und die musste er akzeptieren.

„Ich kann gerne mit dir warten, wenn du das möchtest.“

„Nein, schon gut. Geh schlafen. Wir sehen uns morgen früh.“

Ich zog ihn noch mal in eine kurze Umarmung. „Wenn was ist, ruf mich jederzeit an.“ Er nickte stumm an meiner Schulter. Dann verließ ich das Zimmer, dicht gefolgt von Sebastian.

„Du hast ihm schon alles erklärt?“

„Ich konnte ihn nicht auch noch auf dich warten lassen.“

„Ist er wütend auf dich?“

„Nein. Seltsamerweise gar nicht.“ Mir wäre es lieber gewesen, er hätte mich angeschrien. Er hätte mir irgendeinen Grund gegeben, an etwas anderes zu denken.

„Anna!“ Sebastian zog an meinem Arm, sodass ich gezwungen war, stehen zu bleiben.

„Sie mich an!“, forderte er mich auf.

Ich zwang mich, den Blick zu heben. Er sah genauso furchtbar aus, wie ich mich fühlte. Seine Haare klebten verschwitzt an seiner Stirn und unter den Augen lagen dunkle Schatten. Sebastian musterte mich kritisch mit diesem besorgten Blick, den ich nur zu gut kannte, wenn bei mir die Grenzen zwischen Beruf und Privatem verschwammen. Ich seufzte und ließ es zu, als er mich an seine Brust zog. Er war eine unerschöpfliche

Quelle an Kraft und Ruhe. Woher nahm er sie nur? Wieso konnte ich nicht auch so sein? Ich wandte meinen Kopf und blickte geradewegs in glasklare, blaue Augen. Max. Er erwiderte meinen Blick, sein Gesicht war regungslos. Dann wandte er sich um und ging wieder zurück zu seinem Vater. Ich stöhnte auf. Er wusste es.

Kapitel XXVIII: Kaffee

Am nächsten Morgen wachte ich mit dem Kopf auf etwas auf, das sich wie ein Arm anfühlte. Wohlige Wärme und der Geruch von Schlaf umhüllten mich. Erschrocken hob ich den Kopf. Sebastian! Ich lag auf Sebastian. Weiß gestrichene Wände, ein alter brauner Holzschrank, ein Schreibtisch mit Computer, grauer Linoleumfußboden.

Stöhnend setzte ich mich auf. Das war nicht das Assistentendienstzimmer, auch wenn es ihm nicht unähnlich war. Das hier war das Dienstzimmer meiner Oberärzte und mit einem davon teilte ich mir das kleine Ein-Personen-Bett.

Sebastian schlief seelenruhig neben mir. Seine Haare fielen ihm strubbelig ins Gesicht und all seine Falten waren wie weggewischt. Wenn er schlief, sah er sanft und verletzlich aus. So ganz anders als während der Operation heute Nacht. Vorsichtig streichelte ich über die Wangen meines Freundes. Sie fühlten sich rau an, ein leichter Bartschatten hatte sich darübergelegt.

„Sebastian", flüsterte ich leise. Seine Lider flackerten leicht. „Ich muss gehen, bevor mich hier noch jemand sieht. Wir müssen besser aufpassen. Das hätte nicht passieren dürfen."

Er antwortete nur mit einem leisen Grummeln und sein starker Arm zog mich zurück zu ihm ins Bett. Die kuschelige Wärme seines Körpers umfing mich wieder und hüllte mich ein. Für einen kurzen Moment schloss ich die Augen und genoss es, in seinen Armen zu liegen. Dann erinnerte ich mich wieder daran, wo wir waren, und stand schweren Herzens auf. Ich zog mich an und gab Sebastian einen Kuss auf die Wange, bevor ich aus dem Zimmer eilte. Es war früh am Morgen, niemand würde mich sehen, wenn ich jetzt ging.

Mein Handy vibrierte, als ich auf dem Weg zum Klinikausgang war. Max.

Er ist jetzt stabil. Hast du Zeit, einen Kaffee trinken zu gehen? Können wir da reden?

Ich stöhnte und tippte eine Antwort. Noch ein Gespräch, dem ich nicht länger aus dem Weg gehen konnte. Max hatte es verdient, die Wahrheit zu erfahren.

„Also du und Sebastian?", eröffnete Max das Gespräch ohne Umschweife in dem kleinen Café nahe der Klinik, nachdem ich mich an den Tisch neben ihn gesetzt hatte.

„Ist das wirklich das Erste, worüber du reden möchtest, Max?"

Max' Mund zuckte kurz, dann wurde er wieder zu dem schmalen Strich, den ich so gewöhnt war. Seine Augen waren von dunklen Ringen untermalt und seine Haare waren nicht wie sonst ordentlich frisiert, sondern standen wild von seinem Kopf ab. Er sah älter aus und ähnelte mehr denn je seinem Vater.

„Ich will nur wissen, was Sache ist. Er wird gleich dazukommen und da möchte ich nichts Falsches sagen."

Ich prustete meinen Kaffee zurück in den Becher. „Er wird was?"

„Ich muss mit dir und mit ihm reden. Mit euch beiden. Ich hatte eine lange Nacht zum Nachdenken und es ist an der Zeit, dass ich mich meinen Konflikten stelle."

Mein Mund klappte zu, ernüchtert seufzte ich. „Wir sind zusammen. Ich habe mich in ihn verliebt." Es war besser, wenn ich ihn direkt mit der Wahrheit konfrontierte. In der Vergangenheit hatten wir einander zu oft belogen.

Wieder zuckten Max' Mundwinkel. Vielleicht war ich zu direkt gewesen? Ich konnte seinen Gesichtsausdruck nicht deuten, aber das hatte ich noch nie gekonnt. Je mehr Zeit ich mit Sebastian verbrachte, desto klarer wurde es. Max und ich waren nie füreinander bestimmt gewesen. Es war aufregend und leidenschaftlich, aber wir waren einander nicht nahegekommen. Ich nahm mir einen Löffel Zucker aus der Kaffeedose und rührte ihn in das bittere Gebräu, während ich auf eine Antwort wartete.

Dann endlich sagte Max: „Ich weiß."

Von seinem Tonfall überrascht blickte ich auf. Er hatte nicht wütend geklungen, nur resigniert. „Man sieht es dir an, Anna. Du strahlst. Bei mir hast du nie so gestrahlt."

Betroffen senkte ich meinen Blick zurück auf meinen Kaffee. Aber Max war noch nicht fertig. „Ich habe heute Nacht viel nachgedacht und ich glaube, es gibt eine ganze Menge an Personen, bei denen ich mich entschuldigen muss. Ich fange mit dir an."

„Okay?"

„Also, es tut mir leid, wie das mit uns geendet ist. Ich hätte dir kein Ultimatum stellen dürfen. Ich war nicht fair zu dir." Er wirkte ein wenig verzweifelt, wie er so mit seinen Worten rang.

„Mir tut es auch leid. Ich war nicht ehrlich zu dir, andererseits war ich das auch nicht zu mir." Das hatte mir schon eine lange Zeit auf der Seele gebrannt. Ich hatte mich monatelang selbst belogen und Max war der Leidtragende gewesen.

Max' Blick verdüsterte sich. „Ich weiß. Immerhin damit hatte ich recht."

Da war er wieder, dieser arrogante Tonfall. So viel zu dem Thema Entschuldigung. „Du kannst es nicht lassen, oder?"

„Was kann er nicht lassen?", fragte eine Stimme hinter mir. Ich drehte mich um und sah Sebastian dort stehen. Dieser legte mir sanft die Hand auf die Schulter und gab mir einen Kuss auf die Wange, bevor er sich auf den leeren Stuhl neben mich niederließ. Max' Blick wurde hart. Der kurze Anflug von Dunkelheit in seinem Gesicht war bei Sebastians Ankunft sofort verschwunden. Stattdessen blieb eine marmorne Maske zurück. „Ich habe gesagt, dass ich recht hatte, was euch beide betrifft."

„Na und?", fragte Sebastian scharf.

Ich musterte ihn von der Seite. Sebastian hatte eine Entschuldigung mehr als alle anderen verdient.

„Danke, dass du dich entschuldigt hast. Ich denke, wir sind quitt", sagte ich schnell. So gut diese Aussprache von Max auch gemeint war, unsere Konflikte brodelten alle in einem Kessel und es würde viel Arbeit und Feingefühl bedeuten, das Feuer darunter zu löschen, bevor der Kessel wieder überkochte. Max wandte sich mir zu und wich so den taktierenden Blicken von Sebastian aus. „Danke schön, Anna." Dann wurde seine Stimme ernster und er wandte sich Sebastian zu. „Und ich möchte auch dir danken. Danke, dass du, ihr, euch um meinen Vater gekümmert habt. Dass ihr mich geholt habt. Er ist zwar noch nicht wach, aber die Ärzte auf der Intensiv meinen, dass es ihm besser geht."

„Wir behandeln alle gleich, egal, mit wem sie verwandt sind", sagte Sebastian trocken. Ich stieß ihm mit dem Ellenbogen in die Rippen und ein wenig spät fügte er hinzu: „Aber gern geschehen."

Und es würde viel Geduld benötigen.

„Gut." Max schien sichtlich erleichtert. Es wirkte fast so, als hätte er sich eine Liste gemacht mit Punkten, die er einzeln nacheinander abhakte.

„Und jetzt zu dir Sebastian." Er hatte sich sicher eine Liste gemacht. „Ich muss mich bei dir entschuldigen, zumindest für meine Aktion damals. Ich hätte dich nicht angreifen dürfen. Das war irrational. Ich kann es nicht wieder gut machen, aber ich möchte mich dafür entschuldigen."

Schweigen senkte sich über uns hinab. Gespannt beobachtete ich das Blickduell der beiden Männer. Es schien noch so viel Unausgesprochenes zwischen ihnen zu stehen, aber keiner sagte etwas. Dann, nach einer Ewigkeit, senkte Sebastian seinen Kopf und nickte. Ich atmete erleichtert auf. Der Kessel brodelte nun merklich weniger.

„Scheint so, als mögen wir zu sehr die gleichen Frauen“, sagte Sebastian.

Echt jetzt? Resigniert vergrub ich mein Gesicht zwischen den Händen. Das Feuer loderte wieder hoch hinaus. Musste er wirklich Salz in die Wunde streuen?

„Vielleicht mögen euch auch einfach dieselben Frauen, nichts für ungut“, warf ich ein.

Sebastian schmunzelte. Max schloss den Mund wieder und lehnte sich gegen die Stuhllehne zurück. Er wirkte plötzlich unendlich müde. Wie viel hatte sich für ihn in nur einer Nacht verändert?

„Wars das jetzt?“, fragte Sebastian. „Oder willst du noch irgendetwas loswerden?“

Max schwieg. Dann erhob er sich von seinem Stuhl. „Ich glaube tatsächlich, dass das alles ist. Oder wollt ihr noch etwas sagen?“

„Nein“, sagte Sebastian, während ich gleichzeitig „Es tut mir leid“ flüsterte. Sebastians Kopf fuhr zu mir herum, aber ich ignorierte ihn. Na gut, ich griff nach seiner Hand unter dem Tisch, aber sonst ignorierte ich ihn. „Es tut mir leid, Max, wie das alles gelaufen ist, wirklich.“

Max’ Lippen verformten sich zu einem müden Lächeln, das seine Augen nicht erreichte. „Ich geh dann mal schlafen. Ich nehme an, wir sehen uns die nächsten Tage noch häufiger.“ Er zog seinen Mantel an und wandte sich noch einmal um, bevor er das Café verließ. „Ich wünsche euch beiden viel Glück.“

Als er verschwunden war, fiel alle Anspannung von mir ab und ich lehnte meinen Kopf an Sebastians Schulter.

„Das hatte ich jetzt nicht erwartet", sagte Sebastian leise. Er strich mir über den Kopf und gab mir einen Kuss auf die Haare.

„Es ist doch gut gelaufen, oder?" Ich sah durch die eckigen Brillengläser in seine Augen. Sebastian legte einen Finger unter mein Kinn und zog es zu sich heran, um mich zu küssen. Als er sich von mir löste, sagte er schließlich: „Ja, das denke ich ..." Mitten im Satz brach er ab, sein Blick war hinter mich gerichtet. Wie in Zeitlupe wandte ich mich um. Hinter mir stand Oberarzt Batchmore und musterte mich mit einem süffisanten Grinsen. Batchmore hob den Kaffeebecher in der Hand wie zum Gruß und ging aus dem Café.

Kapitel XXIX: Zahlen

„Scheiße", fluchte ich und machte mich von Sebastian los. Dieser hielt mich jedoch am Arm fest, sodass ich Batchmore nicht hinterhereilen konnte.

„Anna! Halt, bleib hier! Du kannst ihm jetzt nicht einfach hinterherrennen!"

„Doch, das kann ich. Lass mich los!"

Tatsächlich ließ Sebastian mich zwar los, allerdings stellte er sich vor mich. „Tu jetzt nichts Unüberlegtes. Es wäre dumm, ihm hinterherzurennen."

Unschlüssig zappelte ich auf der Stelle. Ich wollte Oberarzt Batchmore einholen und die Situation klarstellen. Aber ich hatte keine Ahnung, wie ich das tun sollte. Was er gesehen hatte, ließ keinen Interpretationsspielraum. Ich hatte Sebastian vor seinen Augen geküsst. Er wusste, dass ich eine Liebesbeziehung mit meinem Oberarzt hatte.

„Meine Karriere ist vorbei. Ich werde nie wieder einen Fuß in den OP setzen. Ich werde kündigen müssen oder ich werde ... gefeuert. Niemand wird mich mehr einstellen wollen", flüsterte ich und ließ mich auf den Stuhl zurücksinken. Plötzlich fühlten sich meine Beine wie Wackelpudding an. Es war vorbei. Die letzten Wochen, in denen ich so hartnäckig an meiner Präsentation gearbeitet hatte, den OP-Plan durchforstet hatte. Wer würde mir jetzt noch glauben?

„Na ja. So schlimm wird es schon nicht sein. Batchmore wird sich von dem Schock erholen. Gib ihm Zeit und erklär es ihm morgen in aller Ruhe, mit mir zusammen. Wir müssen zu Professor Vadasz gehen.“

„In dem Gespräch, in dem ich ihm sagen wollte, dass er uns eh schon nicht fair behandelt. Super Idee, Sebastian.“ Ich klang gemein und das wusste ich, aber er verstand das nicht.

„Welches Gespräch?“ Sebastian runzelte verwirrt die Stirn.

„Ach egal. Das ändert jetzt auch nichts mehr. Ich werde sowieso gefeuert.“ Ich schlug die Hände gegen den Kopf.

„Nein, wirst du nicht. Denen kann doch egal sein, was zwischen uns ist. Nur weil Professor Vadasz es nicht ganz so super finden wird, wirst du nicht gleich deinen Job verlieren.“

Wie naiv er doch war. Natürlich, er kannte meine Probleme nicht. Er war ein Mann. Ihn würde man wahrscheinlich auch noch beglückwünschen, während ich die Assistenzärztin war, die sich hochschlief. Mir blieb nur die Möglichkeit, den Schaden zu begrenzen. Ich musste Oberarzt Batchmore von meiner Präsentation und Kompetenz überzeugen, doch wie? Ich hatte bereits alles gegeben, fast alles.

„Deswegen war ich von Anfang an dagegen. Gegen diese ganze Sache mit uns. Wir haben es nicht mal geschafft, uns auch nur an einige wenige Regeln zu halten. Und jetzt ist es passiert. Meine Karriere ist am Arsch. Und alles wegen einer kleinen Liebelei.“

Sebastian verzog seine Lippen unglücklich. „Liebelei?“

Mein Mund fühlte sich trocken an und mein Herz war schwer. Aber es war das einzig Richtige, das einzig Vernünftige. „Es war ein Fehler, Sebastian. Wir sollten es einfach lassen." Dann stürmte ich aus dem Café.

Ich klopfte an die braungraue Tür von Batchmores Büro. Kurze Zeit darauf schwang diese nach innen auf. Batchmore nickte mir zu, bevor er sich wieder vor seinen Computer setzte. Sorgsam schloss ich die Tür hinter mir und ging zum Schreibtisch meines Oberarztes, um mich ihm gegenüber niederzulassen. Den Laptop hatte ich fest umklammert.

Die wässrigen Fischaugen von Batchmore musterten mich und das Gerät unter meinem Arm scharf. Wie kalt dieses Grau im Gegensatz zu dem von Sebastians Augen war. Wobei ... Sebastians Augen würden sich auch irgendwann abkühlen. Ich hatte nicht noch mal vor, mich auf ihn einzulassen. Diesen Fehler hatte ich schon zu oft begangen, auch wenn sich mein Herz bei dem Gedanken an Sebastian schmerzlich zusammenzog. Es würde ganz langsam ver-schrumpeln, bis nichts mehr davon übrig war. Aber die Chirurgie, sie würde es am Leben erhalten.

„Was kann ich für Sie tun, Frau Rosso? Sie hatten den Termin ja schon vor Wochen mit mir vereinbart."

„Ich würde gerne etwas mit Ihnen besprechen."

„Aha, und das wäre?"

Wieder dieses süffisante Grinsen. Er dachte bestimmt, dass ich über Sebastian reden wollte. Das würde ich auch tun müssen, aber zunächst ging es um eine andere Sache.

„Ich habe eine kleine Präsentation vorbereitet. Die würde ich Ihnen gerne zeigen.“

„Eine Präsentation?“ Kurz wirkte mein Oberarzt tatsächlich verwirrt.

„Vorher muss ich wohl einige Dinge klarstellen. Als wir uns gestern zufällig gesehen haben, kann es sein, dass Sie eine Situation beobachtet haben, die so nicht hätte stattfinden dürfen. Dafür entschuldige ich mich und versichere Ihnen, dass diese Situation bereinigt wurde und nicht mehr vorkommen wird.“ Es war das Beste so. Entweder würde er das und meinen Vortrag akzeptieren oder ich konnte mir einen neuen Job suchen. Mein Oberarzt schwieg, also fuhr ich fort.

„Aber darum geht es in meiner Präsentation nicht. Es geht um den Ausbildungsstand von uns Assistentinnen. Wir haben das Gefühl, dass unsere Ausbildung nicht in die Richtung geht, wie wir es uns wünschen. Und wir wollten fragen, ob es die Möglichkeit gibt, das zu ändern.“

Das farblose Gesicht von Batchmore wurde rot und sein süffisantes Grinsen war fortgewischt. „Wie kommen Sie darauf?“

„Ich beziehungsweise ein paar andere sind deutlich weniger in den OP eingeteilt als andere Kollegen auf derselben Ausbildungsstufe.“

„Aha. Manchmal ist so etwas rein zufällig oder dem Dienstplan geschuldet.“

„Das dachten wir uns auch. Deswegen haben wir den OP-Plan und Dienstplan analysiert und mögliche Differenzen zusammengezählt, damit man diese vielleicht ausgleichen könnte.“ Ich hielt die Luft an. Als

Batchmore nichts sagte, öffnete ich den Laptop und startete die Präsentation.

„Das hier ist mein OP-Katalog und der meines Kollegen Doktor Fisher." Ich deutete auf verschiedene Zahlen. „Und das hier sind die OP-Kataloge von Doktor Bear und Doktor Reese. Sie haben ebenfalls zur gleichen Zeit angefangen."

Wortlos nahm Batchmore den Laptop entgegen und überflog die Statistiken meiner Präsentation. Mehrere Minuten vergingen und er äußerte sich immer noch nicht.

„Sehen Sie es?", fragte ich vorsichtig.

Die Stirn des Oberarztes hatte sich in Falten gelegt. „Mir war nicht bewusst, dass Sie so fest hinter Ihrer Karriere stehen." Er klappte den Laptop zu und musterte mich kühl.

Mir wurde kalt. „Wie meinen Sie das?"

„Ich dachte, dass Liebeleien eine weit größere Rolle in Ihrem Leben spielen. Außerdem habe ich versucht, den Vorteil, den Sie sich ‚erarbeitet' haben", er malte zwei Anführungszeichen in die Luft, „auszugleichen."

Ich schürzte die Lippen. „Vorteil?"

„Nun ja. Mit dem Vorgesetzten zu schlafen mag Ihnen deutliche Vorteile im OP bringen, da muss ich für Ausgleich sorgen."

Aber er hatte doch gesehen, dass ich viel weniger im OP eingeteilt war. Und Sebastian machte nicht den OP-Plan oder Dienstplan. Den teilte allein er ein.

„Was hat mein Privatleben mit meiner Arbeit zu tun?"

„Was hat Ihr Privatleben auf Ihrer Arbeit zu suchen?"
Ich öffnete schockiert den Mund.

Batchmore hob beschwichtigend die Hände. „Halt, halt! Nicht aufregen! Wir sind natürlich froh, dass Sie bei uns sind. Sie sind ein wertvoller Teil des Teams. Aber Ihnen muss doch bewusst sein, dass ich zukunftsorientierte Förderung bei meinen Mitarbeitern leiste. Und Ihre Zukunft ist nun mal anders als die von Doktor Fisher.“

„Inwiefern?“

„Muss ich es wirklich aussprechen?“

„Ich bitte darum.“

„Sie wollen doch sicher auch bald eine Familie gründen.“

„Und Doktor Fisher will das nicht?“, fragte ich scharf.

„Nun ja, nicht so.“

„Sie meinen, er kann nicht schwanger werden. Sie fördern mich nicht, weil ich schwanger werden kann.“ Alle Höflichkeit war aus meiner Stimme verschwunden. Es ging hier nicht mal um Sebastian oder mich. Er hatte grundsätzlich ein Problem mit meinem Geschlecht.

„Vielleicht, wenn Sie einmal aus dem Alter heraus sind ...“

„In fünfzehn Jahren also, dann fördern Sie mich? Dann fördern Sie meine Kolleginnen? Dann darf ich in den OP und meinen Facharzt machen?“

„Wenn Sie dann immer noch Chirurgie machen wollen. Und bis dahin haben Sie doch schon einen Oberarzt, der Sie ausreichend fördert.“

„Ich, wir – wir würden aber auch gerne von Ihnen lernen.“

„Das ist aber ein schönes Kompliment. Danke, aber ich halte es für ausgeschlossen, dass Sie mich ähnlich um den Finger wickeln können."

„Und was ist mit meiner Kompetenz als Ärztin?"

„Ohne Frage, Sie machen Ihre Arbeit sicher gut. Zumindest manchmal. Aber vielleicht ist die Chirurgie einfach nicht das Richtige für Sie."

Die Worte von Oberarzt Batchmore bohrten sich wie ein Messer tief in meinen Brustkorb. Aber ich nahm eine Hand, zog es heraus und begann mit der Blutstillung. „Ich denke schon, dass sie das ist. Ich bin mir da sogar absolut sicher."

Batchmore schürzte nur die Lippen und schwieg. Er wandte sich wieder dem Computer zu und tippte mit zwei Fingern auf der Tastatur herum. Ich dachte schon, das Gespräch wäre vorbei gewesen, da antwortete er mir.

„Viele Frauen kommen und denken, sie seien für diesen Beruf geschaffen. Aber irgendwann fällt ihnen plötzlich auf, dass Familie und Kinder eine weit größere Rolle in ihrem Leben spielen sollten. Das geht nicht in der Chirurgie, die absolute Hingabe erfordert. Sie alle kommen und gehen schließlich wieder. Sie haben hier innerhalb kürzester Zeit mit einem Kollegen angebändelt. Da ist es nur natürlich, wenn ich den Eindruck gewinne, dass Sie die Chirurgie nur als Zeitvertreib sehen."

Das Messer war vergiftet gewesen und nun zogen sich schwarze Streifen des Gifts über meine Haut.

„Sie meinen also, ich habe nicht das Zeug dazu, alles zu opfern, um eine gute Ärztin zu werden, weil ich eine Frau bin, die eine Beziehung zu ihrem Oberarzt hat.

Und was ist mit meinen Kolleginnen, die keine Beziehung haben? Denken Sie das gleiche von ihnen?"

Batchmore ging nicht auf meine Aussage ein. Er wusste offensichtlich genau, auf welcher heiklen Gratwanderung er sich gerade befand.

„Haben Sie, Miss Rosso, denn das Zeug, alles zu opfern?"

Ich lachte trocken auf. Das hatte er doch schon für mich entschieden. „Ich habe doch schon alles geopfert", sagte ich. Endlich blickte Batchmore von seinem Computer auf. Er musterte mich von unten bis oben. Dabei glitt sein Blick unendlich langsam über meinen Körper. Mir war kalt.

„Ich will ganz ehrlich sein, Frau Rosso. In unserer Klinik herrscht ein professionelles Arbeitsklima und da passen Sie einfach nicht rein. Und ich bin mir sicher, dem wird Professor Vadasz zustimmen."

Tränen der Verzweiflung stiegen in mir auf. Ich würde tatsächlich meinen Job verlieren. Meine Stimme zitterte ein wenig, als ich noch einen letzten Versuch startete und auf den zusammengeklappten Laptop deutete. „Aber ich bin nicht die Einzige, bei der so starke Differenzen erkennbar sind. Sie haben die Präsentation doch gesehen. Es geht all meinen Kolleginnen so. Sehen Sie sich die Präsentation bitte bis zu Ende an."

„Frau Rosso. Sie können gehen." Dann wandte er sich wieder seinem Computer zu. Mit einem Winker deutete er auf die Tür. Das Gespräch war hiermit beendet.

Es ist vorbei. Ich rannte mit dem Laptop unterm Arm zur Umkleide. Tränen strömten über mein Gesicht, aber ich hielt sie nicht mehr zurück. Ich war gerade dabei, mit dem Transponder fahrig das elektronische Schloss zu aktivieren, da hörte ich eine Stimme hinter mir.

„Anna, können wir bitte miteinander reden?"

Sebastian. Er musste mich gesehen haben. Es piepste zweimal, als sich das Schloss der Umkleide öffnete, doch ich rührte mich nicht. Mit meiner Hand umklammerte ich fest den Knauf der Tür und ohne den Blick von ihr zu wenden, sagte ich: „Nein. Das mit uns war ein Fehler. Und jetzt bin ich gefeuert worden. Lass mich einfach in Ruhe." Ich drückte den Türknauf hinunter und huschte durch den schmalen Spalt in die Umkleide.

Ich schmiss die Tür hinter mir zu, lehnte mich mit dem Rücken dagegen und sank auf kalte Fliesen. Der Laptop glitt neben mir zu Boden. Hemmungslos schluchzend vergrub ich mein Gesicht in den Händen. Mein Herz zerbrach in einzelne Splitter, die sich nie wieder zusammenfügen würden. Es war vorbei. Ich hatte meine Arbeitsstelle verloren, meine Karriere und Sebastian. Wie hatte ich glauben können, dass ein paar Zahlen und Statistiken Batchmore davon überzeugen würden, dass er uns ungerecht behandelte? Dass er über die Sache mit Sebastian hinwegsah. Wie hatte ich auch nur einen Moment daran glauben können, dass es funktionierte, eine Beziehung geheim zu halten? Ich war so dumm gewesen.

Auf der Ablage lag ein neuer Schokohase. Vor fast einem Jahr hatte ich seinen Vorgänger aus dem Körbchen verschlungen. Seitdem war so viel passiert. Und doch war ich wieder weinend in der Umkleide gelandet.

Meine Tränen versiegten. In der eintretenden Stille hörte ich Sebastians quietschende Turnschuhe, die sich fortbewegten. Er musste die ganze Zeit vor der Tür gewartet haben. Seine Schritte waren so viel endgültiger als meine Flucht. Eine einzelne Träne kullerte über meine salzig-feuchten Wangen, eine letzte Träne des Abschieds.

Plötzlich spürte ich den unerfindlichen Wunsch, die Tür aufzureißen und Sebastian nachzulaufen. Ihm zu sagen, dass ich ihn liebte und mir sonst alles egal war. Aber ich rührte mich nicht. Ich konnte es nicht. Ich würde bei der Suche nach einer neuen Stelle die Klinik und Chicago hinter mir lassen müssen und damit auch Sebastian. Und Caroline. Und Markus. Und Ricardo. Und Doreen, Crocks, Blair. Sie alle würde ich verlassen müssen. Nur wegen eines blöden Oberarztes. Ein Oberarzt, der alle weiter triezen würde, selbst wenn ich weg war. Ich hatte nichts für Blair und Doreen erreicht, außer ihrem Oberarzt zu erzählen, dass sie unzufrieden waren. Wenn ich einmal weg war, wen würde er sich danach als Opfer aussuchen? Blair? Doreen? Irgendwann würden keine Frauen mehr übrig bleiben außer Professor Vadasz.

Professor Vadasz! Was würde Oberarzt Batchmore ihr über mich erzählen?

Ohne es zu merken, war ich aufgestanden. Erhob mich aus der dunklen Grube aus Selbstmitleid. Ich konnte nicht zulassen, dass Professor Vadasz so von mir dachte. Ich musste das klarstellen und Batchmore zuvorkommen. Und wenn ich schon dabei war, konnte ich zumindest der Chefin zeigen, was für ein Arschloch der Oberarzt war. Gefeuert würde ich sowieso. Ich konnte es auch als Freifahrtschein verstehen. Einmal unverblümt die Wahrheit sagen. Vielleicht würde ich zumindest etwas für meine Kolleginnen verändern können. Versuchen musste ich es.

Wenn ich ging, dann nicht, ohne mich zu wehren. Ich würde kämpfen. Ich trat an den Spiegel und wischte mir, wie ich es schon so oft getan hatte, die Tränen aus dem Gesicht. Putzte meinen Nasenring und kühlte die geschwollene rote Stirn, bis sie eine normale Farbe angenommen hatte. Danach puderte ich mich mit Notfall-Make-up aus Blairs Spind. Der Laptop lag immer noch auf dem Boden. Im Gegensatz zu meinem Herz war der noch unversehrt. Die Statistik stand hinter mir und Professor Vadasz war nicht nur Ärztin: Sie war auch Wissenschaftlerin. Sie glaubte den rationalen und gefühllosen Zahlen. Ich strich die Falten auf meinem weißen Kittel glatt und ging zum Büro der Chefärztin.

Die Chefsekretärin Mrs. Welsch hatte bereits Feierabend gemacht, sodass das Vorzimmer von Professor Vadasz verlassen dalag. Ich klopfte an die braune Holztür.

„Herein?", erklang die freundliche Stimme meiner Chefin. Ich öffnete die Tür und blickte in das großräumige Büro. Professor Vadasz saß über ihren Schreibtisch gebeugt, umringt von einem gigantischen Stapel aus Akten und Zetteln.

„Was kann ich für Sie tun, Doktor Rosso?"

„Hätten Sie vielleicht ein paar Minuten? Ich müsste etwas Dringendes mit Ihnen besprechen."

Neugier flackerte im Gesicht meiner Chefin auf, als sie mir bedeutete, sich zu setzen. Ich nahm Platz, die Arme fest um meinen Laptop geschlungen. Das war innerhalb einer Stunde schon das zweite schwierige Gespräch, das ich führen wollte. Ich hatte mir nicht mal überlegt, wie ich anfangen sollte.

„Ich höre?“

„Es geht um Oberarzt Batchmore. Wir hatten eben ein Gespräch, das leider nicht ganz so gelaufen ist, wie ich es mir erhofft hatte.

„Mhm“, machte die Chefärztin. Ihre Miene blieb ausdruckslos. Sollte ich von Sebastian erzählen? Oder mich erst einmal über meinen Oberarzt beschweren? Wenn ich erst klagte und danach Sebastian erwähnte, würde mir alle Glaubwürdigkeit abhandenkommen.

„Ich muss Ihnen leider gestehen, dass meine Beziehung zu Doktor Holden recht unprofessionell geworden ist und daraus ein Verhältnis entstanden ist. Mir ist bewusst, dass ich daher die Klinik verlassen muss, weil so etwas natürlich nicht tolerabel ist, auch wenn dieses Verhältnis beendet wurde. Das hat mir Doktor Batchmore bereits mitgeteilt. Aber bevor ich gehe, möchte ich Ihnen noch etwas zeigen.“

Die Professorin musterte mich aufmerksam, unterbrach mich aber nicht, wofür ich mehr als dankbar war. Sie schien nicht einmal überrascht.

„Meine Kollegen und ich haben in den letzten Wochen unsere Ausbildungsstadien verglichen und dabei sind uns einige Ungereimtheiten aufgefallen. Einige von uns, ich nenne jetzt mal mich als Beispiel, hatten das Gefühl, dass die Operationen für Anfänger nicht gerecht verteilt würden.“

Professor Vadasz hob fragend eine Augenbraue. Wie sollte sie es auch bemerkt haben? Sie war selbst in den Besprechungen zu selten anwesend, dafür gab es schließlich einen leitenden Oberarzt. Sie war die Königin, aber Batchmore herrschte. Ich klappte den Laptop auf und öffnete ein zweites Mal an diesem Tag meine Präsentation.

„Ich ziehe hier vor allem zwei Vergleiche heran. Doktor Fisher, der mit mir zeitgleich angefangen hat, hat ein Vielfaches mehr an Operationen durchgeführt. Ähnlich geht es auch Doktor Bear im Vergleich zu Doktor Reese. Generell scheint die Verteilung der Operationen vor allem zugunsten unserer männlichen Kollegen auszufallen", dabei setzte ich die letzten Worte in imaginäre Anführungszeichen. „Gegenteilig verhält es sich dafür mit unseren Diensten. Die Hauptlast tragen hier tatsächlich eher meine weiblichen Kolleginnen und ich. Sehen Sie!" Ich scrollte durch die Grafiken und Tabellen.

„Darf ich mal den Laptop haben?" Auffordernd streckte mir Professor Vadasz ihre Hände entgegen. Es dauerte einige Minuten, während die Professorin die Statistiken überflog und kontrollierte. Danach gab sie mir den Laptop mit ausdruckslosem Gesicht zurück. Wobei ... Es hatte sich eine einzelne Falte auf der sonst noch so makellosen Stirn gebildet. „Was möchten Sie mir mit diesen Daten sagen?"

„Ich habe das Gefühl, dass wir weiblichen Kolleginnen nicht gerecht behandelt werden und unsere Ausbildung darunter leidet. Oberarzt Batchmore scheint dies anders zu sehen. Aber Zahlen lügen nicht."

Irgendetwas wehrte sich in mir dagegen, meinen Oberarzt als sexistisches Arschloch vor meiner Chefin zu beschimpfen. Das wollte ich nicht. Ich wollte schlicht weg Gerechtigkeit.

„Mhm." Die Falte auf ihrer Stirn wurde immer tiefer.

„Und was haben Sie für Vorschläge, das zu ändern?"

Diese Folie hatte ich nicht in meine Präsentation geschrieben, denn diese war ursprünglich für Batchmore gedacht gewesen. Aber Blair hatte die Lösung bereits genannt. Also erzählte ich Professor Vadasz von unseren Ideen.

Als ich schließlich geendet hatte, war meine Kehle trocken und meine Stimme rau. Meine Chefärztin hatte mich kein einziges Mal unterbrochen, sondern schweigend zugehört und hin und wieder genickt. Doch so langsam musste sie etwas sagen. Sie war schließlich meine Richterin, die das letzte Dokument vor meiner Hinrichtung oder Freilassung unterschrieb. „Also ich werde mir die Sache durch den Kopf gehen lassen und das wird einige Zeit dauern. Genauso möchte ich bei der Sache mit Doktor Holden und Ihnen etwas Bedenkzeit. Ich kann mir gut vorstellen, Sie beide hierzubehalten, denn Sie leisten wirklich gute Arbeit, was ich so von Doktor Packseat höre. Wenn Sie es schaffen, eine professionelle Atmosphäre in unserer Abteilung aufrecht zu halten, könnte ich mir gut vorstellen, dass wir da eine Lösung finden."

„Danke, Professor."

Die Chefärztin nickte mir noch einmal zu und ich ging aus dem Zimmer.

Kapitel XXX: Vorbei

Die nächsten Tage fühlten sich so an, als hätte man mir einen Strick um den Hals gelegt, aber das Podest unter mir noch nicht weggetreten. Die Schlinge schien sich jeden Tag, den Professor Vadasz zum Nachdenken benötigte, enger zu ziehen. Zwei Wochen nach unserem Gespräch bekam ich kaum mehr Luft, aber die Professorin äußerte sich immer noch nicht. Auch Batchmore schwieg. Hin und wieder durchbohrte er mich mit Blicken voller Verachtung und Abneigung, aber er sagte nichts. Seine Sticheleien mir gegenüber waren längst Teil meines Alltags geworden. Als hätte er eine perfide Freude darin entwickelt, persönlich an der Schlinge zu ziehen. Aber auch die Stimmung zwischen ihm und der Chefin wirkte deutlich abgekühlt. Ich konnte nur vermuten, dass sie sich gestritten hatten und ich Thema dieses Streits gewesen war. Gerüchte wanderten umher, Kollegen wurden zu Gesprächen einbestellt, aber von den Ergebnissen erfuhr ich nichts.

Meinem ehemaligen Mentor ging ich aus dem Weg. Darin hatte ich bereits mehr als genug Übung. Sebastian hatte mich an dem Montagabend noch zweimal angerufen, aber dann war auch mein Handy verstummt. Es schmerzte mich, dass er meine Entscheidung für die Chirurgie und gegen ihn einfach so akzeptierte. Aber das war, was ich gewollt hatte. Es war meine letzte Chance, Professor Vadasz von meiner guten Arbeit und Professionalität zu überzeugen.

In der dritten Woche nach unserem Gespräch wurde Max' Vater entlassen. Ich hatte ihn noch ein paar Mal besucht, nachdem er auf Normalstation verlegt worden war. Mr. Williams hatte mir genau einmal gedankt und sich schließlich wieder in den unangenehmen Patienten verwandelt, den ich schon bei seinem letzten Krankenhausaufenthalt gehasst hatte. Im Vergleich dazu war Max die Höflichkeit in Person.

Meinen Kollegen hatte ich noch am Abend des Gespräches übers Handy von meinem Versagen berichtet. Die Reaktionen waren völlig unterschiedlich ausgefallen. Blair war so hoffnungslos wie ich und schickte mir seitdem regelmäßig Stellenanzeigen. Doreen hatte sich bedeckt gehalten, sie wollte zumindest abwarten, wie Professor Vadasz reagierte. Die größte Überraschung waren jedoch die Jungs. Sie boten an, Dienste zu übernehmen und OPs abzugeben, wenn Batchmore nicht anwesend war. Alles in allem hatte uns diese Krise als Team fester zusammengeschweißt.

Nur Caroline konnte ich die ganze Geschichte erzählen. Dennoch änderte sich nichts an der Tatsache, dass ich diesen letzten Weg allein beschreiten musste. Solange, bis ein Urteil gefällt worden war. Dann würde ich entweder gebrochen und die Stadt verlassen oder mit gebrochenen Herzen weiterarbeiten. Ich wusste nicht, was schlimmer war. Die Wochen waren unter einem grauen Dunst aus Unsicherheit begraben, das perfekte Wetter für eine Hinrichtung. Meine Hinrichtung.

Am Mittwoch in der Mittagsbesprechung zog sich die Schlinge um meinen Hals schließlich endgültig zu. Ich hatte Dienst gehabt, zur Abwechslung sogar ein recht entspannter. Routiniert berichtete ich von den Patienten, die ich in der Notaufnahme gesehen und behandelt hatte.

„Dann habe ich noch einen Mr. Richmond mit Schmerzen in der Leiste aufgenommen", beendete ich meinen Bericht.

Währenddessen hatte Batchmore mit verschränkten Armen und geschürzten Lippen neben mir gesessen und kein Wort gesagt. Die anderen Ärzte erhoben sich in der Annahme, die Besprechung wäre vorbei, von ihren Plätzen, da sagte er: „Und wie kommen Sie auf die Idee, Miss Rosso, einfach so Patienten aufzunehmen?"

Verwirrt wandte ich mich dem Oberarzt zu. Natürlich, irgendetwas musste er ja an mir aussetzen. Es wäre seltsam gewesen, wenn er nichts kritisiert hätte, aber das hier?

„Das habe ich nicht. Ich habe alles mit meinem Hintergrund Doktor Packseat besprochen. Er meinte, es wäre richtig, Mr. Richmond aufzunehmen."

„Ich finde diese Aufnahme völlig sinnfrei. Das blockiert uns nur irgendwelche Betten, die wir für dringende Notfälle brauchen. Daher frage ich mich, wieso Sie in so einer Situation nicht noch einmal Rücksprache mit mir halten. Man kann doch wohl erwarten, dass Sie so etwas bedenken."

Ich runzelte die Stirn. War das sein Ernst? Hilfesuchend sah ich mich im Zimmer um. Es war mucksmäuschenstill geworden. Professor Vadasz saß schweigend am Kopfende des Tisches, aber sie hatte den Kopf gehoben und musterte uns konzentriert. Auch das hier war wieder eine Bewährungsprobe für mich. Seit meinem Gespräch war Professor Vadasz in jeder Besprechung gewesen, auch wenn sie selten etwas sagte. Es schien fast, als kontrollierte sie mich. *Immer schön sachlich bleiben, Anna.* Doktor Packseat war natürlich nicht anwesend. Der operierte noch, konnte mich daher auch nicht unterstützen, obwohl es seine Entscheidung gewesen war. Keiner meiner Kollegen wagte es, in mein Gesicht zu blicken, nur Sebastian – hastig wandte ich meinen Kopf ab. Diese Schlacht würde ich allein schlagen müssen.

„Ich soll Sie also bei jedem Patienten, den ich aufnehme, extra anrufen?", fragte ich langsam und wandte mich Batchmore zu.

„Sie sollten zumindest das Ding in Ihrem Kopf verwenden, bevor Sie so eine Aufnahme machen."

Ich wusste, ich hätte schockiert sein müssen, aber ich fühlte rein gar nichts mehr. All meine Gefühle waren seit drei Wochen tot.

„Doktor Batchmore", sagte Professor Vadasz leise, der drohende Unterton in ihrer Stimme war kaum zu überhören.

Aber mein Oberarzt nahm jetzt richtig Fahrt auf. „Das ist genau das, was ich meine, Professor. Es scheint hier immer noch Assistenten zu geben, die meinen, sie können ihr Gehirn zu Hause lassen, wenn sie zur Arbeit gehen. Stattdessen kommen sie hierher, tun so, als gehöre ihnen die ganze Welt und treffen irgendwelche dummen Entscheidungen." Anklagend zeigte er auf mich. Ich starrte nur entgeistert zurück. Seine Stimme war laut geworden.

„Wie gesagt", ich versuchte möglichst ruhig zu klingen, „Ich habe die Entscheidung der Aufnahme des Patienten mit Doktor Packseat besprochen. Er wollte den Patienten zeitnah operieren, weil morgen früh ein Punkt ausfällt. Ich verstehe gerade nicht, was ich falsch gemacht habe."

„Natürlich nicht, dafür müssten Sie nämlich nachdenken." Niemand lachte. Stille breitete sich im Raum aus. In meinem Kopf setzte ein Rauschen ein. Jetzt konnte ich mein Gehirn tatsächlich nicht mehr verwenden. Stocksteif saß ich da, das Diensttelefon in der Hand und blickte ratlos zu meinem Oberarzt. Ich hatte nicht mal mehr die Kraft, mich verletzt zu fühlen. Dann hörte ich eine weitere Stimme aus einer anderen Ecke des Raumes.

„Richard ... Ich hätte an Doktor Packseats Stelle auch nicht anders gehandelt. Vielleicht besprechen wir das als Oberärzte noch einmal untereinander, wenn er anwesend ist."

Sebastians Stimme wirkte ruhig und bestimmt und brachte mich sofort in die Wirklichkeit zurück. In seinem Blick lag eine eiserne Härte, die mir einen Schauder über den Rücken jagte. Wieso musste er mich immer retten? Trotzdem verspürte ich Dankbarkeit und das trockene Etwas in meiner Brust streckte sich wie eine Verdurstende nach dem einsamen Wassertropfen aus. Ich durfte meine Gefühle nicht nähren, sonst würde alles nur noch schwieriger.

Ein kaltes, lautes Lachen erfüllte das kleine Zimmer. Batchmore hatte zu lachen angefangen. Mit der Hand schlug er sich auf das Knie, während es seinen ganzen

Körper schüttelte. Noch nie war mir ein Lachen so widerwärtig vorgekommen. Nach einigen Sekunden, in denen ihn alle entgeistert anstarrten, verstummte er plötzlich. Sein Gesicht war rot und die fischigen Augen stachen wild hervor. „Natürlich denkst du, dass sie nichts falsch gemacht hat. Irgendwie muss es sich ja auch für sie lohnen, mit ihrem Oberarzt zu schlafen."

Alle Blicke fuhren zu mir und Sebastian herum. Hitze stieg in mir auf und alle Anspannung wich aus mir heraus. Ich war ein Luftballon, in den mein Oberarzt eine Nadel gesteckt hatte. Immer tiefer sank ich in meinem Stuhl nach unten. So viel zum Thema Professionalität auf der Arbeit. Dann würde ich mal mein Schließfach ausräumen. All die Opfer, all das …

„Doktor Batchmore, können wir uns in meinem Büro unterhalten? Doktor Holden, Doktor Rosso, Sie auch. Die Übrigen können gehen", sagte Professor Vadasz laut. Ihr Gesicht war rot vor Zorn.

Ich hatte die Chefärztin noch nie die Kontrolle verlieren gesehen, aber nach Batchmore schien sie jetzt als Zweite an der Reihe. Abrupt erhob sie sich und marschierte aus dem Zimmer. An der offenen Tür blieb sie stehen und sah Oberarzt Batchmore an. „Sofort."

Wütend stand Batchmore von seinem Stuhl auf und folgte der Chefärztin aus dem Raum. Ehe ich mich versah, waren meine restlichen Kollegen auch aus dem Zimmer geeilt. Markus warf mir beim Gehen noch einen mitleidigen Blick zu und nahm mir das Diensttelefon aus der Hand. Er hatte sich nicht für mich eingesetzt, aber das konnte ich auch nicht von ihm verlangen. Das hier war meine Sache. Es war besser, wenn ich der alleinige Sündenbock blieb.

Zögerlich stand ich auf und folgte der Meute vor mir. In meinem Rücken spürte ich deutlich Sebastians Nähe. Er hatte mich vor allen verteidigt, als Einziger. Er würde jetzt genauso wie ich darunter leiden. Selbst wenn ich die Klinik verlassen musste, sein Ruf hatte ebenfalls Schaden genommen. Und trotzdem hatte ich nicht das Gefühl, dass diese Tatsache ihn in seiner Entscheidung mir zu helfen, beeinflusst hatte. Er hatte so oft um mich gekämpft und was hatte ich jemals für ihn getan? Ich entschied mich gegen ihn und nochmals gegen ihn. Für meine Karriere statt für einen Mann, der mich liebte und der alles für mich tat.

Ich verlangsamte mein Tempo, sodass Sebastian zu mir aufschließen konnte. Ohne darüber nach-zuden-ken, griff ich nach seiner Hand. Überrascht blickte er mich an, verschränkte aber seine Finger mit meinen.

Es würde keinen Unterschied machen, wenn wir jetzt Händchen hielten. Man hatte mich bloßgestellt, mich gedemütigt, mir die Ausbildung verwehrt. Was kümmerte mich es da noch, wenn man mich auf meinem Gang zum Richtblock zusammen mit Sebastian sah? Wärme strömte durch seine Hand in mich hinein. Er gab mir Kraft und Halt. Ich war so dumm gewesen. Wie hatte ich ihn gehen lassen können? Warum hatten wir nicht gemeinsam an der Insel der Sirenen vorbeisegeln können? Ich war der Chirurgie verfallen und meine Liebe auf dem Grund des Meeres zerschellt. Meine Liebe!

„Sebastian?“ Ich blieb stehen.

„Was?“

„Was auch immer Professor Vadasz jetzt sagt: Ich möchte, dass du weißt, dass es mir leidtut. Ich weiß, ich kann es nicht mehr gut machen. Ich war dumm und egoistisch. Aber ich will, dass du weißt, dass ich mich in dich verliebt habe. Ich liebe dich und ich bereue nicht, dass ich dich gefunden habe. Auch wenn ich jetzt gehen muss."

Sebastian atmete hörbar aus. Ich hatte noch nie diese Worte zu ihm gesagt und dass, obwohl ich es schon eine geraume Zeit lang wusste. Er war der Mann, den ich liebte.

„Du warst immer für mich da. Du hast mich unterstützt, wenn ich dich gebraucht habe und das, obwohl ich dir so offensichtlich gezeigt habe, dass mir dieser blöde Job wichtiger ist als alles andere. Das ist das Einzige, was ich bereue. Dir nie gezeigt zu haben, wie sehr ich dich liebe. Du bist mein Held, Sebastian Holden."

Sebastian musterte mich durch seine drahtige Brille aufmerksam. Dann strich er mir mit dem Finger über die Wange, als wagte er es nicht, mir näher zu kommen. Der Gang, auf dem wir uns befanden, lag verlassen vor uns. Sein Daumen fuhr zärtlich über meine Lippen, bis er sich endlich zu mir vorbeugte. Sein Kuss war vorsichtig, unsicher. Aber er heilte das Loch in meiner Brust, ließ es ein Stückchen kleiner werden.

„Ich liebe dich auch", flüsterte er an meinem Ohr. Dann löste er sich von mir und nahm meine Hand. Gemeinsam gingen wir zum Büro von Professor Vadasz.

Als wir dort ankamen, hatte mein Gesicht die Farbe des Todes angenommen. Vielleicht mussten sie mich gar nicht mehr hinrichten. Sebastians Gesichtsfarbe hingegen war grasgrün als wäre er kurz davor, sich zu übergeben. Die Tür zum Vorzimmer stand sperrangelweit offen. Mrs. Welsch kam uns mit erhobenen Armen panisch entgegengeeilt. „Da sind Sie ja endlich. Doktor Batchmore ist völlig außer Rand und Band. Er und Professor Vadasz schreien sich an. Ich weiß nicht, was ich tun soll. Ich habe weder ihn noch sie jemals so erlebt. Natürlich haben sie die letzten Tage viel miteinander gestritten, aber das heute." Sie sah flehend Sebastian an. „Können Sie nicht etwas tun?" „Ich fürchte, das kann ich nicht. Es wäre eher wenig förderlich, wenn ich auch noch das Zimmer betrete, glauben Sie mir."

„Dann rufe ich jetzt Doktor Packseat an. Er ist der Einzige, der Doktor Batchmore Einhalt gebieten kann." Hektisch eilte Mrs. Welsch hinter den Tresen und begann, eine Nummer in das Telefon einzutippen.

Ich sah Sebastian an. Ein Schmunzeln lag auf seinen Lippen, als er die Situation beobachtete. Müde lehnte ich meinen Kopf an seine Schulter und schloss die Augen. Egal, was war, er würde dableiben.

Eine Tür wurde aufgerissen und Batchmore stürmte aus dem Büro. Als er uns so nah beieinanderstehend erblickte, drehte er sich noch mal zu Professor Vadasz um, die im Büro zurückgeblieben war.

„Wissen Sie was! Wenn Sie Ihre Frauenbeauftragte holen möchten, können Sie die gleich als nächste Ärztin miteinstellen. Vielleicht findet sie auch einen Mann, der ihre Karriere fördert. Ich werde es sicher nicht tun", brüllte er. „Da bin ich mir absolut sicher, denn Sie werden hier nicht mehr Oberarzt sein. Sie werden hier gar nichts mehr sein", sagte Professor Vadasz tonlos. Im Gegensatz zu Batchmore stand sie still und gelassen da. Nur die Röte auf ihren Wangen und die geballten Fäuste verrieten ihren wahren Gemütszustand.

Batchmore drehte sich um und ging. Ich wagte kaum, mich zu rühren, als Professor Vadasz uns entdeckte.

„Da sind Sie ja endlich. Kommen Sie doch herein."

Artig folgten wir ihr wie zwei ungehorsame Kinder in das Büro und nahmen auf den Stühlen gegenüber Platz.

„Wie Sie gerade mitbekommen haben, werden wir hier wohl eine personelle Umgestaltung vornehmen. Und es tut mir leid, dass auch Sie Teil davon sein werden, Doktor Holden."

Professor Vadasz sah Sebastian fest an, doch er wirkte keineswegs überrascht.

Mein Herz setzte einen kurzen Moment aus. „Was? Ich dachte ich? Wieso? Sebastian?"

„Doktor Rosso. Ich habe die letzten Wochen damit verbracht, mich mit Ihren Kollegen und Kolleginnen zu unterhalten. Außerdem habe ich selbst die Daten geprüft, die Sie mir gegeben haben und ich musste leider feststellen, dass diese Daten durchaus stimmen. Deswegen habe ich mit Doktor Batchmore gesprochen und beschlossen, dass Doktor Packseat der neue leitende Oberarzt der Klinik wird. Wie Sie sich denken können, war oder eher ist Doktor Batchmore nicht besonders begeistert von der Idee. Er wird diese Klinik wohl oder übel verlassen. Sie sind heute Mittag dabei mit Oberarzt Packseat als Ihrem Hintergrund ins Kreuzfeuer geraten. Unabhängig davon muss ich zugeben, dass ich beeindruckt bin, wie Sie mit der Situation umgegangen sind und den Mut gefasst haben, mich aufzuklären. Ich hätte Sie daher auch nur ungern aus meiner Klinik entlassen." Sie hielt kurz inne und langsam wich auch die Röte aus ihrem Gesicht, stattdessen lächelte sie leicht.

„Was Sie allerdings nicht wissen, ist, dass Doktor Holden bereits vor Ihnen bei mir war und mich über die Situation mit Ihnen beiden informiert hat. Er hat zudem angeboten, seinen Posten als Oberarzt aufzugeben, sobald er eine Alternative gefunden hat. Ich dachte, wir könnten Sie vor dem Tratsch in der Klinik schützen, aber das hat Doktor Batchmore heute sehr gut zunichtegemacht. Wenn Sie also damit leben können, dass Sie die nächsten Monate Thema Nummer eins in jedem Pausenraum sein werden, würde ich mich freuen, Sie weiterhin auszubilden."

All diese Informationen prasselten wie ein Hagelsturm auf mich ein, sodass ich völlig durchnässt und überfordert Professor Vadasz anstarrte. Mein einziger Halt war die Hand neben mir, die ich panisch umklammerte. Ich musste zu schielen angefangen haben, denn Professor Vadasz sah mich erwartungsvoll an.

„Ist das in Ordnung für Sie, Doktor Rosso?"

„Ja. Danke", brachte ich mühsam hervor.

„Schön. Dann wünsche ich Ihnen jetzt noch einen schönen Feierabend. Ich muss mich schließlich auf die Suche nach zwei neuen Oberärzten begeben. Sie können die Tür hinter sich schließen!"

Eine Hand zog mich vom Stuhl nach oben und führte mich aus dem Büro, durch die Klinik hindurch zum Hinterausgang. Draußen schien die Sonne. Als Sebastian mich losließ, drohte ich das Gleichgewicht zu verlieren, doch ich wurde von starken Armen aufgefangen. Ein Kuss auf meine Haare befreite mich schließlich aus meiner Schockstarre.

„Das ist nicht dein Ernst", flüsterte ich an seine Brust gepresst. „Du kannst doch nicht einfach wegen mir kündigen. Das werde ich mir niemals verzeihen. Ich habe schon genug Schaden angerichtet." Ich machte mich von ihm los. Er brachte ein Opfer, mein Opfer. Hastig umgriff er meine Handgelenke und zog mich wieder zu sich.

„Nein. Hör mir zu, Anna. Ich liebe dich. Aber was ich nicht liebe, ist diese Klinik. Deswegen entscheide ich mich für dich. Ich will mit dir zusammen sein. Ich will Kinder, eine Familie. Du liebst deinen Job mehr, als ich es je könnte. Selbst wenn du mich nicht liebtest, hätte ich es nicht mehr in deiner Nähe ausgehalten."

Meine Hände zitterten. Er wollte gehen, damit ich bleiben konnte. Damit ich meiner Karriere nachgehen konnte. „Ich kann das nicht von dir verlangen."

„Du verlangst es ja auch gar nicht von mir. Ich biete es an. Ich spiele schon so lange mit dem Gedanken zu gehen, in eine Praxis oder als leitender Oberarzt in eine kleinere Klinik. Es wird Zeit, dies auch wirklich zu tun. Die Chirurgie kann nicht alles in meinem Leben sein, ich will mehr. Ich will dich. Als du nach deinem Gespräch beim Batchmore tränenüberströmt in die Umkleide gerannt bist, da war es mir klar. Ich bin sofort zu Professor Vadasz gegangen."

Eine einzelne Träne rann über meine Wange und sammelte sich an meiner Oberlippe. Regungslos starrte ich ihn an, während immer neue Tränen aus meinen Augenwinkeln flossen. Sebastian beugte sich vor und küsste die Feuchtigkeit an meinen Lippen fort. Seine zärtliche Berührung brachte mich zum Erzittern. Deswegen war Professor Vadasz nicht überrascht gewesen, als ich ihr davon erzählt hatte. Deswegen hatte sie sich

Bedenkzeit gewünscht. Sebastian hatte mich gerettet, schon wieder.

Mein Mund verzog sich zu einem vorsichtigen Lächeln. „Willst du das wirklich tun?"

Sebastian nickte. „Noch nie in meinem Leben war ich mir so sicher."

Meine Augen leuchteten auf. Dann stellte ich mich auf die Zehenspitzen und küsste ihn. Erst vorsichtig, schließlich immer fordernder. Ich wusste, dass unsere Zukunft eher einem Trampelpfad statt einer gepflasterten Straße glich, aber darum ging es nicht. Es ging darum, den Weg zusammen mit Sebastian zu bestreiten. Ich hielt nur einmal inne, um ihm etwas ins Ohr zu flüstern. „Ich liebe dich."

ENDE

Danksagung

Als ich damals die Geschichte von Anna begann, erzählte ich einer Kommilitonin davon. Wir lachten beide über meine Schnapsidee. Ein Buch schreiben, wieso? Das Studium war schon genug Arbeit. Aber jedes Mal, wenn ich mich Anna und Sebastian widmete, fühlte sich das Schreiben richtig an. Die Worte waren einfach da und sie gingen mir deutlich leichter von der Hand als meine Dissertationsarbeit.

Ich bin froh, dass ich mich damals nicht davon abbringen lassen habe. Nun ist das Schreiben ein essentieller Teil von mir geworden, den ich mir nicht mehr wegdenken könnte.

Anna war für mich eine Art Begleiterin, im Studium und auf der Arbeit. Es gab Situationen, da kam ich an meine Grenzen, wusste nicht mehr weiter, war kurz davor heulend zusammenzubrechen.

Genau dann habe ich mich gefragt: „Was würde Anna tun?" Oder ich habe mich an Sebastians Worte erinnert. „Die Welt geht Morgen auch noch unter und gestern sowieso."

Beide haben mich vor so manchem Nerven-zusammenbruch bewahrt.

Aber sie sind nicht die Einzigen, die ich hier erwähnen sollte. Es gibt eine ganze Menge an Leuten, denen es zu danken gilt.

Da wären meine Familie und meine Freunde, die mich immer unterstützt haben und deren Ehrlichkeit ich wahrlich zu schätzen weiß. Meine geduldigen Testleser Eva, Loreen, Sophie, Mia und Benita, die es nie müde wurden, mir meine Rechtschreibfehler anzustreichen. Mein Lieblingsjurist Chris, der leider außerhalb seiner Komfortzone lesen musste. Ohne die ganzen Kommentare hätte ich weit weniger gelacht. Genauso vermisse ich jetzt schon diverse Leserunden mit der besten Unterwasserrugbymannschaft der Welt. Dank euch wusste ich, dass wohl hin und wieder ein Wort ankommt.

Dann wäre da noch Amelia, die nie aufgehört hat die längsten Sprachnachrichten der Welt anzuhören und zu kommentieren. Mit Judith und Mia hattest du immer ein offenes Ohr für etwaige Autorinnen-problematiken.
Daneben muss ich auch Fritzi und Manu danken, weil ich bei euren Lektoraten unglaublich viel gelernt habe. Mit eurer Hilfe werden hoffentlich noch viele weitere Projekte abgeschlossen.
Nicht zu vergessen bleibt meine Namensvetterin Anne, dank der die Geschichte von Anna und Sebastian eine Heimat beim dp Verlag erhalten hat. Ohne deinen Glauben an diese Geschichte säße ich jetzt nicht hier.

Schließlich bleibt nur noch eine Person, der ich danken möchte. Alex. Weil du mich immer unterstützt, geduldig jede Szene fünfmal liest und all meine Macken erträgst. Du bist mein Held. Ich liebe dich.